非物质文化语境下的戏曲研究

刘文峰 著

非物质文化遗产保护理论与方法丛书

文化艺术出版社
Culture and Art Publishing House

图书在版编目（CIP）数据

非物质文化语境下的戏曲研究/刘文峰著. —北京：
文化艺术出版社，2016.5
（非物质文化遗产保护理论与方法丛书）
ISBN 978-7-5039-6146-5

Ⅰ.①非… Ⅱ.①刘… Ⅲ.①中国戏剧—文集
Ⅳ.①I207.3-53

中国版本图书馆CIP数据核字（2016）第102596号

非物质文化语境下的戏曲研究

著　　者　刘文峰
责任编辑　毛　忠
装帧设计　李　鹏
出版发行　文化艺术出版社
地　　址　北京市东城区东四八条52号　（100700）
网　　址　www.whyscbs.com
电子邮箱　whysbooks@263.net
电　　话　（010）84057666 84057660（总编室）
　　　　　（010）84057696 84057698（发行部）
传　　真　（010）84057660（总编室）84057670（办公室）
　　　　　（010）84057690（发行部）
经　　销　新华书店
印　　刷　国英印务有限公司
版　　次　2016年6月第1版
印　　次　2016年6月第1次印刷
开　　本　710毫米×1000毫米　1/16
印　　张　26.25
字　　数　300千字
书　　号　ISBN 978-7-5039-6146-5
定　　价　46.00元

目 录

戏剧戏曲学的由来及其他

——对张庚先生关注的几个理论问题的浅见

今年是中国现代戏剧理论的奠基人张庚先生诞辰100周年。三十多年前，我从北京大学中文系毕业后分配到文化部文学艺术研究所戏剧研究室（今中国艺术研究院戏曲所、话剧研究所、曲艺研究所的前身）工作。当时，张庚先生正主持修改《中国戏曲通史》，每周有一次讲座，然后大家讨论。当时主持研究室工作的是俞琳先生，他是北大中文系的老校友。他很关心我，送我一本“文革”前油印的《中国戏曲通史》，让我一边学习，一边考虑到哪个研究组。当时戏剧研究室分戏曲史研究组、戏剧理论研究组、话剧研究组、曲艺研究组。我在大学读书时就对古典戏剧感兴趣，更为主要的是被《中国戏曲通史》丰富的内容所感染，因此我选择了到戏曲史研究组。研究组交给我的第一项任务就是把张庚先生写的《中国戏曲通史》第一章“戏曲的起源与形成”誊写出来交出版社出版，从此使我建立了与张庚先生的联系。在张庚先生的主持下，中国艺术研究院创立了研究生部。我随第一届研究生进修，多次聆听张庚先生的课。1983年在张庚先生主持下，成立了《中国戏曲志》编辑委员会和编辑部，张庚先生是编委会主任委员兼主编。我作为编辑部成员参加了项目的调研和体例的起草工作，1986年担任编辑部副主任，1988年担任编辑部代主任，1990年担任编辑部主任。只要有时间，张庚先生就参加戏曲志各省卷的审稿会，每卷完成编纂工作后，张庚先生都要把我们叫到他家里，让我们汇报此卷的编纂情况，并对他关注的问题详细提问。因此，我和张庚先生的联系比较多，聆听他教诲也比较多。下面就张庚先生关注的几个戏剧理论问题谈点认识。

一、戏剧戏曲学的由来

2004年4月23日在厦门大学召开的“戏剧戏曲学学科建设研讨会”上，上海戏剧学院教授陈多先生发言，就戏剧戏曲学这个学科名称提出了质疑：“据说这个名词、这个概念是国务院学位委员会制定的：在它们制定的‘学科目录’中的‘艺术学科’下面，设有一个名为‘戏剧戏曲学’的二级学科。照说，这应当是很有点‘一言九鼎’味道的学术权威性的。但大约是‘阳春白雪、曲高和寡’吧，下里巴人的我想来想去也想不出它是个什么东西？坦率地说，我只觉得它是个承袭了历史上的错误，思路不清、逻辑混乱、概念含糊、难以认知的东西；是个对发展‘戏剧’或‘戏曲’学科有害而无利的东西。”[1]陈先生的这段话有三层意思，一是不清楚戏剧戏曲学的概念；二是认为这个概念承袭了历史的错误；三是对发展戏剧或戏曲学科有害而无益。对于第一点，我也曾有过疑问。有一次在张庚先生家，我向张庚先生问到了这个问题。张庚先生讲：受“五四”新文化运动的影响，学术界有不少人把中国戏曲排除在学术之外，只承认话剧等外来戏剧。参加第一届国务院学位委员会艺术评议组的成员为了肯定和突出我国传统戏曲的学术地位，所以才有了“戏剧戏曲学”这一学科名称。作为国务院学位委员会第一届学科评议委员，张庚先生参加了确定学科名称的讨论。张庚先生的意见反映了我国戏曲学者的共同愿望，是在国家的层面确立我国传统戏曲文化在学术界应有地位的重要举措。

① 详见“戏剧研究网·学人论戏·陈多专栏”。

在当时的历史背景下，是必要的。陈多先生的第二、第三层意思，我本人不赞同。中国戏曲在历史上有记载的剧种共产生过394个，目前还能在舞台上演出的大约有两百多种。中国传统戏曲虽然品种繁多，每一个地区、每一个民族都有自己喜爱的戏曲剧种，但没有西方概念上的话剧、歌剧、舞剧。中国传统戏曲剧种之分，主要是语言和声腔上的区别，其共同的特点是以歌舞演故事。现今所知，“戏曲”一词最早见于宋元间刘埙《水云村稿》中《词人吴用章传》，其中说“至咸淳，永嘉戏曲出”。咸淳为南宋度宗年号，在位时间为公元1265年至1274年。“永嘉戏曲”指的是温州南戏，这一时期恰是南戏的形成发展期。这是现今所知有关“戏曲”一词的最早文献记载。最早的“戏剧”一词出现在唐代杜牧的诗《西江怀古》中，有“魏帝缝囊真戏剧，苻坚投棰更荒唐”的诗句。“魏帝缝囊”与“苻坚投棰”是历史上的两个典故；“真戏剧”与“更荒唐”相对，这里的“戏剧”是“儿戏、游戏”的意思。“戏曲”一词，经王国维的诠释和比较系统的归纳、运用，得到后人的认可，从民国初年到现在，无论是官方还是民间都使用它，戏曲已经成为中国传统戏剧的官称、正名。西方的话剧、歌剧、舞剧等戏剧形式传入中国后，一些崇洋媚外的学者把中国传统戏曲排除出戏剧之外，但对中国戏曲有真知灼见者把包括中国传统戏曲在内的所有戏剧形式统称为戏剧。如张庚先生在1936年9月10日出版的《读书生活》4卷9期上发表的《戏剧的国防动员》一文中说：“戏剧对于中国的一般大众并不是不亲切，不被爱好的，恰恰相反，在都市，在农村，存在着戏剧的各种形式，它们都有经常的若干观众。皮簧一直到了现在还迷惑着大多数的人，花鼓、滩簧、蹦蹦戏，以及各种地方戏广大地流行在各地的农村、小城市，甚至大都市之中。”可见，张庚先生把各地的地方戏都纳入了戏剧的范畴。戏曲虽然是20世纪80年代之前中国社会雅俗共赏的艺术形式，但在封建时代没有给它应有的社会地位。“五四”时期，一些激进的西方文化的崇拜者甚至将其视为落后、反动的封建文化的代表大加鞭挞，影响了它在学术界的地位。新中国成立以后，戏曲演员的地位有了很大的提升，但戏曲艺术本身却一直作为被改造的对象。

戏曲教育落后于时代的发展，1960年建立的中国戏曲学校在三年困难时期下马，1978年才又在原中国戏曲学校基础上升格为中国戏曲学院，戏曲文化在此之前一直被排除在大学教育之外。张庚先生在20世纪30年代初就在上海参加了左翼戏剧家联盟，投身于话剧的艺术实践和理论研究。1938年到延安以后，开始接触民间戏曲，他在艺术实践中看到了外来话剧和中国传统戏曲的异同与各自的优点缺点，提出了话剧的民族化和旧剧的现代化的口号，并希望通过新秧歌剧运动推动中国传统戏曲走向现代化。1950年参加创建了新中国第一所戏剧学院——中央戏剧学院。中央戏剧学院在建院之始就把学习中国传统戏曲，培养戏曲干部作为自己的教育宗旨。当时的歌剧系请了昆曲演员韩世昌、白云生等教昆曲的唱腔和舞蹈。著名戏曲作家杨兰春、张万一，戏曲音乐理论家何为等都出自歌剧系。1952年举办的全国戏曲观摩演出，是我国传统戏曲一次空前的大检阅。23个剧种、81个经典剧目的精彩演出深深地吸引和打动了张庚先生。他“发下一个愿望，想为戏曲现代化尽一点力量”，他想“站在戏曲圈子之外去搞民族新歌剧，还不如干脆投身到戏曲的海洋中去工作更有实效些”[①]，于是1953年调到中国戏曲研究院担任主持工作的副院长，专门从事戏曲艺术改革实践和理论研究。张庚先生从1953年担任中国戏曲研究院副院长到他逝世，为戏曲艺术的现代化和理论建设做出了卓越的、不可替代的贡献。20世纪50年代，在他的倡导和主持下，由文化部主办、中国戏曲研究院承办了三届戏曲演员讲习班，各个剧种的演员集中学习党和政府的文艺政策、文艺理论、互相切磋技艺，促进了戏曲的发展。20世纪50年代初创建的中国戏曲学校虽然只招收了一届学生就停办了，但这一届学生毕业后大都成了各地戏曲工作的骨干。20世纪70年代末，张庚先生积极支持中国戏曲学校升格为中国戏曲学院，在师资队伍建设和编写教材等方面予以大力帮助，在中国艺术研究院建立

① 张庚：《我和戏剧》，载于《中国现代作家传略》（下），转引自王安葵《张庚评传》，文化艺术出版社1997年版，第160页。

研究生部，招收戏剧戏曲学硕士和博士，为国家培养了一大批专门的戏曲理论人才。主持编写《中国戏曲通史》《中国戏曲通论》，组织全国戏曲工作者编纂《中国戏曲志》。这一系列的工作和成果为建立中国戏曲理论体系奠定了扎实的基础。不可否认，中国的戏曲理论建设与人才培养与西方的戏剧理论和人才培养还有差距。为此，张庚先生有清醒的认识，他生前曾多次呼吁建立中华戏曲大学，建立中国戏曲博物馆。当年编纂《中国戏曲志》，考虑到木偶戏和皮影戏的特殊性，没有将它们纳入其中，准备编纂《中国皮影志》和《中国木偶志》。张庚先生的这些设想虽然因种种原因，没有实现，但在张庚先生逝世后的几年间，中国艺术研究院戏曲研究所作为我国戏曲研究的国家队，先后完成了《中国少数民族戏曲剧种发展史》《中国近代戏曲史》《昆曲艺术大典》《京剧艺术大典》等，形成了比较完备、比较系统的戏曲史志和理论体系。下一步，我们将组织力量完成《中国戏曲表演理论体系》的研究项目。在张庚先生领导和支持下，中国艺术研究院戏曲研究所先后召开三次大型的戏曲国际学术讨论会，并多次派所里专家到国外考察外国戏剧，邀请外国戏剧专家来中国讲学，促进了中外戏剧学术交流。因此，以张庚先生为代表的老一代戏曲理论家建议形成的戏剧戏曲学，无论对中国戏曲而言，还是对外国戏剧而言都是有益的，特别是对提升我国传统戏曲文化在国内外的学术地位起了积极的作用，功不可没。

当然，现在的情况与20世纪80年代初相比，有了很大变化。在学术界没有多少人还抱着“五四”时期全盘否定中国传统戏曲的观点不放，将中国戏曲排除出戏剧之外。戏剧一词完全可以涵盖中国传统的戏曲、傩戏等民间祭祀仪式剧、皮影戏、木偶戏和外来的话剧、歌剧、舞剧，甚至新兴的音乐剧。而且在国务院学位委员会新公布的学科名称中，已经将戏剧戏曲学与影视学合并为一个学科，叫戏剧影视学。我之所以旧事重提，是因为许多人不知道戏剧戏曲学这一学科名称的来历，对它的历史贡献和意义产生了不必要的误解。

二、傩和戏曲的关系

20世纪80年代初，在编纂《中国戏曲志》过程中，湖南、安徽、贵州、广西、四川等省、自治区的戏曲工作者对傩堂戏做了调查，召开了数次学术讨论会并配合学术研讨举行傩戏演出。与此同时，在编纂《中国民族民间舞蹈集成》时，各地也发现了不少傩舞，亦举办了学术研讨和演出。傩戏和傩舞都是民间祭祀活动中的表演仪式，既有联系又有区别。傩舞的仪式性更强，傩戏已经有了戏剧情节。有关傩戏和傩舞的活动引起了国内外戏剧学、舞蹈学、民俗学、社会学、人类学等相关学者们的关注，海内外学者纷纷到中国内地考察傩戏、目连戏、赛戏、队戏、锣鼓杂戏等民间祭祀仪式剧。于是中国傩戏学会成立，进一步推动了傩戏的研究，在20世纪80年代中叶到90年代初形成了傩戏热。对傩戏等民间祭祀仪式剧的研究无疑推动了中国戏曲史研究的深入发展，但也出现了一些偏差。如有的学者认为，中国戏曲源于傩，傩戏是中国古典戏曲的活化石。张庚先生非常关注戏曲研究中出现的新动向、新问题，多次召集中国戏曲志编辑部的同志汇报情况，并找20世纪50年代参与民间戏曲调查、现在依然参加编纂戏曲志的老专家文忆宣、孙家兆等先生商讨。张庚先生通过调查和研究，认为中国古代的傩巫等祭祀活动对中国戏曲的形成发展有一定影响，但中国戏曲形成的主要因素是民间歌舞和民间说唱艺术。傩的活动在民间虽然一直存在，但由祭祀仪式发展为傩戏是清代才出现的。一些傩坛的坛主为了吸引信众，便在傩仪中加演民间小戏，或以傩的形式扮演故事，形成了傩戏。我作为《中国戏曲志》编辑部主任，除组织每一个省卷的初审、复审外，还要协助主编、副主编终审，在送交出版社出版之前，张庚先生都要让我们汇报此卷的编纂情况、遇到的问题以及如何解决的等。在遇到涉及傩戏的省卷时，他要我们详细汇报有关傩戏的记述。在张庚先生的严格要求下，《中国戏曲志》在涉及傩戏的地方都做到了实事求是地记述，既不否定傩文化对戏曲形成过程中的影响，又不夸大傩戏的作用。如《中国戏曲志·湖南卷》作为《中国戏曲志》的首卷，在记述“傩堂戏”时说：

> 在清康、乾年间地方志书中即有“神戏”“傩戏”的记载。湘西称傩堂戏、傩神戏、土地戏、师公子戏，湘北、湘南又称师道戏、作愿戏、姜女儿戏。古代湖南，巫风甚盛。屈原《九歌》，便是表现楚、湘间巫傩歌舞娱神的诗篇。晋时《荆楚岁时记》有“村人并击细腰鼓.戴胡头及作金刚力士以逐疫”的巫舞记载。唐、宋时期巫傩歌舞仍盛行不衰。明代巫傩歌舞活动，多见于湖南各地方志，已由娱神转向娱人。明末清初，巫傩歌舞与杂技、武术相结合，顾炎武、刘献廷等人均有文记载。清代巫傩歌舞已形成戏曲形式：“辰俗巫作神戏，搬演孟姜女故事，以酬金多寡为全部半部之分，全者演至十余日，荒诞不经，里中习以为常。”（康熙四十四年《沅陵县志》）以《孟姜女》为代表的湖南傩堂戏，此时已初具规模。嘉庆之后，傩堂戏剧目又增加了《桃源洞神》《梁山土地》。清末民初，沅沣二水还傩愿唱《孟姜女》之风日盛，各地坛门林立。衡阳、零陵、宝庆一带，常搬演傩戏《盘洞》，湘西傩堂三女戏（《孟姜女》《庞氏女》《龙王女》）也渐流行，其中《孟姜女》还有用苗语演唱的，湘西南侗族傩戏还出现了三国戏《古城会》等。傩堂戏在形成、发展的过程中，从形式到内容均受巫教的影响。戏班多以“坛门”组合，艺人一般均有“法名”，并成派系，世代相袭。傩堂戏剧目中，多掺杂了与巫教有关的人物和事件，傩堂中俱悬挂巫教所把神像。当傩堂戏逐渐从傩坛走向世俗时，与各地民间小戏关系密切。湘南师公还傩常分“内堂”（巫师）和“外堂”（艺人），湘西则称“内教”和“林教”。活动时二者合一。如湘南以作法事开始而以唱《盘洞》戏作为结束。故衡阳有民谣云：“南乡的脸子（面具），北乡的洞（傩戏《盘洞》），西乡的马灯（花鼓戏）拿不动。”屈毛、阳昌凯等既是巫

傩艺人，又为衡州花鼓戏名角。沅水流域以桃源张树生的戏班久负盛名，张树生七岁入巫坛，以后亦巫亦优，最终汉剧、花鼓、傩堂三者皆精。

张庚先生关注傩文化和傩戏的研究，他认为，傩文化和傩戏的研究对戏曲源流的探索有帮助，但对一些学者过分夸大傩的作用的提法有不同意见。他认为将中国戏曲的源追溯为古代的傩仪是不符合历史事实的，是违背他一贯提倡的历史唯物主义的，因此他很少参加有关傩戏的活动，不随波助澜。

三、张庚先生的戏曲史观

张庚先生在1934年就加入了中国共产党，他信奉马克思主义，坚定不移地用唯物主义的立场、观点、方法研究中国戏曲的历史。他自己是这样做的，也是这样要求他领导的团队的，我们可以从他亲笔撰写的《中国戏曲通史》第一章“戏曲的起源与形成”乃至全书的框架结构写法体会到。志书是我国特有的一种记述历史的体裁，用志书的体裁记述各地各民族戏曲的历史是中国戏曲史学研究的创举，是20世纪八九十年代我国戏曲界进行的一项重大工程。我从1982年起就在张庚先生领导下参加《中国戏曲志》的编纂工作，一直到1999年才完成这一浩大的工程，对张庚先生的戏曲史观深有体会。张庚先生的戏曲史观反映在编纂《中国戏曲志》工作中，主要体现在以下几个方面：

（一）创造性地运用中国传统的方志理论，以方志的体裁反映各地各民族戏曲的历史和现状

中国地方志的编纂从宋代就形成规模，明、清两代达到高峰。地方志不仅有丰富的实践，而且形成比较完善的理论，对于传承中华民族的传统文化起到重要作用。用方志的形式记录各地各民族戏曲的历史和现状，是张庚等老一代戏曲家共同的愿望。中国艺术研究院戏曲研究所提出编纂《中国戏曲志》的计划后，张庚先生积极支持，在他的主持下将这一项目纳入国家哲学、社会科学重大科研项目。编辑部成立前，派调查组到各地调研，听取各地戏曲专家意见；指示编辑部成员认真学习方志学理论，阅读编纂得好的方志，熟悉方志体例。《中国戏曲志》的体例就是在充分调查研究的基础上制定出来的，既遵循了传统方志的基本框架和编纂原则，又根据戏曲学科的要求，有所突破和创新。如《中国戏曲志》的四大部类和附录的图表、志略、传记是方志体例常设的，综述和附录则是旧的方志中没有的。综述是一个省市自治区戏曲的纵向记述，从本地戏曲的孕育、形成、发展，下限到1982年年底，以文献、文物和实地考察为依据，真实记述，体现了历史唯物主义的史学观；图表包括大事年表、剧种表、剧种分布图、戏曲文物分布图、出国演出线路图等；志略包括了戏曲学科各个分支门类，如剧种、剧目、音乐、表演、舞美以及相关的内容，如科班与学校、班社与剧团、演出场所、演出习俗、文物古迹、报刊专著、谚语口诀等。附件收录有关戏曲的重要原始文献。《中国戏曲志》的体例体现了张庚先生提出的全面、系统、纪实的史学思想，作为一种具有中国特色的史学著作体裁，具有极大的包容性、兼容性、灵活性和科学性。《中国戏曲志》的体例不仅被《中国曲艺志》所借鉴，而且成为《西部人文资源数据库·民间戏剧》和《中国非物质文化遗产数据库·传统戏剧》的基本框架。

（二）内容的全面、准确，文献资料不断章取义

张庚先生在1987年4月北京召开的《中国戏曲志》编辑委员会第一次全体会议讲话中指出："作为志书，要真正能够反映一个时代，一个地方的全貌，一方面应该把它的善的东西表现出来，一方面也应该把它的恶的东西表现出来。在一个时代里，有好的东西，也有不好的东西"[①]，入志的人物、事件不能简单地以好坏、优劣做标准，而应选择各方面有代表性的。张庚同志的这一论点，是从历史唯物主义和辩证唯物主义的认识论

① 《张庚文录》(第四卷)，湖南文艺出版社2003年版，第484页。

出发的，体现了“一分为二”“两点论”观察世界、评价人物事件的科学态度。在封建社会，虽然正直的方志学家一再强调“秉笔直书”“不隐恶、不溢美”，但在实际修志中真正完全做到的却实在很少。有的修志者常常被当地的豪强士族所左右，对有些人和事进行了不恰当的美化，而对下层劳动人民创造物质财富和精神文明不仅极少记述，而且还经常加以歪曲和丑化。在中国共产党领导下，被封建统治阶级颠倒了的历史得到了纠正，劳动人民的历史地位和他们创造物质与精神文明的巨大作用得到公认，但一刀切、绝对化，形而上学等等不正确的思想方法仍在影响着我们实事求是地认识历史和评价历史。如果不破除这些错误的思想方法，仍会影响《中国戏曲志》作为“信史”的功能。针对这一情况，张庚同志在强调实事求是记述戏曲发展中的成功经验和新中国成立以后戏曲工作所取得的巨大成绩的同时，还指出：为了使今人和后人全面认识我们所走过的历史，作为戏曲志，“不好的东西也应该把它表现出来。比如，戏曲界那些民愤极大、罪恶昭彰的戏霸，该不该给他立个传呢？我看立了传是有教育意义的。…… 我们的史志里应该留下坏的一面，把它真实地记录下来，对于教育人民是有好处的”。① 张庚同志所提倡的实事求是的治学态度在《中国戏曲志》的编纂工作中得到了具体体现，无论是记录戏曲的历史，还是记录戏曲的现状，各卷都注意记录了正反两方面的经验教训。

（三）实事求是，不能主观臆断，不能靠逻辑推理

张庚先生认为志书作为信史，它的生命在于真实，因此，“志书中所记述的人物事件都必须是历史上曾发生过的，而绝不能是可能发生而没有确切证据证明它们是发生过的。”“另外，所记述的人物事件的特点，发展规律都应该是通过记述反映出来，而不是以撰稿者的口吻特意指出来。”不能主观臆断，不能靠逻辑推理，“不能用议论代替材料”。张庚同志强调：“尽管我们得到了大量材料，并且对这些材料是有看法的，但是

① 《张庚文录》（第四卷），湖南文艺出版社 2003 年版，第 484 — 485 页。

因为这是志书，我们的看法可以在别处写文章，在志书中不负责反映个人或部分人的看法，以免将来用志书的人先入为主。”[①] 他要求用朴素无华的记述体语言，不加任何夸张和修饰，简明扼要地记述历史事件的来龙去脉。

（四）秉笔直书，生不立传

按照我国修志的一贯原则，活着的人不能在志书中立传。但有的同志认为，如果我们遵循了“生不立传”的原则，许多在现当代戏曲史上做出贡献的人就不能上书，不写他们的活动，就难以反映现当代戏曲运动的面貌和所取得的成就。有的同志还以《戏曲曲艺词典》《中国大百科全书·戏曲曲艺》卷为例，坚持要给活着的人立传。张庚同志指示《中国戏曲志》编辑部详细收集了有关这方面的各种意见，认真研究了为活人立传的利弊。在《中国戏曲志》编纂工作会议上的报告中及时做出决断。他认为，志书中的人物传和辞书、大百科中的人物传是有区别的。辞书、大百科属于工具书，只要在某一学科做出成绩的人，不管他活着还是已故，都可以立个条目加以介绍。“因此，字典、辞书、大百科这些条目宽，特别是涉及到人的条目比较宽，而志书就比较严。志书是一种记功或记罪的东西，予以褒贬。所以志书的人物传一类条目，我的理解就是‘树碑立传’的‘传’。这个一经在志书上立了传，实际上就是树了一块碑了；它企图做到盖棺论定。因此，立传这个问题在志书中很重要，不能把辞书上或百科上因为有生者，或者为生者立了传，就来和志书比”。[②] 张庚同志从生不立传的历史经验出发，从辞书、大百科与志书的区别出发，指出“生不立传”是志书必须坚决遵循的原则。

“生不立传”的原则确定后，如何反映那些在世的戏曲作家、理论家、表演艺术家、活动家的艺术成就和历史功绩？张庚同志提出了“以事带人”的办法。他认为。“在世的人物正因为在世，也就不容易做一个全面

---

① 《张庚文录》（第五卷），湖南文艺出版社 2003 年版，第 137 — 138 页。

② 《张庚文录》（第四卷），第 484 页。

的评价，或者说是还不容易给他做一个完整的评价”，所以不能在志书中为他立传。但“不给活人在方志上立传，不等于说这个人的名字就不能出现在方志上”。“一个有成绩的人，在世的人，虽然不立传，但在志书中反映他们，这个反映分散在各种不同的条目中”。“他做了什么事，就在志书的一定地方给他做一笔记录。如果他做了几件事，就在不同的地方给他都记录下来。比如，有的同志得过某种奖，在某种奖的条头里会反映出来，得奖的名单里就会有他。别人没有得这个奖，就没有他们的名字。…… 又比如有的剧作者写了一个剧本很成功，当提到这个剧目的时候，当然这个条目里就有他的名字 ……。又比如演员演成功了一出戏，就会在这出戏的条目有他的名字。还有某一个科班出科的高才生，这个人必然在这个科班的条头下有他的名字”。张庚同志认为活着的人这样上书，“这样的列名办法，非常实事求是，任何人也不能有异议”，“既不能溢美，也不能压低。有一件事，算一件事，你做了这件事，就有你的名字；没有做这件事，就没名字。所以活人不是不上书，上书的机会很多。这样一来，也就不用担心我们新中国编的志书反映不出新中国的成绩来了”。①

在立传人物的标准上，张庚同志提出了两点：一是看他对戏曲影响的大小。影响有好有坏，但志书的人物传不单纯以好坏为标准。他认为，“志书为人物立传，应该包括两个内容。一种是为了记他的功而立传，一种是为了记他的罪而立传”。② 有功者可作后人的楷模，有罪者可作为对后人的警戒。第二点是不以成分划线。张庚同志认为看一个人对戏曲有功还是有罪，不能只看他的出身成分，不能简单地认为，凡是剥削阶级中的人物就破坏戏曲，例如天津解放前有一个大资本家高勃海，曾办了一个名为稽古社的戏曲科班，培养出不少著名演员，不能因他是资本家，就不记。

---

① 《张庚文录》(第四卷)，湖南文艺出版社 2003 年版，第 485 — 486 页。

② 同①，第 484 页。

如何记述人物的是非功过？过去的方志学家提出要秉笔直书，不溢美、不隐恶。张庚同志认为，这个提法看起来公允，但在封建社会不仅没有做到，而且成了粉饰编志人的口实。今天我们在新的历史条件下编写志书，秉笔直书，不溢美、不隐恶的口号亦难完全做到。比如不隐恶，从旧社会过来的戏曲艺人，他们身上或多或少都沾染了一点旧社会的灰尘。今天在戏曲志中为他们立传，要不要写他们私生活中的缺点？张庚同志说，一个演员在旧社会无权无势，他的社会地位很低，在那个时代被生活所迫，唱了一些内容上不健康的戏，或在生活上犯了一些错误，不应当过多地责备他们，在戏曲志中也没有必要多写这些问题，更不要加以渲染。由此可见秉笔直书这个提法不能成为我们为人物写传时依据的原则。

在分析批判了秉笔直书这个被旧方志学家奉为至宝的法则后，张庚同志提出了“实事求是，合情合理，顺人心之公道，合中央之政策”的评价人物、为人物立传的原则。他解释说：“实事求是，就是要研究一个人所处的具体环境，具体情况，不能凡事都用一个概念去套。比如讲汉奸，这是一个概念，在抗战时期，属于大是大非问题，从那时一直到现在，用它来评价一个人的一生，也还很重要。要评价一个人就要看他生活在什么样的政治环境。他是怎么做的，害了人没有？这就需要具体，不能空谈概念。…… 什么叫作‘合情合理，顺人心之公道’呢？指的是群众。我们常说公道自在人心，特别是‘文化大革命’中。‘四人帮’颠倒了历史，人民群众心里都很明白，自有是非标准，的确是‘公道自在人心’。有的人不好，群众绝不说他好；有的人虽然有缺点，甚至有些错误，但是群众说他还有可原谅的地方。因此，所谓‘顺人心之公道’，就是指的多数群众的思想感情和愿望。”张庚同志接着说：“什么是‘合中央之政策’呢？现在不提文艺从属于政治，但是文艺不能脱离政治，修志尤其不能脱离政治，特别是涉及人物的评价，遇到疑难不好解决的问题，最好请示一下有关部门。所谓有关部门不一定是顶头上司，比如有关民族问题，最好请示民委，或者找专门在这一方面有研究的、参与的人请教。这样有好处，既做到实事求是，又做到准确与科学。这里并不是连真话也不说了，更不是说可以歪曲事实。但是讲真话是一条，话怎么讲又是一条，不能用自然主义的办法替人写传。比如对‘文化大革命’中一个演员是如何牺牲的，我认为不宜作许多形象的描写。我们在戏曲志上给一个人立传，目的在于为一个人在戏曲上的贡献记上一笔，也是通过一系列人物传记，从中看出继承与革新的关系。至于想用写一个人是怎么死的，来批判‘四人帮’，那恐怕不是在任何场合都适用的最好办法。”①

张庚同志提出的这三条原则是对我国方志学理论的突破和发展。他既指出了“秉笔直书”的局限性和实际运用中的形而上学或教条主义，又将实事求是的唯物主义认识方法和“合情合理，顺人心之公道”这一我国劳动人民评价是非的朴素思想，及中央现行政策有机地结合起来，既体现了志书客观真实记录历史、反映现实的要求，又体现了《中国戏曲志》所应该具有的社会主义时代精神。

张庚先生对戏曲的贡献是多方面的，是他人不可代替的。作为在他身边长期工作过的后生晚辈，张庚先生对我的教诲和影响是很深刻的。编纂《中国戏曲志》耗时18年，每当困难的时候，张庚先生总是给与我们热情的鼓励和具体的帮助。1995年前后，戏曲志编纂工作到了最紧张、最繁重的时期，但由于当时研究院工资低，生活困难，编辑部的人员有的出国，有的调离，我也一度产生了另谋出路的想法。张庚先生知道后说，一个人一辈子要能做成一件大事很不容易。编纂戏曲志是我国戏曲界多年来想做而没有做成的大工程，希望你们克服困难，坚持下去，不要半途而废。等戏曲志完成了，你们就对各地各民族的戏曲都了解了，研究戏曲史就有发言权，就成了这方面的专家。我牢记张庚先生的话，全身心投入戏曲志编纂工作。后来之所以在戏曲史研究方面做出了一点成绩，是与张庚先生的教诲分不开的。另一件使我难忘的是张庚先生对参加十部文艺集成志书编纂工作者评定职称的关心和支持。参加十部文艺集成志书编纂工作的大都是各地从事文艺创作和研究的老专家，他们服从组

---

① 《张庚文录》(第四卷)，湖南文艺出版社2003年版，第489—490页。

织安排，放弃了自己的创作和研究，从事集成志书的编纂工作，但在评定职称时拿不出个人成果，而集成志书又没有纳入科研的评价体系，评不上应有的职称。1997年，我该评研究员了，但因为只有一本专著，在文化部评审会上落选。1998年，又因同样的原因落选。和我同样遭遇的在中国艺术研究院四个总编辑部中就有五六人。十部文艺集成志书是国家重大科研项目，参加编纂工作十几年不算科研成果，不仅我想不通，大家都很气愤。张庚先生知道后也很生气，一方面指示中国艺术研究院科研办公室和全国艺术科学规划领导小组办公室向文化部打报告，另一方面亲自找部领导反映。1999年，孙家正部长在张庚写给他的报告上批示，责成人事司研究解决。不久文化部职称改革领导小组下发文件，将文艺集成志书纳入科研成果评价体系，解决了一大批参加文艺集成志书编纂工作者的职称问题。张庚先生关心下属、实事求是的工作作风与他精湛的学术、高尚的人品一样受到各地戏曲工作者的赞誉。

张庚先生虽然逝世多年，但他给我们留下的精神财富却随着时代的变化越来越珍贵。我们一定不辜负张庚先生的希望，为祖国戏曲艺术的繁荣、戏曲文化的发展，努力工作。

（本文系作者为“纪念张庚百年诞辰戏曲国际学术研讨会”撰写的论文）

戏曲在非物质文化遗产中的地位及传承保护

改革开放30年以来，我国人民的生活方式和生产方式发生了巨大的变化，戏曲作为我国各地、各民族广大群众传统的文化娱乐方式，其宣传、教化功能、审美功能已经消减或被其它文化娱乐方式替代，许多地方戏曲剧种已经消亡和正在消亡。这一现象引起了文化界学者和我国政府的高度关注，除昆曲、藏戏、粤剧、京剧、皮影戏被列入联合国非物质文化保护项目外，还有126项、210个剧种列入国家非物质文化遗产保护名录。戏曲遗产的保护，重要的是剧种的保护，核心是传承人的保护。戏曲剧种的多样性、我国地域经济的不平衡性，决定了戏曲剧种保护的复杂性和艰巨性。如何在非物质文化遗产的语境下，保护我国的民族、民间戏曲文化遗产，已成为文化艺术研究的重要课题。

一、对非物质文化遗产相关问题的认识

（一）非物质文化遗产的由来

“非物质文化遗产”源于日语“无形文化财”一词的英译。它的本意是指那些人类在历史上创造并以活态方式传承至今的，具有较高历史价值、艺术价值、文化价值与科学价值的知识类、技艺类与技能类传统文化事项。1950年，在日本颁布的《文化财保护法》中，首先启用了“无形文

化财”一词，并率先提出对这类文化遗产实施全方位保护。1962年，韩国政府制定《文化财保护法》时，也将“无形文化财”列入自己的保护范畴，并对无形文化财实施政府保护。联合国教科文组织对“无形文化财”的表述使用了——“非物质文化遗产”（Nonphysical Cultural Heritage）。21世纪初，中国政府及民间社团组织为避免因经济大潮，特别是西部大开发给中国传统文化带来猛烈冲击，在联合国教科文组织有关精神的影响下，开始对这类文化遗产实施活态保护。这便是2002年中国民间文艺家协会启动的中国民间文化遗产抢救工程和2003年中华人民共和国文化部启动的中国民族民间文化保护工程。但由于当时所受到的是联合国教科文组织的影响，使用了“非物质文化遗产”一词。有不少学者认为，将“无形文化财”不译成“非物质文化遗产”，而译作“无形文化遗产”更适合汉语的表述习惯。但既然我国政府已经使用了“非物质文化遗产”一词，我们不妨承认它，因为名词毕竟只是一个用来沟通的符号而已。

（二）非物质文化遗产的定义

2003年10月17日，联合国教科文组织第32届会议通过的《保护非物质文化遗产公约》是这样规定非物质文化遗产定义的：“非物质文化遗产，是指那些被各小区群体、有时为个人视为其文化遗产组成部分的各种社会实践、观念表述、表现形式、知识、技能及相关的工具、实物、手工艺品和文化场所。这种非物质文化遗产世代相传，在各小区和群体适应周围环境以及与自然和历史的互动中被不断地再创造，为这些小区和群体提供持续的认同感，从而增强对文化多样性的尊重。在本公约中，只考虑符合现有的国际人权文件，各小区、群体和个人之间相互尊重的需要和顺应可持续发展的非物质文化遗产。”

该公约规定，非物质文化遗产所涵盖的内容包括：1.口头传统和表现形式，包括作为非物质文化遗产媒介的语言；2.表演艺术；3.社会实践、礼仪、节庆活动；4.有关自然界和宇宙的知识和实践；5.传统手工艺。由国务院办公厅颁布的、代表了中国政府意见的、具有权威性的《关于加强我国非物质文化遗产保护工作的意见》的附件《国家级非物质文化遗产代表作申报评定暂行办法》对非物质文化遗产作了这样的界定：非物质文化遗产是“指各族人民世代相承的、与群众生活密切相关的各种传统文化表现形式（如民俗活动、表演艺术、传统知识和技能，以及与之相关的器具、实物、手工制品等）和文化空间”。这里的“文化空间”即定期举行传统文化活动或集中展现传统文化表现形式的场所（兼具空间性和时间性）。非物质文化遗产的范围包括：1. 口头传统，包括作为文化载体的语言；2. 传统表演艺术；3. 风俗活动、礼仪、节庆；4. 有关自然界和宇宙的民间传统知识和实践；5. 传统手工艺技能；6. 与上述表现形式相关的文化空间。

根据联合国科教文组织通过的《保护非物质文化遗产公约》和国务院颁布的《国家级非物质文化遗产代表作申报评定暂行办法》中的规定，所谓非物质文化遗产，是指那些人类在历史上创造并以活态的形式传承至今的，具有重要历史价值、艺术价值、文化价值与科学价值，足以代表一方地域文化并为当地社会民众所认可的文化事项。这类遗产主要分布在民间文学、民间美术、表演艺术、传统技艺、传统节日、传统仪式以及相关的文化空间。

通过对比这些文件和其他学者的意见，我们可以发现，实际上，这些论述的相同点是很多的，中国的国家文件在界定这个概念和制定保护范围时，是以联合国教科文组织的《保护非物质文化遗产公约》为基础，并把其精神贯彻到中国的保护实践活动中，这说明其权威性和适应性也得到中国的认同。而且，学术界的多数论述也都是在《保护非物质文化遗产公约》的基础上展开的，既尊重《公约》的论述，又注意从实际出发，有针对性地增加具有中国特色的内容，充分体现出我国非物质文化遗产的特色和现状，以符合我国非物质文化遗产的现实存在状况和具体保护工作实践。

（三）戏曲的非物质文化遗产性质

戏曲是一门综合性很强的艺术，其艺术元素既有“非物质”的成分，又有物质的成分。如戏曲的表演、歌唱技巧、绘制脸谱和服饰制作的技法、乐器演奏技巧等都是“非物质”的，而服饰、布景、道具、演出的剧本、伴奏的乐器等都是物质的。在一定的条件下，“物质”可以转化为“非物质”，“非物质”也可以转化为“物质”的。如剧本，地方戏的许多剧目原来都是艺人创作的“提纲戏”，没有文字记载，全凭老艺人口传心授，在这个意义上讲，这个剧目是“非物质”的；但是如果有人将它记录下来，成为文字本，无疑就成了“物质”的了。就“有形”和“无形”而言，也是如此，演员演唱出来的声腔是无形的，但是将它记录成乐谱就变成有形的了。戏曲表演一招一式都是有形的。我认为，我们在用“非物质文化遗产”这个概念时，首先可以看这种文化形态是为了满足人民的精神生活需要，还是物质生活的需要，如果是为了满足精神生活需要的，不妨将其纳入“非物质文化遗产”的范畴。戏曲虽然包括了物质和非物质两大因素，但其存在的目的是为了满足广大观众精神生活需求的，因此它的归属应该是非物质文化遗产中的表演艺术类。

二、戏曲在非物质文化遗产中的地位

传统戏剧是我国非物质文化遗产的重要组成部分，是民族民间艺术的瑰宝。戏曲在形成唱、做、念、打为一体的、成熟的戏曲形式后，又因受不同民族、不同地区语言、风俗、民间艺术的影响而形成千姿百态的剧种，如京剧、秦腔、梨园戏、藏戏、蒙古戏等等。不仅每一个地区、每一个民族都有本地本民族观众喜爱的戏曲剧种，而且在一个地区、一个民族之内，形成若干个剧种。戏曲以其多姿多彩、千变万化的艺术造型，各具特色的地方唱腔，深受百姓喜爱，尤其一些经典剧目，像《西厢记》《牡丹亭》《梁山伯与祝英台》《天仙配》《白蛇传》《花木兰》以及三国戏、水浒戏、杨家将戏、岳家将戏等，皆是群众耳熟能详、喜闻乐见的优秀剧目，其故事情节、精彩片段千百年来为人们所传诵，艺术魅力经久不衰，可谓中华民族文化艺术的精华，更是我国非物质文化遗产中的重点保护对象。

中国戏曲不仅历史悠久，具有顽强的生命力，而且品种丰富，家族兴旺。20世纪末21世纪初，中国由一个农业国快速向工业化国家发展。随着生产方式和生活方式的变化以及外来文化艺术的冲击，中国戏曲赖以生存的社会条件发生了深刻的变化，戏曲统领城乡舞台的局面一去不复返了，戏曲不仅退出了城市舞台，而且在乡村的演出市场也日益萎缩。一些剧种已经消亡或濒临灭绝，如戏曲大省山西，1983年编纂《中国戏曲志》时调查统计，有49个戏曲剧种，20年后中国艺术研究院戏曲研究所和山西戏剧研究所联合调查组经过调查统计，目前存活在戏曲舞台上的剧种仅存28个，有21个已经消亡。在消亡的21个剧种中，不乏历史悠久、有文化价值的剧种，如形成于宋金时期，流传于山西、河北、内蒙古、陕西的赛戏；形成于宋代，流传于山西上党地区的队戏；流传于晋南的锣鼓杂剧；形成于明末清初，流行于山西、河南、河北、山东的罗戏、卷戏，等等。

中国传统戏剧的衰落，引起了国内外文化界的关注和我国政府的重视。在各界关怀和支持下，由中国艺术研究院申报，号称百戏之祖的昆曲被联合国列入首批世界人类口头和非物质文化遗产代表作。国家除通过文华奖、艺术精品工程等促进戏曲创作外，还逐步建立起国家、省、市、县四级非物质文化遗产保护制度。在国务院公布的两批1082项国家非物质文化遗产名录中，传统戏剧有126项，保护的剧种有210个。

三、戏曲的传承与保护

对戏曲文化遗产的传承，我们的先人做过许多工作。明清以来，刊印了许多戏曲的选本和曲谱，比较著名的如《元曲选》《六十种曲》《缀白裘》《九宫大成》《纳书楹曲谱》等，使我们生活在21世纪的人能看到元代、明清时期戏曲的演出剧本和演唱声腔。但这种对戏曲的传承还属于文本传承，戏曲作为一种综合性很强的舞台艺术，还谈不上活态传承。民国年间，以齐如山为首的一批既热爱中国传承戏曲，又接触过西方戏剧的学者与一些有志于戏曲传承发展的艺术家，如梅兰芳、程砚秋、余叔岩等，成立了国剧学会，全方位地搜集、记录、整理戏曲艺术，特别是作为戏曲艺术重要部分的表演身段、服饰道具、乐器等，为我们积累了一批珍贵的实物数据。但由于历史的局限，录音录像设备的落后和不足，艺术家们的舞台表演艺术还是没有能完整地保存下来。新中国成立后，对戏曲艺术做过三次大规模的抢救、发掘、搜集、整理工作。一次是20世纪50年代末60年代初，对各地各民族戏曲遗产的发掘、抢救、整理，记录整理的传统剧目有数万种，统计的戏曲剧种有360个，其中新产生的剧种有50种，还有大量的戏曲音乐曲谱，初步摸清了我国戏曲遗产的家底。第二次是20世纪80年代至90年代编纂出版《中国戏曲志》和《中国戏曲音乐集成》，这是在中央和地方各级政府主持下进行的一次大规模的戏曲遗产的调查、整理和研究工程，中央财政和地方财政投入数千万元，参与的戏曲工作者五千多人，搜集的文字数据三亿多字，图片五万多张，音响数据数千小时，戏曲文物数千件，将中国戏曲五千多年孕育、形成、发展的历史用志书和集成的形式记录下来，被学术界誉为世界戏剧史上最宏伟的工程。第三次是近年来在文化部的部署下在全国范围内进行的非物质文化遗产普查，戏曲又有新发现，如山西翼城发现的唱故事、襄汾发现的花鼓腔在编纂《中国戏曲志・山西卷》时没有记载，是流传范围很小，现只有少数老艺人会唱的民间戏曲。新发现的剧种虽然不多，但各地民间戏班、业余剧团活动的情况有了比较详细的记载。

现存戏曲剧种基本有三种情况：一是具有悠久历史、丰富艺术遗产，有很高文化价值和历史价值的剧种。比如，昆曲、京剧、梨园戏、莆仙戏、秦腔、蒲剧、川剧等，国家和各级政府应该作为重点剧种来保护，建立舞台演出、培养人才、搜集整理研究为一体的剧院，使之成为继承和发展本剧种艺术的主要阵地。在经费上要实行全额拨款，所需经费主要由当地从财政上支出，国家和省里要予以重点资助。二是历史虽然悠久，有一定的艺术特点，但演出剧目不多，观众很少的剧种，如赛戏、队戏、傩戏、目连戏等。这些剧种的内容和演出形式很难被现在的观众接受，被自然淘汰已在所难免。但其中有一些文化价值和研究价值的东西，国家和当地政府应尽快拨出专款，将这些剧种有特点的剧目、音乐、表演用现代化的手段记录下来。三是观众较多，演出比较繁荣，处于发展中或新兴的剧种，如越剧、黄梅戏、高甲戏、歌仔戏、豫剧等。国家和当地政府要鼓励和创造条件让它们走进演出市场，经费主要靠演出收入，政府给予适当的补贴。但要选择条件较好的院团作为艺术实验和示范单位。这些实验剧团的主要任务是创作上演精品剧目和进行艺术上探索实验，推广优秀的剧目，为民营剧团起示范作用，完成政府的宣传、慰问演出任务，其经费主要由当地政府拨款。

戏曲是融文学、音乐、舞蹈、美术等为一体的高度综合的表演艺术，它的创作和演出，除了演员之外，还有编剧、导演、音乐设计、舞美设计、乐师等，就演员而言，亦有生、旦、净、丑不同脚色行当旦分工，因此必须要有一个由这些人员组成旦团体。戏曲的传承，不同于其它非物质文化遗产，除了各个艺术行当的个体传承外，还需要集体的传承，这样才能保持艺术的完整性，才能形成剧种和流派风格。

建设有中国特色的先进文化，必须建立在中国优秀传统文化基础之上。古老的中国戏曲文化在信息时代的今天，出现生存危机，这并不可怕，可怕的是我们无动于衷，无所作为，甚至以外来的所谓先进文化取代包括戏曲在内的我国传统文化。在全球经济一体化过程中如何保存和发展包括戏曲在内的我国优秀传统文化，已成为摆在我国政府和人民面前的重要课题。特别是昆曲被列为联合国教科文组织通过的首批人类口头和非物质遗产代表作后，如何保护各地各民族的戏曲文化，已成为文化界、新闻界议论的热点。能够将地方戏列入联合国和我国各级政府文化遗产保护名录自然是幸事，但更重要的是把工作的重点放在发展上，不断创作出优秀剧目，满足广大群众的精神文化需求，这才是保护发展地方戏的根本。

（此文系作者2007年到四川、贵州、河南、上海督察非物质文化遗产保护工作时的演讲提纲）

论地方戏的形成规律与传承机制

戏曲艺术曾是我国城乡人民主要的娱乐形式，但在20世纪80年代中叶以后出现了前所未有的衰落景象。其主要标志是城市中的剧场因观众越来越少，票房收入难以维系而关闭或改作他用；与此相应，有相当多的国营和集体所有制剧团因没有戏演或因演出赔钱而面临解体的危机。近年来尽管各地政府和文化主管部门采取了各种措施，如中宣部举办的“五个一工程”评奖，中国剧协进行的一年一度的梅花奖演员评奖，文化部举办的文华奖评奖、文化部舞台艺术精品工程评选，以及各种戏剧节、艺术节等来激励戏剧的繁荣，但并没有扭转戏曲在城市中的衰落。中国戏曲果真像有人断言的那样走到了尽头，不可挽救？笔者曾在1983年至1999年承担国家重大科研项目《中国戏曲志》的编纂出版工作；2002年至2004年承担了国家艺术学科重点项目全国剧种剧团现状调查，多次到各地调查，现就地方戏的形成规律和特点与保护、传承谈一点看法。

一、地方戏的形成规律

（一）由说唱艺术或民间歌舞到两小戏，发展为三小戏，最后形成地方大戏

中国的戏曲艺术产生于民间，是一种活在舞台上、艺术形式不断新陈代谢的艺术。一种新的戏曲形态在民间形成后，流入城市，受到都市

文化和市民审美意识的影响后走向成熟，由小旦、小丑的“两小戏”发展为小旦、小丑、小生的“三小戏”，然后发展为生、旦、净、末、丑行当齐全的大戏，并由俗向雅发展。步入上层社会的艺术殿堂后在形式上逐步凝固以至僵化，最后走向衰落。在我国戏曲发展历史上，北曲杂剧、南戏传奇、近现代地方戏都经历过这样的道路。北曲杂剧是由宋金时期流行于黄河流域的说唱诸宫调发展而成的，南戏传奇是在宋元时期流行于长江流域的民歌俗曲发展而成的，前人已经有定论，我们不再论述。我这里主要阐述一下地方戏的形成。

地方戏是指以梆子、皮黄为代表的剧种形成以后，弋阳腔、昆腔发展为各种地方声腔剧种以后，以及在它们的影响下，由说唱、民间歌舞发展而成的各种地方戏。如梆子戏是由晋、陕、豫交界地带的民歌、说唱发展为“两小戏”“三小戏”形式的“土戏”，约在乾隆末年嘉庆初年发展为地方大戏的。这一点不仅有乾隆年间编印的戏曲剧本集《缀白裘》为证，而且我们还可以从梆子戏的发源地晋、陕、豫乾隆年间城乡戏曲活动的史料中得到证实。乾隆五十八年至乾隆六十年（1793—1795），直隶河间府有个名叫李燧的文人，作为仆戈仙舟的幕僚视学山右，他有《晋游日记》[①]一书流传于世，其中有他在绛州、太原、解州、曲沃等地观剧的记载，所唱剧目有《狮吼记》《打樱桃》等，均为昆曲。另从山西现存舞台上的题壁看，乾隆以前的大多是昆曲剧目。从清人李绿园的长篇小说《歧路灯》中提供的数据看，河南戏曲舞台亦呈现出诸腔杂调并存的局面。这时在晋、陕、豫舞台上有古朴的锣鼓杂戏、对戏、赛戏，高雅的昆曲、弦腔，新兴的梆子腔，由说唱发展成戏曲的道情，由民间歌舞搬上舞台的秧歌，以及外来的清戏、二黄，还有罗罗腔、卷戏等。这一时期的剧本创作，剧作家们的兴趣仍在杂剧和传奇上，如清初傅山的杂剧《红罗镜》《齐人乞食》《八仙庆寿》；乾隆时徐昆的传奇《雨花台》《碧天霞》等。完整的板式变化体的梆子戏剧本还未出现。

---

① 北京图书馆藏清道光癸巳年（1833）河南府署刊本。

板式变化体的梆子戏形式，是什么时候成熟和从诸腔杂调中独立出来，作为一个独立的剧种而统治了晋、陕、豫舞台的呢？徐昆在乾隆五十一年（1786）所写的《柳崖外编》中回顾了他30年前与顾昌如、李仰山等人创作并演出昆曲的情景后，感慨这些所谓高调，“成广陵散了”。《晋游日记》中，李燧记载了一位叫宝儿的演员，在为他演唱昆曲之余，还在“红罗外偷试新腔”。乾隆四十二年（1777）成书的《河汾旅话》，记载浙江海盐人朱维鱼，由西安经晋南至汾阳一路所见所闻，其中有：“村社演戏剧曰梆子，词极鄙俚，事多诬捏，盛行于山陕、俗传东坡所倡，亦称秦腔”的记述，并提到他们看过用山陕梆子演唱《洪恩寺》。《洪恩寺》又名《红门寺》，除梆子戏外，京剧等皮黄剧种亦有此剧目，系根据清初顺治年间涿州恶僧法炳诱奸妇女被查获伏法的实事编剧。另从山西古戏台题壁看，清嘉庆年间出现了《水晶宫》《宝红裙》《狮子洞》《乾坤带》《雁门关》《天波楼》《彩仙桥》等大量的梆子剧目和晋南襄陵（今属襄汾）的永盛班，汾城的得胜班，蒲州的永乐班、杜盛班，晋东南凤台县（今晋城市）的鸣凤班，晋北忻州的吉庆班，五台的自成班等梆子戏班。这时，为了适应舞台演出的需要，粗通文墨的艺人及下层文人创作和改编了大量的梆子剧本。据已故的蒲剧史家墨遗萍先生调查研究，蒲州梆子南路二十四本大戏，其中包括目前还经常上演的《意中缘》《梵王宫》《春秋配》《红梅阁》《麟骨床》《忠义侠》《日月图》《富贵图》《火焰驹》《宁武关》《黄鹤楼》等，均出自平阳剧作家徐昆等人之手，编写的时间约在乾隆末年至嘉庆初年。陕西渭南剧作家李芳桂（因籍贯李十三村，故号李十三），生于乾隆十三年（1748）前后，逝世于嘉庆十五年（1810）前后，他在乾隆末年至嘉庆年间创作了《香莲佩》《十王庙》《紫霞宫》《玉燕钗》《万福莲》《蝴蝶杯》等剧，人称“十大本”。此外，这一时期豫西新安县吕公溥将《梦中缘》传奇改编为板腔体的《弥勒笑》。另现存有乾隆三十八年（1773）的梆子抄本《回府刺字》。以上材料充分证实，板式变化体的梆子戏的成熟，当在乾隆四十年（1776）前后。

再如越剧、沪剧、锡剧、黄梅戏，是由江浙一带的民歌小调发展为花鼓滩簧小戏，最后发展为地方大戏的。当时花鼓戏的演出形式是“男敲锣，女打两头鼓，和以胡琴、笛、板，宾白亦用土语，村愚悉能通晓”①。道光年间，花鼓滩簧得到了发展，演员由二人增加为三人，由一生一旦的“对子戏”发展为小生、小旦、小丑的“三小戏”。演出剧目也进一步丰富，出现了《卖花带》《卖花球》《卖桃子》《卖冬菜》《卖馄饨》《卖瓜子》《卖红菱》《十打谱》《小分理》《女看灯》《捉牙虫》《拔兰花》《绣荷包》等一大批反映民间生活的剧目。同治年间，花鼓滩簧戏更加繁荣，出现了流动演出于酒楼茶馆的职业性、半职业性班社。逢节日庙会，他们在村镇中搭台演出，称“放高台”。光绪初年，花鼓滩簧进入上海租界演出，他们或走街串巷卖艺，或在广场空地圈唱，称“敲白地”，也有一些艺人进入茶楼以坐唱的形式演出。由于流传地域的不同，所受艺术的影响不同，演员的籍贯不同，发展的道路不同，形成了不同的剧种。黄梅戏是由湖北黄梅一带的采茶戏流传到安徽后发展而成的。早期的采茶戏和花鼓戏一样，只有一丑一旦，演出的剧目亦为反映茶农生活、载歌载舞的小戏如《姐妹摘茶》《唐二试妻》《打猪草》《瞄妹子》《瞄表哥》等。嘉庆年间，采茶戏的表演艺术得到了提高，剧目反映的题材有所丰富，由“两小戏”发展到有小生、小旦、小丑为脚色的“三小戏”，如《姑嫂花鼓》《走四川》《卖花线》《瞎子裁衣》等。道光年间，采茶戏在各地迅速发展，流布地区进一步扩大，演出剧目进一步增加。道光年间，黄梅采茶戏有了进一步的发展，出现了取材于当地真人真事或民间传说的剧目，如《张德和辞店》《徐公正闹公堂》《于老四拜年》《毛子才滚烛》等，另外流传至今的优秀爱情神话戏《董永卖身》《山伯访友》等也出现于这一时期。黄梅戏发展为大剧种，是在中华人民共和国成立以后，一大批新文艺工作者充实了黄梅戏的创作队伍，使黄梅戏在音乐、剧目上有较大的提升，出现了《天仙配》《打猪草》等在全国有影响的剧目。

评剧也是近现代史上影响较大的剧种。它是由冀东的说唱莲花落吸

① （清）杨光辅：《淞南乐府》，民国刻《艺海珠尘》所收本。

收秧歌而形成的，最初的形式称“蹦蹦”，经历了以两小戏为主的“对口莲花落”阶段和三小戏为主的“拆出莲花落”阶段。成兆才在“蹦蹦戏”的基础上，吸取了梆子、皮簧的表演艺术，创造出能演出整本大戏的评剧艺术。

（二）由曲牌体到板腔体

由曲牌体到板腔体，中国戏曲在音乐上完成了由古典到现代的变革。梆子戏是最早出现的板腔体戏曲形式，它是直接由诗赞体的民歌和说唱艺术发展起来的。弋阳腔流传到各地以后经过“滚唱”“滚白”等通俗化的改造，发展成为各种高腔。高腔既保留了曲牌体音乐的基础，又发展出了板腔体音乐的成分。由曲牌体向板腔体发展是戏曲音乐发展的趋势，除高腔剧种外，一些道情戏、秧歌戏也由曲牌体向板腔体发展，如晋北道情、临县道情、蔚州秧歌等。

（三）由单一的声腔到多声腔

明清时期，我国的经济、文化中心南移，长江流域成为戏曲诸腔杂调会聚的地区。清末民国初年，戏曲改良运动在全国各地兴起，为编演新戏，争取戏曲观众，不同声腔的戏班联合，组成新的演出团体，为多声腔剧种的形成创造了条件。如川剧是由昆腔、高腔、胡琴、弹腔、灯戏五种声腔组成，在辛亥革命之前，这五种声腔原以不同的剧种分别在四川各地演出，后逐渐合流，形成高昆兼唱的班子或胡弹兼唱的班子，以及昆、高、胡兼唱的班子。约在辛亥革命前后，随着城市工商业的发展，各个剧种的戏班涌入城市演出。为了适应各个层次观众欣赏的需要，出现了容五种声腔为一体的演出团体，如“三庆会”。三庆会成立于清宣统三年（1911），它是由唱高腔的戏班宴乐、长乐、宾乐、翠华，唱昆腔、弹戏、胡琴为主的太洪、舒颐、彩华等班经过协商，自愿成立的。三庆班的出现，标志着川剧的成熟。湘剧、祁剧、赣剧、婺剧等多声腔剧种，都经历了与川剧类似的过程。在多种声腔并存的戏班里，声腔虽然不同，但无论何种声腔，唱、白的语言是统一的，用相同的打击乐、统一表演的节奏，故逐步形成了表演风格统一和谐的剧种。

二、地方戏的文化特点

我国的地方戏有三百多种，它们的文化特点主要有以下三个方面：

（一）地域性

梆子、秧歌、道情一般流传于黄河流域，昆腔、高腔、花鼓、采茶戏多流行于长江流域；黄河流域多单声腔剧种，多声腔剧种一般流传于长江流域。同一声腔不同剧种，主要的区别是语音。如梆子腔，有秦腔（西安梆子）、同州梆子、蒲州梆子、中路梆子、北路梆子、上党梆子、豫剧、宛梆（南阳梆子）、河北梆子、西调、山东梆子、莱芜梆子、枣梆等。早期的梆子腔并无大的区别，早期的梆子戏也是没有剧种之间的区别的，当地人统称为乱弹。江浙和东南沿海一带的文人墨客按照他们的习惯和地理概念，给梆子戏起了一个雅号，叫秦腔。因梆子班中的演员大部分来自山西和陕西，北京的观众称梆子戏为山陕梆子。清同治、光绪以前，各地的梆子戏演员无论在北京，还是在上海，都可以互相搭班，同台演出。陕西的同州、山西的蒲州、河南的陕州，三地的戏班、艺人之间的交流更是频繁。如清乾、嘉年间，就有河南祥符人张喜儿搭秦腔“永庆部”的记载；同光年间以演《忠孝宴》享有盛名的蒲州梆子演员“白菜心”郧三吉为河南卢氏县人；以演《葵花峪》《明公断》享有盛誉的蒲州梆子名旦杨雨春出自河南怀庆府；以演《牧虎关》声震晋南的蒲州梆子名净刘福奎亦为河南人。蒲州梆子名旦王存才更为典型。他学艺在河南灵宝，后在晋南搭班演出，抗日战争至新中国成立前与王秀兰、阎逢春等在西安献艺。他的《杀狗》《挂画》等剧，在晋、陕、豫都留下了深远影响。至于同州、蒲州两地的班社、艺人的交往更是举不胜举。山西蒲州的梆子戏演员和陕西同州的梆子戏演员无论在黄河东岸，还是在黄河西岸都可以互相搭班；上党梆子演员也可以和豫剧演员相互搭班演出。清嘉庆年间，晋北出现了本地人开办的梆子科班。虽然晋北的梆子科班也崇尚“蒲白”，但终因语言的差异，有了上路和下路之分。清光绪年间，晋中商人出资开办了许多“字号班”。他们嫌梆子腔过于火爆，就支持艺人改革，吸收了晋中秧歌的唱腔和伴奏乐器，使上路梆子戏有了中路和北路之分。由于演员的本地化，语言和所受民间艺术的影响不同，中路梆子和北路梆子的差异在进一步扩大。抗日战争时期，蒲州梆子的名伶都避难到西安等地演出，受西安秦腔的影响很大。现在，蒲州梆子的唱腔与中路梆子（晋剧）和北路梆子的差别较大，而和秦腔比较接近。但蒲州梆子的演员无论是与中路梆子的演员和北路梆子演员也好，还是与秦腔演员也好，都难以互相搭班，同台演出。河南梆子（豫剧）和上党梆子在新中国成立以后，在音乐上发展很快，差异也越来越大，两个剧种的演员也已经很难同台演出了。河北梆子是山陕梆子流传到河北和京津地区以后逐步衍变而成的。由于地域的接近，河北梆子与北路梆子在唱腔上比较接近。清末民国初年，河北梆子和北路梆子的演员很容易互相搭班，同台献艺。天津的河北梆子女演员兴起后，河北梆子的唱腔调门变高，现在两个剧种的演员很难同台演出了。

（二）民族性

中国戏曲在宋金时期形成后，经历了北曲杂剧、南戏传奇、板腔体地方戏这样几次在音乐结构和剧本体制上的变化，先后产生过390多个剧种，目前有专业剧团或业余剧团还在舞台上演出的剧种仍然有260多种。在这些剧种中除为数众多的汉族戏曲剧种外，还有藏戏、蒙古戏、壮剧、维吾尔剧、白剧、傣剧、侗剧、彝剧、布依戏、苗剧等少数民族戏曲。在少数民族中，也有一个民族因居住的区域不同，语言和风俗习惯的不同，而形成若干个剧种。如藏族，在西藏自治区就有白面具戏、蓝面具戏、昌都戏、德格戏、门巴戏；在四川、甘肃、青海的藏区有安多藏戏、康巴藏戏、甘南藏戏、黄南藏戏等。再如白族戏曲有吹吹腔、大本曲之分；壮剧亦有师公戏、土戏、沙剧之分。这些戏曲剧种尽管唱腔不同，表演风格不同，所走的艺术道路不同，艺术成分的含量亦有很大的差异，但它们有一个共同的特征，就是王国维先生概括的“以歌舞演故事”。戏曲艺术的这种多样性，反映了我国地域辽阔，民族众多，语言丰富，民间艺术多姿多彩，戏曲文化发展的不平衡性；戏曲艺术“以歌舞演故事”的这种共同特征，反映了我国各地各民族戏曲文化在共同的历史背景下，经过长期的相互影响、相互交融而形成的内在联系。

中国各地各民族的戏曲除了“歌舞演故事”这一不同于西方戏曲的基本特征外，均具有各自的民族特征。中国戏曲的民族特征，首先表现在各个民族的戏曲剧种都采用了本民族的语言，唱腔曲调是在本民族的民间音乐基础上根据抒发感情、塑造人物、渲染环境的戏曲化要求而整合创造出来的。如藏戏的唱腔称“朗达”，它是在藏族鼓舞音乐、道歌和“谐钦”歌舞音乐的基础上形成的，具有雪域佛国浓郁的民族风格。蒙古戏是在蒙古族的民歌、说唱曲艺和宗教音乐的基础上形成的，有的早期剧目的名称甚至和民歌完全一样，如《达那巴拉》全剧采用了科尔沁民歌“达那巴拉”；《诺丽格尔玛》也是采用了科尔沁叙事民歌“诺丽格尔玛”的曲调，后来的一些剧目采用了“民歌联曲体”的手法，根据剧情和人物需要，采用多首民歌，如《赛乌素沟畔》一剧是由“巴音杭盖”“查干宝力格”“丹钦扎布”“脑门达莱”“那仁高勒”“白音都民”六首民歌的曲调组成。蒙古戏的音乐唱腔具有高原游牧民族悠扬、豪迈的风格。维吾尔剧的唱腔是以维吾尔族的民歌、说唱音乐和古典套曲“十二木卡姆”发展而成的，具有嘹亮、欢快的特点。彝剧唱腔是以彝族的民歌“梅葛调”“过山调”“玛嫫若调”“嫁调”“阿噻调”“左脚调”等民歌为素材创作的；白剧唱腔吸收了白族的说唱音乐“大本曲”；傣剧的唱腔中，用了大量的民歌，如用“琴调”表现哀怨、悲伤或思念之情，用“婚宴调”表现人物的庸俗、轻浮，用“孔雀歌”表达热烈和欢快的情绪，用“鹦鹉调”作为剧中的序曲和剧终时的合唱，用芒市“城子山歌”和“坝子山歌”作为表达男女主人公感情的对唱。南方少数民族戏曲的唱腔，都具有感情细腻、缠绵、热忱、奔放的风格。

戏曲的民族特征，在表演上也非常鲜明。如藏剧中的骑马、放牧、剪羊毛、纺织、挤奶、炼制酥油等表演动作，是从藏族人民的生活动作中提炼出来；彝剧的欢快步、愁烦步、迎客布、送客步、登山步、催马走场等表演动作是在本民族的生活动作和彝族舞蹈的各种跌脚步法基础上，借鉴兄弟民族戏曲表演技巧创造出来的。云南的西双版纳和德宏是大象和孔雀的故乡，傣剧的表演就吸收了许多傣族舞蹈中表现大象和孔雀形象的动作。如“见面礼手”，就是模仿大象形态提炼出来的一种身段。“演员右手垂直向下，握掌，下弯的腰部和微低下的头相配合，造成下垂‘象鼻’的感觉。左手配合膝部弯曲的双腿，身体作大幅度的起落动作，形象地刻画出庞大而笨重的象体行进的形态”①。傣剧《海罕》中王子骑象出征时就用了这个身段。傣剧的“孔雀身段”是模仿静静屹立的孔雀形体而来的。“身法是右腿微弯，左脚尖着地，右手向上成三道弯，掌心向上，大指成垂直状，左手自然向后，掌心向外，与大指成垂直状。动作完成时，要眼神平视，收腹提气，多用于霎间亮相或舞蹈的旋转”②。傣剧《朗推罕》中的七位公主就经常使用这个身段。“孔雀碎步”也是傣剧常用的身段步法，这是从傣族民间舞蹈孔雀舞中直接引用的一种表现孔雀快速行进的步法。在傣剧中，常常用这种步法表现少女欢快、愉悦的心情。傣剧正是运用了大量本民族的舞蹈语汇，使它的民族特色非常突出。

戏曲的民族特征还表现在类似和相近的剧种，或类似和相近的表演身段由于民族不同，形成了多样性的表演特点。如同样是花灯，四川和贵州的花灯保留了汉族民间花鼓小戏载歌载舞、生动活泼的特点，演员的舞蹈动作突出了一个“扭”字，主要是靠腰腿的功夫，做出各种舞蹈动作、身段。而云南彝族等少数民族的花灯则吸收了彝族等少数民族的舞蹈动作，突出一个“崴”字。“崴”有正崴、反崴、小崴、等点步、扭步、颠步、大屯步、白云步、鸭子踩水步、双十字步等步法，靠胯部的扭动，形成婀娜多姿、热烈奔放的表演动作，民族特点非常鲜明。再如，汉族戏曲旦脚的手势，多数是用兰花指，掌心向内，表现出一种文静的、优美的风度；而云南的傣剧、白剧、彝剧等旦脚的手势，则较多地吸取了孔雀

①② 《中国戏曲志·云南卷》，北京：中国 ISBN 中心 1984 年出版，第 352 页。

舞的动作，手心向上，表现出一种热情高雅的姿态。再比如，同样是骑马，汉族戏曲中的趟马就和蒙古剧等少数民族戏曲中的“马舞”有明显的区别。为了突出戏曲的民族特色，许多剧种都按剧情和场面气氛的需要，直接插入各种各样的民族、民间舞蹈。如汉族戏曲中的花轿舞、扇舞、鼓舞、灯舞、手绢舞、挑担舞、绸舞、长袖舞等等；藏剧中的拟兽舞、拟禽舞、面具舞和宗教舞蹈羌姆，民间舞蹈谐钦、果谐、踢踏、热芭等；傣剧中的孔雀舞、象脚鼓舞、刀舞；侗剧、苗剧中的芦笙舞、振铃舞；彝剧中的跌脚舞；唱剧中的长鼓舞等等。

（三）多样性

戏曲的多样性，除了体现在不同民族有不同戏曲剧种、同一民族有多种戏曲剧种外，还表现在同一地区，存在多个剧种；一个剧种存在不同的戏曲声腔。如戏曲大省山西、陕西、河南、河北、安徽、江西、山东、湖北、湖南、江苏、浙江、福建、广东等省的戏曲剧种都在20种以上，其中山西一个省就有45种。有的省剧种不多，但在一个剧种内存在着几个不同的戏曲声腔，如四川的川剧，就有昆腔、高腔、胡琴、弹戏、灯戏5种声腔。湖南的湘剧、祁剧，江西的赣剧，浙江的婺剧，广西的桂剧，广东的粤剧等也都是多种声腔并存。另外，有的剧种形成后，迅速流传到它周围的地区，与当地民间艺术相结合，产生出新的剧种，形成一个声腔剧种体系。形成戏曲这种百花齐放局面的社会原因很多，但主要有以下几点：

1. 同一地区不同观众群体不同的艺术欣赏取向为同一地区不同剧种的生存和发展创造了条件。这种情况多出现在经济比较发达，交通比较便利的大中城市和多种文化背景交汇的三角地带。大的都市，如宋代的开封、临安，元代的大都以、平阳、真定，明清的北京、扬州。近代的北京、上海、汉口等。密集的人口、繁荣的商品经济、便利的交通为各种戏曲的生存和发展提供了优越的条件，不同风格的剧种可以吸引不同层次的观众。文化交汇点如山西、陕西、河南交界地带，湖北、安徽、江西交界地带。这些地区是中国戏曲文化的摇篮和发祥地，中国近代的两大戏曲声腔剧种——梆子腔产生于晋陕豫交界地带，皮簧腔产生于鄂皖赣交界地带。由于这些地区水陆四通八达，新的剧种形成后很容易向四周扩散。

2.移民为剧种向外传播提供了观众土壤。中国历史上的移民有几种情况。一是内地的军队到边疆戍边和军垦；二是战争中的难民；三是战乱后的大迁移；四是自然灾害后的大逃离；五是国家因经济建设的需要而采取的移民政策。海南省的琼剧就是明初大陆军队带去的杂剧发展而成的。贵州、云南的花灯、傩戏也是明朝戍边的将士将内地的戏曲带去后与当地的民间艺术相结合而形成的。西北地区有蒲剧、晋剧、豫剧、评剧是抗日战争中，东北、华北被日军占领后，大批包括演员在内的难民涌入西北的结果。1938年至1940年之间，有新声、明星、德育、新民、春月等二十多个评班社在陕西境内演出，在西安演出班社达五六个之多。一时评剧班社云集，明星荟萃，并以西安为轴心，向四周扩展，演遍关中城乡，巡回陕南、陕北。西藏、青海、新疆有秦腔、豫剧、京剧、越剧等，也是解放大西南和大西北时解放军文工团带去的，或是新中国成立初期，为支持西北建设，内地的工厂迁移到西北后，为满足这部分群众看戏的需要，将内地的有关剧团调去的。

中国历史上每一次改朝换代都要经历战乱。战争使家园毁灭，人口锐减，土地荒芜。战争过后，为重整山河，新的统治者都要实行大规模的移民。移民将故乡的文明包括戏曲文化带到新的居住地。明初，朱元璋曾将山西的居民大量迁移到河南、山东、湖北、安徽等受战乱严重的地区，于是有了洪洞大槐树的后裔这一传说。后来山陕地区的梆子戏，能流传全国，在各地扎根，繁衍出新的剧种，是与这些地方的山西移民有很大关系的。明初，朱元璋还将江西、江苏一带的居民迁移到云南、贵州一带，弋阳腔、昆腔在云贵川一带的流传，与这一带的移民有密切关系。

逃荒的灾民把演戏作为一种谋生的手段，而将家乡戏传到外地的情况在中国历史上也是很多的。如光绪初年，山西大旱，泽州的灾民将上党梆子带到河北永年和山东菏泽地区，形成了现在流行于永年的西调和山东的枣梆。陕西商洛地区的花鼓戏也是光绪年间，由湖北郧县的灾民从家乡带来后发展而成的；安徽的黄梅戏是湖北黄梅县的灾民把家乡的花鼓小戏带到安徽后发展起来的；山西雁北流行的罗罗腔和阳泉一带流行的弦腔是由河北的灾民传入的。移民是不同地区之间戏曲文化交流的重要载体。

3. 商品贸易为戏曲的传播架起了桥梁。过去江湖上有一个说法，叫"商路即戏路"，这是很有道理的。前面我们讲到梆子戏能在各地生根开花结果，与它的观众基础——明初的山西移民有关。但梆子戏能迅速传遍全国各地，是与山陕商人的支持分不开的。山陕商人是明中叶由边贸发展起来的，从粮商发展成盐商、茶商，又由盐商和茶商发展成票商，清中叶在全国形成了一个巨大的商品贸易和金融网。山陕商人一方面为了满足自己的娱乐，另一方面把梆子戏作为联络感情、扩大贸易的手段，经常邀请家乡的戏班到他们经商的地方来演出，极大地刺激了梆子戏的向外发展。凡是山陕商人聚集的地方，必定有山陕会馆；有山陕会馆，就必定有戏楼；同样，凡是山陕商人聚集的地区，也必定流传过梆子戏。辛亥革命以后，山陕商人势力迅速败落，梆子戏也随之衰落。东南、西南已经没有纯粹的梆子剧种了，但作为一种声腔，却存在于各地的多声腔剧种中。除梆子戏外，皮簧戏在各地盛行也与商人势力有直接关系。清乾隆之前，北京并没有皮簧戏，皮簧戏仅是流行于湖北、安徽一带的地方剧种。乾隆五十五年（1790），安徽大盐商江鹤亭等为给乾隆皇帝祝寿，将唱二簧为主的四大徽班先后带到北京演出，后逐步发展成京剧。在徽商和湖广商人的支持下，皮簧戏盛行于南北各地。

4. 文人墨客的喜好和统治者的提倡，是一些剧种兴衰的重要原因。在戏曲的发展历史上，有三个剧种特别受到文人墨客的喜好和统治者的提倡，成为全国性的剧种。一是北杂剧，二是昆腔，三是京剧。前期的北杂剧反映了被压迫人民和被压迫民族的呼声，但到了元末明初，就成为维护封建统治的传声筒了。朱元璋分封他的子孙，"凡亲王之国，必以词曲千七百本赐之"，杂剧戏文不可缺少。昆山腔原本是一个地方小戏，经文人墨客革新提倡，成为大剧种。蓄养家班，填词作曲成为明清文人墨客的一大雅兴。昆腔的剧本大部分出自文人墨客之手，其中有不少是大官僚。如《鸣凤记》的作者王世贞，《狮吼记》的作者汪廷讷，《灵宝刀》的作者陈与郊，《燕子笺》的作者阮大铖等。许多文人墨客到外地做官或游历，都要带着家班。一时，家宴堂会、迎送宾客，演出昆曲成为上流社会的风气。在统治阶级的倡导下，万历年间，昆腔已经遍布全国的大中城市。四大徽班入京以后，皮簧戏受到乾隆皇帝的喜爱，王公大臣们自然也附和叫好。在最高统治者的提倡和支持下，皮簧戏迅速发展，在清末民国初年流传全国，成为第一大剧种。

当然，一个剧种的兴盛和向外发展，主要得力于它艺术上的优势，但离不开外在的环境和条件。以上我们所谈的，主要是自然和人文环境对戏曲文化的影响。

戏曲的多样性，不仅是中国戏曲文化的特点，也是中国戏曲文化的优势。文化的品类和自然界的物种一样，其生存发展，不仅要有一定的质量，也要有一定的数量。中国戏曲文化之所以渊源流长，延绵不断，有旺盛的生命力，就是因为她家族兴旺，品类繁多。人类创造了丰富的物质文明，也创造了多彩的精神文明。然而随着世界经济的一体化、信息化的发展，不同民族、不同地域之间的文化特色越来越淡化，甚至在消失。物质世界的发展需要生态平衡，需要将一些濒临灭绝的动物和生物加以特殊保护。精神世界的发展也需要生态平衡，也需要将一些濒临灭绝的文化品种加以特殊保护。戏曲作为中华民族的优秀传统文化要发扬光大，需要保持群体的优势。联合国科教文组织已经将昆曲列入世界首批非物质文化遗产名录，加以保护。在中国戏曲百花园中，具有艺术品味和文化价值，而濒临灭绝的何止昆曲？现在许多外国的艺术家和学者重视学习和研究中国的戏曲文化，而我们自己却对本民族、本地区日益衰落甚至消失的戏曲熟视无睹。中华民族要自立于世界民族之林，不仅要创造更加丰富的物质文明，而且要保持和创造更加辉煌的精神文明。保护和发展我国各地各民族的戏曲文化应该引起大家充分的重视。

三、地方戏的文化艺术价值

地方戏的文化艺术价值是多方面的，其主要有以下几个方面。

（一）创立了板腔体的戏曲形式，为加强戏曲音乐的戏剧性，开辟了新的途径

在梆子腔出现之前，我国各地流传的北曲杂剧和昆腔、弋阳腔等戏曲声腔均是以曲牌联套或曲牌连缀为其音乐结构形态的。每一支曲牌虽然是由若干乐句组成，但曲牌中任何一个乐句或一个片断都不能抽出来单独构成一段唱腔。同时，曲牌与曲牌的组合，是按一定的调式、调性分别列入相应的宫调里去的，一组套曲里只能用同一宫调的曲牌。因此，一场戏不管情节需要与否，场上的角色必须唱完一套或一支完整的曲子。剧本作者为了适合这种音乐结构形式，往往不顾情节和人物需要，按宫调组曲，依曲牌填词。这就无形之中就限制了剧中人物内心世界的自然抒发和角色之间的矛盾冲突，削弱了作品的戏剧性。梆子腔采用的则是以各种不同板式的变化为特征的结构方法。每一种板式的基本结构单位均为一个对称的上下句，两句唱词就可构成一个独立的唱腔。剧作者可以不受曲牌音乐的限制，完全按剧情和剧中角色情感的需要编写唱词，当长则长，当短则短，长者可达几十句、上百句，短者则只有两句。演员演唱时也可以根据自己对剧情的理解和对角色的体验、自己的嗓音条件等，在一支曲调的基础上，选用不同的板式、不同的润腔方法，以声传情，塑造形象、刻画性格。因此，梆子戏板腔体的出现，是对曲牌体戏曲音乐的一次重大变革。这一变革，不仅解除了曲牌联套的音乐结构形式对戏曲剧本创作的桎梏，而且也为戏曲音乐的发展和演员演唱技巧的发挥开辟了自由的天地。

（二）创立了分场结构的剧本形式，解放了艺术生产力

地方戏的剧本体制与板式变化体的音乐结构相适应，采取分回或分场结构形式，有戏则长，无戏则短，场次的安排完全根据剧情发展的需要来设置，克服了杂剧四折一楔子的局限和传奇剧本冗长、松散的痼疾，提高了戏曲剧本的戏剧性。此外，地方戏戏的唱词，采用的是以七言或十言为主的诗赞体句式，与说书等说唱文学相近似，不仅具有生动明快、节奏感强的特点，而且易于被艺人们掌握和运用。板腔体的地方戏成熟后，新剧目源源不断地搬上舞台，至清末民国初年，达到上千种，说明地方戏在音乐形式和剧本体制上的变革，解放了艺术的生产力。

（三）用农民和市民的眼光审视历史，产生了一大批反映阶级矛盾和民族矛盾，歌颂反叛者形象的剧目

地方戏形成和发展的年代，正是我国封建日薄西山，阶级矛盾和民族矛盾日益尖锐，农民起义连绵不断，封建制度和封建礼教土崩瓦解的时期。明末席卷全国的农民大起义和清初汉族人民反抗异族统治的斗争虽然被清王朝残酷镇压下去了，但革命的影响却深深留在广大人民群众的脑海里。地方戏的作者多是民间艺人和下层知识分子，他们虽然不敢直接搬演明末的农民起义和汉族人民反抗清王朝统治的斗争，但从三弦书、鼓书、评书等民间说唱文学中选取素材，创作了《反五关》《李刚打朝》《刺中山》《薛刚反朝》《花打朝》《斩黄袍》《夜打登州》《打渔杀家》《串龙珠》等一大批反映忠奸斗争、歌颂反抗精神，把批判矛头直指皇权和封建制度的剧目。

（四）塑造了一批巾帼英雄形象

地方戏在表现人民群众反抗封建黑暗统治和抵御外来侵略势力的斗争中塑造了一批巾帼英雄形象。如薛家将故事戏中的樊梨花，杨家将的故事戏中的畲赛花（畲太君）、穆桂英等。这些巾帼形象，不仅具有美丽的相貌，而且深通韬略，武艺高强，在战场上驰骋冲杀，胜过须眉，表现出胸怀大志、英姿飒爽、朝气蓬勃的精神风貌。在剧中，她们无论是在反抗强权暴政和封建压迫的政治斗争中，还是在保卫国土、抵御外来侵略的战场上都起着举足轻重的作用，反映了清中叶以后觉悟中的中国妇女要求解除封建压迫，投身于反帝反封建的革命洪流和民族解放斗争的强烈愿望。

这些巾帼形象，还有一个共同特点，就是她们的爱情婚姻都具有反封建礼教的传奇色彩，如樊梨花与薛丁山，佘赛花与杨继业，穆桂英与杨宗保，刘金定与高俊保，陈金定与罗成，红娘子与李岩等。她们的爱情不是产生在花前月下，也未遵循“父母之命，媒妁之言”的古训。她们与她们所钟情的男子，几乎都是由刀枪相拼的劲敌而成为恋人，进而结为夫妻的。她们的爱情产生于两军对阵的战场上，双方的厮杀之中。吸引男女双方的，除俊美的相貌外，主要的是高超的武艺及战斗中所表现出来的精神气质。保家卫国，建功立业的志向将他们的命运联结在一起。在这种传奇式的恋爱和婚姻中，这些巾帼英雄始终处于主动和积极的一面，其表达爱情之直率、大胆，即使今天的青年男女们亦望尘莫及。然而又不使人感到唐突，因为她们这种表达爱情的方式是符合她们的身份和特定环境的。这些巾帼人物，大都出身于绿林豪杰家庭，没有受到封建礼教的腐蚀，且又处于占山为王，官府、王法管不着的地方，她们的武艺又高于对方一筹，所以才会有如此的爱情表达方式。自然，在她们身上，亦表达了梆子戏编演者及广大观众的爱情理想和情趣。这样的爱情，这样的婚姻无疑是对封建婚姻制度的挑战和否定。这是地方戏中的爱情剧目在思想上超越杂剧和传奇爱情戏的地方。

（五）推动了舞台表演艺术的发展

地方戏为适应表现复杂的宫廷斗争、波澜壮阔的农民起义和千军万马厮杀的战争场面，不仅继承了北杂剧和昆剧、弋阳诸腔的舞台艺术，还广泛吸收了武术、杂技、社火、宗教仪式等民间表演，把戏曲的表演艺术推向高峰。

在梆子戏之前，北杂剧和昆剧在艺术上均是以唱为主的，所演出的剧目亦多是才子佳人悲欢离合的爱情故事，正面表现宫廷政治斗争和战争场面的戏较少。梆子戏则不然，在其传统剧目中，多数是表现宫廷斗争和战争故事的，从远古时期舜帝征三苗到清末的辛亥革命，中国五千年历史中发生的重大政治事件几乎都曾被编成戏，在梆子舞台上演出过。为把这些丰富复杂的历史故事搬上戏曲舞台，梆子戏艺人对凡是有用的、适合舞台表演的艺术技巧都加以吸收。如早期武戏中的真刀真枪开打及武打技巧就是取自民间的武术表演；耍手绢、耍扇子、耍茶盅、耍草帽圈等特技取自民间的杂技表演；髯口功、翎子功、捎子功、帽翅功、跷功、椅子功、吹火等特技取自民间社火表演。梆子戏的艺人将这些特技表演与戏剧的情景融合在一起，为刻画人物服务，成为梆子戏表演艺术的重要组成部分和一大特色。

梆子戏表演艺术的丰富和发展，做工戏和武打戏的不断增多，使演员脚色行当的分工亦进一步详细。生行中出现了武生、武小生，旦行中出现了武旦，净行中出现了二花脸，丑行中出现了武丑。这些行当均以做工和武打见长。与此同时，须生、小旦、小丑等的做工亦进一步加强，出现了许多以做工见长的剧目。

四、地方戏的传承机制

地方戏是我国非物质文化遗产的重要组成部分，是民族民间艺术的瑰宝。在世界三大古典戏剧中，古希腊戏剧和古印度梵剧早已在舞台上消失，唯有中国戏曲还活跃在祖国各地城乡的戏剧舞台上。中国戏曲不仅历史悠久，具有顽强的生命力，而且品种丰富，家族兴旺。20世纪末21世纪初，中国由一个农业国发展为一个工业化的国家。随着生产方式和生活方式的变化以及外来文化艺术的冲击，中国戏曲赖以生存的社会条件发生了深刻的变化，戏曲统领城乡舞台的局面一去不复返了，戏曲不仅退出了城市舞台，而且在乡村的演出市场也日益萎缩。

中国传统戏剧的衰落，引起了国内外文化界的关注和我国政府的重视。在各界关怀和支持下，由中国艺术研究院申报，号称百戏之祖的昆曲被联合国列入首批世界人类口头和非物质文化遗产代表作。国家除通过文华奖、艺术精品工程等促进戏曲创作外，还逐步建立起国家、省、市、县四级非物质文化遗产保护制度。在国务院公布的两批1082项国家非物质文化遗产名录中，传统戏剧有126项，保护的剧种有210个。戏曲遗产的保护，关键是艺术的传承。

（一）地方戏的传承特点

戏曲是融文学、音乐、舞蹈、美术等为一体的高度综合的表演艺术，它的创作和演出，除了演员之外，还有编剧、导演、音乐设计、舞美设计、乐师等，就演员而言，亦有生、旦、净、丑不同脚色行当的分工，因此必须要有一个由这些人员组成的团体。其艺术的传承，除了各个艺术行当的个体传承外，还需要集体的传承，这样才能保持艺术的完整性，才能形成剧种和流派风格。

（二）传承人的标准

戏曲是以演员为中心的表演艺术，艺术的传承主要靠艺人的口传心授。许多名艺人，既是优秀的表演艺术家，又是杰出的教育家。他们掌握并承载着戏曲文化遗产的丰富知识和精湛的表演技艺，既是非物质文化遗产活的源泉，又是其代代相传的代表性人物。如元杂剧演员朱帘秀，《青楼集》说她“杂剧为当今独步，驾头、花旦、软末泥等，悉造其妙”，她培养出赛帘秀、燕山秀等著名演员，被后人尊为“朱娘娘”；昆曲的奠基人魏良辅，清代秦腔演员魏长生，近代京剧演员谭鑫培、王瑶卿、梅兰芳等，他们承前启后，创造了丰富多彩的艺术流派，为戏曲的传承、发展与繁荣做出了巨大的贡献。

传承人在传统戏剧保护中的重要性，得到了政府的高度重视。在国务院公布的两批777名国家非物质文化遗产代表性传承人中，传统戏剧的代表性传承人就有304名。其中既有昆曲、京剧、秦腔、豫剧、评剧、越剧这样影响广泛的大剧种的传承人，也有花鼓、花灯、秧歌、道情这样一些地域性的民间小戏的传承人，还有藏剧、白剧、傣剧、侗剧等少数民族戏曲剧种的传承人。按照原来的规定，每一种国家级的非物质文化遗产保护项目，只能有两位代表性传承人。小剧种选定一两位代表性传承人还比较容易，大剧种就作难了。大戏剧种的表演行当有生、旦、净、末、丑，行当之中又分不同流派，评定两个传承人显然不符合戏曲艺术传承的实际需要。评审委员会的领导听取了戏曲专家们的意见，在修改后的评审标准中对大剧种的代表性传承人名额做了适当增加。这样，光是京剧最终就确定了包括梅葆玖、谭元寿、尚长荣、李世济等在内的24位代表性传承人，越剧也有上海的袁雪芬和浙江的茅威涛等8人入选。

戏曲是综合性的表演艺术，其传承的方式，既有师傅带徒弟的个体传承方式，又有父传子、母带女等家庭传承方式，还有科班和学校集体传承的方式。根据戏曲传承的多样性，修订的传承人评审标准，既有“溯源三代以上师承关系”的条款，同时又增加了“具有30年以上从艺经历”的条件限定。尽管如此，从通过评审产生的传统戏剧代表性传承人来看，代表性还是很有限的。这些传承人，绝大部分是演员，从事音乐设计的有两人，编剧、导演、舞台美术一个都没有；在演员中又以生脚和旦脚演员为主，净脚、丑脚演员很少。这也反映了我国戏曲从艺队伍的实际，演员中缺乏净脚和丑脚人才，创作队伍中缺乏编剧、导演、音乐设计、舞台美术设计。一个剧目要搬上戏曲舞台并将其传承下去，需要一个演出表演团体，需要各方面的创作人才；一个剧种的传承更离不开集体的传承。人才的缺失，是制约戏曲传承和发展的重要原因。

（三）传承人的责任和义务

文化部对国家级非物质文化遗产项目代表性传承人提出了应承担的六项责任和义务。一是在不违反保密制度和知识产权的前提下，向省级文化行政部门提供项目操作程序、技术规范、原材料要求、技术要领等非物质文化遗产资料；二是制定项目传承计划和目标任务，报文化行政部门备案；三是努力从事非物质文化遗产的生产、创作，提供高质量的非物质文化遗产作品及成果；四是认真开展传承工作，无保留地传授技艺，培养后继人才；五是积极参与展览、演示、教育、研讨、交流等活动；六是向省级文化行政部门提交项目传承情况报告。戏曲是高度综合的艺术形式，一个剧种的传承需要一个表演团体各方面的艺术人才，如编剧、演员、导演、音乐、舞美等。就演员而言，还有生、旦、净、丑等各个行当，在行当中还有各个不同的艺术流派。因此，就戏曲的代表性传承人而言，第三项、第四项尤为重要，首先要把自己所掌握的技艺传授给年青一代，后继有人。

（四）传承人的权益

传统戏剧的保护，传承人是关键。尊重和保护国家赋予传承人的合法权益，应得到全社会的高度重视。首先要赋予传承人个人荣誉，使他们能够受到社会和世人的尊重，增强传承人对所做工作的自信心和自豪感，使传承人能够更加积极主动地投入到非物质文化遗产保护工作中；同时又赋予他们传承历史文化的重任和保护非物质文化遗产的责任。国家和各级政府要关心他们的工作和生活，为他们的生活和工作提供良好的条件。现在一些地方、一些剧种的传承人的基本工资、医保等基本生活条件还没有解决，更谈不上传承艺术所应有的条件，特别是在经济落后地区，这一问题尤为突出。因此，国家对包括传统戏剧在内对非物质文化遗产传承人制定统一的政策是非常必要的。

结束语

中国的戏曲不仅是中华民族优秀传统文化的重要组成部分，而且在世界戏剧文化中也占有独特的、非常重要的地位。当世界经济进入一体化的新时期，作为中华文明中独特的戏曲文化，不仅不应该削弱，而且应该大力扶植。中国能不能成为世界强国，除了经济的发展外，最终要看我们能不能保持中华民族独特的文化传统。戏曲是中华传统文化的集大成者，民族精神的集中体现者。她综合熔铸了中华民族的歌舞、文学、音乐、历史，凝聚着中华民族独特的生活情感、道德情操、喜怒哀乐以及不同于西方的价值观；千百年来，她犹如一种血脉，融化和流淌在我们民族的肌体里，渗透在我们民族的灵魂中，反映在我们的生活中。建设有中国特色的先进文化，必须建立在中国优秀传统文化基础之上。古老的中国戏曲文化在信息时代的今天，出现生存危机，这并不可怕，可怕的是我们无动于衷，无所作为，甚至以外来的所谓先进文化取代包括戏曲在内的我国传统文化。在全球经济一体化过程中如何保存和发展包括戏曲在内的我国优秀传统文化，已成为摆在我国政府和人民面前的重要课题。特别是昆曲列为联合国教科文组织通过的首批人类口头和非物质遗产代表作后，如何保护各地各民族的戏曲文化，已成为文化界、新闻界议论的热点。能够将地方戏列入联合国和我国各级政府文化遗产保护名录自然是幸事，但更重要的是把工作的重点放在发展上，不断创作出优秀剧目，满足广大群众的精神文化需求，这才是保护发展地方戏的根本。

（此文发表于2009年中国戏曲理论国际学术讨论会，收入会议论文集《中国戏曲理论本体与回归》，文化艺术出版社2010年版，第351—365页）

保住民族文化的根，地方戏才不会消亡
——与人民网记者赵蓓蓓的对话

赵蓓蓓（人民网记者，以下简称“赵”）：近些年来，曾经统领中国城乡文化娱乐阵地的戏曲艺术正逐步退出城市甚至部分乡村舞台，地方戏的衰落已成不争的事实。据我所知，中国艺术研究院戏曲研究所前几年曾承担了艺术学科国家重点科研项目《全国戏曲剧种剧团现状调查》，您主持了这一调查。地方戏究竟衰落到什么程度，您能否简要地描述一下？

刘文峰（以下简称“刘”）：我们调查了11个省、两百多个剧种。全国剧种20世纪50年代有317个，80年代初有360多个，现在保存下来的、有剧团的和专业及业余演出的大概有两百多个；也就是说，近二十多年有一百多个剧种已经消亡，戏剧大省山西的剧种由49个减少到28个，等于每年有一个剧种消亡。

赵：调查给您留下的最深印象是什么？

刘：地方戏衰落的程度难以想象！主要表现在几个方面：一是剧团特别是国营剧团、集体所有制的剧团生存困难，80％以上的剧团工资达不到国家标准，演员的工资非常低，仅能维持温饱，有的连温饱都难以维持；演出市场越来越小，演一场戏的收入还不够支出的费用。二是人才流失非常严重，学戏曲的人越来越少，有的戏校招不到学生，毕业生改行的多；三是剧团缺少起码的艺术生产条件，大部分剧团没有自己的排练场，有排练场的好多都是20世纪五六十年代建的，透风漏雨，多数已经不能使用。县级以下剧团的戏装破旧不堪，灯光、音响设施也非常陈旧。

赵：许多人认为，在市场经济和全球化的背景下，在文化生活、表演艺术日益多元化的今天，地方戏的衰落是必然的。对此，您怎么看？

刘：有必然的一面。因为我国的传统戏曲形成、发展于封建时代。它的审美、理念、表现内容、艺术手段都是根据农耕时代的生产、生活方式产生和发展的。到了近代以后，无论从内容还是形式，都与现实社会距离较大。早在五四运动前后就提出了戏曲改良问题。20世纪30年代左联时期，老一代的戏曲家张庚先生提出了戏曲的现代化问题。延安时期、解放以后，党和政府、戏曲工作者力图通过戏曲改革，使封建时代产生的戏曲适应现实生活，反映时代精神。这种努力取得了比较大的成果。改革开放前，虽然我国的社会制度与封建时代不同了，但人们的生产方式、生活方式基本上还是处于农耕时代，所以，以戏曲的形式表现现代生活，虽然有些距离，但还能勉强承担，而改革开放后就不一样了。随着外来文化的进入，戏曲形式受到很大冲击，但关键还是人们的生产方式、生活方式起了相当深刻的变化。比如战争，过去是用刀枪，现代战争都是导弹、鱼雷；过去的交通工具是坐轿、骑马，现在是汽车、火车、飞机。传统的戏剧手段反映现代生活有些力不从心。还有就是人们审美的变化相当大。年轻人不太喜欢节奏缓慢的艺术形式。另外就是现代科学技术的发展，电视、计算机网络的发展，对戏曲的冲击也非常大。过去，相当一部分人是到剧场里娱乐的，现在人们大都不进剧场了，使戏曲、话剧等舞台艺术包括电影艺术受到冲击，戏曲尤重。剧团的演出市场越来越小，从城市到农村，许多县级剧团已经名存实亡。

但也要看到另一面。中国传统戏曲有三大功能：一是娱乐，这是首要功能；二是教育，中国历来强调戏曲的高台教化的作用。以前老百姓的传统道德观念、历史知识甚至好多常识，都是通过看戏来的，因为他们没有文化，看不懂书；三是传承文化。中国戏曲从孕育至今已有两千多年的历史。戏曲是中国的历史、文学、艺术等所有艺术门类的集大成者，代表了中国的传统文化。随着时代的发展，戏曲的娱乐、教化功能越来越边缘化，但其传承文化的功能并没有消失。现在广大城乡，包括一些经济发达地区，如东南沿海地区，戏曲还有人看，有的地方还挺活跃，还有回归的现象。如厦门，前些年城里已经没有演出了，但这几年又慢慢恢复了。当经济发展到一定程度后，需要文化的时候，还是有一部分人要看戏的。艺术欣赏有个规律，不同年龄段少年时代、青壮年时代、老年时代是有变化的。人到中年以后，喜欢看一些高雅的、文雅的、抒情的艺术形式，戏曲能适应这种需要。另外，随着改革开放，中国一些传统民俗在回归。现在的庙会，人们过生日、给老人做寿，一些重要活动，过年过节，还需要戏曲这种艺术形式，因唱大戏更能体现节日气氛。虽然戏曲不可能像过去那样成为一种娱乐的主流艺术形式，但它还是能传承下去。只要中国文化在世界上能保持独立地位，我觉得戏曲就不会灭亡。

中国戏曲与西方戏剧不同，它经历了几次大的变革，每次变革都是继承了前面的传统而发展下来，而不是像古希腊戏剧、印度梵剧那样传统一下就中断了。中华民族的文化代代相传，戏曲会吸取新的艺术养料，会有新的形式出现，会传承下去，但不会恢复到以前那种统领娱乐的盟主地位。

赵：在市场经济条件下，文化产品的生命力与其市场需求是密切相关的。目前，地方戏的市场需求究竟有多大？

刘：地方戏从娱乐、教化功能看是大大萎缩了，但从其传承文化的角度看相对还有较大市场。特别是农村，包括东南沿海经济发达地区，由于中国传统的民俗活动较多，一年四季每个月都有节，还有各种庙会。中国是多种信仰的国家，虽以佛教为主，但各地的民间信仰很多，如东南沿海的妈祖信仰，内地的关公信仰。还有奶奶庙、东岳庙等，庙会非常多。庙会都有演戏的习惯。还有商贸活动，为制造气氛，吸引商家，也搭台演戏。另外百姓有钱了，儿女结婚、老人做寿、孩子过满月等，都会请戏班演戏。从这个角度看，农村演出市场相当可观。问题是，因成本高，国营大剧团很难走下去，老百姓更多地是请民间剧团，因其戏价低，演出也较灵活。结果形成这样一种现象：国营剧团生存困难，民间剧团却非常红火。民间剧团基本上把民俗活动的演出市场占领了。但国营剧团也逐渐在转变，如山西、河南的省级、市级剧团，也经常下到矿区、农村演出。

近几年在城市兴起一种现象：正规剧场的戏曲演出很少，但茶社清唱、折子戏非常盛行，像陕西、河南的这种演出，非常红火，大部分都是专业演员演出，观众也比较固定。戏曲不同于外来的话剧，它的民间根基很深，所以还是有一定市场的。

赵：在快餐文化盛行的今天，地方戏曲显然已经不太符合大多数人的欣赏趣味，人们对其生存窘境的态度也不一样。有人认为要扶持拯救，有人认为应该任其自生自灭。您以为呢？

刘：从总体上看，中国的戏曲是中华民族非常珍贵的文化遗产，地方戏反映了一个地区的文化发展历史，反映了当地群众的审美，每种地方戏都有一定的当地文化特点。从这个角度讲，应该让我们的民族文化传承下去。对于具体剧种，还是应依其具体情况而定。最近文化部公布了非物质文化遗产国家名录，共五百多种，其中戏曲有近一百种。列入国家名录的剧种都是比较重要的，它们的历史比较悠久，历史遗产比较丰富，艺术特色、地域特色比较鲜明。这类的剧种毫无疑问地应该保护下去。有一些剧种形成时间较短，群众基础较差，也没有多少演出剧目，没太大文化价值，消失也正常。

从艺术规律讲，中国戏曲的发展是个新陈代谢的过程。对剧种价值的衡量主要还是要看其文化价值、艺术价值和群众基础（接受程度）这三个方面。

赵：与地方戏的整体颓势相比，作为民间艺术形式之一的二人转的火爆似乎是个特例，但舆论对这种火爆却褒贬不一。目前还有哪些地方戏比较火？

刘：二人转是一种特殊的艺术形式，介于戏曲和曲艺之间。它火爆的重要原因是，这种艺术形式包容性比较大，演出比较灵活，受条件的限制小，演员少，有些节目属于曲艺性质，如小品、表演唱。东北一直没有自己的大剧种，二人转在东北民间有非常深厚的群众基础。另一重要原因是出了一批名演员，如赵本山等。

现在全国比较出色的剧种、演出市场比较好、比较火的还有：河南的豫剧，西北的秦腔，山西的晋剧，福建的高甲戏、莆仙戏。莆田一个县的民间职业剧团就有一百多个，闽南高甲戏的民间职业剧团有上千个。还有黄梅戏、越剧，群众基础较好，但这几年在衰落，剧团数量在减少，主要原因是现在的好演员、好剧目少。

赵：去年我国昆曲艺术被联合国教科文组织宣布为首批"人类口头和非物质遗产代表作"，并在19个入选项中名列榜首。昆曲入选的意义何在？

刘：昆曲是我国古典戏曲的一个代表剧种，它的历史比较悠久，文化遗产比较丰富。当时是全票通过。昆曲入选是我国文化史上的一个非常重要的事件，它对于推动我国的民间文化的保护工作有很大作用。在入选前，全国六个昆曲剧团已经奄奄一息，几近淘汰。申报成功后，国家采取了保护措施，给演员全额工资，投入资金保护老艺术家、排新戏，扩大演出市场，在大学生中进行宣传。其它剧种纳入国家名录后，国家对剧团、演员、演出市场、艺术生产也会有一些保护措施。

我国的戏曲危机、民间文化的丢失已不是一年两年的事了，从20世纪80年代末就开始呼吁，但没引起足够的重视。昆曲申报世界非物质文化遗产成功后，戏曲界、文化界、新闻界比较重视，媒体也作了一些报导，但比起日本还差得多。日本的能乐也入选了，全国上下欢欣鼓舞，举行了隆重的庆祝活动。

这些年，一些从事国情研究、世界发展战略研究的学者已取得共识：一个国家、一个民族能否在世界上站得住脚，关键是文化。因为经济发展相对容易，文化发展要有一个很长的积累过程。一个国家、民族若没有自己的文化特色，就很容易被外来文化同化，国家、民族就会失去独立性。

赵：今年新年，中国一些地方戏迈进了最神圣的艺术殿堂——在维也纳的金色大厅上演，它传递出什么信息？

刘：一方面是我们有意识地把中国文化推向世界，另一方面国外也逐步了解中国文化，想看一些新鲜的东西，而不仅是京剧。这几年，藏剧、秦腔、豫剧、川剧等被国外邀请演出的较多。外国人觉得这些地方戏艺术，民族特色、地域特色非常浓郁。另外他们特别佩服中国戏曲的艺术理念和表现手段，认为中国戏曲用最经济的手段表达了最丰富的艺术内涵，非常高明。中国戏曲有两个重要特征：一是多样性。外国就是歌剧、话剧、舞剧，中国每个民族、每个地方都有自己独特的地方戏，而且是一个民族、一个地方有多个剧种；二是艺术手段的丰富性。

赵：就是将诗歌、音乐、舞蹈、美术等诸多艺术元素融于一体，还包含仪式、杂技、魔术、武术等成分？

刘：就像你说的。国外很少有如此高度综合的戏剧艺术，话剧就是话剧，歌剧就是歌剧，舞剧就是舞剧。三是令外国剧作家、演员非常佩服的戏剧理念，如时空转换的灵活性；国外是一幕一幕的，情节只能发生在一个固定场合，中国戏剧在舞台上可表现千军万马，可通过演员的舞蹈、歌唱表现动态的、时空灵动的情节，这在外国人看来是不可能的。中国戏曲的这种演剧理念，不仅演员在舞台上运用得得心应手，而且老百姓也认可，能理解，台上台下能产生互动和共鸣，这是因为观众从小就看戏，培养出这种审美习惯。现在很多年轻人为什么不愿看戏，因为他们从小没这种培养，看不懂。

赵：方言是地方戏存在的基础。推广普通话与发展地方戏会不会有矛盾冲突？

刘：确实存在矛盾。戏曲要发展，要保持它的特色，离不开方言。区分剧种最重要的一个条件就是语言。若把语言特色取消了，地方戏也就失去它存在的意义。我认为，在公共社交场合，可以推广普通话，但对于民间艺术，绝对不能用普通话去规范，否则就会加速地方戏的消亡。

赵：中国戏曲学院教授傅谨提出了保护基层民间文化权益。他认为，过去的文化经营路线是打造代表性精品，忽视了对民间文化的保护与培植，造成民间文化创造力的萎缩，使农村文化缺乏自创的生机，只能靠上面下发。其实许多中国的传统艺术都来自民间，农村文化也主要靠这些文化的自娱自乐。现在应该通过保护与培育来刺激民间文化的内生，回归民间文化的本体。您认同这种观点吗?

刘: 他的观点有一定道理。我们国家把人力、物力、财力主要放在国家剧团、专业剧团，对民间剧团，缺乏专业指导，经济投入更别说。从大的方面讲这是正确的。因为一种艺术要提高，并要将其传承下去，主体应该是专业剧团。因为你就是干这个的，专业的和业余的水平就是不一样。但是这里有一个文化基础问题。若没有群众基础，专业剧团就失去了根。这方面我们过去的工作有片面性。现在，特别是县一级的剧团，应该把主要精力或投入一定精力，辅导、培养民间剧团，使它们的艺术活动纳入一个比较正常的轨道上来，而不是自生自灭。要对它演出的剧目给予一定的引导，因为现在业余剧团经营的目的就是赚钱。有的剧团比较好，但有相当多的剧团为了赚钱、吸引观众而不择手段，有一些不良的东西。这个文化部门不能不管，不能让它自由泛滥。但管起来确有一定难度。因为许多基层文化部门没有经费，想管管不了。对民间剧团来说，如何能够生存下去，又要有健康的剧目，这个很难。民间剧团没有经济实力，比如一些精品剧目就演不了。还有自己的创作力量根本不可能排新戏、演新戏。

赵: 你们的调查报告还提到一个问题，就是国家扶持的剧目、有些艺术家创作的好剧目、频频获奖的剧目，束之高阁，普及不下去，是个很大的浪费。

刘: 这个问题存在的责任主要在政府部门。从20世纪80年代后期到现在，一直在搞戏曲的评奖、汇演，它有促进艺术生产的作用，但搞得多了、滥了，戏曲剧团把汇演、获奖当作目标了，这就错了，而且也滋生了腐败。演员演新戏、剧团排新戏不是为了满足群众的娱乐、文化需求，而是为了满足评奖、获奖，文化主管部门的工作也不是为了满足群众的文化需求，而是为了得奖。得完奖，目的达到了，就不再演了，不再推广了，形成了恶性循环。

赵：就是说，本来评奖是手段，现在成了目的。

刘：是。20世纪五六十年代也曾有一些重要的戏曲调演、会演，比如50年代初第一届全国戏曲观摩演出，那是一个戏曲的盛会，把全国主要剧种调到北京演出，演员互相观摩、交流、学习。现在变味了，变成完全是评奖，互相争斗，各地演员之间的互相交流也没了。现在搞汇演、调演，剧团不可能都集中来，没那么多的钱，演员演完就走，根本没法看戏。看戏的大都是评委和文化官员，像我们这种搞戏曲研究的，因不是评委，剧团也不请我们，很多演出的新戏我们都没看过。这种以评奖为目的的现象对戏曲的发展非常有害。

赵：上个月，中办、国办发出《关于进一步加强农村文化建设的意见》，本月中共中央、国务院又发出《关于深化文化体制改革的若干意见》。您认为地方戏的振兴对文化建设特别是农村文化建设有着什么样的意义和作用?

刘：文化体制改革是个比较复杂的问题，包括剧团的体制改革20世纪从80年代到现在一直在搞，但很少有大家认可的成功范例。关键是改革的目的是什么。如果是为了甩掉经济包袱，肯定会失败。本来剧团、艺术家已经处于非常困难的地步了，你再作为一个包袱甩出去，那无疑是雪上加霜。如果从文化发展的角度改革，改革的目的不是为了甩包袱，而是为了让它健康地发展下去，就不应只算经济账。剧团体制改革该投入的时候就要投入，该扶持的时候就要扶持。但这里面确实存在一个问题：我们国家的剧团大部分是在计划经济下成立的，体制、布局不适应现在社会的发展，要做些调整。如北京市，有中国京剧院，中国京剧院有好几个团；有北京京剧院，也有好几个团；过去还有风雷京剧团、部队的战友京剧团。一个城市里有这么多京剧团，有没有必要？包括省里有省一级剧团，市里有市一级剧团。布局上需要做些调整，精简队伍是必要的，但调整涉及很多具体人的利益，要处理好，特别是一些老艺术家，不能作为包袱一甩了之。我们去长治调研时了解到，一些老艺术家，说起来挺可怜的，从抗日战争、解放战争时期就参加共产党领导的剧团，因为原来属于集体所有制的剧团，退下来后，不能按退休、离休算，工资都没了，非常不合理，有的就到外面卖菜去。现在的演出市场本身就不完善，没有建立起来，你让剧团市场化，只靠演出收入来维持，不可能。在市场未完善的情况下，把剧团推向市场，只能加速剧种、剧团的灭亡。应该有个逐渐走向市场的过程。另外要区别对待。有些市场比较好、适应反映现代生活、群众基础也比较好的剧种，可市场化程度高些；有些是我国戏剧文化中比较重要的品种，但市场比较小的，就不能把它完全推向市场。这要做调查研究，做很细的工作。我觉得，现在我们的一些文化政策的出台，没有经过深入的调查研究，仅开一两次座谈会是不行的。

赵：如果让您给地方戏的振兴开个药方，您会下哪几味药？

刘：最关键的是国家要立法保护民族民间文化。现正在进入立法程序，有的地方已出台相关法规，总之要纳入国家法律体系，而不是变成这样一种状态：领导人喜欢这个工作就好一些，领导人不喜欢这个工作就没人管。此外，戏剧界要认识戏曲发展规律，加强艺术研究、艺术创造，还是要有好作品扩大影响，使它成为老百姓喜欢的艺术，如果老演老戏，老戏老演，总是那么几出戏，老是老调子，就是喜欢你的老观众也不会看。但戏曲的创作不像写一篇小说或拍一个电视剧那么容易，不仅这种艺术形式的难度大，而且制约的因素很多，特别是审查的“婆婆”多，新剧目的产生非常不容易。还有就是要从教育入手，实实在在地把我国的民族文化纳入基础教育范畴，从小培养人们对民族文化的认同感，这个非常重要，它直接关系到民族文化是否后继有人、能不能传承下去。还要注重解决艺术人才的培养、文化设施建设等一系列问题。

（此文原载《人民日报》，2006年1月27日 第16版）

传承人是传统戏剧保护的核心

传统戏剧是我国非物质文化遗产的重要组成部分，是民族民间艺术的瑰宝。中国戏曲不仅历史悠久，具有顽强的生命力，而且品种丰富，家族兴旺。根据20世纪80年代编纂出版的《中国戏曲志》统计，在我国历史上共产生过394个戏曲剧种，“文化大革命”以前有360个剧种活跃在各地各民族戏剧舞台上，上演的剧目有上万种，仅京剧就有传统剧目五千多种，秦腔有三千多种，专业演出团体有两千多个。

20世纪末21世纪初，随着生产方式和生活方式的变化以及外来文化艺术的冲击，中国戏曲赖以生存的社会条件发生了深刻的变化，戏曲统领城乡舞台的局面一去不复返了，戏曲不仅退出了城市舞台，而且在乡村的演出市场也日益萎缩。据中国艺术研究院戏曲研究所承担的国家重点科研项目《全国剧种剧团现状调查》统计，我国的戏曲剧种在2004年已经减少到270种；山西是戏曲剧种最多的地区，已经由原来的49种减少到28种，几乎平均每年减少一种。

中国传统戏剧的衰落，引起了国内外文化界的关注和我国政府的重视。在各界关怀和支持下，由中国艺术研究院申报，号称百戏之祖的昆曲被联合国列入首批世界人类口头和非物质文化遗产代表作。国家除通过文华奖、舞台艺术精品工程等促进戏曲创作外，还逐步建立起国家、省、市、县四级非物质文化遗产保护制度。在国务院公布的两批1082项国家非物质文化遗产名录中，传统戏剧有126项，保护的剧种有210个。

戏曲是融文学、音乐、舞蹈、美术等为一体的高度综合的表演艺术，其艺术的传承主要靠艺人的口传心授。许多名艺人，既是优秀的表演艺术家，又是杰出的教育家。他们掌握并承载着戏曲文化遗产的丰富知识和精湛的表演技艺，既是非物质文化遗产活的源泉，又是其代代相传的代表性人物。如元杂剧演员朱帘秀，《青楼集》说她“杂剧为当今独步，驾头、花旦、软末泥等，悉造其妙”，她培养出赛帘秀、燕山秀等著名演员，被后人尊为“朱娘娘”；昆曲的奠基人魏良辅，清代秦腔演员魏长生，近代京剧演员谭鑫培、王瑶卿、梅兰芳等，他们承前启后，创造了丰富多彩的艺术流派，为戏曲的传承、发展与繁荣做出了巨大的贡献。

非物质文化遗产是活态的、流动的，而不是僵死的、凝固的。这种性质，决定了它的传承和延续，不像物质文化遗产那样有形可依，有据可查，而是像彩云一般，飘忽不定。在一些领域，如戏曲等民间艺术，往往因传承人的逝世而消亡。因此，作为非物质文化遗产的戏曲，其传承和保护的核心是传承人。所谓“人在艺在，人死艺亡”，就是这个道理。

传承人在传统戏剧保护中的重要性，得到了政府的高度重视。在国务院公布的两批777名国家非物质文化遗产代表性传承人中，传统戏剧的代表性传承人就有304名。其中既有昆曲、京剧、秦腔、豫剧、评剧、越剧这样影响广泛的大剧种的传承人，也有花鼓、花灯、秧歌、道情这样一些地域性的民间小戏的传承人，还有藏剧、白剧、傣剧、侗剧等少数民族戏曲剧种的传承人。按照原来的规定，每一种国家级的非物质文化遗产保护项目，只能有两位代表性传承人。小剧种选定一两位代表性传承人还比较容易，大剧种就作难了。大剧种的表演行当有生、旦、净、末、丑，行当之中又分不同流派，评定两个传承人显然不符合戏曲艺术传承的实际需要。评审委员会的领导听取了戏曲专家们的意见，在修改后的评审标准中对大剧种的代表性传承人名额做了适当增加。这样，光是京剧最终就确定了包括梅葆玖、谭元寿、尚长荣、李世济等在内的24位代表性传承人，越剧也有上海的袁雪芬和浙江的茅威涛等8人入选。

戏曲是综合性的表演艺术，其传承的方式，既有师傅带徒弟的个体传承方式，又有父传子、母带女等家庭传承方式，还有科班和学校集体传承的方式。根据戏曲传承的多样性，修订的传承人评审标准，既有“溯源三代以上师承关系”的条款，同时又增加了“具有30年以上从艺经历”的条件限定。尽管如此，从通过评审产生的传统戏剧代表性传承人来看，代表性还是很有限的。这些传承人，绝大部分是演员，从事音乐设计的有两人，编剧、导演、舞台美术一个都没有；在演员中又以生角和旦角演员为主，净角、丑角演员很少。这也反映了我国戏曲从艺队伍的实际，演员中缺乏净角和丑角人才，创作队伍中缺乏编剧、导演、音乐设计、舞台美术设计。一个剧目要搬上戏曲舞台并将其传承下去，需要一个演出表演团体，需要各方面的创作人才；一个剧种的传承更离不开集体的传承。人才的缺失，是制约戏曲传承和发展的重要原因。

国家级非物质文化遗产项目代表性传承人应承担六项责任和义务：一是在不违反保密制度和知识产权的前提下，向省级文化行政部门提供项目操作程序、技术规范、原材料要求、技术要领等非物质文化遗产资料；二是制定项目传承计划和目标任务，报文化行政部门备案；三是努力从事非物质文化遗产的生产、创作，提供高质量的非物质文化遗产作品及成果；四是认真开展传承工作，无保留地传授技艺，培养后继人才；五是积极参与展览、演示、教育、研讨、交流等活动；六是向省级文化行政部门提交项目传承情况报告。戏曲是高度综合的艺术形式，一个剧种的传承需要一个表演团体各方面的艺术人才，如编剧、演员、导演、音乐、舞美等。就演员而言，还有生、旦、净、丑等各个行当，在行当中还有各个不同的艺术流派。因此，就戏曲的代表性传承人而言，第三项、第四项尤为重要，首先要把自己所掌握的技艺传授给年青一代，后继有人。

传统戏剧保护的核心是传承人，那么如何保护传统戏剧的代表性传承人呢？首先要赋予传承人个人荣誉，使他们能够受到社会和世人的尊重，增强传承人对所做工作的自信心和自豪感，使传承人能够更加积极主动地投入到非物质文化遗产保护工作中；同时又赋予他们传承历史文化的重任和保护非物质文化遗产的责任。国家和各级政府要关心他们的工作和生活，为他们的生活和工作提供良好的条件。现在一些地方、一些剧种的传承人的基本工资、医保等基本生活条件还没有解决，更谈不上传承艺术所应有的条件，特别是在经济落后地区，这一问题尤为突出。

国家级非物质文化遗产项目代表性传承人的公布，引起全社会的广泛关注和支持，对弘扬我国优秀的传统戏曲文化，推动戏曲的繁荣发展，满足人民群众看戏的需求，推动社会经济协调发展具有重要意义。

（此文原载《光明日报》，2008年2月27日第10版）

昆曲的历史定位及保护与利用

中国的昆曲和日本的能乐被联合国科教文组织批准授予世界首批“人类口头和非物质遗产代表作”，这既是中日文化艺术界的大事和幸事，也为我们保护和利用这些遗产提出了新的要求。因为从现在起，昆曲和能乐能不能很好地保存下来，继续为人类服务，已经不仅是中日两国戏剧界的事，也不仅是中日两国政府的事，而是全世界、全人类的事了。中国的昆曲和日本的能乐不仅是中日两国的戏剧文化，也是全人类共同的戏剧文化。现在我仅就昆曲的保护利用谈一点简略的意见。

一、关于昆曲的历史定位

为了更好地保护和利用昆曲这一人类共同的精神财富，我们有必要对昆曲的历史地位有一个准确的认定。根据我的理解，联合国科教文组织之所以把昆曲作为首批“人类口头和非物质遗产代表作”，有这样几个方面的原因。（一）历史悠久。昆曲形成于元末（公元1350年前后），成熟于明代中叶（1550年前后），兴盛于明末清初（1573—1775年前后），衰微于清中叶，目前仍有专业剧团和业余曲社的演出。昆曲形成到现在已经有650多年的发展历史，这在世界上是少有的。（二）遗产丰富。从昆曲形成到新中国成立以来，产生了数以百计的剧作家和数以千计的作品以及无数的班社和艺术家。现存大量的剧本、曲谱以及演出活动的文字记录，是世界上任何一个剧种难以和它相提并论的。（三）影响深远。昆曲上承南戏和元杂剧，下传梆子戏和皮簧戏，中国近代的地方戏，有许多是吸取了昆曲的艺术养料而形成发展的。昆曲的剧目有许多被京剧等地方戏所移植改编，昆曲的锣鼓经和过场曲牌被许多剧种吸收。由于昆曲的发展，形成了中国戏曲的第二次高峰；由于昆曲的艺术积累，为清末民国初年地方戏的兴盛和发展奠定了深厚基础，形成了中国戏曲的第三次高峰。（四）人文关怀得天独厚。昆曲之所以能有这样巨大的成就、深远的影响、联绵不断的发展历史，其中一个重要的原因就是与文人知识分子的参与创作和政府的扶持以及上层社会的喜好密不可分。昆曲虽然也原本是一种民间的地方小戏，但经过魏良辅等文人的加工改造，由俗变雅，由简陋变得精细，逐步受到文人墨客和上层社会的喜爱，不断有文人为其创作演出剧本，也不断有精通戏曲艺术的文人指导昆曲的排演，甚至有的文人墨客还粉墨登场，参与舞台实践，极大地提高了昆曲的艺术品味，促进了昆曲的发展和繁荣。即使到了清末民国年间，京剧繁盛、昆曲衰落以后，仍有不少大学的师生和社会上的文人墨客孜孜不倦地参与昆曲的创作和演出。至于政府的扶持和上层社会的支持，仅从清乾隆至嘉庆年间连续几次提倡雅部昆曲、禁演花部地方戏中，就可以看出政府和上层社会是多么重视昆曲的。由于文人参与创作和受上层社会的影响，从总体上看，昆曲所反映的内容，以中、上层社会才子佳人爱情婚姻、悲欢离合为主，所抒发的是以文人和上层社会为主体的喜怒哀乐，所要满足的是以文人和上层社会观众的审美意识，在艺术风格上所呈现的是一种清雅的、委婉的、柔美的情趣。这是昆曲为什么长期受到文人墨客和上层社会的喜好而逐步脱离中下层观众走向衰落的主要原因。同时，我们也应该看到，昆曲的根在民间，无论是昆曲的优秀作家，还是昆曲的优秀表演艺术家，他们都有一个共同点，就是不断吸取民间艺术的养料，反映广大人民群众的呼声，表达先进阶级的意愿。根据上述的理由，我们是不是可以给昆曲这样一个历史定位：那就是，昆曲既是一个历史悠久、遗产丰富、影响深远的古老剧种，又是一个在具备一定的文化素养的观众群中流行的高雅艺术。

二、关于昆曲遗产的保护

昆曲作为一种产生在六百多年前的文化遗产，有极高的历史认识价值，同时又因为它仍然是生存在戏曲舞台上的鲜活艺术，所以还有很高的欣赏价值。正因为如此，在新中国成立以后，党和政府对它采取了一系列的发掘、整理、研究、保护政策，并取得了重要的成果，如建立专业的表演艺术团体，编辑出版《古本戏曲丛刊》等。但是这些工作离联合国科教文组织保护《人类口头和非物质遗产代表作条例》的要求还有很大的差距，还有很多方面需要我们进行脚踏实地的、深入细致的工作。我认为：（一）要把保护昆曲的工作纳入我国文化发展的战略规划中，进行大张旗鼓的宣传，特别是向青少年宣传有关昆曲的历史知识和艺术常识，在中学和大学中开设包括昆曲在内的戏曲课程。（二）建立国家戏曲博物馆，把昆曲作为搜集、整理、研究、展览的重要内容，使之成为对青少年进行传统文化艺术教育的基地。（三）已经出版的《古本戏曲丛刊》仅是现存古代戏曲作品中的一部分，现在这一工作因经费的困难，已处于停顿状态。国家应拨出专门的经费，继续进行《古本戏曲丛刊》的编辑出版工作。（四）昆曲的表演艺术是昆曲遗产中最宝贵的东西，表演艺术存活在演员的身上，人在艺术在，人亡艺术亡。把老演员的表演艺术传给下一代，并用现代的科学技术手段记录保存下来，应该成为专业昆曲剧团和有关戏曲学校的重要工作。在传统艺术将要失传的时候，继承工作比上演几出新戏更为迫切、更为重要。国家和当地政府要对专业的昆曲剧团采取特殊的保护政策，除了保证从业人员的生活外，还要有足够的经费保证艺术的生产和传承。为保护以昆曲为代表的传统艺术，除了国家必要的投资外，政府要制定相应的政策，鼓励企业和个人赞助昆曲艺术，建立专门的基金。

三、关于昆曲艺术的利用

昆曲是形成于六百多年前封建社会的戏剧文化，新中国成立以后，在“推陈出新”方针指引下，整理改编传统剧目，编演新戏，做了许多努力，但就昆曲的整体而言，无论是在内容上，还是在艺术形式上都难以适应当前大众化的审美要求。因此，我认为:（一）昆曲应该把自己的观众定位在具有中等文化水平以上的人群中，特别是要在大专院校中发展自己的观众。在现阶段，昆曲的演出，不应该以票房收入为目的，而要以培养观众和弘扬祖国优秀文化艺术为出发点。在培养起自己的观众群之后，才能考虑相应的观众回报和票房收入。（二）昆曲的上演剧目要以传统剧目为主，以历史题材的剧目为主，以抒情写意为主，以歌舞为重。昆曲轻歌曼舞，舒缓的音乐节奏很难表现快节奏的现代生活。要求昆曲演现代戏，是得不偿失的。由于历史的局限，传奇这种戏曲的体裁早在清乾隆年间就不能适应观众的审美要求了。乾隆以后，很少整本演出，即使是像《西厢记》《牡丹亭》《长生殿》那样的古典名剧，也只是上演其中比较精彩的几出。因此要原封不动地上演传统的昆曲是很难做到的。但是，如果仅上演无头无尾的折子戏，对于不熟悉剧情的观众也是没有吸引力的。多年的艺术实践证明，删除多余的过场戏，将不太重要的场次作暗场处理，用独白的艺术手段将剧情连接起来，保留精彩的折子戏，不失为演出古典名剧的一种好方法。昆曲演出古典名剧是它的长处，昆曲有数以千计的传统剧目，但目前在舞台上演出的很少。发挥昆曲的长处，整理演出优秀的昆曲传统剧目大有可为。（三）昆曲在舞台演出的同时，要利用现代化的传媒手段，通过电视、光盘、计算机网络把昆曲优秀的剧目介绍给观众。影视艺术与舞台艺术是两种既有联系，又有很大不同的视觉艺术。昆曲表演团体和影视公司的密切合作，才可能做到既保留昆曲艺术的魅力，又发挥影视艺术的长处。黄梅戏、越剧等剧种在戏曲电视剧方面积累了成功的经验，昆曲是可以借鉴的。

保护和利用昆曲这一被联合国科教文组织命名的“人类口头和非物质遗产代表作”是一项系统的工程，需要国家、演出团体、研究单位、教育部门等共同努力和全国人民的关心和支持，才能做好。作为一个戏曲研究工作者，我既为我们的祖国有昆曲这样历史悠久、遗产丰富的戏曲文化而感到自豪，又深知其保护任重道远。让我们携起手来，为弘扬祖国的优秀传统戏曲文化而努力！

（此文原载《艺术百家》，2002年4期）

试论地域文化对京剧流派形成的影响

京剧不仅是一个全国性的剧种，而且是一个流派纷呈、多姿多彩的剧种。就地域流派而言，有早期的徽派、汉派、京派，兴盛时期的京派、海派等；就行当流派而言，老生中有谭派、马派、言派、麒派等；旦脚中有梅派、程派、尚派、荀派等。本文仅就地域文化对京剧地域流派的影响做一点粗浅的分析。

一

北京是一个具有三千多年历史的古城，元代以来，一直是中国政治文化的中心。徽班将皮簧戏带到北京后，得到社会各界的认可和支持。受北京宫廷艺术和地域文化的影响，逐步形成了具有北京特色的戏曲剧种京剧。早期皮黄在北京有汉派、徽派、京派之分，其区别主要在语言风格和韵味上，后逐步以北京语言、湖广韵为基础，形成字正腔圆、动作规范、善于表现历史故事和宫廷生活的京派风格。

京剧之所以不同于楚调（汉剧）和徽调（徽剧），最根本点在于京剧是以北京语音为基础的。皮黄腔的京化有一个过程，其标志是出现了用北京当地语言演唱皮黄腔的演员。粟海居士《燕台鸿爪集》透露了这个信息。此书《三小史诗序》在谈到“京师尚楚调，乐工中如王洪贵、李六以善为新声称于时”后接着写到“一香学而兼其长，抑扬顿挫合自然，口齿清历又燕产也”。作者用五言诗赞道：

镜里轻鸾舞，
琴中大蟹行。
憨传儿女态，
凄动别离情。
郢曲声声妙，
燕言字字清。
怪招同伴妒，
甲掩阿千名。①

可以看出，这个兼王洪贵、李六所长的一香是燕人，他之所以享誉北京剧坛，“怪招同伴妒，甲掩阿千名”，其中很重要的一点，就是他用了北京（北京一带古称燕）语音演唱西皮、二簧，“抑扬顿挫，口齿清历”，所以才能收到“郢曲声声妙，燕言字字清”的艺术效果而受到北京观众的欢迎。徽汉两调在北京合流后，西皮、二簧受北京观众的影响而逐渐以北京语音为基础并结合湖广音规范唱、念，加之北京、河北籍皮簧演员的出现，标志着京剧的形成。道光二十年（1840）署名观剧道人所著《极乐世界》凡例中写道：“二簧之尚楚音，犹昆曲中尚吴音，习俗然也。今得以悦京师之耳，故概用京音。间有读仄为平者，元人北曲已有其例，幸未嗤为谬妄。”可见道光年间皮簧已经京化。继一香之后，享誉北京剧坛的本地皮簧戏艺人著名者还有张二奎。张自幼酷爱戏曲，24岁时以票友身份在和春班客串《捉放曹》等剧获好评，遂正式下海搭和春班演戏，曾任该班班主，后入四喜班。咸丰年间与名净大奎官（刘万义）合组双奎班。他的唱腔念白以京音为准，嗓音宽亮，吐字清晰，行腔平稳质朴，唱腔别

① 张次溪编：《清代燕都梨园史料》（上），中国戏剧出版社1988年12月第一版，第272页。

具一格，世称“奎派”，又称“京派”，与程长庚、余三胜并称“老生三杰”。代表剧目有《金水桥》《打金枝》《大登殿》《五雷阵》《牧羊卷》《四郎探母》等。张二奎之后，北京和周边加入京剧队伍的演员就更多了，著名者如孙菊仙、姜妙香、马连良、高庆奎、汪笑侬、尚和玉、严菊朋，等等。

此外，宫廷艺术的影响，也是京派京剧形成的一个重要原因。徽班进京，是为乾隆皇帝祝寿而来。徽班演唱的皮簧戏受到宫廷上下的喜好，从咸丰皇帝到慈禧太后、光绪皇帝等都是京剧迷。宫中排演京剧，除了字正腔圆，讲究京剧的韵味外，在剧本的思想内容上要符合统治者的要求，在表演上和服饰扮相上要符合帝王将相的审美，在砌末道具上要做到尽善尽美。在慈禧执政时期，还将原来用昆弋腔演唱的宫廷大戏改编为皮黄演出，这都促进了京派京剧的形成和发展。

京派在演出剧目上的特点是以历史故事戏见长，特别是反映宫廷生活的大戏，如东周列国戏、隋唐戏、三国戏、清官戏、清装戏等。帝王将相、才子佳人是京派京剧演员最擅长扮演的人物形象，因为他们经常到宫中演出，有机会接触包括帝后在内的上层人物，了解他们的生活和言行举止、说话神态。张二奎、孙菊仙、王凤卿等扮演的皇帝，程长庚、谭鑫培、余叔岩、马连良等扮演的大臣，杨小楼、俞振亭、高盛麟扮演的武将，梅巧玲、陈德霖、王瑶卿、梅兰芳等扮演的皇后、嫔妃，都栩栩如生，具有皇家气派、大家风范，深受广大观众赞誉。

二

与北京京剧形成鲜明对照的是上海的京剧。上海是19世纪中叶发展起来的一个商业城市，除了原有的吴越文化外，南下的中原文化、北上的闽粤文化、西来的楚蜀文化，外来的东洋和西洋文化等都对上海文化的发展形成了影响。京剧早在清同治年间就进入上海，当时称京调或京班，光绪年间始有京剧的称谓。京剧流传到上海后，经常与徽班、梆子班同台演出，为适应上海观众欣赏的要求，不仅在演出传统剧目时吸收徽班和梆子班善于演出武戏的特点，形成节奏明快、表演火爆的所谓南派风格，而且编演了许多反映现实生活和现代意识的新剧目，如反映要求推翻清王朝反动统治的《玫瑰花》，表现富国强兵、抵御外侮的《新茶花》《潘烈士投海》；歌颂革命志士牺牲精神的《秋瑾》《鄂州血》；揭露帝国主义侵略罪恶的《波兰亡国惨》《越南亡国惨》；揭示社会黑暗和官场腐败的《宦海潮》《黑籍冤魂》《赌徒造化》；表现资产阶级民主思想的《牺牲》《拿破仑艳史》等。这些剧目不仅从不同的侧面，揭示了当时社会的弊端，提出了急需解决的社会问题，反映了人民群众要求民族解放和国家富强的呼声，而且在音乐、表演、化妆、舞台灯光、布景等方面吸取了外来的话剧、电影等的艺术长处，逐步形成了上海京剧关注现实、取材新颖、故事完整、服饰艳丽、气氛热烈、以情感人的海派风格。最能代表上海京剧地域风格的剧目是连台本戏。

《开天辟地》，据《开辟演义》编演，共十本。刘筱衡、孟春帆等编剧，1928年6月1日在丹桂第一台首演。此剧演上古神话，情节怪诞，兼有滑稽、诙谐的场面，且配以机关布景。当时广告称："奇兽异类，只只会动，机关奥妙，布景新异，电光灿烂，真火真雨"，"全新行头，改良服装"，"文武唱做，新腔联弹，特色歌舞"。[①] 在丹桂第一台与上海舞台唱对台戏时，更以"美女置箱中锯为二截"和"裸体美女"等为号召，互相竞争。每本连演一月以上，最长连演三月余。

《火烧红莲寺》，据平江不肖生（向凯然）的小说《江湖奇侠传》改编。1929年10月8日首演于上海大世界乾坤剧场。此剧讲武侠神道故事，剧情环环相扣，悬念迭出，且以福建著名布景师李荆设计的机关布景取胜，追求逼真，号称有真水、真鹰、真熊上场。第一集有三十六堂布景，第二、三集更多至四十堂布景，第四集又利用熄灯暗转，变十四景，均颇能吸引观众，轰动一时。为招徕观众，剧情插"半裸美女，牺牲色相"之类的表演。因观者众多，共舞台在的爱多亚路（今延安东路）的交通曾为之堵塞。

① 《中国戏曲志·上海卷》，中国ISBN中心1996年版，第174页。

1936年3月9日，电影大师卓别林抵上海，当晚在卡尔登电影院经理曾焕堂陪同下观看此剧第四集，认为此剧场景变换多，在西方仅于莎士比亚戏剧中可见；对于演员的唱做、斗剑和翻跌武功等，亦颇赞赏。[①]

《红羊豪侠传》，1934年8月10日在上海容记共舞台首演。此剧写太平军故事，采用机关布景，并运用幻灯背景，追求宏大的场面，如大火景、大海景以及张灯结彩，遍地奇花异木等。为便于表现某些舞台上难以表现的场景，首次采用了有声电影连环戏，舞台上与银幕中人对唱，并有特技摄影。剧中安排了多段盛大新式歌舞场面，如第一幕中四十余人组成的苗族祈神舞等。武打除主要演员的开打外，还编排群打混战及摆阵会操等。剧中主要角色除有大段皮簧唱段外，还有数段联弹对唱，采用新歌调，并加入钢琴、小提琴等西洋乐器合奏，融合中西乐曲。全剧不用旧戏行头，全部设计新式服装。当时有人称赞此剧为“复兴新国剧运动的伟大贡献”。[②]

《怪侠欧阳德》，写清代怪侠欧阳德协助彭朋锄奸除恶的故事，1941年1月23日在上海共舞台上演。此剧情节热闹曲折，穿插喜剧笑料、新式舞蹈（如新桂秋的法式舞蹈和金素斐的神秘舞）并包罗皮簧小调的联弹对唱，编排紧凑火爆。运用新奇的机关布景、新式道具、灯光和魔术幻术，表现荒村月夜、悬崖深涧，奇观庵堂、玻璃楼阁等，变化怪异，神秘莫测。赵如泉在第一集中兼饰欧阳德、杨香武，第八集中兼饰欧阳德、石铸，都是不熄灯当场转景。赵如泉的欧阳德，表演上突破行当，戴眼镜，手持特大烟袋，以噱头和滑稽表演取胜。王桂卿、王富英开打勇猛，出手新奇。王少楼打九杆枪，五样兵器出手。王仲臣打真弓真箭，耍金枪神鞭。陈鸿声的唱工，金素斐和陈桂兰的做工，也为此戏生色不少。1942年6月第十集上演时，正值沦陷时期，把当时上海市民抢购米和煤球的情景搬上舞台，以讽刺时世。此剧也有迎合部分观众低俗趣味的表演，

---

① 《中国戏曲志·上海卷》，中国ISBN中心1996年版，第178—179页。

② 同①，第197页。

如“活剥美女”“裸女争妍”“僵尸拜月”等。但整体上看，还是表现了正义战胜邪恶的主题，满足了当时人民希望锄奸除恶的愿望。[①]

《纺棉花》，不是连台本戏，但具备海派京剧的风格。此剧写银匠张三出外经商，三年未归，妻王氏孤寂，在纺棉花时唱戏文小曲自遣。张三归，在门外窃听，掷银入墙试之，王氏开门，夫妻相会。以旦脚演员即兴发挥学唱各种时调为主，辅以丑脚插科打诨，成为一出戏中串戏的玩笑戏。清末著名坤角林黛玉擅演此戏。1912年11月30日丹桂茶园女班十三旦、白玉梅和白菜心、小子云双演《纺棉花》，其中十三旦唱天津小曲，白玉梅唱苏州小调，南北曲艺杂陈，并将时事编入曲词。以后粉菊花、芙蓉草、筱桂红、筱月红、张文艳等均演过此剧。1939年9月至10月，吴素秋来沪演于更新舞台，两次上演《新纺棉花》，由贾多才助演。吴别出心裁，以摩登的时装上台，表演自拉自唱，模仿四大名旦动作腔调，学唱白玉霜的评剧及电影歌曲《何日君再来》等，颇受欢迎。1942年9月至11月，吴再度来沪演于黄金大戏院，又贴演此剧，除学四大名旦，唱流行歌曲外，还学唱大鼓、河南坠子等曲艺腔调。刘斌昆饰张三，模仿卓别林，风趣别致。故极受欢迎，反复贴演，长久不衰，致使其它花旦演员竞相仿效。1943年1月，童芷苓在皇后大戏院亦上演此剧。童身着华丽时装旗袍，配以银光闪闪的纺车，光彩照人。她充分发挥自己多才多艺的特长，除学四大名旦，唱流行歌曲外，还反串其它行当，一赶三唱《二进宫》，又学唱梆子等其它戏曲，上演后即大受欢迎，每演必贴，每贴必满，以此红极一时，被称为“棉花旦”。[②]

20世纪50年代在戏改中海派京剧受到批评，过去颇具观众欢迎、有较高票房号召的剧目被责令停演。从表面看，上海京剧舞台得到了净化，但割断了海派京剧相容并蓄的传统，降低了上海观众欣赏京剧求新求异的审美需要。但海派京剧的风格并没有彻底泯灭，我们从上海京剧院上

---

① 《中国戏曲志·上海卷》，中国ISBN中心1996年版，第215页。

② 同①，第207页。

演的《智取威虎山》《海港》《龙江颂》等现代戏和《曹操与杨修》《廉吏于成龙》等新编历史故事戏以及新编的连台本戏《狸猫换太子》等剧目中看到海派的创新精神和艺术风范。

三

新中国成立以后，京剧在边疆和少数民族地区得到了很大发展，编演了许多反映边疆少数民族生活的剧目。这些剧目在艺术形式上吸取了大量少数民族的民歌、音乐、舞蹈、服饰，具有浓厚的地域和民族特色。

内蒙古是京剧传入最早的少数民族地区，清光绪年间就有王府班演出京剧的记载。民国年间在包头、呼和浩特有常年演出京剧的戏园。新中国成立后，自治区和不少盟建立了专演京剧团，创作上演了不少反映草原生活的剧目，形成内蒙古京剧独特的草原风格。如《草原小姐妹》，曾名《草原英雄小姊妹》，是一出反映真人真事，民族题材的儿童戏。表演保持了戏曲传统的虚拟手法和写意风格，充分运用京剧程序，并糅进大量的蒙古族音乐、舞蹈，全剧载歌载舞、歌舞并重。如第二场“放牧”，在欢快抒情的音乐中，小姐妹龙梅、玉荣扛着羊铲，“跑跳步”（吸收牧区羊羔在草滩上欢蹦乱跳的形态和民间的“跑跳步”综合而成）出场，唱【南梆子】“一望无际大草原，姐妹放牧在草亢滩……”边唱边舞，将“鄂尔多斯舞”的动作和京剧“云手”“踏步”“背枪花”等技巧结合在一起。当唱到“淘气的羊儿乱追赶，好似朵朵白云过草原”时，双舞羊铲、羊鞭、过头顶，“托月”“翻身”“双卧鱼”。突然天空乌云滚滚，风雪交加，小姐妹以高亢的唱腔，配合大幅度的舞蹈动作，运用京剧武打中的枪、棍、刀的各种舞法，对羊群左拦右挡，交插地护拢羊群，与暴风雪搏斗。苏书记率领社员们在风雪草原上寻找小姐妹一段戏，创作了趟马的群舞。群舞是由传统戏曲的单趟马的各种身段和蒙古族马舞的勒马扬鞭、抽鞭、绕鞭和“跟步”“踩步”“马腿步”“刨地步”“走马步”“跑跳步”等融合而成的。在舞台调度画面上，从草原生活出发，突破传统趟马的框框，马队时而合一，时而分散，既整齐又零散；同时，也注意把苏书记和队长两个主要人物放在突出的地位。还运用了蒙古族的“套马”动作，表现风雪交加时的紧张气氛。“尾声”，小姐妹恢复了健康，重返草原，采用男女群众欢跳蒙古族传统的“安代舞”作为全剧的结尾。[①]

《巴林怒火》，也是内蒙古京剧团创作上演的一出具有浓郁民族特色的剧目。其中利用京剧表演程序融合蒙古族的舞蹈艺术为其表演特色。该剧在舞蹈设计上融入了蒙古族“安代舞”的基本动作，如左右跳跃、前跑步、抖膀子等。在马步上，吸取了蒙古族“马舞”的大跳跃马步、策马退步、快马步等，丰富了舞蹈表演程序。在念白上，根据人物性格的不同，和蒙古族说话的语气运用了韵白、京白、半京半韵三种念法。[②]

青海省在清宣统二年（1910）就有演出京剧的记载。此后不断有内地的京剧班社和演员来西宁等地演出，1956年4月建立了青海省京剧团。由于京剧长期生活在青海高原这一特定的社会环境、自然环境中，其语音、语调、声腔、剧目、表演等各个方面经过数十年的吸收、融合、创新，形成了具有西北边疆风格的京剧表演艺术。如青海省京剧团创造演出的《绿原红旗》《土族儿女》《草原银河》和《格萨尔王》等剧目中，深受少数民族的宗教信仰、生活习俗、民歌小曲、民间舞蹈以及建筑、雕塑、刺绣、绘画等的影响，不仅在基本旋律、板式唱腔、表演等方面大有改观，其舞台美术中的人物造型、舞台装置更是别具民族特色，致使青海省京剧团的演出享有“青海派”的赞誉。《格萨尔王》是根据藏族神话史诗《格萨尔王传》编写而成的京剧剧目，1979年上演。剧中格萨尔王是天神降生，英俊威武、气宇不凡。他既要具有老生的唱、念和稳健的做派，又要吸收武生的刚、帅、英武及藏族的粗犷、豪放。在第一场《加冕纳妃》中，为了庆贺格萨尔王登基，皇宫前举行“偎桑”大礼。这时，打击乐与台上喇嘛的海螺、法号相结合，锣鼓、号角齐鸣；众僧身披袈裟，手持法器围

① 《中国戏曲志·内蒙古卷》，中国ISBN中心1994年版，第339—340页。

② 同①，第341—342页。

着香烟缭绕的玉鼎高诵藏经；各部落的酋长、头人与黎民百姓盛装登场，合十跪拜。为了烘托雄狮大王的威仪，舞台上通过音响、色彩，多而不乱的群众场面，营造出一派庄严、热烈、喜庆而又具有民族特点的舞台氛围。为了显示出格萨尔登基后的气概与神采，在台步的设计上没有采用京剧老生传统的步法，而是吸收了牧民长年在草原上驱驰、奔走而形成的豪迈步法。剧中的格萨尔由青海著名京剧须生演员徐鸣策扮演，他牢牢把握格萨尔这一特定的形象，从牧民生活中提炼出适于表现人物的身段动作，使这位神话中的英雄在舞台上颇具鹰视虎步的神韵。①

京剧在清末就传入云南，滇越铁路通车后，内地的京剧演员不断地来昆明、个旧等地演出，出现了专演京剧的戏园。抗日战争期间，云南作为大后方，许多内地著名的京剧班社和演员来到云南，如厉家班、四维儿童剧社以及金素秋、刘奎官、关肃霜等。新中国成立后，除成立云南京剧院外，个旧、下关、楚雄、昭通、曲靖、文山、玉溪等地市相继成立了专业京剧团。这期间，京剧舞台上不仅演出了《白蛇传》《战洪州》《盗库银》和《谢瑶环》等优秀传统戏、新编历史剧，还创作改编演出了具有鲜明云南民族特色和地方特色的《孔雀胆》《多沙阿波》《黛诺》等剧目。这些剧目，为表现鲜明的云南民族特色和地方特色，从剧本文学、舞台美术、音乐等各方面广泛吸取少数民族及地方文化艺术特点，特别是戏曲音乐，大都吸收和融合了一些民族民间音乐，从而赋予这些剧目音乐以不同的地方和民族色彩，成为云南京剧的一个重要亮点。如《黛诺》一剧中扮演黛诺的关肃霜，在演唱"山风吹来一阵阵"一段【南梆子】时，以明亮的嗓音，唱出曲调的抒情色彩，表达唱词所含的对家乡眷念赞美的情绪。特别是在末尾的唱句"只是难舍我与高山千缕情"的拖腔中，优美婉转地唱出了融进景颇民歌音调的旋律，使京剧声腔与民歌风味融为一体。② 再如《多沙阿波》中的沙娜是哈尼族近代史反抗土司压迫，争取民

① 《中国戏曲志·青海卷》，中国 ISBN 中心 1998 年版，第 294 — 195 页。
② 《中国戏曲志·上海卷》，中国 ISBN 中心 1996 年版，第 378 页。

族平等的女英雄。“暴戾横征”是该剧的重场戏。火把节上，各族青年男女欢聚一堂，比武摔跤。在“巴乌”主奏的民族曲牌中，沙娜出场亮相。她作哈尼族装束，俊俏妩媚，朴实大方，双目炯炯，和蔼可亲，频频向摔跤场上的伙伴示意，慢步走上石阶，唱【四平调】:“清晨起望云海一片茫茫，我的家好似那神话一般，六月年（哈民族‘苦扎扎节’的别称）众乡亲欢聚多沙，举火焰练武功热闹非常。”这四句唱腔，融民族曲调于【四平调】中，听来协调悦耳，又不失京剧韵味。[①]

四

从以上叙述中我们可以看出：一个剧种流传到外地后，之所以能形成不同的艺术流派，乃至衍变出新的剧种来，最根本的原因是地域文化影响不同和语言上的差异而造成的。京剧之所以有这样多不同风格的艺术流派，是在流传过程中受各地、各民族文化影响的结果。

徽班相容并蓄的传统，为后来京剧的形成奠定了深厚的基础。可以说京剧是继承了我国传统戏剧的精华，在艺术上，特别是在表演艺术上达到最高水平的戏曲剧种。所以，它流传到各地后，尽管受地域文化的影响，发生了某些变异，但其规范、严谨的表演程序，高超的演唱技巧，不仅使它的母体剧种汉剧和徽剧相形见绌，而且新的剧种很难超越。这是近现代以来，皮簧声腔剧种中，别的剧种日渐凋零，唯独京剧一花独秀的重要原因，也是京剧流传各地以后，尽管产生了地域流派，而没有产生新的剧种的主要原因。

戏曲文化的多样性，不仅是中国戏曲文化的特点，也是中国戏曲文化的优势。文化的品类和自然界的物种一样，其生存发展，不仅要有一定的质量，也要有一定的数量。中国戏曲文化之所以源远流长，延绵不断，有旺盛的生命力，就是因为她家族兴旺，品类繁多。人类创造了丰

① 《中国戏曲志·内蒙古卷》，中国 ISBN 中心 1994 年版，第 380 页。

富的物质文明，也创造了多彩的精神文明。然而随着世界经济的一体化、信息化的发展，不同民族、不同地域之间的文化特色越来越淡化，甚至在消失。物质世界的发展需要生态平衡，需要将一些濒临灭绝的动物和生物加以特殊保护。精神世界的发展也需要生态平衡，也需要将一些濒临灭绝的文化品种加以特殊保护。京剧作为中华民族的优秀传统文化要发扬光大，需要保持群体的优势，特别是需要保存和发扬不同地域特色的流派风格。

（此文系作者为“中国戏曲学院建院60周年学术研讨会”撰写的论文）

徽商与西商之比较及对戏曲的贡献

在中国历史上，有两股商人势力特别令人瞩目，一是徽州商人，简称徽商；一是山西、陕西商人，俗称山陕商人，简称西商。从明中叶至清末，这两股商人势力遍布全国，控制中国经济命脉达三百多年，对各地的经济、文化产生过很大的影响。西商产生于黄河流域，徽商产生于长江流域。两地的商人既有各自的特点，又有许多相近的地方。近年来有不少学者对徽商、西商进行过比较深入、细致的研究，但将二者比较研究的还不多见。本文试将徽商与西商的异同做一些比较，并就徽商和西商对戏曲的贡献谈一点看法。

一、徽商与西商的共同之处

（一）生存条件相似

徽州在长江以南，山西和陕西在黄河东西，两地相隔千里，气候、地理有很大的差异，但有一个共同点，这就是人多地少，物产匮乏。《天下郡国利病书 · 江南二十》称："徽郡保界山谷，土田依原麓，田瘠确，所产至薄……不宜稻粱。壮夫健牛……视他郡农力过倍，而所入不当其半。又田皆仰高水，故丰年甚少，大都计一岁所入，不能支什之一。小民多执技艺，或贩负就食他郡者，常什九。……田少而值昂，又生齿日益，庐舍坟墓不毛之地日多。山峭水激，滨河被冲啮者，即废为沙碛，不复成田。以故中家而下，皆无田可业。徽人多商贾，盖其势然也。”山高水激，不利于农业生产，粮食奇缺，劳动力过剩，成为徽商产生的自然根源。南宋淳熙《新安志》记载，唐宪宗元和三年（808），卢坦出任宣歙观察使，正值旱灾，“既而米斗二百，商旅辐辏，民赖以生”。由此可见，最早的徽商是靠贩运粮食起家的。

山西和陕西在历史上也是人多地少，特别是黄土高原、秦岭、太行山区，生态环境差，非常不利于农业生产。明张瀚《松窗梦语》卷四谓：“河以北为山西，古冀都邑地，故禹贡不言贡。自昔饶林竹旄玉石，今有鱼盐枣柿之利。所辖四郡，以太原为省会，而平阳为富饶，大同、潞安倚边寒薄，地狭人稠，俗尚勤俭，然多玩好事末，独蒲坂一州富庶尤甚，商贾争趋。”山西东部为太行山脉，西部为吕梁山脉，耕地少，气候干燥，不利于农业生产，但有丰富的矿藏资源，煤、铁、盐等均居各省前列，有利于发展工商业。加之“明季以来，漳水上流时虞泛滥，而御河亦不便递运。如是行旅之往来，多取道于山西平定州。其由西南来者，率自河入汾，由西北来者，或由河入汾，或由西北部自永宁州通平定州”，山西成为我国明清之际“西南西北交通枢纽”。[①] 在“田利本薄，农民终岁收入，纳赋应差，牛力籽种外，实无所余，甚为赔累”的情况下，“民无恒业，多半携资出外贸易营生”，“其系种地为业，仅十之二三”。[②] 在人多地少，气候干燥的自然条件下，逐渐形成了重商轻农的社会习尚。如《太谷县志》卷三“风俗”中称：“阳邑民多而田少，竭丰年之谷，不足供两月。故耕读之外，咸善谋生，跋涉数千里，率以为常，土俗殷富，实由于此。”《五台新志》卷二“生计”亦称：“晋俗以商贾为重，非弃本而逐末，土狭人满，田不足于耕也。太原汾州所称饶沃之数大县，及关北之忻州，皆服贾于京畿，三江，两湖，岭表，东、西、北三口，致富皆在数千里或万里外，

① 谷霁光：《明清时代之山西与山西票号》，载于《厦门大学学报》第二集，1943 年 7 月。
② 见《东华录》。

不资地力。”

陕西自然气候与山西近似，亦为我国西北交通要道所在。“西安为会城，地多骡马牛羊旃裘筋骨，自昔多贾，西入陇蜀，东走齐鲁，往来交易，莫不得其所欲，至今西北贾多秦人，然皆聚于汧雍以东至河华沃野千里间，而三原为最。若汉中西川巩凤犹为九道，至凉庆甘宁之垆，丰草平野，沙苇莱条，昔为边商利途，今称边戍之绝塞矣。关中之地当九州三分之一，而人众不过什一，量其富厚，什居其二，闾阎贫窭，至于他省，而生理殷繁，则贾人所聚也”。[①]《陕西通志》卷四十五风俗引《三原县志》称：“三原士勤学问，民多商贾。…… 至今士能敬业，城邑乡井类多弦诵，科目甲于诸邑，农勤力作，工不事淫巧，唯商贾远出，每数年不归。劝令买地耕种，多以为累。思欲转移，令务本轻末，其道良难。”陕西除三原重商轻农外，同州一带亦是商风很盛的地方。《同州府志》卷二十一“风俗”中亦称：“同州府南北阻山，东滨河，西涉坂，中亘沙苑，树而不田，故各属之地，高者碍于耕锄，低者祸于冲崩，穷民苦衣食之不给，富者皆弃本逐末，各以服贾起家，蜀阜宛孔之流，甲于通者。”

山陕人民经商的历史记载很早。汉初，山陕人民与匈奴群众在长城脚下的边境关市上有了贸易往来。《汉书》载：“匈奴自单于以下，皆亲汉，往来长城下。汉使马邑（今山西朔县城之西北隅）人聂翁壹，间阑出物，与匈奴交易。”这是有史记载的第一个山西官商。盛唐时期，政治稳定，经济繁荣，商路四通八达，山西商人在国内外交易中大显身手。武则天执政时闻喜人裴伷先“以财自雄，养客数百人，多詷候朝事 …… 累进工部尚书”。他利用职务之便，与边境邻国和部族进行互市贸易，“货殖五年，致资财数千万”。北宋雍熙至端拱(984—988)年间，宋王朝先后在山西境内的岚州（今岚县）、丰（今武乡）、火山军（今河曲）、唐隆镇（今偏关）、保德军（今保德）等地设立榷场（交易所），鼓励宋辽两地的商人进行商品交易。《宋史》卷二五五载：“张永德，并州阳曲人，家世饶财。

① （明）张瀚：《松窗梦语》卷四。

永德在太原，尝令新吏贩茶规利，阑出徼外市羊。”元统一全国后，结束了南北对峙的局面，为国内外贸易的繁荣扫除了障碍。当时的太原、大同是黄河流域著名的商业都会。意大利人马可·波罗由西北陆路来华，路经山西的平阳府、太原府。他在《马可·波罗行记》中追叙太原、平阳的情况时说：“其中商业及数种工业颇见繁盛，有大商数人自此发足，前往印度等地经商谋利。”这是山西商人走出国门的最早记载。从上述记述中可以看出，山西人善经商是有悠久历史的。但在明代以前，山西商人尚未形成能影响全国经济的势力。这是因为，在宋之前，山陕一带的生态环境还不像后来那样恶化，植被和森林覆盖率较高，人口亦不太多。其次，当时的商品生产还比较落后，商品贸易还不甚发达。宋辽、宋金、宋元和宋与西夏的许多争战均是在山陕和河北一带进行，战火不仅使这一带的人民蒙受了巨大的生命财产损失，而且烧毁了这一带的许多林木。辽、金、元建都北京，明王朝后来迁都北京，京城屡建屡毁，要消耗大量的木材，这些木材大部分开采于太行山中的原始森林。元代之后山西人口急骤增加。明王朝建立后，为巩固北疆边防，采取的军屯政策，使山陕一带的许多牧场被开垦为耕地。森林和植被的减少，使土壤流失和沙化进一步加剧，气候干燥，降雨量下降，农业生态环境不断恶化。在农业生产入不敷出的情况下，致使更多的人从事手工业生产和商业活动。

（二）兴盛的契机相同

徽州和山陕一代的人民经商的历史虽然很早，但形成影响全国经济的商人势力是在明代。明中叶，政府为筹集边防军饷而实行的“开中法”为山陕商人和徽商的迅速发展提供了机遇。明王朝是朱元璋领导的农民起义推翻了蒙古族的统治后建立的政权。蒙古族失去中原后退居漠北，又过上了游牧生活，很快又恢复了昔日的生机。明王朝虽多次远征，企图彻底消灭蒙古势力，但总是事与愿违，蒙古铁骑不仅没有被消灭，反而越来越强悍，经常骚扰明朝的北方边境，并在正统十四年(1449)进攻明北部重镇大同，明英宗率军亲征，结果在土木堡被蒙军大败，作了俘虏。明王朝为了抵御蒙古军队的南犯，从辽东至嘉峪关沿长城一线，驻守了数十万军队。为了解决边防部队的粮饷，明政府一方面让驻军屯田开荒，生产粮食，另一方面，以出让食盐的销售权为代价，鼓励商人将内地的粮食、草料、衣物、油棉等物资运往辽东、蓟州、宣府、大同、偏关、延绥、宁夏、固原、甘州等边寨驻军重地。历史学家称这项政策为“开中法”。按照《正德会典》卷三六《盐法·事例》和《万历会典》卷三四《盐法通例》等文献记载，所谓开中法，就是商人把粮草、棉布等军需物资交送到指定的边仓后，边仓发给商人收到货物的证明即仓钞，商人持仓钞到指定的都转运盐使司(盐运司)或盐课提举司换取盐引，即贩盐许可证，再持盐引到盐场领盐，然后把盐运到指定的地方销售。商人将粮草运到边关到领到盐引，将盐在引地销售这一复杂过程需要一年至数年的时间，并要花费许多人力、物力，克服重重困难。山陕商人占有地理上的优势，且有丰富的经商经验和吃苦耐劳精神，故在开中法实施后纷涌而至。他们从内地以较低的价格购得粮草、棉布和其它日用品，运到边关，领取盐引后又到两淮、长芦、自流井、河东等产盐地购得食盐，然后又到各地销售，从中盈利颇大。

“开中法”的实施，为山陕商人的崛起，创造了机遇，也为徽商施展商才提供了广阔的舞台。徽商原本是以贩粮起家，从江浙贩运稻米到徽州，然后将徽州出产的木材、茶叶等贩运到外地。“开中法”实施以后，山陕商人发了大财，刺激了徽州商人。在经济利益的驱动下，一部分徽州商人挟资北上，开赴九边，与山陕商人争夺商权。如歙县商人汪玄仪，曾“聚三月粮，客燕、代，遂起盐策”[①]。休宁县盐商王全也曾“蒙故业，客燕、赵、齐、楚间”[②]。徽商将内地生产的粮食等贩运到燕、代等北方边境，进一步扩大了他们的经营范围和活动地区，成为“其货无所不居，其地无所不至，其时无所不骛，其算无所不精，其利无所不专，其权无所不握”[③]，

① （明）汪道昆：《太函集》卷四十三。

② （明）汪道昆：《太函集》卷四十五。

③ 《歙志·货殖》，明万历三十七年（1609）刻本。

“诡而海岛，罕而沙漠，足迹几半宇内”[①]的一支商界劲旅。

（三）民风相似，勤俭致富

山陕和徽州的生活条件都比较艰苦，人民有吃苦耐劳、勤俭节约的优良传统。万历《歙志·序五》称徽州在“成弘以前，民间椎少文、甘恬退、重土著、勤穑事、敦愿让、崇节俭”。民国《歙县志》卷一《风土》称当地“习尚俭朴，类能力农服贾以裕其生。…… 民质重厚，耐劳苦，善积聚，妇女尤勤逸节啬，不事修饰”。《歙事闲谭》第18册《歙风俗礼教考》中亦称当地群众“家居务为俭约，大富之家，日食不过一脔，贫者盂饭盘蔬而已”。勤俭节约为外出经商积累了必要的资金，同时也是徽商由小到大，由弱到强的一个重要因素。山陕一带的人民勤俭节约的优良传统亦是此地商业能发达的一个重要原因。如《明一统志》引《旧志》称太原府的人民“善治生，多藏富”；《明一统志》引《绛州志》称平阳一带的人民“勤稼穑，好蓄积”；《清一统志》引《旧蒲州志》称蒲州一带“民性质朴，好节俭，力田绩纺，尤事商贾”；《清一统志》引《图书编》称潞安府“民俭务农”。勤奋节俭，不仅是本地山西人民的一种美德，而且成为旅居外地的山西人特别是山西商人战胜困难，成就事业的法宝。《宋文鉴》一三九《穆修徐文质墓志铭》中在提及居住在京师的外地人时说：“凡并人，其俗刚厚而勤啬，能节省以立衣食。诸来徒之户，初虽贫极者，居久而皆为富室。”这里需要说明的是，无论是山陕商人，还是徽州商人，在他们原始积累阶段，生活起居都是比较节俭的，特别是创业者，即使发达以后，生活也比较俭朴。但是当他们中的一些人成为巨富以后，特别是那些世袭豪商大贾的后代子孙，生活越来越奢侈、腐化，这成为徽商和西商衰落的一个重要原因。

（四）均以儒家所提倡的诚信为商业道德，以义取利

孔子在《论语·学而第一》中要求他的弟子“事父母，能竭其力；事君，能致其身；与朋友交，言而有信”。成功的徽商和西商都十分重视商

① 明万历刻本《休宁县志·风俗》。

业道德，把诚信作为做人和经商的信条。如徽商张洲，号东瀛，“俭约起家，挟资游禹航，以忠诚立质，长厚摄心，以礼接人，以义应事，故人乐与之游，而业日隆隆起也”[①]。明嘉靖年间徽商李大皓“贾于云间、白下，又醢贾于皖城，又质贾于姑熟。传教于受承者曰：‘财至道生，利缘义取……’闻者洒服”[②]。徽商休宁人黄梅原“言信情忠，游江湖间，人莫不以为诚而任之。其规时合变，损盈益虚，巧而不贼，虽不矜于利，而贾大进，家用益富”[③]。商业欺诈是与诚信对立的奸商行为，为一切诚信商人所不齿，如道光年间徽商舒遵刚“精确算，善权衡，年未三十即能创业。然与市阛狡诈之习不类。尝语人曰：‘圣人言，生财有大道，以义为利，不以利为利。’……君之言又曰：‘钱，泉也，如流泉然。有源斯有流，今之以狡诈求生财者，自塞其源也。今之吝惜而不肯用财者，与夫奢侈而滥用财者，皆自竭其源也。人但知奢侈者之过，而不知吝惜者之为过，皆比明于源流之说也。圣人言，以义为利，又言见义不为无勇。则因义而用财，岂图不竭其流而已，抑且有裕其源，即所谓大道也”[④]。在徽商舒遵刚看来，以狡诈取财与吝惜、奢侈一样，是商人最容易沾染的恶习。狡诈只能侥幸于一时，从长远看，只能是自断其财源。所以，徽商吴南坡深有体会地说：“人宁贸诈，吾宁贸信，终不以五尺童子而饰价为欺。”[⑤]徽商之所以能成为明清时期的一支商界劲旅，是与他们长期遵循了以诚待客，取信于民，不欺不诈，以义取利的商业道德分不开的。

明清时代的山陕商人在事业上成功的一个重要原因也是讲求信义，以勤劳取利，以节俭致富，不欺不骗。康海的《扶风耆宾樊翁墓志铭》一文中记述了陕西凤翔府扶风县商人樊现告诫后代的一段话：“吾南至江淮，北尽边塞，寇弱之患，独不一与者，天鉴吾不欺。贸易之际，人以欺

① 《新安休宁名族志》卷一。

② 婺源《三田李氏统宗谱》卷六《处士起凤公传》。

③ 《遵岩先生文集》卷三十二《黄梅原传》。

④ 《黟县三志》卷十五《舒君遵刚传》。

⑤ 《古歙岩镇镇东磡头吴氏族谱·吴男坡公行状》。

为计，予以不欺为计，故吾日益而彼日损，谁谓天道难信哉！”作为清中叶以后的商界新贵晋中票商，对待顾客更是以诚信为本，即是在太平天国起义、八国联军入侵北京那种政局不稳、社会动荡的情况下，情愿自己承担金融风险，也要取信于民。如李宏龄在《同舟忠告》中谈及晋中票商成功的原因时称：“自庚子之变，各行息业者多……独我西号自二十七年回京后，声价大增，不独京中各行推重，即如官场大员无不敬服，甚至深宫之中，亦知西号之诚信相符，不欺不昧。此诚商务之大局，最为同乡极得手之时也。”

（五）经营方式相同，均以同族、同乡作为经营实体，带有宗法性质

徽州既是一个山川秀美的地方，又是一个交通闭塞的地方。从春秋战国时代开始，就有不少中原贵族大姓为避战乱，定居这里。经过世代繁衍，形成聚族而居，注重宗法，讲究门第的传统，所谓“奉先有千年之墓，会祭有万丁之祠，宗祐有百世之谱”[①]是也。山西四面环山，相对比较封闭，亦有聚族而居的传统，直至近代在晋南、晋中还可以看到一村一姓的大城堡。所以徽商和西商在经营方式上都带有浓厚的宗法色彩。如《金太史集》卷四《与歙令君书》中称：“歙休两邑民皆无田，而业贾遍于天下。……夫两邑人以业贾故，挈其亲戚知交而与共事，以故一家得业，不独一家食焉而已。其大者能活千家百家，下亦至数十家数家，且其人亦皆终岁客居于外，而家居者亦无几焉。今不幸而一家破则遂连及多家与俱破。”经营方式的宗法色彩，造成一富俱富、一损俱损的连环效应，这是徽商在清中叶迅速衰落的一个重要原因。

西商的经营方式也带有浓厚的宗法色彩。如山西票号的老板用人有一套不成文的章程，雇员均为本族或本乡之人，外籍人员一律不聘，以便通过监视其家属而达到控制职员的目的。山西票号的这一用人之道，很早就引起国外经济学家的注意。如1906年美国佑尼干著《中国政俗考略》称：“凡开银号（票庄）者皆为山西人，其号中所用之经手人等，皆乐

① 清乾隆刻本《绩溪县志·序》

得山西本省人而用之。苟能于其本乡本村中，得一诚实可恃之人，则最为合适矣。比如派一同村人，为其某某分号之执事，则必以其家眷为担保，保其不亏空，不误事，不犯规。但其所谓担保者，并非拘禁，不过严密防守，虑其移徙远扬而已。”山西票庄老板还规定：除遇父母丧葬大事外，不得轻易告假；每月准寄平安家信，但不得私寄银钱及物品；不准接眷出外；不准在外娶妻纳妾；不准宿娼赌博；不准在外私自开设商店；不准捐纳实职官衔；不准携带亲故在外谋事等。由于有约在先，违犯了这些章程，不仅雇员要受到严惩，他的家人也要受牵累。这就不仅违悖了做人的诚信原则，而且还等于违悖了作为人子的孝道，为家庭、社会所不容。山陕商人非常巧妙地把儒家所提倡的孝道融入对商号的管理中，他们的分号虽然遍布全国各地，有的甚至在海外，但做到了行之有效的控制。山西票号老板虽然不聘外地人做自己票庄的职员，但也不搞任人唯亲。山西各票号的经理很少是股东的子弟和直系亲属，一般都是本族和邻村知根底人家的子弟，从小学徒，经过多年磨炼，有经营头脑，精明干练之人。山西票号的这些选拔人才和管理职员的办法据说是明末清初著名学者顾炎武和傅山应商界好友所托，在详细了解和总结了前人经商的经验基础上所制定的。[①] 直至20世纪30年代山西仅存的几家票庄还一直沿用。西商的这种带有宗法色彩的经营方式，既保障了其组织的严密性，但又禁锢了雇员的思想，阻碍了经营方式的变革，这无疑为清末晋中票商惨败种下了祸根。

二、徽商与西商的不同点

徽商与西商虽然有许多共同点，但毕竟是两个不同地域的商帮，不同的地域文化的影响，形成了他们不同的特点。

---

① 参见陈其田《山西票庄考略》，商务印书馆1936年版，第7—17页。

（一）活动的地域中心不同

最初的徽商是为解决徽州地少人多的矛盾而出现的，活动范围一般在江西和浙江两省。如康熙《歙州府志》卷八《蠲赈·汪伟等奏疏》中称："天下之民寄命于农，徽民寄命于商。而商之通于徽者，取道有二,一从饶州鄱、浮；一从浙省杭、严。皆壤地相邻，溪流一线，小舟如叶，鱼贯尾衔，昼夜不息。一日米船不至，民有饥色；三日不到，有饿莩；五日不至，有昼夺。"贩运粮食是徽州商人最早经营的商品。明中叶，实行"开中法"以后，徽商开始北上，将内地的粮食等商品贩运到边塞重镇，然后换取盐引，再到两淮把盐销售到引地。由此扩大了徽商的活动范围，出现了"走吴、越、楚、蜀、粤、燕、齐之郊，甚则逖而边陲，险而海岛，足迹几遍禹内"的景象。但由于山西和陕西靠近北方边塞，这两地的商人有地域上的优势，故徽商在"开中法"实行初期，竞争不过西商。明成化以后，盐法改革，实行纳银开中的办法，商人不用到边塞，在内地纳银也可以换取盐引。于是，商人中出现了以贩运粮草、棉布等日用品到边塞的边商和在内地以经销食盐为主的内商。这时，徽商完全退出了边商的行列，而西商则除了垄断供应边塞军民的商品外，还从边商中分化出一部分内商，到两淮、长芦、自贡与徽商争夺食盐市场。这时，西商的经营范围和经济实力大于徽商。据明沈思孝在《晋录》中记载："平阳、泽、潞，豪商大贾甲天下，非数十万不称富。"明谢肇淛在《五杂俎》中也说："富室之称雄者，江南则推新安，江北则推山右。新安大贾，鱼盐为业，藏镪有至百万者，其他二三十万，则中耳。山右，或盐，或丝，或转贩，或窖粟，其富甚于新安。"西商的经营品种和活动范围明显超过徽商。万历年间，徽商凭借徽州地理上靠近淮盐集散地扬州的优势，迅速发展起来，在扬州的势力逐步超过了西商。但他们经营的品种较少，而且主要活动在长江流域。而西商的经营的商品种类很多，活动的范围很广。特别是晋中票商兴起后，其商业网络遍布全国各地，远及俄国、印度、日本、朝鲜等国。

（二）经营的商品各有侧重

徽州和山陕，虽然都有经商的传统，但在早期，都是为满足当地群众的生活需要而经营的，虽然经销的商品比较广泛，但都没有形成规模。如早期的徽商，将本地出产的木材、茶叶、文房四宝贩运到江浙一代，再把江浙一代生产的粮食、棉布等商品贩运到徽州。早期的西商，也是将本地生产的铁木家具、农具、瓷器、丝绸等生产和生活用品贩运到外地，换回粮食等当地缺乏的商品。徽商和西商形成两个强大的商人势力都是在明中叶实行开中法以后，以经营粮食和食盐起家的。徽商后来以经营食盐为主，兼营典当和木材；西商除经营食盐外，还一直作为边商，向边关贩运粮食、棉布、茶叶等大宗商品，并将蒙古和西域的皮毛、马匹贩运到内地。清中叶以后，盐业政策有了变化，世袭的盐商地位动摇，西商利用在全国建立起来的商业网络，经营金融信贷业，晋中票商的资本迅速增长，经济实力超过了盐商。所以从经营品种上讲，西商除了在食盐上略逊色于徽商外，在粮食、棉布、茶叶等领域的经营规模都超过了徽商。这是因为明清时期，长期关闭海上贸易的通道，对外贸易的主要渠道是陆路，西商在对外贸易方面占有地域的优势，而粮食、棉布、丝绸、茶叶、瓷器等均属于出口的大宗商品。

（三）地域文化的特点不同

徽商重儒，西商重义；徽商以程朱理学大师为旗帜，西商则以武圣关羽为旗帜。重农抑商是儒家的一贯思想，也是中国封建社会的正统观念。但在徽州和山西等地，由于自然条件不适应农业生产，而形成了重商轻农的思想，甚至重商轻儒的习俗。如《徽州府志》曰："天下之民寄命于农，徽民寄命于商"，于是形成了"以商贾为第一等生业，科第反在次着"[①]的民俗。《豆棚闲话》称："徽州俗例，人到十六就要出门做生意。"徽州人将科举放在仅次于经商的地位，并非轻视。而山西则形成了重商轻儒的习俗，如《雍正朱批谕旨》四十七册"刘于义，雍正二年九月九日

① （明）凌濛初：《二刻拍案惊奇》卷三十七。

条”，刘于义上奏称：“山右积习，重利之念，甚于重名。子弟俊秀者，多入贸易一途。至中材以下，方使之读书应试。”对此雍正皇帝的朱批是：“山右大约商贾居首，其次者犹肯力农，再次者入营伍，最下者方令读书。朕所悉知。”

在徽州和山陕本土重商轻农，但在外地经商的商人却生活在一个重农轻商、保守性、排外性很强的封建社会环境中。而且就徽商和西商的思想意识、道德观念而言，并没有超脱中国封建社会居统治地位的儒家文化。徽商和西商要开拓市场，最大限度地获得利润，并保护自己的既得权益，不仅要和官府保持密切的联系，而且要以儒家的文化规范自己，以调节商人之间、他们的家庭以及和外部各界的矛盾，并取得社会的认同。故此，明清时期的徽商和西商与儒家文化产生了一种难以割舍的关系。

徽州独特的地理环境和文化传统，形成了有利于儒家文化发展的环境。婺源是儒家文化集大成者朱熹的故乡，程朱理学对徽州社会的影响很大。《歙事闲谈》称徽州“山水甲天下，理学第一，文章次之，人知节俭，有唐魏之风”。光绪《婺源县志》卷三“风俗”中说：“至朱子得河洛之心传，以居敬穷理启迪乡人，由是学士争自濯墨以冀闻道，风之所渐，田野小民亦皆知耻畏义。”因此形成了“重宗义，讲世好，婚配论门第”[①]，“上下六亲之施，无不秩然有序”[②]的社会风尚。儒学在徽州文化中占有独一无二的地位，《歙事闲谭》卷十八《歙风俗礼教考》中，称“徽州独无教门，亦缘族居之故，非惟乡村中难以错处，即城中诸大姓，以各分段落。所谓天主之堂、礼拜之寺，无从建矣。故教门人间有贸易来徽者，无萃聚之所，遂难久停焉”。徽州不仅西方的宗教难以立足，而且“不尚佛老之教，僧人道士，惟用之以事斋醮耳，无敬信崇奉者”。说明徽州人除信服儒学外，很少迷信宗教。因此，徽州人外出经商发家致富以后，将相当的财力和精力用于文化消费，或研读诗书，提高自身的文化修养；或开

① 清康熙刻本《黟县志》卷一“风俗”。

② 明嘉靖刻本《徽州府志·风俗》。

办学堂书院，培养自己的子弟进入仕途。故而被历代王朝推崇的儒家理学大师朱熹成为徽商的旗帜，程朱理学成为徽商的精神支柱。如雍正茗州《吴氏家典·序》中称："我新安为朱子桑梓之邦，则宜读朱子之书，取朱子之教，秉朱子之礼，以邹鲁之风传之子孙也。"在安徽会馆中，文昌阁是主要的建筑之一，朱熹成为徽商崇拜的偶像。贾而好儒，贾而兼儒成为徽州独特的文化现象。

黄河流域的山陕，既是中华民族的发祥地，又是中原汉族和北方少数民族融汇之地，在山陕北部地区，除回族、蒙古族居民外，至今还遗存有一些其他少数民族村寨的地名。这一带的文化，除了传统的儒家文化外，道教、佛教都很盛行。如山西的五台山是佛教的圣地，陕西的终南山、白云山是道教的发祥地。清末民国年间，天主教、伊斯兰教插足其间。当地的文化呈现出多元性的特点，在人们的观念中，既有儒家的传统伦理道德，又有佛、道的轮回出世思想。西商是一个地域广泛的商人势力，为了维护其共同的利益，他们把儒家所提倡、佛道所接受、广大群众所认可的忠孝节义作为自己的精神依托，而且建立了宣传和强化这种精神的组织形式和崇拜偶像。其组织形式就是具有行会性质和泛宗教性质的山陕会馆，其崇拜偶像就是被民间称为"武圣人"的关羽。

在我国封建社会，历代统治者都以忠、孝、节、义规范人与人之间的关系，三国西蜀名将关羽被树立为忠义、勇武的典范和化身。西商作为明清封建社会的一个特殊阶层，他们外出经商，需要用"诚信"取信于顾客，要用"忠"和"义"规范买卖双方及老板与伙计之间的行为，以求生意的顺利进行；在家庭内部要以"孝"和"节"约束各自的行为，以求家庭的和睦稳固。因关羽祖籍山西解州，故山陕商人既把他作为忠义的化身，又把他作为商家的保护神来供奉。在山陕商人修建的山陕会馆中，都有供奉和祭祀关羽的神殿，并将其作为会馆中的主体建筑。这种建筑从内容到形式都以宣扬儒家的道德观念、歌颂关羽的忠义之举为宗旨。每年农历五月十三传说为关羽的磨刀日，六月二十四为关羽的诞辰，各地的山陕会馆，都要祭祀关羽，除隆重的仪式外，演出歌颂关羽忠义事迹的戏曲亦是不可缺少的，故在山陕会馆供奉关羽的正殿对面，必须建有一座装饰 究的戏楼或戏台。在山陕会馆中，以关羽戏曲故事为素材的木雕、石雕、砖雕、泥塑、彩绘随处可见。由此可知，儒家所提倡的忠孝节义和山陕商人所信奉与提倡的道德伦理观念是一致的。

三、徽商和西商对戏曲的贡献

在农业为本的中国封建社会，农业不发达地区有一个普遍现象，即有积蓄者常携资外出经商，贫困者往往卖身学艺。这两种行业都被看作“贱业”“末流”。因此，商人和戏曲艺人有一种天然联系。这种联系突出表现在戏曲艺人在经济上要靠商人势力的支持，戏曲艺人为商人提供娱乐和精神产品。在巨额财富高度集中于豪商大贾之手后，势必会对他们的生活内容乃至精神面貌带来深刻的变化。如王慎中《王遵岩文集》卷三十二“黄梅原传”中记述那些发了大财的徽商“美服食，舆马仆妾，营食田好宅，或盛燕遨，广结附，以鸣得意，相矜为贤”，过着奢侈的生活。归有光《震川先生全集》卷十三“白庵程翁八十寿序”中也称徽商和西商聚居的扬州为“天下都会所在，莲屋列肆，乘坚策肥，被绮毂，拥赵女，鸣琴跕屣，多新安之人也”。在19世纪之前，戏曲是一种最普遍、最受人欢迎的娱乐形式。豪商大贾无疑是仅次于皇家最有钱的观众群。一个剧种、一个戏班，能否赢得豪商大贾们的喜爱和支持，对其生存和发展影响甚大。山陕的梆子戏，徽州的徽调之所以能在各地流行发展，与西商和徽商的支持密不可分。

（一）徽商对戏曲的贡献

徽商对戏曲的贡献，首先表现在通过办家班的形式，在满足自身娱乐的同时，给与戏曲经济上的支持。傅岩《歙纪》卷八“纪条示”中指出：“徽俗最喜搭台观戏。”为了满足声色娱乐需要，许多豪商大贾都养有家乐，即家庭戏班。如明万历年间徽州富商潘侃就经常以“鞠蹴、技击、倡优杂戏”来招待宾客。[①] 明末，由吴地发展起来的昆曲盛行全国，徽州商人蓄养家班成风，许多著名的戏曲艺人都出自他们的家班，故有了吴徽班之称。如万历年间著名文人冯梦祯《快雪堂集》卷五十九记载：“赴吴文倩之席，邀文仲作主，文江陪。吴徽州班演《义侠记》，旦张三者，新自粤中回，绝技也。”由于徽商有雄厚的经济实力投入戏曲创作，有较高的文化艺术修养指导戏曲演出，对提高戏曲艺术的品位起到了积极的促进作用。明末徽商家班最著名的有汪季玄家班、吴越石家班等。明代著名戏曲理论家潘之恒为徽商潘侃之孙，他在介绍汪季玄家班时说：“社友汪季玄招曲师，教吴儿十十几辈，自为按拍协调，举步发音，一钗横，一带扬，无不曲尽其致。”[②] 从潘之恒的记载来看，汪季玄精通戏曲音律，有很高的艺术修养。他喜爱昆曲，为了使家班能演唱纯正的吴音，不仅请来曲师教唱，而且从江苏招来十几个女孩子学戏，可谓费尽心思。吴越石家班以搬演汤显祖的《牡丹亭》称著。潘之恒称该班演出《牡丹亭》“能飘飘忽忽，另番一局于飘渺之余，以凄怆声调之外，一字不遗，无微不极”。潘之恒赞赏徽商吴越石“博雅高流”，说吴越石排演《牡丹亭》，“先以名士训其义，继以词士合调，复以通士标其式”[③]。潘之恒所说的“名士”“词士”“通士”相当于现在的编剧、导演、音乐设计，通士讲解剧情、人物，词士设计唱腔，通士指导排演。由此可见，徽商家班的演出是非常讲究的。

徽商对戏曲的第二个贡献是，在明中叶通过商路，将海盐腔、弋阳腔、昆腔传到徽州，促进了本地戏曲的繁荣发展。万历二十七年(1599)，“休宁迎春，共台戏一百零九座。台戏用童子扮故事，饰以金珠缯彩，竞斗靡丽美观也”。[④] 台戏是以儿童装扮成戏中的场面，立于成人的肩上游行，或立于桌子上由成人抬着游行的一种民间表演艺术，虽然不能等同

---

① （明）汤显祖：《有明处士潘仲公暨配吴孺人合葬志铭》，见《汤显祖集》诗文集卷四十。

②③ （明）潘之恒：《鸾啸小品·情痴》，转引至汪效倚《潘之恒曲话》，中国戏剧出版社 1988 年版。

④ 《寄园寄所寄》卷十一。

于戏曲演出，但是在戏曲的影响下产生的，从中也可以看出休宁戏曲活动繁盛的一个侧面。时过一年，也就是万历二十八年（1600），歙县也举行了一次以戏曲演出为特征的盛大迎春活动。这次在徽州府邑城东举行的迎春赛会，"设戏台三十六座，由来自吴越名优及徽商之家班伶人献艺竞技，演出各种传奇。潘之恒《亘史》叹曰：'从来迎春之盛，海内无匹，即新安亦仅见也'"。①

徽商对戏曲的第三个贡献是顺应历史潮流，对新兴的花部戏曲予以热情支持。清乾隆年间，以梆子腔、皮簧腔为代表的花部戏曲在各地盛行，对雅部昆曲造成了极大的冲击。乾隆五十年（1785）北京禁演花部戏曲，秦腔著名演员应徽商江鹤亭邀请南下扬州演出。江鹤亭对魏长生非常敬重，演戏一出，赠白银一千两，极大地刺激了扬州花部戏曲的发展。乾隆皇帝六次南巡，都在扬州停留，为了满足皇帝的娱乐需要，时为两淮盐商总商的江鹤亭，征集四方名旦，先后组成了德音班，合京、秦两腔的春台班。除江鹤亭外，扬州的徽商，拥有家班的还有徐尚志的老徐班，黄元德、汪启源、程谦德的昆班等。因有雄厚的经济实力，这些徽商的家班，争奇斗艳，演员均有二三百人之多，戏箱价值二三十万两白银，每年开销数万两。如"老徐班全本《琵琶记》，'请郎花烛'，则用全红堂；'风木余恨'则用全白堂，备极其盛"。"小张班十二月花神衣，价至万余金。百福班一出《北饯》，十一条通天犀玉带。小洪班灯戏，点三层牌楼。二十四灯，戏箱各极其盛。若今之大洪、春台两班，则俱众美而大备矣"②。乾隆五十五年（1790），清高宗弘历八十大寿，在徽商的大力支持下，三庆、四喜、春台、和春等四大徽班先后进京演出，此外，到京的还有嵩祝、金钰、重庆、四庆、五庆等徽班。徽班进京，大大加强了花部的势力，促进了首都戏曲的繁荣，为京剧的形成创造了有利条件。徽班之所以能进京并占据北京戏曲舞台，是与徽商提供经济上的大力支

① 《中国戏曲志·安徽卷》，中国 ISBN 中心 1993 年版，第 42 页。
② （清）李斗：《扬州画舫录》卷五。

持分不开的。从上述我们可以清楚地看出，徽商对中国近代戏曲的发展所做出的重要贡献。

（二）西商对戏曲的贡献

与徽商对戏曲贡献不同的是，西商对戏曲发展的贡献，主要是将山陕一带形成的梆子戏，推向了全国各地，并支持家乡戏的改革与发展。

梆子戏是明末清初在晋陕豫民歌和民间说唱艺术的基础上吸取北杂剧和昆曲的剧目与表演艺术而形成的剧种，清乾隆中叶发展成为板腔体的戏剧形式。乾隆末年到嘉庆年间，梆子戏占领晋、陕、豫的戏曲舞台后借助山陕商人势力的支持迅速向大江南北、长城内外发展。

一种声腔剧种向外发展，需要一定的条件，诸如自身有较高的艺术水平，足以超过流播地区的戏曲剧种或其它的艺术形式；有一定经济势力观众的支持。梆子戏在乾隆晚期已具备了这样的条件。特别是后者，有得天独厚的优势。《五台新志》曰：山西商人“皆服贾于京畿、三江、两湖、岭表、东西北三口，致富皆在千里或万余里外，不资地力”。他们背井离乡，远离亲人，虽然在物质生活上比较富裕，但精神生活却非常贫乏。为了解除思想上的空虚与寂寞，他们常常不惜重金邀聘家乡的戏班来演出家乡戏。这样，邀班唱戏，逐渐在山陕商人中形成风气，并影响到当地的其他观众，梆子戏就在外地站住了脚，有的甚至扎下了根，长出了新枝，开出了新花。梆子戏班在外地有利可图，有些名角并由此而发了财，更刺激了梆子戏向外流动。为了更好地欣赏家乡戏，在山陕商人聚集的一些商业重镇的山陕会馆都建有规模宏伟的戏台（又称乐楼），“逢年过节或每月之朔，同乡欢聚一堂，祭神祀祖。聚餐演戏”[①]。一些虽有山陕商人聚集，但距离山陕比较远的小城镇，一般无固定的梆子戏班长期演出，而一些商业中心城市如北京、天津、上海、张家口等则有梆子戏班长期演出。

北京山西商人多，且紧邻晋地，所以山西梆子戏班和名伶源源不断

① 李华：《明清以来北京的工商业行会》，载于《历史研究》，1978 年第 4 期。

地进入北京。据《北京梨园金石文字录》记载，早在雍正五年就有山西伶人在北京演出，并有“□□桂系山西太原府阳曲县人”成为梨园公会的会首之一。乾隆初年，北京将来自山陕的梆子戏看作与雅部昆曲相对称的西部西曲，它“似昆曲而音宏亮，介乎京腔之间”，可见还是集曲体的梆子乱弹戏，而还未过渡到板腔体的梆子戏，有人将此称“勾腔”，其著名演员为“薛四儿名良官者”[①]。乾隆晚期至道光年间，号称“山陕双和，顺立”两个戏班在北京长期演出，双和班的名旦李小喜以扮像俊雅，声情并茂而享盛誉。《燕都梨园史料》载《听春新咏》曰:“小喜姓李字香渠，年二十，山西人，双和部。丰神温雅，眉目清妍，颇有楚楚可怜之致，曾见其香山一剧，双湾纤藕，百转新莺，与徽部张梦香各极其妙，去岁归家，不登场者数月，今春重返歌楼，演剧更妙。”到了同光年间，因“北京银号皆山西帮，喜听秦腔（山陕梆子戏的雅称），故梆子班亦极一时之盛，而以义顺和、宝胜和两班为最著名”[②]。义顺和、宝胜和均为固定在北京演出的梆子戏班，两班的主要演员大部分是来自山西的名伶，如郭宝臣、侯俊山、天明亮、水上漂、云遮月、盖天红、小旋风、五月仙、一阵风等等。三晋凡有点名气的演员无一不被吸引在京都演出。

天津在清末民国初年是我国北方最大的商业城市，且紧靠京都，亦是山西商人聚汇的地方，如山西祁县帮大票号恒义隆、天德隆、福成德均设在天津，其它山西票号亦多在天津设有分号。山西梆子班社及名伶来京必到津。天津的山西商人若听说北京有某某山西梆子班或某某山西梆子名伶演出，必派人将他们请来演个三月五月而不肯罢休。据名票友王庾生先生介绍:“山西梆子初来京、津时，是先在会馆唱，由老乡们(大部分是山西商人)看看能否叫座，能叫座然后才正式在园子里演唱，否则唱一天就回去。后来山西梆子在京津能站住脚，再来新角，就不经在会

① 见（清）吴长元《燕兰小谱》。

② 陈彦衡 :《旧剧丛谈》。

馆先试演几天的阶段了。”[1] 久而久之，山西梆子在京津扎下了根，北京出现了具有北京特色的京梆子，其代表人物是梁达子、田际云；天津出现了具有天津特色的卫梆子，其代表人物是魏联升。辛亥革命之后，天津涌现了一大批梆子女演员，她们将卫梆子带到北京，大受北京观众的欢迎，从而取代了山西梆子和京梆子老艺人的地位。后来的河北梆子基本上继承的是卫梆子的艺术。但是无论京梆子也好，还是卫梆子，它们均是山西梆子流传到京津之后受当地戏剧艺术和群众的审美趣味影响而发展的结果，在这其间，在京津的山西商人起到了修桥铺路的重要作用。

清中叶以后，在江南山西商人最多的地方是上海。“上海山西的票号在光绪二年时有二十四家，赁宝善街庆兴楼后院，于光绪五年集资（每家五百两）购买北河南路口七蒲路一八八号为行会地址，名为‘汇业公所’，前为关帝庙，后为集会楼”。为迎合山西商人欣赏家乡戏的需要，宝善街曾开设“丹桂茶园”，有梆子班常年在此演出，供山西客商娱乐。另外，群仙茶园、大观园等戏院也经常演出梆子戏。十三旦侯俊山曾五次来上海献艺，其它名伶如水上漂、人参娃、自来红、一阵风、草上飞等也多次到上海演出。由于山西客商的爱好和欢迎，“秦奉票号的非山西人，跟着趋之若鹜，这么一跟进，梆子顿时立刻红得北平有专门梆子科班，上海二黄班非有梆子中场带演压轴大轴，不成其为一台戏”[2]。这种梆子戏雄踞京沪戏曲舞台的局面，一直持续到民国初年山西票号衰落之时。

张家口为北方重镇，清中叶成为中俄、蒙汉通商的交通枢纽，和物资集散地。拥有雄厚财力的山西“骆驼帮”商旅，纷纷来张家口开办钱庄和银号，建立作坊和商店，大批的山西人移居张家口，带来了已经盛行在晋中的山西中路梆子。因为中路梆子比较柔和婉转，且有晋中商人的支持，很快就风靡张家口各地，成为张家口一带的主要剧种，一些原来演唱蒲州梆子、北路梆子的演员也因此而纷纷改唱中路梆子。在石太铁路通车

① 见河北省文化局戏剧工作室编《河北梆子史料·访问集》。

② 《梆子检讨》，载于《半月剧刊》一卷二期，1936 年 8 月 1 日。

之前，张家口是山西到北京的主要通道。由于张家口的戏曲观众见多识广，欣赏水平高，山西梆子演员到京津沪演出，必先到张家口唱红，才能成为挂头牌的名角。张家口不仅是山西商人云集的地方，也成了山西梆子名伶荟萃的地方，清代的张家口不仅市内有大兴园、小兴园等高水平的梆子科班，在它周围各县亦成立过不少山西梆子科班。山西梆子戏班曾沿着商路远达多伦、库伦（今蒙古人民共和国境内）演出，这些地方亦是山西商人的贸易点。

除京、津、沪，张家口之外，成都亦是山西商人汇聚的地方。《东华录》载光绪十一年（1885）丁宝桢复开源节源疏云："查川省仅天成亨……日升昌、蔚泰厚等九家均由山西平遥、介休等县承领东本，来川开设店号。"梆子腔所以能由秦晋入蜀，成为川剧的声腔之一"弹腔"，无疑与秦晋商人在川的贸易活动有关。贵州、云南有梆子戏的遗响也与山陕商人在这些地方的贸易活动分不开。清代诗人郑珍有"蜀盐走贵州，秦商聚茅台"的诗句。所谓秦商亦包括晋商在内，"当时运销食盐的商人和票号，大都是山西人和陕西人。这些商人腰缠巨万，生活奢糜，终日饮宴，为了提高酒的质量，就从山西雇了酿制杏花村汾酒的工人来茅台村和本地酿酒工人共同研究制造出茅台酒"[①]。山西商人将家乡的酿酒技术引进贵州，同样，为了娱乐的需要，也会把梆子戏引进贵州的，这恐怕是云贵有梆子戏的原因之一吧。

甘肃、宁夏、青海、新疆既为梆子戏的流传地，亦是西商活动的势力范围。银川、西宁、兰州、敦煌、张掖、乌鲁木齐都曾有山陕商人建的会馆和戏楼。总之，凡梆子戏盛行地方，必定是西商云集的地方，只要有西商的踪迹，常常能找到梆子戏的遗响。

西商对戏曲的贡献，最为显著的是对山西梆子戏的改革和发展。乾隆时期，在山西境内演唱的梆子戏并无剧种之分，约在嘉庆年间有了南、北之分。道光年间，晋中商人势力崛起，他们非常喜好家乡的地方戏，

① 《茅台酒的诞生》，载于《工商史料》第1集。

但觉着梆子戏过于高亢，秧歌戏虽然委婉但演不了整本大戏。欲得到一种介于二者之间的新腔。这时恰有一些不适合高调的艺人和文人知识分子研制新腔，他们将原有的梆子腔糅合进了晋中秧歌，并对原有的伴奏乐器进行了大胆的改革，演出后立刻得到晋中豪商大贾们的支持和广大群众的喜爱。同光年间，晋中商人纷纷出资成立“字号班”，其影响较大，延续时间较久的有祁县渠姓号称金财主为东家的“双聚梨园”，有太谷县杨诚斋为东家的“锦梨园”和“二锦梨园”，有太谷县胡万义成立的“万福园”与“小万福园”，有平遥县田永富为后台老板的“自诚园”、冀牛斋为老板的“锦艺园”等。在张家口经商的山西商人亦有成班的。如“山镇有家最大的货栈，字号叫‘德和栈’…… 掌柜的叫王肃歧，是祁县人，是个票友，他出钱资助，聘请名伶‘狼山红’和‘狼山黑’，办了一个戏班带科班，名曰‘狼山班’常年在康庄、延庆、怀来、赤城、龙关、涿鹿、矾山一带活动”①。

晋中商人不仅是中路梆子戏的忠实观众和强有力的支持者，而且有不少人吹拉弹唱、粉墨登场，是中路梆子艺术的实践者。如清末张家口四大票友都是商人出身，其中“第三位是吴志远，山西忻县人，‘裕园永’的伙计，为人谷伶俐，板胡、二弦、大锣、板鼓、铙、梆子样样能拿，生、旦、净、末、丑行行能演，且能博得彩声！第四位是杨柱，山西太谷人，‘大德庆’的伙计，文场能拉二弦，武场能打大锣，擅串红、黑两行，行家看了都能点头赞许！”② 晋中商人从掌柜、账房先生到伙计，许多人都会唱中路梆子。各柜上都备有全套伴奏乐器，晚上关了门板，没事干，大家就在铺子里吹拉弹唱，自我欣赏。有的甚至成立起业余性的剧团叫自乐班，如库伦山西会馆的社头、“大盛魁”商号的掌柜罗粥臣“物色了二十几个出色的票友，在会馆里成立了‘自乐班’，一切开支皆由‘大盛魁’供给。每逢初一、十五逢年过节，他总要在会馆大客厅里打坐场。

---

① 铃子：《梨园世家》（八），载于《长城文艺》，1982 年 3 期。

② 铃子：《梨园世家》（四），载于《长城文艺》，1982 年 1 期。

遇到哪家商号办坐场，他也带上‘自乐班’去凑热”[①]。

由于晋中商人的喜好和支持，中路梆子得以在同光年间迅速发展，成为观众最多、势力最大的梆子声腔剧种。

徽商和西商对我国戏曲的发展产生过积极的作用，但戏曲艺人在经济上依附于豪商大贾，亦对戏曲产生过负面的影响。如一些女演员依附于豪商大贾以后，失去了人身自由，过早地脱离舞台；一些演员为了金钱，取媚于豪商大贾，在舞台上演出内容庸俗、品格低下的剧目等等。尽管如此，徽商和西商对戏曲发展所做出的贡献是不可低估的。

① 铃子：《梨园世家》（十），载于《长城文艺》，1983年1期。

民间戏曲现状与非物质文化遗产保护

戏曲艺术曾是我国城乡人民主要的娱乐形式，但在20世纪80年代中期以后出现了前所未有的衰落景象。其主要标志是城市中的剧场因观众越来越少，票房收入难以维系而关闭或改作他用；与此相应，有相当多的国营和集体所有制剧团因没有戏演或因演出赔钱而面临解体的危机。近年来尽管各地政府和文化主管部门采取了各种措施，如中宣部举办了“五个一工程”评奖；中国剧协进行的一年一度的“梅花奖”演员评奖；文化部举办的“文华奖”评奖、文化部舞台艺术精品工程评选，以及各种戏剧节、艺术节等来激励戏剧的繁荣，但并没有扭转戏曲在城市中的衰落。中国戏曲果真像有人断言的那样走到了尽头，不可挽救，必然灭亡？中国艺术研究院戏曲研究所在2002年至2004年承担了国家艺术学科重点项目《全国剧种剧团现状调查》，笔者作为课题负责人之一，到福建、山西、河南、陕西、青海等地做过实地调查，并作为文化部国家非物质文化遗产工作专家委员会委员，利用出差的机会，到全国的其它一些城乡做过考查，现就民间戏曲现状与非物质文化遗产保护等相关问题谈一点看法。

一、戏曲文化的根在民间

中国的戏曲艺术产生于民间，是一种活在舞台上、艺术形式不断新陈代谢的艺术。一种新的戏曲形态在民间形成后，流入城市，受到都市文化和市民审美意识的影响后向“雅”的方向发展，步入上层社会的艺术殿堂后在形式上逐步凝固以至僵化，最后走向衰落。在我国戏曲发展历史上，宋元杂剧、明清传奇都经历过这样的道路。以梆子、皮簧为代表的地方戏在明末清初形成后，经过三百多年的发展历史，虽然在城市出现了衰落的景象，但在广阔的农村并没有出现能取代旧的戏曲形式的新戏曲，农民对传统的地方戏依然一往情深。笔者在海南省儋州一个农村观看过民间剧团演出的儋州山歌剧《睡错床》，这是一出反映民国年间婚姻问题的悲喜剧。能容纳三四千观众的露天剧场水泄不通。戏演到悲伤处，全场观众唏嘘叹惜；演到滑稽处，男女老少开怀大笑。笔者询问坐在周围的农民观众，发现他们对剧团的演员、演出的剧目、所唱的曲调如数家珍。原来这个村每年都要邀请此剧团来演出。这一次我们到山西、陕西考察民间戏曲，所到山西的长治、长子、晋城、临汾、离石、临县，陕西的宜川、延安等地，无论是地市级剧团，还是县剧团，都在农村演出，而且无一不是在露天剧场演出。在长子县常村，我们看了山西上党梆子剧院二团演出的《秦香莲》《雁门关》《狸猫换太子》，见常村四周的农民纷纷赶来看戏，有骑自行车的，有骑摩托车的，还有赶着毛驴车来的，另有集体坐拖拉机或农用大卡车来的。观众中有年过花甲的小脚老太太，也有少年儿童，更多的是中年人。在临汾市西北郊的乔李村，我们看了临汾蒲剧院演出的《薛刚反唐》，又在宜川看了宜川县蒲剧团演出的同名剧目，在临县佛堂峪村看了临县晋剧团演出的《小宴》《八珍汤》，在临县雷家碛乡看了临县道情剧团演出的《卖菜》等，来看演出的农民观众无不携老带幼、比肩继踵而至，戏场里人山人海，热闹非凡。据佛堂峪村的观众介绍，该村在过去每年要唱四台戏，因这两年经济状况不好，每年只唱两台。临县有一千多个自然村，即使有500个自然村每村每年唱两台戏，每台以4天唱7场计算，全县至少要演出1000台、7000场戏。山西有118个县（市），498个镇，1412个乡，32298个村。全国有多少个乡镇，多少个村？每年需要演多少台戏？这是一个多么巨大的演出市场。还以临县为例，该县有县晋剧团和县道情剧团，却远远不能满足农民观众的看戏需要，又出现了18个私营职业剧团。走进农村露天剧场，你绝对感受不到戏曲危机。所以，有人断言中国戏曲要灭亡，肯定是不了解中国戏曲发展历史和它赖以生存的条件及当前农村演出市场的实际。

二、民间戏曲演出的特点

中国戏曲是在民间产生的，同时又是在民俗活动的氛围中逐步成熟和发展的，农村始终是它的主要市场，农民始终是它的主要观众群体。在自然地理、经济文化、观众审美意识诸因素的制约下，各地农村形成了相对稳定的演出习俗。这些演出习俗又影响到演出市场的形成和发展，形成了不同于城市戏曲演出的特点和规律。

（一）季节性

农村的文化娱乐生活要受农时的制约，演戏一般集中在春耕之前农历的正月、二月，麦收之后的六月、七月，秋收之后的九月、十月。北方农村由于冬天寒冷，十一月、十二月很少有戏曲演出。南方天气炎热，七、八月份也很少有戏曲演出。

（二）与传统节日有密切的关系

春节到元宵节，是我国各地戏曲演出的旺季。其它节日如清明节、端午节、中元节、中秋节等许多地方亦有演戏的习俗。藏族的雪顿节，是藏戏演出最集中的节日。

（三）与宗教信仰有密切的关系

酬神赛会、春祈秋报、红白喜事，各地农村都有演戏的习惯。农民信奉的神灵有山神、土地、财神、灶君、龙王、观音等。农民的宗教信仰，佛、道、儒的观念都兼而有之，但没有像西方的天主教、基督教、中东的伊斯兰教那样强烈，既无完整的思想体系，又无严密的组织，更无政治目的，只是一种祈求一年风调雨顺、五谷丰登、人畜平安的精神寄托。农村中的庙会戏，最初是出于“酬神”的愿望，但随着科学的发展、社会的进步，宗教迷信的色彩越来越淡化，而成为以“娱人”为主的演出。20世纪80年代中期以来，农村的庙会戏普遍得到了恢复。我们在临县佛堂峪村看的演出，就有村民“酬神”的意思在内。在戏场的后面，即舞台的对面，我们看到了一个用红布临时搭起来的神棚，里面有龙王、关圣、二郎神、观音菩萨、达摩、天地神、风神、虫蛾神、文昌、魁星、河神、财神、土地神、山神共14个牌位。牌位前供有果品、香烛。有一个记账先生经管捐戏资的账目。半天见有一老者走来，在神棚供桌前磕了一个头，但并未捐钱物。听记账人说，村民不用现交钱，记一个数，年终结算。我们就此问村里干部的看法，村干部无奈地说，不搞这个形式，村里一旦有个天灾人祸不好交待。再问看戏的村民信不信神圣？大家笑笑，没有一个人肯回答。由此看来，酬神演戏只是农村数千年延续下来的一种习俗，不能简单地看作迷信活动。如果像“文化大革命”中那样，把它作为“四旧”破除，就等于剥夺了农民看戏娱乐的权利。故我们在研究民间戏曲的时候，要尊重农村延续了几千年的民风民俗，不可再犯“文化大革命”的错误。

此外，在山西农村，还有给逝世的老人送殡和为儿女成亲时请民间鼓乐班作场奏乐的习俗。有请一班的，也有请两班或数班的，根据家庭的经济实力而定。鼓乐班除吹奏民间曲调外，还吹奏戏曲唱腔，有时还有离退的戏曲演员参加清唱，这也是戏曲延续下来的一个重要原因。这一次我们虽然没有机会看到这种演唱形式，但据当地戏剧界同行介绍，这种形式是普遍存在的。上党地区称之为“扮代噱”“钻丧棚”，晋西吕梁地区称之为“赶事宴”，参加清唱的人一天可有20至30元的收入。笔者的老家也在吕梁地区，这两年回老家探亲，曾看到过这种演唱形式。参加演唱的一般都是剧团有演唱功底的主要演员，一生一旦，在有胡琴、唢呐、鼓板、电子琴等混合乐队的伴奏下清唱戏曲传统剧目，如《打金枝》等。这些演员，既能唱戏曲，又能唱流行歌曲，而且演唱水平很高。笔者所见临县晋剧团的两个演员参加“赶事宴”清唱，一个晚上四五个小时，时而唱戏曲，时而唱流行歌曲；时而独唱，时而对唱，声音洪亮，吸引来周围数村的观众。无论是办丧事请鼓乐，还是办喜事请鼓乐，主家都图得个吉利热闹。年龄大的人死了，当地人认为是一件符合自然规律的事，故又称之为喜丧。儿女请鼓乐一方面是为死去的老人送行，让其快快乐乐地升入天堂，另一方面也是代死去的亲人向亲朋、好友、邻居表示酬谢，为大家提供一次观赏民间艺术的机会，这也是长期形成的民间习俗。这几年，民间的演戏习俗有了新的发展，商店开张，在门前搭一个戏台，歌舞庆贺，常常请当地的戏曲名演员唱一段，我们在晋城市就看到了这种场面。

（四）与集市贸易的关系

我国各地的农村乡镇都有在固定的时间举办商品贸易活动的习俗，农民到市场上买自己需要的生活和生产物资，或出卖自己生产的农副产品，北方称“赶集”，南方称“赶墟”。在赶集的日子，是民间戏班和各种民间艺人行艺的好时机，商家亦常常组织演戏来吸引顾客，繁荣市场。新中国成立前，集市贸易中的戏曲演出，一般由当地的商会出面组织，常常将集市贸易与当地大的庙会结合起来，如关帝庙会、财神庙会、城隍庙会、奶奶庙会等。农民既来烧香许愿或还愿，又来做买卖，还来看戏，一举多得。故这种庙会演戏的规模都比较大，常常是几个班社同时演出，唱对台戏。新中国成立以后，这些庙会因带有迷信色彩大部分被取缔了。20世纪80年代中期以后，随着农村经济发展，又有所恢复。各地政府为了活跃市场经济，促进商品贸易，增加财政收入，每年都要举办一到两次商品交易会，组织各种民间艺术演出，地方戏是其中的主要节目。我们这次到山陕考查民间戏曲，在陕西的宜川，正赶上当地举办这样的商品交易会。在县体育场，既有戏曲，又有电影；既有歌舞，又有魔术杂技，还有各种游戏，四周还有许多卖小吃的商贩，商摊货铺集中在体育场前的一条大街上，游客和观众有数万人，热闹非凡。我们在每个演出点上看了看，还是戏场上的观众最多。当晚演出的是蒲剧《薛刚反唐》，由该县蒲剧团演出。尽管天气已经冷了，但台下的观众还是被唱了几百年的薛家将不畏权奸，赤胆报国的悲壮故事所吸引。而在歌舞场，尽管有高音喇叭作宣传，还有三个穿着“三点式”泳装的女演员在迪斯科的音乐伴奏下扭捏作态，观众还是在门外裹足不前。由此可见，古老的戏曲艺术在农村还有很大的魅力。

为演戏，各地农村都建起了钢筋水泥新式舞台或仿古式舞台，我们在长子县下霍村参观了该村建的三座戏台。有一座建在村民委员会大楼前的广场上，有两座建在村外白云山庙前的广场上。平时演戏在村里的戏台上，白云山庙会时，要请两个剧团唱对台戏。由此可见，此地演戏之兴盛，农民好戏之强烈。

三、民间戏曲演出存在的问题

综上所述，民间戏曲演出是不是没有问题可谈了呢？非也。

（一）农村戏曲演出市场虽然很大，但管理不善

演出市场放开后，农村出现了许多私人办的职业剧团。这些私人剧团人员少，负担轻，同时采取高价挖角，底价演出或给村干部回扣的办法与国营和集体所有制剧团竞争。而国营和集体所有制剧团人员多，负担重，演出的开销大，在竞争中处于不利的地位，许多台口被私人剧团占去。为了争夺演出市场，只有压低戏价。戏价低了，演出收入下降，不仅没有财力投入艺术的再生产（如购置更新戏装、道具），而且因工资低，导致主要演员外流，演出质量下降。如此恶性循环，使国营和集体所有制剧团的生存越来越艰难，不少县级剧团因此而解体。以山西吕梁地区为例，全区15个县市，大部分县级剧团或解体，或让私人承包，目前还能坚持演出的只有交城、文水、孝义等几个少数剧团。据开封市豫剧团、山西忻州市北路梆子剧团、山西临县晋剧团负责人介绍，因这些地区戏价底，剧团一年要演出十个月，近四百场，但仍然不能全额发放演员的档案工资，更无力补充和更换演出服装道具与音响设备，戏装破旧，无竞争力。在这种局面下，有的主演调到省级剧团，有的主要演员亦有被私人剧团挖走的危险，剧团的处境岌岌可危。我们看了临县晋剧团的演出，演员阵容可观，唱念做打上乘，但服装确实破旧不堪，蟒、靠有破损后拿针线相连的，褶子、袄裙有打补丁的。

（二）演出剧目少，排演新戏难

从这次我们调查的几个剧团看，不仅演出剧目少，而且大部分是你演、我演、他演，大家都在演，演了几百年的十几出传统剧目，仅在宜川县蒲剧团的演出剧目单上发现有《继母情》《农家新事》《合同夫妻》《感谢信》四出现代戏。

谈到演出剧目少，排演新戏难的原因，剧团的同志反映：首先是经费缺乏。地、县级剧团经费的主要来源靠演出收入。因城市剧场卖不出票，主要在农村演出。农村经济比较好的地方，如晋城市所属农村，山西上党梆子剧院所属剧团一个台口四天演七场戏（下同）的戏价在21000元左右，县级剧团在7000元左右；农村经济较差的地区，如吕梁地区和忻州地区，地区剧团一个台口7000元左右，县级剧团仅3000元左右。地市级剧团演职员在70人左右，县剧团在50人左右。扣除演出费用，地市级剧团每月的平均工资在500元左右，县级剧团只有300元左右。为了维持这个水平，剧团就必须多演出。就我们所调查的剧团看，演出最少的300多场，多的在400场以上。演出旺季，四天换一个台口，两三个月不休息。剧团在平时没有排演新戏的时间，演员没有练功的时间。即使在农历11月、12月休整时间，因排演新戏要添置新的服装道具，剧团拿不出这笔钱，无法排。加之现在演员流动性大，每年都有调出或调入的，需要大家一起对戏，为下一年演出做准备。其二是很少有适合在农村露天剧场演出、符合农民观众欣赏要求的剧本。他们称农民观众的文化修养有限，人物性格复杂、思想内容深奥的戏看不懂。农民喜欢故事生动、有头有尾，人物性格鲜明、大悲大喜的传统戏和反映农村现实与农民疾苦的现代戏，而这两方面的剧本很少。这不禁使我想到这些年调演、会演和为评奖入京演出的一些剧目。我们的剧作家和导演似乎忘记了农民观众，排演的剧目不仅不是为广大的农民观众看的，而且连我们研究戏剧的都有时看不明白。剧团不在戏曲表演上下功夫，而是在舞台灯光和布景上要花样。花大钱、大制作的戏，只能在大剧场演，演出成本高，得奖后就收场。这样的得奖剧目如何能保留下来，又如何在农村演出市场推广？这不能不说是戏曲危机、衰落的一个重要原因。脱离生活、脱离八亿农民观众，戏曲不可能真正振兴。这是我们考查民间戏曲后的最大感受。

四、戏曲衰落的原因

谈戏曲的振兴必须先弄清戏曲衰落的原因。戏曲的衰落固然有外部的原因，如生产方式和生活方式的变化、影视的发展和传播媒体的多样化，但也有我们指导思想上的失误。如在相当长的一段时间里，过多地强调了戏曲的高台教化作用，忽视了它的娱乐功能，造成演出剧目越来越少。对农村演出市场的特点认识不足，把与戏曲演出有关的民间习俗不加分析，一概当作封建迷信加以取缔和限制，致使农村的演出市场越来越小，不能满足农民的看戏要求；对戏曲来源于民间，需要民间艺术的不断滋养才能生存发展的规律认识不足，把戏曲工作的重点放在了城市，创作思想脱离广大农民观众，使戏曲艺术生产与观众消费脱节；演出市场放开后，对地区以下的国营和集体所有制剧团缺少必要的经费投入和业务指导，对私营剧团的发展缺乏统一规划，造成演出市场的无序竞争。

找准戏曲衰落的根源后，笔者认为振兴戏曲首先要解决两个认识问题。

首先，要在指导思想上把戏曲工作的重点放在农村，以繁荣农村戏曲演出市场作为振兴戏曲的目标，以推动城市戏曲的发展。脱离农村演出市场谈戏曲振兴，如无源之水，无本之木。要把财力、人力、精力主要用于培养艺术人才、剧目创作、改善剧团的演出条件上，减少过多过滥的调演、会演、评奖，不能将评奖作为振兴戏曲、促进戏曲繁荣的主要手段。目前，由于各种各样的评奖给各地造成了很大的压力。有的地方把能否获奖作为衡量干部政绩的主要依据，拿到“梅花奖”“文华奖”“五个一工程奖”就能升官提职，评不上就有丢官免职的危险。一些剧团为了晋京拿奖，不仅中断正常的营业演出，而且要赔进公共积累，有的甚至卖掉了家当。地方政府为了支持剧团角逐得奖名额，不得不拨出巨款。如经济贫困的山西忻州地区为评三个“梅花奖”演员，每一次拨专款少者十几万元，多者数十万元。笔者在调查民间戏曲时，走访了山西吕梁行署文化局副局长梁镇川同志。当时他正在灯下修改剧本，据称是为剧团晋京夺取“梅花奖”做准备。谈到评奖，他感到压力很大。吕梁地区是目前山西唯一没有“梅花奖”演员的地区。本来吕梁是一个出艺术人才的地方，许多著名的晋剧演员都出自这里，如老一辈的郭兰英、中年一代的田桂兰、年轻一代的宋转转等。但因该地区贫困，无经济实力送演员入京角逐“梅花奖”，致使优秀演员流失严重。作为主管地区文化工作的副局长，他觉着再不争取得奖，难以见江东父老，但要筹集几十万的活动经费，在吕梁这样一个许多单位连工资都不能按时发放的贫困地区谈何容易！

除了经济负担外，地方文化部门和剧团还要千方百计打通各种关节，了解获奖剧目评奖的内幕，按评委们的胃口选择剧目，高价请得过奖的编剧和导演加工剧目。然而，用重金包装出来的剧目除给领导和专家、评委们审查演两三场外，一般观众难得一看。一旦得奖，便束之高阁。因为这样的戏，不是观众不爱看，就是普通观众看不懂，根本无法普及。剧团不演便罢，一演总赔钱。由此形成了专家评委们看好的戏观众不喜欢、剧场不买座的怪现象，并引发出评奖中的不正之风和行贿受贿的丑闻。

过去，我们常讲“观众是上帝”，而现在似乎观众不是“上帝”了。在一些地方文化部门和剧团及演员心目中，“上帝”是带着各种光环的专家和评委，他们的一票决定着演员、剧团及地方文化主管领导的命运。如果得奖，演员立刻就成为“著名的表演艺术家”，工资、职称、房子等有关个人的名利问题迎刃而解；剧团也因此而提高身价，无论是写台口、定戏价，还是向上级申请经费，都理直气壮；地方文化部门的主管领导更会因此“政绩”而得到提拔重用。文化部门忙于组织举办各种各样的“节”，少数专家评委们忙于各种评奖，不是被邀请到各地看戏，就是参加各种座谈会，的确感到了戏剧的“繁荣”；而真正的“上帝”——观众却被遗忘了、架空了，他们无戏可看，也感受不到戏剧的繁荣。由此造成了“振兴戏曲”的口号喊了十几年，国家也为振兴戏曲花了不少钱，却出现了戏曲的演出剧目越来越少，戏曲的观众也越来越少的尴尬局面。

调演与评奖有如此弊端，是不是以后不要搞调演和评奖了呢？非也。其一，调演和评奖要在数量和周期上加以限制，不能年年搞、月月搞，你搞、他搞、我也搞。四五年搞一次足矣，而且要宣传、文化、剧协联合搞，专家评委与观众共同参与。其二，调演与评奖的剧目一定是经过广大观众（专家和评委只是观众的一部分）和演出市场的检验，思想性和艺术性都得到多数人认可的剧目。这样的得奖剧目才有权威性，才能在各地推广、普及。文化主管部门要在推广和普及优秀剧目上下功夫，要制定相应的法规和政策，形成剧团演新戏、演好戏的氛围，国营剧团要真正起到试验、示范、推广优秀剧目的作用。

其次，要加强农村演出市场的规范管理，限制私人职业剧团的盲目发展，禁止不正当的竞争。作为戏曲演出团体，要把自己的立足点放在农村，创作和排演适合农民欣赏口味的戏曲剧目，掌握农村戏曲演出市场的特点，尊重农民看戏的风俗习惯，发挥戏曲擅长营造节日气氛、形式多样、适应性强的特点，扩大自己的演出市场。如果我们的戏曲艺术家真正创作出既反映时代的精神，又有深厚艺术底蕴的戏曲精品，不仅会繁荣农村的演出市场，而且会带动城市戏曲演出市场的振兴。

五、戏曲文化遗产的保护

戏曲在形成唱、做、念、打为一体的、成熟的戏曲形式后，又因受不同民族、不同地区语言、风俗、民间艺术的影响而形成千姿百态的剧种，如京剧、秦腔、梨园戏、藏戏、蒙古戏等等。不仅每一个地区、每一个民族都有本地本民族观众喜爱，而且在一个地区、一个民族之内，形成若干个剧种。戏曲以其多姿多彩、千变万化的艺术造型，各具特色的地方唱腔，深受百姓喜爱。尤其一些经典剧目，像《花木兰》《西厢记》《梁山伯与祝英台》《天仙配》等，皆是群众耳熟能详、喜闻乐见的优秀曲目，其故事情节、精彩片段千百年来为人们所传诵，艺术魅力经久不衰，可谓中华民族文化艺术的精华，更是我国非物质文化遗产中的重点保护对象。

对非物质文化遗产的保护最先是由发达国家提出的。随着现代科技的发展，人们的生活方式有了很大的改变，传统文化受到很大的冲击，韩日等国家在20世纪70年代就曾呼吁要保护民族民间文化。我国是有着丰富民族民间文化遗产的国家，20世纪80年代之前，是我国民族民间文化的活跃期。那时，戏曲是群众最普遍的娱乐形式，是文艺舞台上的盟主。但随着电视、计算机的逐渐普及，人们再也不愿跑到剧院去看戏了，剧院的上座率急剧下降，有时甚至是赔本演出。剧团经济的不景气直接影响到我国戏剧艺术的发展。据国家重点科研项目《中国戏曲志》的统计，在我国历史上曾存在过394个剧种。到1959年国庆十周年时《中国戏剧报》的统计，当时共有360个剧种，其中有50个剧种是在新中国成立以后产生的。1982年编撰《中国大百科全书·戏曲曲艺》卷时的统计是317种。经过20年的改革开放，现在不到270种。山西是我国的戏剧大省，其戏曲剧种最丰富，历史最悠久。1982年山西共有54个剧种，到2003年却只剩28种（其中相当一部分没有剧团），几乎每年消失一种，照此速度，再过20年恐怕就仅剩几种了，由此可见我国非物质文化遗产消失之快。

我国政府非常重视非物质文化遗产的保护工作。就戏曲而言，新中国成立以后有过三次全国性的大规模的调查和遗产发掘工作。一次是20世纪50年代传统剧目的发掘工作，全国共发掘传统剧目超过二十万个，仅福建一省就有五千多种，还有大量的曲谱和采访老艺人、老观众的调查报告。当时出版的直接成果就是《中国地方戏曲集成》，每省一卷。第二次是20世纪80年代末编撰出版《中国戏曲志》和编撰出版《中国戏曲音乐集成》，收集到的文字数据三亿多字，图片三万多张，音像资料二千多小时，公开出版的近一亿字。第三次，就是现在进行的全国非物质文化遗产普查。

探索适合我国国情的非物质文化遗产保护方略，不仅是一个理论问题，也是一个实践问题。保护非物质文化遗产，首先要加强对民族民间文化自信、自觉的认识。不要妄自菲薄，也不要认为我们民族、民间的文化完美无缺。第二要处理好保护、传承和发展的关系。对具体的保护对象要根据具体的情况采取不同的保护措施，不能一概要求“原生态”。对非物质文化遗产、“原生态”这些外来词要正确理解。“非物质文化遗产”“无形文化遗产”都是外来语汇，很难用它来科学地概括和区分我国的民族民间文化遗产。就我国三百多个戏曲剧种而言，很难用这样的概念来判断。戏曲是一门综合性很强的艺术，其艺术元素既有“非物质”的成分，又有物质的成分。如戏曲的表演、歌唱技巧、绘制脸谱技法、乐器演奏技巧等都是“非物质”的，而服饰、布景、道经、演出的剧本、伴奏的乐器等都是物质的。在一定的条件下，“物质”可以转化为“非物质”，“非物质”也可以转化为“物质”的。如剧本，地方戏的许多剧目原来都是艺人创作的“提纲戏”，没有文字记载，全凭老艺人口传心授，在这个意义上讲，这个剧目是“非物质”的，但是如果有人将它记录下来，成为文字本，无疑就成了“物质”的了。就“有形”和“无形”而言，也是如此，演员演唱出来的声腔是无形的，但是将它记录成乐谱就变成有形的了。戏曲表演一招一式都是有行的。我个人认为，如果硬要用“非物质文化遗产”这个概念，可看这种文化形态是为了满足人民的精神生活需要，还是物质生活的需要，如果是为了满足精神生活需要的，不妨将其纳入“非物质文化遗产”的范畴。

戏曲文化的保护，要注意只重视古典大剧种，忽视民间小剧种；只重视汉族戏曲剧种，忽视少数民族戏曲剧种的倾向。戏曲文化是中国各地、各民族人民共同创造的。戏曲文化的多样性，不仅是中国戏曲文化的特点，也是中国戏曲文化的优势。文化的品类和自然界的物种一样，其生存发展，不仅要有一定的质量，也要有一定的数量。中国戏曲文化之所以源渊流长，延绵不断，有旺盛的生命力，就是因为她家族兴旺，品类繁多。

戏曲文化遗产的保护工作要贯彻以政府主导为主，社会积极参与的方针，为民间戏曲的生存和发展营造一个良好的生存环境。国务院公布的两批国家非物质文化遗产保护名录中，传统戏剧有173项，保护的剧种有二百多个。列入省级、市级、县级保护的剧种就更多了。要进一步完善国家、省、市、县四级非物质文化遗产保护网，把所有的民族、民间戏曲纳入各级政府保护的范围，明确责任，加大对珍稀剧种保护投入的力度。理论工作者要加强对民间戏曲的研究，在剧种的发展上要多元化，切忌一个模式，要保持戏曲的民族特点和地域特色。中国戏曲的根在民间，要把民间戏曲的演出和民俗活动紧密结合起来，努力发掘和创作适合民族、民间戏曲剧种上演的剧目。要加大对民间戏曲的宣传力度，电视、广播要多开辟民族民间戏曲的栏目。中小学要把民族民间戏曲作为乡土教材，从小培养青少年对民族民间小戏的观赏兴趣，把戏曲文化作为全民的素质教育。只要我们全社会都关心民族民间戏曲的保护发展工作，戏曲文化就一定能够发扬光大。

（此文系作者为“两岸四地中国戏曲艺术传承与发展·北京论坛”提供的论文）

少数民族戏曲的多元发展及其保护

光辉灿烂的中国戏曲文化，是中华各民族人民共同创造的，是各族人民经济、文化长期相互交流、融合的产物。虽然汉族戏曲剧种众多，在中国戏曲剧种群中占有绝大多数，但少数民族戏曲剧种却是不可或缺的。因为，中国戏曲艺术是由汉族与各少数民族戏曲剧种共同组成的，少数民族戏曲是中国传统文化艺术遗产的重要组成部分。

一、戏曲文化是中华各民族的共同创造

中华民族形成发展的历史是生活在中华大地上的汉族与少数民族长期交融的历史。中国的戏曲文化发展的历史也是汉族戏曲文化和各少数民族戏曲文化长期交流的历史。早在汉代中国戏曲的孕育期，各民族文化艺术已有交流，被称为“胡曲”“胡舞”的少数民族乐舞广泛流行于宫廷和民间。所谓“胡曲”“胡舞”，最初指生活于蒙古高原匈奴的音乐和舞蹈。如《史记・匈奴列传》中所载的“匈奴歌”，即是至今唯一可见的“胡曲”:“亡我焉支山，使我六畜不蕃息。失我祁连山，使我妇女无颜色。”其中“祁连”“焉支”，都是匈奴语的译音，指今内蒙古中部的阴山。匈奴人也制造了本民族独特的乐器，最著名的就是胡笳、琵琶和鼙鼓。蔡文姬《胡笳十八拍》有“胡笳本出自胡中，鼙鼓喧兮夜达明”的描绘。

另据《后汉书·五行志》记载，“汉灵帝好胡服、胡帐、胡床、胡坐、胡饭、胡箜篌、胡笛、胡舞，京都贵戚皆竟为之。”可见“胡曲”“胡舞”不仅盛行于匈奴人活动的大漠南北，而且对内地的汉族音乐和舞蹈也产生了深远的影响。

西汉初期，张骞两次出使西域，促进了“丝绸之路”的贯通，把中原和西域连接起来，促进了中原文化艺术与西域文化艺术的交流。张衡《西京赋》记录了汉代京城长安百戏表演的盛况，其中有关西域的就有“乌获扛鼎，都卢寻橦。冲狭燕濯，胸突铦锋。跳丸剑之挥霍，走索上而相逢”等杂技；“白虎鼓瑟，苍龙吹篪”等假面拟态之戏；“女娲坐而长歌，声清扬而委婉。洪涯立而指挥，被毛羽之纤丽”等化装歌舞；“巨兽百寻，是为蔓延”，“蟾蜍与龟，水人弄蛇。奇幻倏忽，易貌分形。吞刀吐火，云雾杳冥”等魔术。隋唐时期，中原和周边各民族之间的文化交流更为频繁，少数民族的音乐歌舞备受社会各阶层人民的喜爱。唐朝宫廷的十部乐中，就有龟兹乐、高昌乐、疏勒乐、安国乐、康国乐等五部西域乐舞。《胡旋舞》《胡腾舞》和《柘枝舞》等舞蹈不仅成为宫廷中常演的节目，在民间也非常盛行。特别是佛教传入后，以宣传佛教经典为目的说唱形式“变文”在民间的流行，为中国戏曲的形成创造了重要条件。

汉唐时期的河西走廊是中西文化的交汇地。不仅西域少数民族的文化艺术通过这一条丝绸之路传到中原汉族地区，而且中原汉族地区的文化艺术也通过这一条丝绸之路传到西域少数民族地区。在新疆吐鲁番阿斯塔那第206号墓出土的高昌王曲文泰时的左卫大将军张雄夫妇合葬墓中出土的七十多件彩绘木俑和绢衣木俑，其中有一些小型的百戏俑。[①]这批绢衣木俑男女俑均以木雕头部，彩绘面貌。胸部用木条接在颈下胶合，用纸捻成臂膀，外着锦绢彩裙。宛如若真人，无论从装饰、制作、仪表、表情来看，都是表演歌舞、戏弄的傀儡，正在扮演成各种角色，表现有一定故事内容的傀儡戏。这说明在唐初的西域高昌，就有了傀儡戏。在吐

① 《中国戏曲志·新疆卷》，中国 ISBN 中心 1996 年出版，第 9 页。

鲁番阿斯塔那336号出土的戏俑[①]，其中有顶竿倒立木俑、狮子舞泥俑、黑人舞蹈泥俑等。特别值得注意的是还有一对戏弄泥俑，一男一女，女角由男性扮演，着民间妇女装束，裤子臀部上还打了一块补丁，表情凄凉，似在诉其冤苦；男俑着棉袍，体胖腰圆，神态凶狠，两个泥俑排放在一起，构成一幅夫妻吵架的生活画面，人物形象栩栩如生，生活气息浓郁，非常符合唐崔令钦在《教坊记》中记述唐代歌舞剧《踏摇娘》时强调的“大夫着妇人衣”和“及其夫至，则作殴斗之状”的特点，许多考古学家和戏曲史家认为，这两件泥俑反映的是《踏摇娘》的故事。《踏摇娘》是民间艺人根据社会生活中酗酒的丈夫虐待妻子的现象而编演的，曾在晋、陕、豫、冀等中原地区广泛流传，后进入宫廷，与《拨头》成为“鼓架部”中的节目之一。吐鲁番阿斯塔那336号出土的这些重要文物说明，唐代中原戏曲文化曾在新疆流传过，中原地区的戏曲文化对维吾尔剧的形成产生过深远的影响。

辽金时代，流行“契丹歌舞”“女真歌舞”及其音乐，为“北曲”的形成提供了丰富的艺术营养，促进了元杂剧的诞生。故明徐渭评曰：“今之北曲盖辽、金北鄙杀伐之音，壮伟狠戾，武夫马上之歌，流主中原，遂为民间之日用。”[②]

明、清两代，是全国少数民族政治、经济和文化发展的重要时期。明代为巩固汉王朝的统治地位，在少数民族地区实行了土司制度与军屯制度。“‘土司制度’是自唐代以来中央封建王朝在少数民族地区所实行羁縻制度的发展，‘军屯制度’则是屯军制度的沿袭和发展。至清朝雍正年间，中央政权又决定在南方少数民族地区大规模地推行‘改土归流’政策，即废除土司世袭制度，实行州、府、县制，并由朝廷直接委派‘流官’执掌地方政权。从而给南方各民族社会带来巨大变化，使之乾隆、嘉庆、

① 《中国戏曲志·新疆卷》，中国 ISBN 中心 1996 年出版，第 10 页。

② （明）徐渭：《南词叙录》，《中国古典戏曲论著集成》（四），中国戏曲出版社 1958 年出版，第 236 页。

道光年间出现了经济繁荣、社会安宁、文化发展的喜人景象”①。我国少数民族戏曲古老剧种，几乎都是诞生于明清时代、尤其是清中叶以后。如最古老的少数民族戏曲剧种西藏藏戏，形成于明代初叶，清初以后出现了繁荣局面。藏戏的繁荣与清王朝奉行的民族和好，文化交流的政策密不可分。五世达赖阿旺洛桑嘉措于清顺治九年（1652）率三千人的代表团赴北京晋见顺治皇帝，在北京住了两个多月，在内蒙古住了五个多月，观看了汉、满、蒙等民族的戏曲、歌舞等文艺节目。随五世达赖进京的有西藏著名的画师，将达赖进京的活动以连环画的形式画下来，成为布达拉宫著名的壁画《五世达赖见顺治图》。五世达赖回到拉萨后，受内地艺术的启发，组织了宫廷歌舞队噶尔巴，并将西藏各地的藏戏班调来拉萨，参加一年一度的雪顿节，促进了藏戏的发展。乾隆年间，六世班禅率代表团到承德避暑山庄参加乾隆皇帝七十大寿庆典，在清音阁大戏楼观看了昆腔、弋腔、乱弹等戏曲表演。甘南藏戏缔造人之一的琅仓四世活佛对京剧艺术更是情有独钟。20世纪30年代是中国京剧艺术人才辈出的璀璨时代，这一时期琅仓四世在内蒙古传法，每年冬天都要回到北京过冬。兴趣广泛的活佛先后观看了梅兰芳、马连良、尚小云、金少山、李万春、李多奎等众多京剧名家的经典剧目，与梅兰芳等名流广泛交往，探讨京剧艺术的奥秘。甘南藏戏以舞台艺术为基础，讲究表演动作的规范化，重视服饰布景的运用等特点，都说明从内地戏曲中借鉴了大量的艺术因素。藏戏与内地的戏曲不谋而合，走上了“歌舞演故事”的发展道路，并以写意和程序性的表演为特征，其根本的原因，就是汉藏戏曲文化长期交流的结果。

壮剧、傣剧、侗戏、布依戏、毛南戏、白族吹吹腔、佤族清戏等，它们的形成与发展，都直接受到中原汉族戏曲文化的影响。如北路壮剧的创始人黄永贵于光绪七年（1881）在南宁向邕剧艺人雷喜彩学戏，回到家乡田林后组织戏班，根据章回小说《五虎平南》的故事，创作了歌颂壮族

---

① 李强、柯琳：《民族戏曲学》，民族出版社出版2003年版，第693页。

民族英雄的大戏《侬智高》，用壮语演唱，受到壮族群众的欢迎，奠定了北路壮剧的基础。侗戏也是在汉族戏曲的影响下产生的。清道光年间，贵州省黎平县茅贡乡腊洞村侗族著名歌师吴文彩（1798—1845）根据汉族戏曲《朱砂记》和《二度梅》的故事，翻译改编成用侗语演唱的脚本《李旦凤姣》和《梅良玉》，并吸收当地的汉族地方戏曲的程序和表现手法，设计了平板唱腔，始创了侗戏。白族的戏曲剧种吹吹腔来源于汉族古老的戏曲声腔弋阳腔。明洪武年间弋阳腔传入大理地区，同白族人民的生活、语言、艺术、宗教、习俗相结合，发展为白族的戏曲剧种吹吹腔。傣剧是在汉族的皮影、滇剧影响下形成的。清道光年间，喜好戏曲的土司刀如安把皮影戏曲目《封神演义》，翻译成傣文，邀约几个本家兄弟，模仿皮影戏的表演方法，用傣语进行了演出，获得了成功。此后，又陆续将皮影戏《薛丁山征西》《薛仁贵征东》翻译为傣语演出。为了提高表演水平，他们又邀请滇班向傣族演员传授技艺。后来又组织傣族知识分子进行傣剧剧本的创作，产生了《沐英征南》等反映傣族生活的剧本，傣剧逐渐成熟。

中华人民共和国建立后，又新生了许多少数民族戏曲剧种，如苗剧、彝剧、新城戏、赞哈剧、大本曲剧、满族八角鼓戏、阜新蒙古剧等。这些剧种的形成与发展，更与汉族戏曲艺术有十分紧密的联系。许多少数民族戏曲剧种还建立了自己的专业剧团，如藏戏、唱剧、壮剧、侗戏、傣剧、白剧、苗剧等。一批汉族文艺工作者参与了民族剧种的创新工作，他们与少数民族戏曲工作者一道，在继承民族文化传统的基础上，广泛吸取汉族戏曲艺术的优长，引入现代科学技术手段，在音乐唱腔、乐队伴奏、舞蹈表演、灯光布景诸方面进行了舞台艺术的革新创造，从而发展了民族戏曲艺术。

在漫长的多民族文化交流活动中，涌现出许多杰出的少数民族艺术人才，对中华民族传统文化做出了杰出贡献。如隋唐时期的著名作曲家白明达，琵琶演奏家苏祗婆、曹妙达、康昆仑、米和、裴兴奴，笙演奏家蔚迟章和歌唱家米嘉荣等，都是少数民族。元代杂剧作家中的石君宝和李直夫是女真人，杨景贤是蒙古人；元代散曲作家中的萨都喇、高克恭是回族，马祖常、贯云石是维吾尔族，阿鲁威、阿荣是蒙古族等。明清时期，少数民族中也出现了许多著名的艺术家，如明初藏族僧人汤东杰布创造了藏戏，被尊为“藏戏始祖”；清代蒙古族文人荣斋搜集、整理了《弦索备考》，将民间流传的13套弦索古曲用总谱的形式记录下来；维吾尔族女音乐家阿曼尼萨汗以毕生精力整理木卡姆，并著有《心灵的和谐》等音乐美学著作。

综上所述，少数民族与汉族长期的经济文化交流与融合，共同创造了光辉灿烂的中国传统文化。正是这种民族间的文化交流，促进了各民族戏曲的形成与发展。任何一种民族戏曲，绝不会孤立、封闭地自我发展，它总要与其它民族特别是先进的汉族戏曲发生交流，从中吸收、借鉴一些艺术精华以丰富、充实自己，这是各地、各民族戏曲发展过程中的正常现象，对促进本地区、本民族戏曲的发展有十分重要的作用。

二、戏曲的民族特征

中国戏曲在宋金时期形成后，经历了北曲杂剧、南戏传奇、板腔体地方戏这样几次在音乐结构和剧本体制上的变化，先后产生过390多个剧种，目前有专业剧团或业余剧团还在舞台上演出的剧种仍然有260多种。在这些剧种中除为数众多的汉族戏曲剧种外，还有藏戏、蒙古戏、壮剧、维吾尔剧、白剧、傣剧、侗剧、彝剧、布依戏、苗剧等少数民族戏曲。在少数民族中，也有一个民族因居住的区域不同，语言和风俗习惯的不同，而形成若干个剧种。如藏族，在西藏自治区就有白面具戏、蓝面具戏、昌都戏、德格戏、门巴戏；在四川、甘肃、青海的藏区有安多藏戏、康巴藏戏、甘南藏戏、黄南藏戏等。再如白族戏曲有吹吹腔、大本曲之分；壮剧亦有师公戏、土戏、沙剧之分。这些戏曲剧种尽管唱腔不同，表演风格不同，所走的艺术道路不同，艺术成分的含量亦有很大的差异，但它们有一个共同的特征，就是王国维先生概括的“以歌舞演故事”。戏曲艺术的这种多样性，反映了我国地域辽阔，民族众多，语言丰富，民间艺术多姿多彩，戏曲文化发展的不平衡性；戏曲艺术“以歌舞演故事”的这种共同特征，反映了我国各地各民族戏曲文化在共同的历史背景下，经过长期的相互影响、相互交融而形成的内在联系。

中国各地各民族的戏曲除了“歌舞演故事”这一不同于西方戏曲的基本特征外，均具有各自的民族特征。中国戏曲的民族特征，首先表现在各个民族的戏曲剧种都采用了本民族的语言，唱腔曲调是在本民族的民间音乐基础上根据抒发感情、塑造人物、渲染环境的戏曲化要求而整合创造出来的。如藏戏的唱腔称“朗达”，它是在藏族鼓舞音乐、道歌和“谐钦”歌舞音乐的基础上形成的，具有雪域佛国浓郁的民族风格。蒙古戏是在蒙古族的民歌、说唱曲艺和宗教音乐的基础上形成的，有的早期剧目的名称甚至和民歌完全一样，如《达那巴拉》全剧采用了科尔沁民歌“达那巴拉”；《诺丽格尔玛》也是采用了科尔沁叙事民歌“诺丽格尔玛”的曲调，后来的一些剧目采用了“民歌联曲体”的手法，根据剧情和人物需要，采用多首民歌，如《赛乌素沟畔》一剧是由“巴音杭盖”“查干宝力格”“丹钦扎布”“脑门达莱”“那仁高勒”“白音都民”六首民歌的曲调组成。蒙古戏的音乐唱腔具有高原游牧民族悠扬、豪迈的风格。维吾尔剧的唱腔是以维吾尔族的民歌、说唱音乐和古典套曲“十二木卡姆”发展而成的，具有嘹亮、欢快的特点。彝剧唱腔是以彝族的民歌“梅葛调”“过山调”“玛嫫若调”“嫁调”“阿噻调”“左脚调”等民歌为素材创作的；白剧唱腔吸收了白族的说唱音乐“大本曲”；傣剧的唱腔中，用了大量的民歌，如用“琴调”表现哀怨、悲伤或思念之情，用“婚宴调”表现人物的庸俗、轻浮，用“孔雀歌”表达热烈和欢快的情绪，用“鹦鹉调”作为剧中的序曲和剧终时的合唱，用芒市“城子山歌”和“坝子山歌”作为表达男女主人公感情的对唱。南方少数民族戏曲的唱腔，都具有感情细腻、缠绵、热忱、奔放的风格。

戏曲的民族特征，在表演上也非常鲜明。如藏剧中的骑马、放牧、剪羊毛、纺织、挤奶、炼制酥油等表演动作，是从藏族人民的生活动作中提炼出来；彝剧的欢快步、愁烦步、迎客布、送客步、登山步、催马走场等表演动作是在本民族的生活动作和彝族舞蹈的各种跌脚步法基础上，借鉴兄弟民族戏曲表演技巧创造出来的。云南的西双版纳和德宏是大象和孔雀的故乡，傣剧的表演就吸收了许多傣族舞蹈中表现大象和孔雀形象的动作。如“见面礼手”，就是模仿大象形态提炼出来的一种身段。“演员右手垂直向下，握掌，下弯的腰部和微低下的头相配合，造成下垂‘象鼻’的感觉。左手配合膝部弯曲的双腿，身体作大幅度的起落动作，形象地刻画出庞大而笨重的象体行进的形态”[①]。傣剧《海罕》中王子骑象出征时就用了这个身段。傣剧的“孔雀身段”是模仿静静屹立的孔雀形体而来的。“身法是右腿微弯，左脚尖着地，右手向上成三道弯，掌心向上，大指成垂直状，左手自然向后，掌心向外，与大指成垂直状。动作完成时，要眼神平视，收腹提气，多用于霎间亮相或舞蹈的旋转”[②]。傣剧《朗推罕》中的七位公主就经常使用这个身段。“孔雀碎步”也是傣剧常用的身段步法，这是从傣族民间舞蹈孔雀舞中直接引用的一种表现孔雀快速行进的步法。在傣剧中，常常用这种步法表现少女欢快、愉悦的心情。傣剧正是运用了大量本民族的舞蹈语汇，使它的民族特色非常突出。

戏曲的民族特征还表现在类似和相近的剧种，或类似和相近的表演身段，由于民族不同，形成了多样性的表演特点。如同样是花灯，四川和贵州的花灯保留了汉族民间花鼓小戏载歌载舞、生动活泼的特点，演员的舞蹈动作突出了一个“扭”字，主要是靠腰腿的功夫，做出各种舞蹈动作、身段。而云南彝族等少数民族的花灯则吸收了彝族等少数民族的舞蹈动作，突出一个“崴”字。“崴”有正崴、反崴、小崴、等点步、扭步、颠步、大屯步、白云步、鸭子踩水步、双十字步等步法，靠胯部的扭动，形成婀娜多姿、热烈奔放的表演动作，民族特点非常鲜明。再如，汉族戏曲旦脚的手势，多数是用兰花指，掌心向内，表现出一种文静的、优美的风度；而云南的傣剧、白剧、彝剧等旦脚的手势，则较多地吸取了孔雀

---

①② 《中国戏曲志·云南卷》，中国 ISBN 中心 1994 年版，第 352 页。

舞的动作，手心向上，表现出一种热情高雅的姿态。再比如，同样是骑马，汉族戏曲中的趟马就和蒙古剧等少数民族戏曲中的“马舞”有明显的区别。为了突出戏曲的民族特色，许多剧种都按剧情和场面气氛的需要，直接插入各种各样的民族、民间舞蹈。如汉族戏曲中的花轿舞、扇舞、鼓舞、灯舞、手绢舞、挑担舞、绸舞、长袖舞等等；藏剧中的拟兽舞、拟禽舞、面具舞和宗教舞蹈羌姆，民间舞蹈谐钦、果谐、踢踏、热芭等；傣剧中的孔雀舞、象脚鼓舞、刀舞；侗剧、苗剧中的芦笙舞、振铃舞；彝剧中的跌脚舞；唱剧中的长鼓舞等等。

中国戏曲的共同特征和民族特征是在我国特有的历史、地理、文化背景的作用下形成的。过去我们常常把唱、念、做、打的综合表演、强烈的节奏感、虚拟性的时空处理、程序化的动作技巧、象征性的人物装扮、装饰性的舞台布景作为中国戏曲的特征来阐述，并作为戏曲区分于话剧、歌剧、舞剧的理论依据。拿这些理论去衡量昆曲、京剧、川剧、豫剧、秦腔、晋剧、湘剧、赣剧等汉族的大剧种无疑是正确的，拿这些剧种作为我国戏曲的代表，与外来的话剧、歌剧、舞剧等做比较研究，从而建立起中国戏曲的理论框架也是正确的，但拿它去衡量由民间歌舞或民间说唱发展而成的民间小戏就不恰当，拿它衡量少数民族戏曲，就更不适应了。如在民间歌舞基础上发展起来的采茶戏、花鼓戏、花灯戏、秧歌戏和在民间说唱艺术基础上发展起来的滩簧类、道情类、曲子类剧种，它们均以演出反映民间生活的小戏为主，极少演出宫廷生活和军事斗争的大戏；在它们的行当中以小生、小旦、小丑为主，很少有武生、武旦、刀马旦、大净、毛净等行当，少数民族剧种很少分行当；在它们的表演中以唱、做和载歌载舞的形式为主，很少有成套的武打技巧；在装扮上以俊扮为主，没有成套的脸谱；在音乐上，以民歌、小调或说唱音乐组成单曲连缀的唱腔形式，没有形成曲牌联套或板腔变化体的成套唱腔；沪剧及维吾尔剧等少数民族戏曲伴奏不用锣鼓，节奏感并不像京剧等汉族戏曲那样强烈；越剧、沪剧、滑稽戏，以及维吾尔剧等少数民族剧种上演的剧目多为分幕结构，时空相对固定。这些情况表明，汉族的民间小戏和少数民族剧种还处于不断发展与完善的过程，还没有形成程序化表演体系。

新中国成立以来，我们在戏曲理论研究中重视探讨戏曲艺术的特征和它的发展规律，在艺术实践中强调继承戏曲的传统，同时又要求戏曲吸收外来艺术特别是民间艺术的精华。然而，由于我们对戏曲的基本特征认识不够，在理论研究和艺术实践中难免出现偏差。如我们在理论上，把昆曲和京剧等古典戏曲剧种数百年形成的虚拟性和程序性特点作为中国戏曲的基本特征来认识，不仅影响了古典戏曲的改革步伐，而且影响了民间小戏曲种和少数民族戏曲剧种对本地、本民族各种民间文学、艺术及话剧、电影等写实艺术的吸收，使戏曲反映现实生活的能力受到了一定的限制。

在剧种建设上，缺乏对戏曲基本特征的正确理解，不仅对汉族地区民间小戏的发展造成不良的影响，而且对少数民族剧种的发展也有一定的副作用。我国是一个多民族的国家，我国的戏曲文化是各族人民共同创造的。汉族戏曲虽然形成早于其它少数民族，而且比少数民族的戏曲成熟些，但我们研究中国戏曲史后会发现，在汉族戏曲形成和发展中吸收了许多少数民族的文学艺术成分。如南北曲中就有来自不少少数民族的曲调，梆子、皮簧戏中的胡琴、三弦等伴奏乐器就是来源于少数民族的乐器。少数民族在与汉族的交往中，受汉族戏曲的影响，在本民族歌舞或说唱艺术的基础上，吸取汉族戏曲的经验，形成本民族的戏曲。除藏戏之外，其它少数民族剧种的历史都比较短，故大都没有形成像京剧那样唱念做打完备、行当齐全、表演程序化的艺术体系。于是，不仅一些汉族的戏曲工作者怀疑这些剧种是不是戏曲，而且本民族的戏曲工作者也存有疑问。如新疆的维吾尔剧就遇到这种情况，有一部分人认为它是戏曲，有一部分人认为它是歌剧。一部分人认为它应该按京剧等汉族戏曲的模式发展，一部分人认为它应该按西洋歌剧的路子发展。在编纂《中国戏曲志·新疆卷》时，大家用王国维先生“以歌舞演故事”的论断来加以分析，认为维吾尔剧在发展过程中虽然较多地吸收了西洋歌剧的创造方法，但它的基本曲调是本民族的古典套曲“十二木卡姆”，另在表演中，穿插有大量的新疆民间舞蹈，完全符合中国戏曲的基本特征，故一致同意将维吾尔剧划归到戏曲的大家庭中，编入戏曲志。再如内蒙古自治区境内的蒙古戏和辽宁的阜新蒙古戏，也是在解放以后形成的少数民族剧种。由于蒙古族居住区幅员辽阔，东部地区和西部地区在语言、风俗习惯、文化传统等方面都存在着较大的差异，各地的蒙古戏尚未形成统一的艺术风格。人们对这些剧种的看法存在着较大的分歧，如何确定它的发展道路亦缺乏一致的认识。在编纂《中国戏曲志·内蒙古卷》和《中国戏曲志·辽宁卷》时，中央和省、市的戏曲专家、学者一起研究，用王国维先生“以歌舞演故事”的理论分析了内蒙古自治区境内的蒙古戏和阜新蒙古戏的艺术特点，统一了认识，使这些蒙古戏作为中华民族戏曲百花园中的不同品种收入书中，从而在官修志书中确立了她们应有的历史地位。

三、少数民族戏曲的生存现状

20世纪90年代以来，世界经济一体化的进程加快。随着这种趋势的发展，西方发达国家的文化艺术借助现代传媒手段，席卷世界各地。第三世界国家民族的、地域的、民间的文化艺术受到极大的冲击。世界经济一体化和现代化进程，也同样对中国戏曲艺术的生存发展带来很大冲击。少数民族戏曲作为中国戏曲的重要组成部分，在发展过程中也遇到了种种困难。

（一）包括少数民族戏曲在内的中国戏曲在数量和品种上的优势正随着生活现代化的进程在消减。戏曲文化的多样性，不仅是中国戏曲文化的特点，也是中国戏曲文化的优势。文化的品类和自然界的物种一样，其生存发展，不仅要有一定的质量，也要有一定的数量。但是，中国戏曲在数量和品种上的优势正随着生活现代化的进程在加速消失。少数民族地区虽然现代化的进程落后于我国东、中部地区，但经济一体化和现代化的东风已经吹向西部少数民族地区，无论是文化主管部门的领导，还是剧团的艺术人员都感到了即将面临的危机。改革开放以后，北京、上海、广州、深圳等大城市，吸引了西部大批的艺术人才，在剧团工作的一些青年演员，觉着在内地能挣大钱，就不辞而别。有一些剧团搞音乐和美术的，因剧团固定工资较低，不安心剧团工作，在外面教学生。工资低，留不住优秀的艺术人才，这是许多少数民族戏曲剧种存在的共同问题。一些少数民族地区的业余剧团，由于青年艺术骨干常年在外地打工，无法开展活动。少数民族戏曲剧种，多数没有专业剧团，艺术传承主要靠民间业余剧团。业余剧团的减少，直接危及这些少数民族戏曲剧种的生存和发展。

（二）由于对戏曲基本特征缺乏正确的认识，影响了少数民族戏曲的发展。中国的少数民族戏曲剧种除藏戏、白剧、壮剧等历史比较悠久外，多数剧种是在近代发展起来的，有一些剧种是在新中国成立后的20世纪50年代末60年代初形成的，如苗剧、彝剧、阜新蒙古剧等。演出剧目比较少，在唱腔和表演艺术上也不够丰富。在发展过程中，有的较多地吸取了汉族大戏剧种载歌载舞的表演艺术，如白剧、侗戏、壮剧、傣剧、彝剧等；有的则较多地吸取了歌剧、话剧的表演，如维吾尔剧。由于对中国戏曲基本特征理解的差异，有的剧种过多地强调了对中国古典戏曲的学习，把京剧等大戏剧种作为自己发展的模式，而淡化了本民族戏曲的风格；有的从事民族戏剧的同志，特别是从戏剧学院毕业后从事民族戏剧创作的同志把外来的歌剧、话剧看作是高雅的艺术，而将中国传统的戏曲看作是低俗的艺术，将民族戏剧排除出戏曲剧种之列。这两种片面的认识都影响了少数民族戏曲的发展。

（三）少数民族戏曲教育的不健全，艺术人才的匮乏是少数民族戏曲发展的瓶颈。我国各地少数民族戏曲，基本上没有专门的艺术人才培养机制。演员大部分是从爱好文艺的青少年中选拔的，编剧、导演、音乐设计、舞台美术设计大部分是内地艺术院校毕业的。演员缺乏戏剧基本功的训练，编剧、导演、音乐和舞台美术设计缺乏对本民族艺术深入的了解，因此不仅造成对发展民族戏曲在认识上的不一致，而且形不成民族戏曲创作的群体和合力，这是多年来少数民族戏曲创作形不成高潮的重要原因之一。

（四）经费的短缺是造成少数民族戏曲发展缓慢的又一重要原因。少数民族戏曲专业剧团，虽然大部分为公有制，演员的工资由当地财政开支，但基本工资和少量的演出收入仅能维持演员的温饱和剧团的日常开销。如果没有政府的投资，根本就排演不了新戏。而少数民族地区经济都比较贫困，很少能拿出经费给剧团创作和排演新戏。以经济境况较好的云南大理白剧团为例，他们的财力每五年才能创作排演一个新戏。没有经费创作、排演新剧目，这是少数民族戏曲演出剧目少，不能满足观众需要的一个非常重要的原因。

（五）生存环境和生活方式的改变是少数民族戏曲面临的潜在危机。我国各地各民族的戏曲剧种都是在特定的文化背景和与此相连的生存环境与生活方式影响下形成的。如藏族地区的西藏白面具戏、蓝面具戏、德格戏、门巴戏，甘南地区的南木特戏，四川阿坝地区的安多藏戏都是在藏传佛教这样一种文化背景和寺院僧侣生活、农牧经济基础上形成的，藏戏的剧目、藏戏的表演风格及流派无不深深打上了这些烙印。改革开放以后，民族宗教政策得到恢复和落实，寺庙重建，民间的藏戏团体恢复了演出活动。但是随着改革开放的深入，特别是西部大开发的推进，现代物质文明和精神文明将会逐步改变西部群众的生产和生活方式，电视和计算机互联网等现代传媒也会影响他们的娱乐和审美。由于一些少数民族戏曲剧种形成比较晚，艺术积累不够深厚，抵御外来文化冲击的能力比较弱，所以如果政府不在政策上予以特殊的保护，其后果将会比内地戏曲更令人忧虑。

中国戏曲文化之所以源渊流长，延绵不断，有旺盛的生命力，就是因为她家族兴旺，品类繁多。人类创造了丰富的物质文明，也创造了多彩的精神文明。然而随着世界经济的一体化、信息化的发展，不同民族、不同地域之间的文化特色越来越淡化，甚至在消失。我国的少数民族大多生活在交通不便、经济落后的边远地区。艰苦的物质条件给少数民族戏曲的发展造成了很大的困难，世界经济的一体化和新的审美观念又给它带来潜在的危机。因此，对少数民族戏曲的保护就显得尤为迫切和重要。

各地各民族的戏曲剧种，既体现了中华文化的共性，又反映了本地、本民族文化的独特风貌。因此，保护戏曲文化遗产不仅要成为一个口号、一种共识，而且要落实在保护每一个具体的剧种上。

根据调查，现存少数民族戏曲剧种基本有两种情况，一是具有悠久历史、丰富艺术遗产，有很高文化价值和历史价值的剧种，比如藏戏、白剧、壮剧，国家和各级政府应该作为重点剧种来保护，建立舞台演出、培养人才、搜集整理研究为一体的剧院，使之成为继承和发展本剧种艺术的主要阵地。在经费上要实行全额拨款，所需经费主要由当地财政支出，国家和省里要予以重点资助。二是处于发展中或新兴的剧种，如维吾尔剧、彝剧、苗剧、阜新蒙古剧等，这些剧种在艺术上还没有定型，还在不断完善中，需要在人力物力上大力扶持。要将自治区或自治州政府主管的剧团作为艺术实验和示范单位。这些实验剧团的主要任务是创作上演精品剧目和进行艺术探索实验，推广优秀的剧目，为民营剧团和业余剧团起示范作用，完成政府的宣传、慰问演出任务，其经费主要由当地政府拨款。

为了使少数民族戏曲得到可持续性发展，应重视对少数民族戏曲专业人才的培养工作。少数民族戏曲剧种没有独立的戏曲教育机构，可采取剧团和戏校相结合培养人才的办法。在内地的戏校学习戏剧史论知识、形体基本功训练，在剧团学习本剧种的唱腔和表演，并将适合搞编剧、导演、音乐和舞台美术设计的人才送艺术院校深造，多方面培养本剧种需要的艺术人才。

根据少数民族地区普遍经济比较落后，文化经费投入少的情况，中央政府要拨出专款建立包括少数民族戏曲在内的少数民族文化艺术创作基金，扶持少数民族文艺创作，重奖优秀剧目。

优秀的民间戏曲艺术是发展现代戏剧事业的基石，而我们目前所掌握的有关戏曲的资料，特别是少数民族戏曲的资料是十分不够的。许多珍贵的资料在民间，在老艺人的身上。如不及时抢救保护，就会造成不可挽救的损失。因此，利用现代的科学技术尽快抢救和保护现有的戏曲遗产。在搜集整理戏曲文化遗产的过程中，要加强戏曲理论研究队伍的建设，特别是要重视少数民族戏曲研究人才的培养。

戏曲文化在我国人民的文化生活中占有非常重要的地位，但在国民教育中却没有应有的地位。从小学、中学到大学的课程中没有有关戏曲的基本知识。学校没有开设戏曲课程的要求，学生没有走进剧场的机会，青年一代民族文化的意识越来越淡薄。现在学校提倡说普通话，并重视外语教育，但相当数量的中、小学生不懂本地和本民族的语言。而地方戏和少数民族戏曲是以方言或民族语言作为唱词和道白的，不用方言和民族语言，就等于取消了地方戏和少数民族戏曲。现在一些地方的有识之士已经意识到了这一问题的严重性，开始编写乡土教材，教学生学当地方言和本民族的文学艺术。这个问题应引起各地的关注，国家和地方要立法，把包括戏曲文化在内的民间艺术内容纳入国民的基础教育中，以提高国民的民族文化意识。这样才能从根本上解决戏曲观众的断代和戏曲文化的危机。

藏戏、壮剧、白剧、傣剧等少数民族戏曲剧种列入国家非物质文化遗产名录以后，将对少数民族戏曲的保护发展产生深远的影响。现在除了国家正在制定具体的保护政策外，各地也要制定相应的保护措施，使少数民族戏曲剧种的保护有法可依，并成为公民自觉的行动。

包括少数民族戏曲在内的中国戏曲不仅是中华民族优秀传统文化的重要组成部分，而且在世界戏剧文化中也占有独特的、非常重要的地位。当世界经济进入一体化的新时期，作为中华文明中独特的戏曲文化，不仅不应该削弱，而且应该大力扶植。只有发达的经济加独特的精神文明，才能保持一个国家、一个地区、一个民族持久的生机和引力，持久的繁荣和发展。

（本文原载《艺术评论》，2007年12期）

广场与舞台并重，业余与专业互补
——藏戏传承、发展之我见

藏戏是中华戏曲的重要组成部分，是我国少数民族戏曲的优秀代表。她悠久的历史既反映了藏族人民的智慧和文化创造，又彰显了藏、汉文化交流的传统；她独特的艺术品格，既凸显了藏族民间艺术与藏传佛教艺术的完美结合，又体现了“以歌舞演故事”这一中华各民族戏曲剧种的共同特征。藏戏被列入联合国非物质文化遗产代表作名录不仅是藏族人民的骄傲，也是全体中国人民的骄傲！这标志着藏戏的发展进入一个新的阶段。如何保护、传承和发展古老的藏戏艺术，不仅是藏戏工作者要研究、实践的重大课题，也是中央和内地戏剧工作者要思考和探索的问题。笔者长期从事戏曲史的研究，参加了藏戏申报世界非物质文化遗产名录的工作，深感藏戏保护、传承、发展对中华戏剧文化的重要，现将自己的思考提出来供大家批评。

一、藏戏演出的特点——广场与舞台并行

在提出藏戏保护措施和传承、发展意见前，首先要对藏戏的演出特点有一个准确的认识。

在20世纪60年代之前，藏戏是由藏族的民间歌舞、说唱艺术、宗教

仪式相互融合发展而成的综合性广场戏剧表演艺术。根据藏戏学者们多年的研究，藏戏的形成有三个源头。[①]第一个源头是藏族的民间歌舞。敦煌石窟中的藏文遗书记载有公元二世纪至六世纪时的藏族民歌。公元七、八世纪，藏族民间歌舞发展成为一种全民参与的广场艺术。如在桑结嘉措著《亚色》中记载，桑耶寺落成典礼时，臣民们进行"阿卓""鲁""鲜"等娱乐活动。阿卓鼓舞的结构由开场舞蹈"萨江萨堆"、正式节目(或称正戏)和"扎西"(吉祥收尾)三段构成，这种结构形式与藏戏是完全一样的。桑耶寺的神殿康松桑岗林壁画中，有桑耶寺落成庆典的热烈场面，其中有多种阿卓鼓舞队、谐钦歌舞队、宗教仪仗队和白面具藏戏的表演画面。大照寺内殿的《文成公主入藏欢庆图》壁画，反映了公元八世纪吐蕃王朝初期拉萨万人空巷，以歌舞百戏欢迎文成公主的盛大场面。画面中心位置有一个牧民戴着白山羊皮面具逗引两头野牛进行舞蹈的场面，旁边还有两个司鼓钹的伴奏者，与藏戏演出的形式基本相同。西藏还有一种综合程度较高的古老歌舞艺术"热巴"。热巴主要是舞蹈，也有比较多的歌唱、"喀谐"(连珠韵词致语)、赞歌，特别还有许多类似戏剧的杂曲短剧。如《贡布夏羌》(猎人与小鹿)就是其中的一个著名节目，反映猎人贡布多吉打鹿，被米拉日巴说法感化，与狗、鹿子一起皈依佛法。动物戴着面具表演，猎人和米拉日巴则既唱且舞，还有少数说念韵词，这些形式与藏戏也是十分接近的。

藏戏的第二个源头是西藏民间的说唱艺术。早在西藏的苯教时期，被称作"仲"的口头神话、历史传说故事已成为当时西藏民众文化生活的重要组成部分。在敦煌遗书中吐蕃时期的许多传记故事大都是以散文叙事、独白和对话为韵文的散韵结合的说唱性文体。赤松德赞时唐皇应吐蕃请求，派琅秀、文素二和尚到吐蕃以讲唱变相和变文来弘扬佛法，由此流传发展，形成了西藏民间十分流行的"喇嘛嘛呢"说唱形式。喇嘛嘛呢这种说唱艺术对藏戏的影响是非常大的，藏戏的剧本就是喇嘛嘛呢艺人

---

① 中国戏曲志编委会：《中国戏曲志·西藏卷》，文化艺术出版社，1995年版，第9—12页。

的说唱故事脚本。说唱艺术的特点还清楚地反映在藏戏演出中，如藏戏演出时有剧情讲解人，他讲到哪里，演员就演到哪里。

藏戏的第三个源头是宗教艺术。藏传佛教寺院跳神“多吉嘎羌姆”是在原始苯教巫师苯波祭祀自然神的仪式基础上，吸收民间土风舞演变而来的新的宗教仪式舞蹈。羌姆的特点是注重姿态和造型，讲究场面铺排，叙事性强。藏戏中平民“常斯”老头、老太的面具，与寺院跳神中巴吾、巴摸面具基本一样。藏戏开场仪式“甲鲁温巴”，结尾仪式“扎西”和正戏中许多舞蹈表演，也明显有从跳神舞蹈中吸收的身段、姿态和动作。

藏族的民间歌舞、民间说唱、宗教艺术均是在广场、寺院中表演的。15世纪，藏传佛教高僧汤东杰布在主持修建雅鲁藏布江上的铁索桥时，用演节目的办法搞募捐，在演出中还增加了两个具有群众性的节目：一个叫“甲鲁晋拜”，即为甲鲁祈神赐福，一个叫“拉姆鲁嘎”，即为仙女歌舞欢庆。从而形成了传演至今的蓝面具藏戏开场仪式，并把佛经故事编演成《智美更登》和《诺桑法王》。在藏戏形成发展的漫长岁月中，一直是作为一种广场艺术在民间演出。五世达赖非常喜欢藏戏。在他的授意和倡导下，寺院进行上期夏令安居修习结束的酸奶宴会中，邀集一些民间享有盛名的藏戏班子进哲蚌寺作助兴演出，从而开创了“哲蚌雪顿”调演观摩藏戏的惯例，之后逐渐形成了开始在哲蚌寺，后在罗布林卡举行的一年一度规模宏大的藏戏献演活动“雪顿节”。从此，藏戏由民间走进藏族上层社会，成为一种全民族的戏剧文化。

1951年5月西藏和平解放。在拉萨及其周边活动的觉木隆藏戏班经常应邀参加西藏工委宣传部和自治区筹委文教处组织的各种重要场合的藏戏演出，并于同年随西藏文艺代表团赴北京参加全国性文艺汇演。演出结束后，觉木隆藏戏特技演员次仁更巴，被留下来参加中国青年代表团赴莫斯科，在世界青年联欢节演出并获奖。藏戏从此登上国家艺术殿堂和世界戏剧舞台，由广场艺术向舞台艺术迈进。

1959年平息西藏上层分裂主义分子发动的叛乱后，扎西顿珠将流散在各地的四十多位觉木隆艺人找回来，成立了拉萨市人民政府直接领导的藏戏队。同年，藏戏队以《文成公主》参加了庆祝新中国成立十周年专业文艺团体的献礼演出活动。1960年年初，藏戏队成为自治区政府领导下的藏剧团。西藏藏剧团成立后，培养青年演员，建立现代剧院管理制度，接受现代舞台艺术规范，除整理改编上演《文成公主》《朗萨雯蚌》《卓娃桑姆》《诺桑与云卓》《苏吉尼玛》《白玛文巴》《诺桑法王》等传统藏戏外，还创作了《解放军的恩情》《我是一个战士》《麦场新歌》《鹰嘴岩》《白云坝》《边防少年》《喜搬家》《怀念》《英雄占堆》《老车夫新传》《无限深情》等反映现实生活的现代藏戏，不仅保存了藏戏的艺术形式，而且在藏戏反映现代生活方面作了有益的探索。

藏戏专业表演团体，除西藏藏剧团外，还有青海黄南藏剧团。青海黄南藏剧团演出的《意乐仙女》《苏吉尼玛》《藏王的使者》《金色的黎明》《纳桑贡玛的悲歌》《格桑花开的时候》不仅在藏区产生了很大影响，而且受到内地观众和海外观众的欢迎。西藏藏剧团和青海黄南藏剧团在城市演出时遵循舞台艺术的规律，具有现代舞台艺术的审美特征，但在下乡演出时依然保持了广场艺术的特点，是基层观众民俗节日娱乐和宗教仪式、宗教艺术的组成部分。

二、藏戏的演出团体——业余与专业互补

藏戏的表演团体，以业余、半专业戏班为主，专业戏班和专业剧团为辅。在西藏藏戏历史上有琼结·扎西宾顿巴、盘纳·若捏宾顿巴、雅隆·扎西雪巴、朗孜娃、尼木·塔荣巴、吞巴·伦珠岗六个著名的白面具戏班；有迥·日吾齐巴、江嘎尔、常·扎西直巴、觉木隆巴四个著名的蓝面具戏班。这些戏班，除觉木隆巴是由西藏地方政府管理、可以在全西藏演出的职业戏班外，其他均是在当地活动的半职业戏班。除上述戏班之外，察雅·香堆巴、洛扎·鲁果拉姆、琼果孜娃、姐德秀拉姆、拉巴拉姆，以及昌都藏戏的昌都寺阿却扎仓戏班也是有影响的民间半职业藏戏班子。在藏戏繁盛时期，除职业半职业性戏班外，民间业余自娱性戏

班也很多。“凡是西藏农区和半农半牧区大的乡村、城镇和部分寺院都有自己的藏戏班。一般在雪顿节、望果节、达玛节（射箭节）、藏历新年和各地特殊的宗教节日、集会、集市等场合，都有演出活动。寺院戏班除了少数有家室的色钦滚寺院喇嘛以藏戏演出为职业外，一般都是由喇嘛自己业余组织起来，过节时在林卡中演出。寺院的藏戏演出有得到寺院主持高僧支持的，但高僧一般不出面组织，而且演出也只能在世俗宫殿或林卡里进行。在寺院里边一般不准演出藏戏，喜欢藏戏的喇嘛在外边或路上可以吟唱念诵，但一踏进寺院大门就马上停止。还有一些僧官组织的完全自娱性的戏班，演出比较多的是江嘎尔派藏戏剧目。同时藏兵中也有自己组织戏班演出的，因为他们流动性强，走到哪里，演到哪里，他们对藏戏传播起到一定作用”[①]。西藏民主改革以后，出现了不少业余自娱性戏班，如拉萨的雪巴拉姆、山南乃东的泽当拉姆、阿里的普兰拉姆、日喀则的萨迦拉姆、南木林的琼村拉姆、洛扎的鲁果孜拉姆、江孜县业余文艺宣传队、墨竹工卡县业余藏戏队、昌都县乌兰牧骑文工队等。他们演出的艺术水平比较高，不仅在本地演出，也被别的乡村、城镇和寺院请去演出。除西藏外，青海藏区也有不少民间业余藏戏班子，笔者曾经在青海省海北藏族自治州沙陀寺，黄南藏族自治州同仁县江什加村、浪加村看过这些地方的民间藏戏班的演出，均以演出藏戏传统剧目为主，如《智美更登》《格桑尔王》等。演员有喜欢藏戏的村民，也有僧人，指导排戏的均是当地著名的藏戏师傅，演出时间多为藏族的民俗节日和宗教祭祀节日。藏戏之所以能源远流长、根深叶茂，与它深厚的群众基础密不可分。同时，藏戏在我国少数民族戏曲中出类拔萃、独树一帜，也因为与它有一批职业和半职业戏班，有一批以演藏戏为职业的艺术家，从而能在艺术上不断进步、精益求精，既能满足广大中下层观众文化娱乐的需要，又能得到上层社会审美的需求，雅俗共赏。新中国成立以后组建的西藏藏剧团、青海黄南藏剧团、甘南藏剧团通过整理改编传统剧目、

---

① 王文章主编：《中国少数民族戏曲剧种发展史》，学苑出版社 2013 年版，第 63 — 64 页。

创作反映现代生活的新剧目，在继承传统藏戏艺术的基础上，融入现代戏剧理念，将藏戏艺术推向新的发展阶段，取得新的成果。西藏藏剧团演出的《文成公主》《朗萨雯蚌》《解放军的恩情》，青海黄南藏剧团演出的《意乐仙女》《藏王的使者》《纳桑贡玛的悲歌》《格桑花开的时候》等，既有雪域高原藏族文化艺术绚丽的色彩，又运用了现代舞台艺术的成果，给人耳目一新之感。这是藏戏能成为国家级和联合国非物质文化遗产代表作的重要原因。

三、对藏戏保护、传承、发展的思考

20世纪90年代以来，世界经济一体化的进程加快。随着这种趋势的发展，西方发达国家的文化艺术借助现代传媒手段，席卷世界各地。第三世界国家民族的、地域的、民间的文化艺术受到极大的冲击。世界经济一体化和现代化进程，也同样对中国戏曲艺术的生存发展带来很大冲击。藏戏等少数民族戏曲作为中国戏曲的重要组成部分，在发展过程中也遇到了种种困难。

（一）包括藏戏等少数民族戏曲在内的中国戏曲在数量和品种上的优势正随着生活现代化的进程在消减。戏曲文化的多样性，不仅是中国戏曲文化的特点，也是中国戏曲文化的优势。文化的品类和自然界的物种一样，其生存发展，不仅要有一定的质量，也要有一定的数量。但是，中国戏曲在数量和品种上的优势正随着生活现代化的进程在加速消失。少数民族地区虽然现代化的进程落后于我国东、中部地区，但经济一体化和现代化的东风已经吹向西部少数民族地区，无论是文化主管部门的领导，还是剧团的艺术人员都感到了即将面临的危机。改革开放以后，北京、上海、广州、深圳等大城市，吸引了西部大批的艺术人才，在剧团工作的一些青年演员，觉着在内地能挣大钱，就不辞而别。有一些剧团搞音乐和美术的，因剧团固定工资较低，不安心于剧团工作，在外面教学生。工资低，留不住优秀的艺术人才，这是许多少数民族戏曲剧种存在的共同问题。一些少数民族地区的业余剧团，由于青年艺术骨干常年在外地打工，无法开展活动。少数民族戏曲剧种，多数没有专业剧团，艺术传承主要靠民间业余剧团。业余剧团的减少，直接危及这些少数民族戏曲剧种的生存和发展。

（二）由于对戏曲基本特征缺乏正确的认识，影响了少数民族戏曲的发展。中国的少数民族戏曲剧种除藏戏、白剧、壮剧等历史比较悠久外，多数剧种是在近代发展起来的，有一些剧种是在新中国成立后的20世纪50年代末60年代初形成的，如苗剧、彝剧、阜新蒙古剧等。演出剧目比较少，在唱腔和表演艺术上也不够丰富。在发展过程中，有的较多地吸取了汉族大戏剧种载歌载舞的表演艺术，如白剧、侗戏、壮剧、傣剧、彝剧等；有的则较多地吸取了歌剧、话剧的表演，如维吾尔剧。由于对中国戏曲基本特征理解的差异，有的剧种过多地强调了对中国古典戏曲的学习，把京剧等大戏剧种作为自己发展的模式，而淡化了本民族戏曲的风格；有的从事民族戏剧的同志，特别是从戏剧学院毕业后从事民族戏剧创作的同志把外来的歌剧、话剧看作是高雅的艺术，而将中国传统的戏曲看作是低俗的艺术，将民族戏剧排除出戏曲剧种之列。这两种片面的认识都影响了少数民族戏曲的发展。

（三）藏戏等少数民族戏曲教育的不健全，艺术人才的匮乏是少数民族戏曲发展的瓶颈。我国各地少数民族戏曲，基本上没有专门的艺术人才培养机制。演员大部分是从爱好文艺的青少年中选拔的，编剧、导演、音乐设计、舞台美术设计大部分是内地艺术院校毕业的。演员缺乏戏剧基本功的训练，编剧、导演、音乐和舞台美术设计缺乏对本民族艺术深入的了解，因此不仅造成对发展民族戏曲在认识上的不一致，而且形不成民族戏曲创作的群体和合力，这是多年来少数民族戏曲创作形不成高潮的重要原因之一。

（四）经费的短缺是造成藏戏等少数民族戏曲发展缓慢的又一重要原因。少数民族戏曲专业剧团，虽然大部分为公有制，演员的工资由当地财政开支，但基本工资和少量的演出收入仅能维持演员的温饱和剧团的日常开销。如果没有政府的投资，根本就排演不了新戏。而少数民族地区经济都比较贫困，很少能拿出经费给剧团创作和排演新戏。没有经费创作、排演新剧目，这是少数民族戏曲演出剧目少，不能满足观众需要的一个非常重要的原因。

（五）生存环境和生活方式的改变是藏戏等少数民族戏曲面临的潜在危机。我国各地各民族的戏曲剧种都是在特定的文化背景和与此相连的生存环境与生活方式影响下形成的。如藏族地区的西藏白面具戏、蓝面具戏、德格戏、门巴戏，甘南地区的南木特戏，四川阿坝地区的安多藏戏都是在藏传佛教这样一种文化背景和寺院僧侣生活、农牧经济基础上形成的，藏戏的剧目、藏戏的表演风格及流派无不深深打上了这些烙印。改革开放以后，民族宗教政策得到恢复和落实，寺庙重建，民间的藏戏团体恢复了演出活动。但是随着改革开放的深入，特别是西部大开发的推进，现代物质文明和精神文明将会逐步改变西部群众的生产和生活方式，电视和计算机互联网等现代传媒也会影响他们的娱乐和审美。由于一些少数民族戏曲剧种形成比较晚，艺术积累不够深厚，抵御外来文化冲击的能力比较弱，所以如果政府不在政策上予以特殊的保护，其后果将会比内地戏曲更令人忧虑。

中国戏曲文化之所以源远流长，延绵不断，有旺盛的生命力，就是因为她家族兴旺，品类繁多。人类创造了丰富的物质文明，也创造了多彩的精神文明。然而随着世界经济的一体化、信息化的发展，不同民族、不同地域之间的文化特色越来越淡化，甚至在消失。我国的少数民族大多生活在交通不便、经济落后的边远地区。艰苦的物质条件给少数民族戏曲的发展造成了很大的困难，世界经济的一体化和新的审美观念又给它带来潜在的危机。因此，对少数民族戏曲的保护就显得尤为迫切和重要。

各地各民族的戏曲剧种，既体现了中华文化的共性，又反映了本地、本民族文化的独特风貌。因此，保护戏曲文化遗产不仅要成为一个口号、一种共识，而且要落实在保护每一个具体的剧种上。

现存少数民族戏曲剧种基本有两种情况，一是具有悠久历史、丰富艺术遗产，有很高文化价值和历史价值的剧种，比如藏戏、白剧、壮剧，国家和各级政府应该作为重点剧种来保护，建立舞台演出、培养人才、搜集整理研究为一体的剧院，使之成为继承和发展本剧种艺术的主要阵地。在经费上要实行全额拨款，所需经费主要由当地财政支出，国家和省里要予以重点资助。二是处于发展中或新兴的剧种，如维吾尔剧、彝剧、苗剧、阜新蒙古剧等，这些剧种在艺术上还没有定型，还在不断完善中，需要在人力物力上大力扶持。要将自治区或自治州政府主管的剧团作为艺术实验和示范单位。这些实验剧团的主要任务是创作上演精品剧目和进行艺术探索实验，推广优秀的剧目，为民营剧团和业余剧团起示范作用，完成政府的宣传、慰问演出任务，其经费主要由当地政府拨款。

为了使藏戏得到可持续性发展，应重视对藏戏专业人才的培养工作。藏戏没有独立的戏曲教育机构，可采取剧团和内地戏校相结合培养人才的办法。在内地的戏校学习戏剧史论知识、形体基本功训练，在剧团学习本剧种的唱腔和表演，并将适合搞编剧、导演、音乐和舞台美术设计的人才送艺术院校深造，多方面培养本剧种需要的艺术人才。

根据藏区经济比较落后，文化经费投入少的情况，中央政府要拨出专款建立包括藏戏在内的少数民族戏剧创作基金，扶持少数民族戏剧创作，重奖优秀剧目。

优秀的民间戏曲艺术是发展现代戏剧事业的基石，而我们目前所掌握的有关戏曲的资料，特别是藏戏等少数民族戏曲的资料是十分不够的。许多珍贵的资料在民间，在老艺人的身上。如不及时抢救保护，就会造成不可挽救的损失。因此，利用现代的科学技术尽快抢救和保护现有的戏曲遗产。在搜集整理戏曲文化遗产的过程中，要加强戏曲理论研究队伍的建设，特别是要重视少数民族戏曲研究人才的培养。

戏曲文化在我国人民的文化生活中占有非常重要的地位，但在国民教育中却没有应有的地位。从小学、中学到大学的课程中没有有关戏曲的基本知识。学校没有开设戏曲课程的要求，学生没有走进剧场的机会，青年一代民族文化的意识越来越淡薄。现在学校提倡说普通话，并重视外语教育，但相当数量的中、小学生不懂本地和本民族的语言。而地方戏和少数民族戏曲是以方言或民族语言作为唱词和道白的，不用方言和民族语言，就等于取消了地方戏和少数民族戏曲。现在一些地方的有识之士已经意识到了这一问题的严重性，开始编写乡土教材，教学生学当地方言和本民族的文学艺术。这个问题应引起各地的关注，国家和地方要立法，把包括戏曲文化在内的民间艺术内容纳入国民的基础教育中，以提高国民的民族文化意识。这样才能从根本上解决戏曲观众的断代和戏曲文化的危机。

藏戏、壮剧、白剧、傣剧等少数民族戏曲剧种列入国家非物质文化遗产名录以后，将对少数民族戏曲的保护发展产生深远的影响。现在除了国家正在制定具体的保护政策外，各地也要制定相应的保护措施，使少数民族戏曲剧种的保护有法可依，并成为公民自觉的行动。

包括藏戏等少数民族戏曲在内的中国戏曲不仅是中华民族优秀传统文化的重要组成部分，而且在世界戏剧文化中也占有独特的、非常重要的地位。当世界经济进入一体化的新时期，作为中华文明中独特的戏曲文化，不仅不应该削弱，而且应该大力扶植。只有发达的经济加独特的精神文明，才能保持一个国家、一个地区、一个民族持久的生机和引力，持久的繁荣和发展。

（本文原载《艺术时空》，2015年第2期）

珍稀剧种的保护是非物质文化遗产保护的重要课题

在我国第二个文化遗产日来临之际，由文化部主办，中国艺术研究院、非物质文化遗产国家保护中心承办的中国非物质遗产珍稀剧种展演暨学术研讨会于2007年6月5日至9日在北京隆重举行，来自山西、福建、山东、广东、河北、四川、贵州、青海的27个剧种的27出经典剧目亮相首都舞台。演出的剧种除梨园戏、莆仙戏、晋剧、蒲剧等少数大剧种外，大部分是民间小戏，如耍孩儿、临县道情、朔州秧歌、碗碗腔、默林戏、花灯戏、五音戏、正字戏等。其中，还有少数民族戏曲藏戏、民间祭祀仪式剧、锣鼓杂戏、地戏等。这些珍稀剧种集中展演，充分反映了我国戏曲文化悠久的历史、多样的形态、丰富的内涵，反映了我国近年来非物质文化遗产保护方面取得的成果。

珍稀剧种反映了我国各地、各民族群众的思想感情和价值观，是一笔珍贵的精神财富。如祁太秧歌《偷南瓜》中，怀孕的少妇想吃南瓜又无钱来买，便偷偷摘了一个，恰被看瓜的老农发现。开始老农要扯孕妇见官，后经孕妇说明情况，老农不仅原谅了孕妇，还又摘了一个大南瓜送给孕妇。此剧通过瓜农与孕妇之间的喜剧冲突，表现了晋中人民的坦诚与善良。临县道情《菜园配》演小叔子和小姑主动为守寡的嫂子和恋人牵线，并得到了婆婆的理解，反映了吕梁地区群众朴素而美好的爱情婚姻观。朔州秧歌《泥窑》，演兄妹俩一边泥窑，一边唱民歌，掩护了被敌人追捕的刘秀，反映了晋北人民勇敢机智、诙谐幽默的性格。

珍稀剧种各具特色的声腔和表演艺术反映了各地、各民族人民的审美趣味，具有重要的美学价值。如临县道情的曲调，源于道教音乐，悠扬而婉转。临县道情在道光年间由说唱发展为戏曲，清末民国初年不仅在晋西盛行，而且流传到陕北。解放战争时期，延安的文艺工作者吸取了道情的曲调，创造了脍炙人口的《翻身道情》，由歌唱家郭兰英演唱后，流传全国。《菜园配》集中了临县道情的丰富曲调，其中就有《翻身道情》中的旋律，观众听了非常亲切。闽南的梨园戏、莆仙戏的音乐，保留了唐宋大曲的曲调和演奏方法。唐玄宗李隆基善击鼓，民间传说他用一个黄金做的小狮子压在鼓面上，通过移动小狮子而改变鼓的音高。今天梨园戏和莆仙戏的鼓师，继承和发展了这一打鼓技巧，以脚代替小狮子，通过脚在鼓面上的移动，改变音色，演奏出变化无穷的鼓乐，烘托出剧中人物复杂的内心世界。正字戏《姜维射郭槐》中跑布马及圆场表演，借助演员身手步法与马形道具的相互配合，展现将士骑马的表演，具有中国戏曲形成之初的写实风格。灯戏《闹隍会》中的坐抬杆、过河的身段表演是从山乡生活习俗中提炼出来的，具有浓郁的川北乡土气息。参演的每一个剧种都有其鲜明的地方风格，每一出戏都有独特的艺术魅力。

在研讨会上，专家们指出，珍稀剧种的艺术形式反映了我国各个历史时期的戏剧形态，是中国戏曲史的活化石，具有重要的研究价值。如这次展演的锣鼓杂戏，形成于宋金时期，反映了我国戏曲的早期艺术形态；梨园戏、莆仙戏形成于元明时期，是曲牌体戏曲的代表；蒲剧、晋剧形成于明清时期，是板腔体戏曲的代表；祁太秧歌、临县道情、川北灯戏、五音戏等载歌载舞、生动活泼，是民间小戏的代表；婺剧、闽剧、川剧演唱声腔和表演手段丰富，是多声腔剧种的代表；黄南藏戏《宫保多杰听法》的表演古朴凝重，是少数民族戏曲的代表。

我国的戏曲剧种十分丰富，在历史上曾有394个剧种，现存260多种，这次展演的剧种仅是其中的十分之一。这珍稀剧种虽然有重要的艺术价值和文化价值，但长期以来并没有引起足够的重视。它们大多流布在边远山区和贫困地区，流传范围比较小，经济基础比较弱，政府投入少，观众花钱看戏的能力低。演出团体以业余剧团为主，很少专业剧团，生存状态比较差。改革开放以后，随着生产方式和生活方式的变化，中青年大部分到城里打工，从业人员越来越少，观众越来越少，演出活动越来越少，演出剧目越来越少，传统的表演技艺得不到传统，许多剧种已经消亡和正在消亡。近20年来，消亡的一百多个剧种，几乎都是民间小戏剧种。

珍稀剧种的保护工作要贯彻以政府主导为主，社会积极参与的方针，为民间戏曲的生存和发展营造一个良好的生存环境。要进一步完善国家、省、市（县）三级非物质文化遗产保护网，把所有的民间小戏纳入各级政府保护的范围，加大对珍稀剧种保护投入的力度，确立保护单位和传承人。理论工作者要加强对民间戏曲的研究，在剧种的发展上要多元化，切忌一个模式，要保持戏曲的民族特点和地域特点。专家们指出，民间戏曲的根在民间，要把民间戏曲的演出和民俗活动紧密结合起来，努力发掘和创作适合民族、民间戏曲剧种上演的剧目。要加大对民间戏曲的宣传力度，电视广播要开辟民族民间戏曲的栏目。中小学要把民族民间戏曲作为乡土教材，从小培养青少年对民族民间小戏的观赏兴趣。只要我们全社会都关心民族民间戏曲的保护发展工作，我国的戏曲文化就一定能够发扬光大。

（本文系作者为“中国非物质遗产珍稀剧种展演暨学术研讨会”撰写的新闻稿）

论传统戏曲与民俗的依存关系

戏曲是中国传统戏剧的称谓，在我国艺术学门类中归属于戏剧戏曲学。作为名词，戏曲与民俗是两个不同的概念；作为学科，戏曲和民俗也属不同的学科，但是二者之间有着千丝万缕的联系。世界上任何一种戏剧形态都不如中国传统戏曲与民间风俗关系密切。中国戏曲是在民间艺术的土壤里发芽生根的，又是伴随着民间风俗成熟和发展的。民间风俗为戏曲艺术的孕育和发展提供了肥沃的土壤，同时戏曲艺术又为民间风俗增添了绚丽的色彩。民俗文化对戏曲艺术特点和观众的审美产生了深远的影响。笔者从大学毕业后就步入民间戏曲研究的行列，1983年至1999年曾承担国家重大科研项目《中国戏曲志》的编纂出版工作；2000年至2008年承担国家重点科研项目《西部人文资源数据库·民间戏曲》编撰工作；2004年至2006年还承担了国家重点科研项目《全国剧种剧团现状调查》；近年来致力于非物质文化遗产——民间戏曲传承保护研究。有感于民间戏曲与民俗的重要关系，在中国艺术研究院研究生院开设戏曲民俗学课程，并招收了四届戏曲民俗学研究方向的硕士和博士研究生。下面就有关传统戏曲与民俗的关系，谈几点粗浅的看法。

一、戏曲形成的民俗氛围

中国戏曲是一种高度综合的表演艺术，它的复杂性、多样性的艺术因素决定了它孕育的长期性和产生的特殊条件。众所周知，作为中国戏曲的重要因素之一歌舞，早在数万年前的中国原始社会就产生了。《书经·舜典》上记载，我们的祖先在庆贺打猎收获的风俗活动时，人们披着各种兽皮在用石相击打出的节奏中跳着、唱着，欢庆胜利的成果。到了春秋时代，歌舞成了欢庆丰收、庆贺战争胜利、祭祀神灵、驱魔禳疫等民间风俗活动必不可少的内容之一。目前反映原始社会舞蹈艺术最早的形象资料是青海省大通县孙家寨出土的距今五千多年前新石器时期的舞蹈纹彩陶盆（图1）和青海省海南藏族自治州同德宗日地区157号墓出土的舞蹈纹彩陶盆（图2）。

大通孙家寨舞蹈纹彩陶盆绘有三组舞蹈人物图案。每组舞蹈人物由五人组成，面部一起侧向左边，头上留有发辫或头饰，臀部有装饰的尾巴，手拉着手翩翩起舞，动作整齐，节奏感很强。

图1：青海省大通县孙家寨舞蹈纹彩陶盆

图 2：同德宗日舞蹈纹彩陶盆

同德宗日舞蹈纹彩陶盆内壁绘有两组舞蹈人像，一组为11人，另一组为13人，每个人物都有头饰，腰系短裙，手挽着手，舞姿翩翩，造型生动。在原始社会的歌舞活动中，人们常把自己打扮成虎、豹等狩猎的对象，或龙凤等氏族的图腾。从这两个舞蹈纹彩盆上我们仿佛可以看到先民们在原始的乐器如骨笛、陶哨、陶埙、石磬的伴奏下，龙腾虎跃，载歌载舞的欢乐景象。

在我国广西、内蒙古、甘肃、新疆等地，都发现过画有原始社会乐舞场面的岩画，如内蒙古阴山山脉狼山岩画中的乐舞场面有单人舞、双人舞、集体舞（图3）。其中有一画面，一排四人，手挽着手舞蹈，画面四周有围框，好像表示房屋或洞穴，这是一幅室内舞蹈的场面；还有一幅集体舞蹈的场面，在十几个舞蹈者中四人有很长的尾饰，有的人身上披着扮演各种鸟兽的装饰，模拟鸟兽的动作在舞蹈。甘肃嘉峪关西北黑山石刻画像中有一幅30人舞蹈的画面，表演者分上、中、下三层列队横排，有面向左者，有面向右者，还有面对面者；有人双手叉腰，有人一手叉腰；表演者头上都有尖长的饰物，似雉翎；还有人持弓射箭，作练武状；整个

图3：内蒙古阴山山脉狼山岩画

画面好似一幅反映军事生活的舞蹈画面（图4）。从这些珍贵的形象资料中我们可以看出，原始社会的歌舞是自发的、全民性的；舞蹈的内容，除了反映他们狩猎的集体生活和宣泄收获后的喜悦情感外，还反映了原始社会母系时代生殖崇拜的心态。女性不仅在艺术的幼年就成为主体，而且女性的形体美在艺术的萌芽时期就成为表现的主题。

伟大的爱国诗人屈原所作的《九歌》，生动地描绘了楚国祭祖风俗中的歌舞场面。这种祭祖歌舞称傩舞，一直保留在民俗活动中，有些地方还发展成了傩戏。如安徽贵池的傩戏《开天辟地》（图5），反映了古代中

图4：甘肃嘉峪关西北黑山石刻画像

华先民对人类生殖繁衍的认识。

戏曲艺术的另一个源头是装扮表演。《史记·滑稽列传》中优孟模仿孙叔敖的表演，可以看作是一个宫廷讽刺喜剧。有关中国民间装扮艺术的记载较晚，但从有关史料和文物看，在南北朝时期已有相当高的水平。如《北史·柳彧》中记载，南陈京邑建康与各州城，“每以正月望夜，充街塞陌，鸣鼓聒天，燎炬照地，人戴兽面，男为女服，倡优杂技，诡状异形，外内共观”。意思是说：每年的正月十五元宵节，在南陈的首都及各州城的大街小巷，锣鼓喧天，灯火通明，人们举着火把，有装扮成各种珍禽异兽的杂技节目，有男扮女装的滑稽表演，精彩的表演引起场内场外观众的喝彩。在隋唐时期，有一个非常有名的歌舞剧，叫《踏摇娘》（图6），这个节目是民间艺人根据社会上酗酒的丈夫虐待妻子的现象编演的，

图5：安徽贵池傩戏《开天辟地》

曾在晋、陕、豫、冀等地广泛流传，其形象被制成泥塑工艺品流传至西域。新疆吐鲁番阿斯塔那古墓出土的泥塑《踏摇娘》为我们认识唐代的歌舞戏提供了珍贵的形象资料。从《北史·柳彧》的记载和新疆出土的《踏摇娘》泥塑看，当时的民间装扮表演艺术，除歌舞演故事的特点外，在化妆方面亦采用了面具、假扮等艺术手段。

戏曲艺术的另外一个重要因素就是武打，或者说是武术。武术作为一种表演艺术在中国亦有悠久的历史。战国时期发展起来的角抵戏就是一种武术表演，这种武术表演技艺到了汉代时有了很大的发展，并带有戏剧色彩。如《西京杂记》所记载的角抵戏《东海黄公》，就表现了人与虎斗的故事（图7）。戏曲不断吸取民间的武术和竞技，形成了

图6：新疆吐鲁番阿斯塔那唐墓出土的泥塑《踏摇娘》

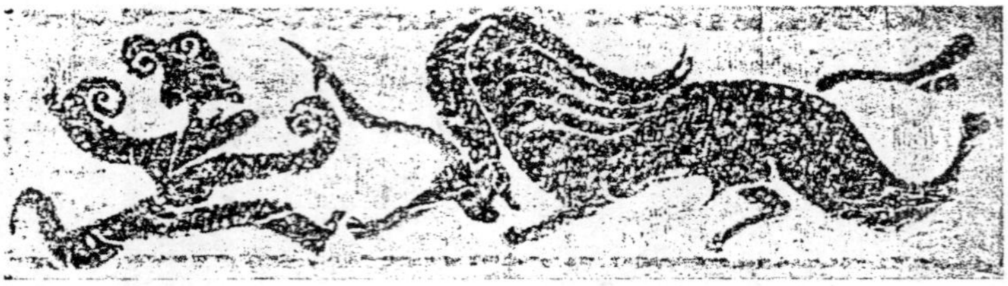

图7：南阳汉画像石中的角抵戏《东海黄公》

一整套用以表现战争场面和争斗故事的武打特技。

中国戏曲艺术的各种要素虽然在汉代基本具备，但它们还各自为阵，互不关联。不过在民间的节庆活动中，各种表演艺术已在同一时间、同一地点一起演出了。如张衡《西京赋》中描绘的就是古都长安各种技艺同场表演的宏大场面。这种表演不是在宫廷里进行的，而是在民间广场上进行的。张衡虽然没有告诉我们表演的具体时间，但可以肯定是和重大的节日和民俗活动有关。

中国民间的表演艺术发展到了隋唐时代，虽同场演出，具备了产生综合性表演艺术的基本条件，但这时中国民间的叙事文学还不甚发达，戏曲艺术的产生还缺乏一个将各种表演艺术相连结的纽带，或者说是融合剂。加之后来唐末之后的封建割据和战乱，破坏了戏曲艺术形成的社会条件。宋王朝建立后，结束了中国长达数百年的分裂局面，经济得到了恢复和发展，民间艺术亦空前繁荣。特别是商品经济的发展，市民阶层的扩大，随之而产生的说唱、话本小说等叙事文学有了很大的发展。在相对安定的社会环境下，民间的传统节日、风俗活动不仅得以恢复，而且随着群众娱乐的增加而进一步强化。这时候，戏曲艺术产生的条件已经完备和成熟了。

戏曲形成的最初形式是杂剧。所谓杂，有将各种技艺杂合在一起的意思。杂剧最初的剧目之一《目连救母》，就是一个脱胎于民俗活动的节目。当时北宋都城开封的表演艺术家们以佛经中目连救母的劝善故事为契机，将民间的说唱、装扮、武术、杂技等表演艺术结合在一起，在中元节表演，受到观众的欢迎。此后，“七夕”至中元节举办盂兰盆会，演目连戏，成了各地的一种传统习俗；直到现在，我国南北各地还有演出，如湖南辰河目连戏，安徽祁门目连戏，河南乐平目连戏（图8），青海目连戏等，并有专演目连戏的剧种及戏班，如晋南的翼城目连戏等。

《目连救母》是戏曲形成初期比较完整的一个剧目，它不仅具备了“歌舞演故事”的戏曲基本特征，而且融合了民间杂剧、武术等表演艺术。这一剧目的出现，标志着中国戏曲的成熟。

图8：河南乐平目连戏

中国早期的戏曲形态和演出活动都和民俗有密切关系。除了目连戏外，现在还能看到的宋金时期遗存的戏曲剧种如流传于山西、陕西、河北、内蒙古的赛戏，流行于晋东南的对戏，流传于晋南的锣鼓杂戏和流传于陕西合阳的跳戏，这些剧种的演出活动都是和节日的迎神赛会民俗活动交织在一起的。

如赛戏的演出与祭祀活动结合在一起，有固定的“赛日”、固定的“赛台”，演出固定的剧目。赛日即祭神日期，赛台又称赛坛，专门用来演出赛戏。农村多数地方没有专用赛台，赛戏一般在龙王庙、水圣堂或当地认为神威显灵的其他庙台演出。演出的固定剧目是《调鬼》和《斩旱魃》。

赛戏的演出通常是一个台口四天。第一天，赛班先派二人提锣挎鼓，到演出地点，称“报赛”；第二天为首日，赛班全体演员由执一竹扫帚为前导的班主带领，化妆结队而来。当地群众扶老携幼，分列道路两旁，迎接赛班以图吉利，号为“迎喜神”俗称“接王八”。赛班进村后一定要沿街穿巷敲锣打鼓走一遭，以示驱赶鬼魔，然后参拜龙神和其他神圣，接着演出赛戏的开台戏《调鬼》(图9)。演员头戴面具，扮七鬼，先在台下后在台上跳跃，听候调鬼师(城隍)训诫。第三天为正日，中午演出固定剧目《斩旱魃》。此剧前半部演赵万牛忤逆不孝事，演到午时，赵万牛即成旱魃，穿短裤，束红腰带，光膀子，头戴鲜羊肚，手端一碗羊血，被四大天神赶下台来，直奔观众，观众立即呐喊、围追，并以土块抛打。旱魃以手洒羊血开道，并可任意抓取、抛撒商贩货摊上的食物。最后，旱魃又被四大天王追回舞台斩首。当晚散戏后，赛戏班主要坐在台上说书，俗称“老王八说夜书”。说书的内容有荒诞离奇的历史故事，有引人发笑的诨话。其演出形式保留了宋代勾栏瓦舍中伴随杂剧演出的“讲史”“小说”“说诨话”。与“说诨话”相对应的是，赛戏的演出剧目中还有如《大头和尚戏柳翠》一类滑稽调笑的戏(图10)。可见赛戏演出不仅是要娱神，更要娱人。任何一种艺术，特别是戏剧艺术，失去了娱乐性，失去了俗众，是不可能流传下来的。赛戏流传了近千年，除了它的演出和民间的祭祀活动紧密联系在一起外，还有就是它的娱乐功能一直保留着。

跳戏表演为一年一度的春节期间。腊月农闲之际，村民便推选头领

图9：山西五台县西和班演出的赛戏《调鬼》

图10：赛戏《大头和尚戏柳翠》

组织排练。大年初一下午，各社便敲打锣鼓，俗称“打旦子”（图11），制造气氛，鼓舞人心，以促“社首”出面商议出演组织、开支等事。跳戏的演员称“好家”，到正月初五，不等黎明，“好家”把鼓抬在本社群众院落内“打旦子”，名曰“镇穷鬼”，亦称“破除五邪”。所至之家，户主必以一壶酒、一个“凉碟子”（下酒菜）答谢。“好家”把谢礼收集起来，待“镇穷鬼”结束后，一起吃“谢礼”聚商跳戏演出事宜。当天便进入“牛锣鼓”阶段，即各社把锣鼓集于村庄中心，对赛敲打，互相激励。次日各社便开始广场跳（即哑跳），上午下午出跳两次，每次在全村不同地方落几个场子。这种哑跳是群众性的，有时出现一百多人的演跳场面，上场是演员，下场是观众。演出多系武打节目，如《三战吕布》《武松打店》《穆柯寨》《临潼山》等。下场演员在周围呐喊助威，起配合作用。元宵节前进入高潮，正月十三四便进行上台跳。上台跳，先打开场锣鼓（演奏的锣鼓牌子与“打旦子”相同），然后是仪式剧“春官开台”（图12）。“春官”这一角色多由“老好家”担任，他身穿红官衣，头戴圆翅纱帽，勾以豆腐

图11：跳戏演出前的“打旦子”

图12：跳戏仪式剧《春官开台》

块丑角脸谱，手舞花扇上场，类似明杂剧中的“副末”开场。

所说内容即兴自编，句无定例，或是表述本地风光，或是诉说官吏压迫，甚至指名叫骂，肆意嘲谑，扮演者常常借机抒怀，以泄积忿而为之大快。《春官开台》之后先要演出《天官赐福》《灵宫打台》《五鬼闹判》《鸡仙咬鸡》《奎星点斗》等鬼怪、神话节目，说这是迎吉祥、送瘟神、生贵子、兆丰年、祛除不祥，然后才开演《昊天塔》等折子戏或本戏。

对戏是宋元时期就流传于山西上党地区的古老戏曲剧种，后被乐户所传承下来。20世纪80年代初，山西潞城发现了明万历二年（1574）记述乐户举行祭祀仪式和演出赛戏用的抄本《迎神赛社礼节传簿四十曲宫调》，并搜集到嘉庆、道光、咸丰年间的队戏手抄本。清代上党地区迎神赛社的活动相当普及，并规模宏大，每日前来赶会看戏的观众均有数万人。在迎神赛社活动中，队戏演出是主体。队戏在庙内演出，其他剧种在庙外演出。庙内的队戏演完后，庙外的戏班才能开锣。乐户演出队戏前要请神、安神，演出时要供盏，演出后要送神，礼仪规矩甚繁，因此戏价比一般戏班高许多。

队戏的演出剧目全部是宋代以前的历史故事，如《太极图》《黄飞虎出五关》《刺赵盾》《光武山》《汜水关》《过五关》《斩华雄》《鸿门宴》《长坂坡》《虎牢关》《气周瑜》《水战庞德》《大会垓》《丛台设宴》《收尉迟》《水淹章邯》《杨六郎告御状》《岳飞征南》等。

队戏的演出，善于演绎历史故事，营造节日气氛。如20世纪80年代初潞城县南舍村按相延几百年的传统，在该村玉皇庙演出《过五关》时，在庙门外要搭一戏棚，作为灞陵桥头；村内分搭五个草台，作为五关。关羽在玉皇庙舞台上演完《挂印封金》后下舞台，骑上备好的“赤兔马”，护送甘糜二夫人所坐的马车走出庙门；在戏棚前（灞陵桥头），曹操赶来送行，关羽挑袍后带领全体演员在乐队伴奏下周村游行；每到一台（关）前，关羽下马登台，与守关曹营将领一场厮杀，斩将之后继续前行，直至过罢五关，斩去六将，复回玉皇庙表演斩蔡阳、古城会。台上台下参加的演员有数百人，规模十分宏大，场面异常热闹（图13）。

图13：队戏《过五关》

二、戏曲发展的民俗契机

戏曲形成后，是沿着两条道路发展的，一条是在民间，仍以民俗活动为契机，以寺院广场、庙台为活动天地，以广大中下层群众为对象，进行演出。一条是以上层统治者、官僚、富商为服务对象，在宫廷、官府、厅堂宴会上的演出。宫廷和上层社会吸取民间戏曲，并利用其充足的物质条件和行政手段加以提高。同时因各种原因，宫廷和官府中的艺人流入民间，又促进了民间戏曲的发展。就民间戏曲而言，其演出始终没有脱离一年四季的民俗活动。

中国是一个具有悠久文化传统、丰富多彩的民情风俗的国家。从有文字记载的夏代到元明时期，形成从农历正月至腊月一系列的民间节日，如正月的元宵节、三月的清明节、五月的端午节、八月的中秋节、九月的重阳节，等等。在这些节日里，均要举行丰富多彩的民俗活动，演戏是其中主要内容之一。

如正月中的第一个节日立春：在立春前后几日，中国南北各地，都要进行数日隆重热烈的迎春活动（图14）。在这一习俗中，官、民都参与，戏曲演员不仅要化妆参加演春的仪式，还要参加游行队伍，到官僚士大夫家去慰问致贺，并在官府前的广场或衙门的厅堂演出与迎春有关的戏曲剧目，可谓官民同乐也。立春是一年民俗活动的开端，也是一年民间戏曲演出的序幕。

立春过后不久就是元宵节。元宵节又称“上巳节”，这是中国传统节日中最隆重、民俗活动最红火、戏曲演出最频繁的一个节日。在元宵节前后的中华大地上，从北到南，由东到西，到处是灯彩高悬，花炮齐鸣，

图14：四川锦竹年画《迎春图》

锣鼓喧天，歌舞升平的热闹景象。为欢度节日，各地均成立社火会组织。由会首筹备和组织娱乐活动。专业的和业余的戏班纷纷登台献艺，其演出形式亦多种多样。有化妆加入到秧歌队伍中走村串户，为乡亲们登门拜年、祝福演唱的；有在广场上与群众联欢表演的；亦有在固定的演出场所如庙台、茶园、戏园、厅堂演出的；还有临时搭台演出的（图15）。每当这一时候，人们总是喜气洋洋，走进各种娱乐场所，欣赏自己百看不厌的戏曲剧目，从中得到娱乐和情感上的宣泄，并在潜移默化中受到伦理教育。

元宵节过后是清明节。清明节是一个祭祀祖先的节日。此日虽不一定要演戏，但在清明前后，是中国北方农村举行传统的春祈赛社和南方农村举行“秧苗会”的时期。春祈一般以一村一社为单位，集资聚会，举行隆重的祭祖仪式，缅怀祖先的功德，祈祷神灵保佑全村或全社人丁兴旺，五谷丰登。春祈赛社的一个重要内容就是演戏。当然，因经济条件所限，不是每一个村庄每年的春祈都要演戏的，但比较大一些的村镇，特别是那些经济比较发达地区的村镇，春祈赛社是非常隆重的，戏曲演出亦至少要三天。所演出的

图15：山西上党地区的彩台

戏班，有本村本镇的子弟班，没有子弟班者，邀请外村镇子弟班或专业班社。春祈是一种全民性的民俗活动，所耗钱物，由村民按户或按田亩摊派。

春祈赛会之后比较隆重的节日是端午节。端午节又名“端阳节”“天中节”，传说这一节日是为了纪念伟大的爱国诗人屈原。端午节民间有饮雄黄酒避瘟、吃粽子、竞龙舟、演戏的习俗。竞龙舟为南方水乡人民的风俗，在缺河少水的北方有演戏的风俗，但并不普遍（图16）。原因是五月十三日为祭祀关羽的日子，在此前后数日，全国各地演戏频繁，特别是北方缺雨干旱的地方，一方面祭祀关羽，一方面祈雨，故演戏之风很盛。

端午节过后，是中元节，这又是民间的一大盛会。前面我们提到许多地方在七月七日至七月十五日有演出目连戏的习俗。这一习俗首先是在北宋的首都开封形成的，南渡之后，传到江南各地。明清时期，广东、江西、安徽、湖北、湖南、浙江、四川等地的目连戏盛行，如民国十八年广东《顺德县志》记载：“每年七月盂兰节，邑中大乡多建醮坊，延火居道士或高僧礼忏，奏青词，破地狱超度幽魂，或三昼连宵，或七昼连宵……兼演戏剧助兴，耗资逾十余万金。”民国二十五年江西《分宜县志》亦有此记载。

中元节过后就到了中秋节了。中秋节是合家团圆，庆贺丰收的日子。民间有做月饼赏月，举行灯会和演戏的习俗。

如清嘉庆二十四年四川《汉州志》称：“中秋，拜贺如端阳。以胡麻粘饼肖月，谓之月饼。亲友相馈。是日，街巷土地会各演剧。夜间供月晏赏，尽欢乃已。”清光绪十一年江苏《丹阳县志》在记载了中秋节的习俗后还写道：“是月茅山会兴。（乡村多结‘三茅会’，每会人数动以千记，三年圆满即演戏酬神。届期，或灯棚，或醮堂，或烟火花，戏台，出奇制胜，靡费不赀，诚陋俗也）。”中秋节

图16：淮河舟船演戏图

除赏月外，在江南还有祭祀康王的习俗。清同治九年（1870）江西《上高县志》记载："八月十五夜，士大夫家多饮酒赏月，吟诗赠答。邑多祀康王，十三、十五、念四、念六，各乡市备牲醴、香椿演戏迎神甚众。"

八月之后，进入"秋报"赛会的旺季。如遇丰年，各地均要举行声势浩大的秋报赛会，其中演戏酬神亦是必不可少的项目。如清乾隆二十七年（1762）福建《龙溪县志》记载："八月祭土地，穷乡僻壤悉演剧，亦故秋报之意也。"清咸丰二年（1852）台湾《噶玛兰厅志》中亦记载："八月中秋，制糖饼为月饼，号中秋饼。居家祀神，配以香茗。街衢祭当境土地，张灯唱戏，与二月同，彼春祈而此秋报也。"北方的秋报赛会较之南方晚一些，清光绪七年山西《榆社县志》记载："十月终，各县祭赛，亦有演戏剧者，曰谢农神，即秋冬报赛之遗意也。"

从上述记述中不仅可以看出，一年四季丰富多彩的节日民俗活动为戏曲的繁荣发展创造了良好的契机，而且载歌载舞的戏曲演出丰富了民俗文化，增加了节日气氛。

三、戏曲演出的重要场所——庙会

除节令性的民俗活动要演戏外，各地还有名目繁多的庙会，为戏曲提供了重要的演出场所。

据《中国戏曲志·四川卷》记载，四川各地为神诞庆寿、开光等举办的庙会多达三十多种，每逢会期，当地哥老会及帮口均要集资邀戏班演戏酬神。

据各地方志记载，演戏最多的庙会是关帝庙、城隍庙、财神庙、龙王庙、药王庙、奶奶庙、后土庙等。

关帝庙主祭关羽。关羽（160？—219）为三国时的大将，他在建立蜀汉政权中功勋卓著，但被人民群众所熟悉，主要依仗罗贯中的小说《三国演义》及由小说改编的戏曲。在儒、释道并行的中国封建社会里，关羽身上所体现出来的勇武、忠义精神，迎合了各阶层人们的心理，更适应了维护封建统治的需要。于是关羽的亡灵由侯封公，由公封王，以至在明万历三十三年（1605）加封为“三间伏魔大帝，神威远震天尊关圣帝君”，成为统辖三间的神帝。清王朝建立后，为通过“治心”而达到巩固政权的目的，对关羽一封再封，道光八年（1838）加封关羽为“忠义神武灵佑仁勇威显关圣大帝”，至此，关羽的封号达到了顶点。关羽被树为中国的武圣人、武财神，其影响和地位远远超过了文圣人孔夫子。祭祀关羽的关帝庙遍及全国城乡。传说五月十三日是关羽单刀赴会的日子，亦有的地方认为是关羽的生辰，各地的关帝庙均要在此日前后演戏三天，祭祀关羽。然而奇怪的是，在关羽的故乡山西和与之邻近的陕西，却很少有在五月十三日演戏祭祀关羽的风俗。在山陕一带，关帝庙会在六月。如清光绪六年（1880）山西《左云县志稿》载：六月“二十四日，俗传为关帝诞辰，邑人建斋设醮，或演戏酬神”。清道光十年（1830）《大同县志》亦载：六月“二十三日，布行祀关帝，仪极丰隆，献戏之外，又扮架戏十数出，举国若狂”。

六月祭祀关羽的风俗，在山陕商人聚居的汉口亦很盛行，如民国四年（1915）《汉口小志》记载：“旧时每岁六月有关王会，里中各演剧迎赛最盛，近则时作时辍矣。”民国二十三年（1934）吉林《梨树县志》亦有：六月“二十四日为关帝生辰，是日，奉行典礼，向例子庙前演剧，以资娱乐，商民皆放假”记载。1959年出版的台湾《基隆县志》亦有六月“二十四日关圣帝君诞辰，本市关庙如代六宫、通准宫、天德宫举行盛大祭典”的记载。关羽出生的时间，正史无记载。五月十三日或六月十三日均不知有何根据。

各地的城隍庙是在明洪武三年朝廷定制各府州县城隍神号的规定之后修建的，祭祀城隍的日子因各地修建城隍庙的时间不同而有所不同，但以演戏的形式祭祖城隍却成为定俗。根据各地方志的记载，城隍庙演剧的习俗多集中在春、秋两季，演出的时间少者三天，多者达半月乃至一月之久。个别州县一年要举行两次，如清宣统三年（1911）山东《清平县志》记载，此县五月二十八日至六月初一日，九月二十八日至十月初一日要举行两次祭祀城隍的演戏盛会。因城隍庙是当地官府修建的，故规模较大，在正殿对面均建有大戏楼。每到会期，四面八方的群众拥入会场，一方面出售或购置生活和生产所需要的各种商品，一方面欣赏戏曲等民间艺术。在城隍庙会期间，戏班均要被调至城的里献艺，有时往往有数班戏同时上演，相互竞赛，成为艺人交流技艺的极好机会。

图17：河南社旗山陕会馆戏楼

财神庙大部分为商人出资兴建，祭祀赵公明，亦有祭关羽的。财神庙有独立建造的，也有建在各地商人会馆内的（图17）。其戏曲演出活动，亦为商人出资。商人出资唱戏，一以酬神，祈祷财神保佑，买卖兴隆，发财致富；二以娱客，联络同行和同乡感情；三借戏曲演出，招徕顾客。故除财神庙会外，其他如关帝庙会、城隍庙会等，商家亦肯出资办会。在庙会期间，商人常常可获得比平常多十倍的利润。

火神庙、龙王庙是群众祈祷天神攘灾避祸的庙宇，有单独修建者，也有和其他庙宇建在一起的，祭祀时亦有演戏的习俗。特别是在天旱祈雨戏或得雨后的还愿戏，规模很大。

圣母庙、奶奶庙、娘娘庙均是供奉送子神仙的地方，故香火特盛，每年在这里举行的庙会亦非常热闹，戏曲演出亦是不可缺少的内容。

中国是一个泛宗教和有多种信仰的国家。在中国封建社会，除了儒、道、佛三大宗教外，各行各业都有其信仰和祭祀的神圣。如纸业祀蔡伦，泥木石业祀鲁班，五金业祀老君，酒业祀杜康，医业祀孙思邈，演剧北祀唐明皇等。因信仰不同，便在各地建立了供各种神圣的庙宇，并形成带区域性和行业性特点的各种庙会。如带有地域特点的东岳庙、泰山庙、真武庙、禹王庙、川主庙、许真君庙、妈祖庙等；行业性的如药王庙、文昌庙、鲁班庙、马王庙、老郎庙等。这些庙宇有不少建有戏楼，每年都要举行酬神演戏活动。庙会演戏的习俗，不仅在中国大陆上盛行，而且流行到台湾、海南及东南亚华人聚居区。如1950年至1965年出版的《台湾省通志稿》载："台俗，逢神诞辰，农村赛会，家庭喜庆，每当演戏助兴。"

从春节之后每月的节令戏及穿插其间的各种庙会戏，构成中国民间戏曲演出活动的主流（图18）。据民国二十九年（1940）河北《武安县志》记载，该县从正月十九日至十月四日各种庙会多达一百余次，其中仅三月就多达四十余次。如果每次庙会演出三天戏，每天两场，一年就达六百多场戏。

图18：甘肃徽县泰山庙会演戏场面

与庙会戏相联系的还有还愿戏。所谓还愿戏亦称香愿戏，因祈福、求嗣、攘灾、求寿而许下香愿者，请戏班演戏以示诚心。其中祈雨戏演出时间较长，一般五至十天，甚至长达月余。

除节令戏和庙会戏外，不少地方婚丧嫁娶、生日祝寿亦有演戏的习俗。如清康熙五十七年（1718）山西《临汾县志》、清嘉庆六年（1801）浙江《嘉兴府志》、民国九年（1920）山西《解县志》均有老人逝世后唱丧戏的记载。至于为长者祝寿而举办的戏曲演出，无论在北方还是在南方，在那些官僚、绅士、富商之家更为普遍。现在在北方农村，老人去世以后，请鼓乐班举办丧礼非常普遍，其中，戏曲演员不化妆演唱戏曲选段是必不可少的（图19）。在福建闽南，子孙后代为年迈的老人祝寿演戏也比较多，我们在闽南调查戏曲现状时就看过这样的演出（图20）。

图19：晋西农村丧礼戏曲清唱场面

图20：福建莆田街头为老人祝寿演戏场面

大家爱看戏，人们就要千方百计地想出各种理由来演戏。除了众多的节令戏、庙会戏、堂会戏外，还有赌戏、罚戏、躲债戏等。

关于赌戏，如《中国戏曲志·湖南卷》记述，湖南较大之水陆交通口岸，在过去有专门开设的赌场。魁首邀班演戏，聚众诱赌，照棚索钱，谓之“赌戏”。戏班与赌魁按三、七或四、六拆账，获利颇丰。但亦有时遭查禁，艺人亦被捕下狱。

关于罚戏，据《中国戏曲志》山西卷和湖南卷记载，罚戏有两种情况：一是凡城乡因违害公益或打架斗殴等行为，触犯乡规民约的均要被罚出资邀班演戏一至数台。还有一种情况是戏班赶台口误了开演时辰，村社除扣戏价外，还要罚戏一至数场；因演员发生误场、忘词等事故或不卖力气，社首可使人将前台苇席卷竖，置于台中，并将鼓板倒翻，以示停戏（故艺人以“将板翻了”或“跌鼓”形容出事故），至掌班答应戏班或某演员受罚无偿加演一至数出戏后，方可进行正常演出。湖南各社团、行会罚戏条款名目繁多，如《湘潭冶坊》碑记，罚戏条例就有六条十余款。

躲债戏是在20世纪40年代在福州形成的一种独特的习俗，《中国戏曲志·福建卷》记述，在中华人民共和国成立前每年除夕，福州市区除专业戏园照常演戏外，所有庙宇、会馆皆停锣煞鼓，唯独坞尾尚书庙（今后洲万寿小学）戏台锣鼓喧天，台下挤满了观众，说是看戏，实来躲债。原来自农历十二月二十四日“祭灶”日起，老板、管账先生每夜手提灯笼，肩挂布袋，内存账簿算盘，到债户家索债，直至除夕不止，民谚所谓“二十九好推，三十难挨”，即指此而言。为此，一些“慈善家”遂出面捐款，聘请闽剧戏班在尚书庙演戏，通宵达旦，以供债户藏身，如果债主进庙找债户，就会被观众轰出，还要挨众口臭骂。人称“躲债戏”。这一习俗直到1949年福州解放，穷人翻身，生活改善，才告结束。

丰富多彩的民俗活动，为中国民间戏曲演出提供了充裕的时机和广阔的天地。各地为适应民俗戏曲演出的需要，在明清时代修建了大量的戏楼或戏台。村村镇镇有戏台，大的村镇有数台者在那些戏曲文化传统深厚，戏曲演出频繁的地区不以为奇。如山西北路梆子的发祥地：代县城关有戏台28座，忻州城关有戏台21座，五台城关有戏台12座。仅代县傅村一村就有戏台5座（武艺民、朱建华《北路梆子今昔考略》，山西人民出版社《梆子声腔剧种学术讨论会文集》）。戏台、戏楼的大量修建，反映了民俗文化和戏曲文化的同步繁荣兴盛的一个方面。

四、戏曲演出习俗与班规

在中国戏曲长期的发展过程中，在各地各个民族各个剧种的戏班长期的演出活动中，逐渐形成了系统的管理制度和各种演出习俗。这些管理制度和演出习俗，规范了戏班班主和演员的权利与义务，戏班和观众的关系，保障了戏班的正常运转和演出秩序。下面，以江西民间戏班的情况为主，结合全国其他地方的情况，分别介绍戏曲班社组班和演出习俗。

组班，一般有两种组班形式：一是由一个老板统管的，称“家庭班”。

明清时期，有不少戏班是大官僚、大富商出资兴办的，官僚士绅办的戏班称“家班”，富商办的戏班称“字号班”。家班或字号班资金雄厚，艺人的待遇高，演员的工资一般是采取包银制，发固定的年薪；二是由几个老板合伙经营的，称“股子班”。合股经营者，有中小商人，也有艺人合股经营者。戏箱算若干股份，演员为人头股，按技艺高低评股，根据全年演出收入按股分红。江西戏班演员的工资分配称分“枣子钱”，先在总收入中除去五股：老板、内班头、外班头、戏箱、道具，此五股为固定金额，后两股为折旧费。余额按技艺高低分三等：四百分、三百分、二百分。“九脚头”享金较高，与五股头均等，跑龙套的最小，仅几十分。[①]清末在上海、北京、天津等一些大都市，出现了以名演员挑班的组班形式，演员分为若干等级，工资按当天的演出收入分账，无固定工资，这种戏班称“分账班”。在江西把家班、字号班，“股子班”，统称为“包账班”，老板每天要供给艺人们两餐米饭（即发给每人每天白米一升四合），每年要办五次酒席，宴请艺人。第一次是“开锣酒”，开锣前，烧香点烛，请“老郎神”下界，祈祷保护全班艺人平安，营业兴旺。祭祀毕，摆酒设宴，不分男女老幼，全班一律参加。席间，老板向艺人敬酒，以示关怀。同时，宣布班规，待艺人们认可后抄录张贴，以示共同遵守。第二次是“端午酒”，端午节是戏班组织收入的一个极好机会，但按传统习惯每家每户欢聚一堂才有意义，为解决这一矛盾，老板要设宴款待艺人。第三次是“中秋酒”，其意旨与端午酒同。第四次是“老郎神生日酒”，农历六月二十四日这天，老板设宴，其仪式极为隆重，头天晚上是“老郎神”暖寿之时，全体艺人都要烧香礼拜，并“跳八仙”以示祝贺；第二天生日，上午祭仪毕，老板便大办酒席，又称“寿酒”。第五次是“停锣酒”，也叫敬班酒，一般都在农历十二月中、下旬，全班艺人杀鸡放鞭炮，送“老郎神”上天，然后吃酒，老板一来对大家一年辛苦的慰问，二来决定艺人的去留，对第二年要留的艺人，老板事先都打过招呼，并拿到定金，未拿到定金的艺人，即表

① 《中国戏曲志·江西卷》，中国 ISBN 中心 1998 年版，第 701 页。

示来年不再请他了。也有的艺人不愿留下，改搭他班。更多的是未拿到定金的艺人，早在停锣不久便离开了，并不会等吃这餐敬班酒。

班规，各地戏班均有自己的规章制度，号称“十大班规”。一般是“十禁十不准”，各地大同小异，贴在大衣箱上，称作“法单”。《中国戏曲志·江西卷》记载江西各地戏班的班规甚详。[①]

（一）信班的“十大禁”“十小禁”及其它规章制度

十大禁：有违十大禁之一者，罚猪肉五十斤。

1. 抛锣弃鼓者；
2. 拿刀行凶者；
3. 拐带妇女者；
4. 偷盗财物者；
5. 私吞戏金者；
6. 串通闹事者；
7. 串通人员逃往他人戏班者；
8. 偷花问柳闹上公堂者；
9. 暗藏盗贼者；
10. 聚众赌博者。

十小禁：违十条小禁之一者，罚猪肉一、二、三斤不等，但至多不得超过五斤。

1. 失大场者（整场演出没有参加）；
2. 失小场者（演出之中误了场）；
3. 见死不救者（人家失场能代而不代者）；
4. 无故吵争，妨碍演出者；
5. 举手打人者（先举手者罚猪肉五斤；后举手者一至二斤）；
6. 损坏服装、道具者（照价赔偿）；
7. 暗地偷赌者；

① 《中国戏曲志·江西卷》，中国 ISBN 中心 1998 年版，第 698 — 701 页。

8. 演戏偷工减料及台词不熟，乱开玩笑，随地吐痰者；

9. 上场装扮不整者；

10. 乱代角色者。

其它规章制度：

1. 打第二通后，文武场必须上台，武场打闹台，文场定好音；

2. “打八仙”时，演出人员都得上台；

3. 妇女家属不能进把（演员宿舍），吃饭时妇女不能装饭；

4. “茶头”兼管把中三门，关门后，非特殊情况夜里不得开门；

5. 睡觉后，小便用尿桶，走动不能有响声；

6. 早晨师傅要徒弟起床练功，不准高声喊叫；

7. 化妆必由小花脸先开笔，倘当晚没戏，也要将水粉笔洒向墙壁，其他人方可开始化妆；

8. 化妆后，必先戴帽盔，穿靴鞋，最后穿衣；

9. 穿好服装后，坐时必将衣裙搭上；

10. 花脸坐盔头箱背，生行坐二衣箱背，手下坐杂箱背。

（二）修水县宁河戏“宁州十八班”班规

1. 忌临场推委；

2. 忌见班思班；

3. 忌逞凶打架；

4. 忌指空骂空；

5. 忌偷奸犯盗；

6. 忌窜门入户；

7. 忌打牌赌博；

8. 忌拐带妇女；

9. 忌夜不归班；

10. 忌搪账瓜津。

违者，轻则罚款，重则“坐公堂”乃至清除出班。

（三）吉安戏“吉郡临庆堂”班规、戏规、搭班规及班务

班规：

1. 不准抽鸦片烟；

2. 不准与外人赌博；

3. 不准偷鸡摸狗；

4. 不准带酒演出；

5. 不准调戏妇女；

6. 不准带外人来班住宿；

7. 不准脱场、冲场；

8. 不准在后台高声谈笑；

9. 不准放快（乱讲）；

10. 不准临阵脱逃。

戏规：

1. 闹台一响，各自归位；

2. 化妆必当家丑脚先动笔；

3. 不准扮小戏（即化妆偷懒，随便涂抹），化妆前不得戴盔头；

4. 财神、加官面具及喜神（娃娃道具）禁止朝天放，不用时必须用水袖包好；

5. 不准向台下窥视，有事者由检场人转达；

6. 场面乐器不得擅自敲打，开演前尤其不得动堂鼓，动则犯大规；

7. 任何人不能坐打鼓师的座位；

8. 青龙刀取出后必用香烛供之，不用时，用布包裹好放妥；

9. 凡新搭班者，无论男女，开演前都向祖师爷供奉香烛；

10. 小丑任何戏箱都坐，但不准到花旦扮戏的地方去。

搭班规：此“搭班规”一般是江西地方大戏的习规。

1. 三个月为试办期，每月包银按二十天计算；除个人住宿外，一切不管；

2. 六个月为半期，每月包银按演出天数计算，除个人住宿外，每日

管三餐白饭；

3.搭班一年为一期，每月包银按演出场次计算，管二人每日三餐白饭，灯油、黄烟、手纸由班中发给并可分赏钱；

4.搭班三年为大期，包银按月计算，管全家每日三餐白饭，其它同上；

5.三年以上为长期，包银按年计算，管全家每日三餐白饭，其它同上。另外，还可发病事假工资；

6.凡搭班者，男角需自带“靴包”（网子水纱、护领汗衣、彩裤靴鞋等）。女角增加自带“包头”（即头面）；

7.随班学徒，每年发单衣两套，夹衣一套，棉衣一套，鞋子三双，每月发大洋二元零用，伙食由班主负责，学期五年，帮师两年，出师后按艺论价；

8.凡搭班者先订合约，一切接班规办事，双方如有毁约者，罚大洋一百至三百元。

对于犯规的，轻者或有人具保者，只罚俸钱，或被斥责一番，重者并激起公愤者必予以严惩。一般是在演出中间停止片刻，将庄工像请至舞台正中桌上，当着观众的面将犯者按翻在台中责打，或者将犯者，以铁链锁颈，由人牵着上下场。对于跳班被抓获者，除执行上述刑罚外，还在平时以铁链加身，只有化妆演戏时方可暂解，直至有人作保经班主同意才能彻底解脱，否则直到散班为止。小科班中有人犯规，还要“放排”，即一人有错全体挨板子。

写戏：订立演出合同的一种方法。大致有两种：一是东家上门订戏。外班头（管外勤者）出示戏折（图21），上有剧目和主要演员“九脚头”名单及标价。一般整本戏一本为四吊钱或两吊钱，折子戏一出为两百文或一百文钱，一夜通常是一个整本带三折。东家往往专点名角和好戏，或剧中被颂扬的主角与本村同姓的戏，并定下演出时间，写好合同。双方签字、打花押（手印），交外班头保存，称之为“落关”。一是外班头遇上戏班景况不佳，甚或“坐把”时，便四处联系，请人包戏，甚至班头率

图21：清代山东大姚班戏折

班外出“攀华宗”，对同姓的东家说：“先生，班子坐把，想到贵地来打个秋风，念在同姓，包涵一下。”“打秋风”是混碗饭吃的意思，东家大都乐意接班。

过把：到一个新的演出地点去谓之“过把”。其表现形式为：管箱人跟着运箱人走在前面，而管箱人又必须是管盔头的第一个走，称之为“打头”。女人一般走在中间。

打青：走在前面的人必须要为后面的人打青，所谓“打青”，就是走在前面的人采摘一把树叶或青草，放在岔路口，指引后人沿此路前进的一种标记。此事不能儿戏，否则要受处罚。

进把：即到达一个地方演出。“进把”和“过把”一样，女人不能走在前面，包括男旦也不例外。若“把厦”（住地）设在祠堂，一般不能从正门进入，如果没有偏门，可走正门，但进门后应立即靠左或靠右悄声慢行。左进先提右脚，右进先提左脚，进把后第一件事是安置“老郎神”，一般都安置在正中靠墙桌子上。焚香点烛日夜不停。其次是号铺，原则是外班头事先号好，有时也待艺人到齐后每个行当派一人参加，共同号铺。一经定妥，不能任意搬动。

供奉祖师爷：戏班均供祖师爷，梆子班供“老郎神”，秧歌班供“三官神”，道情班供“吕祖”。“老郎神”是指唐玄宗李隆基，盖因其蓄养梨园弟子，亲自教授，并传说他曾司鼓亦曾粉墨登场，饰演丑脚，可称地位最高的“戏子”；一说指后唐庄宗李存勖，他曾宠信伶官，并亲自参加演出，号称“李天下”，也是皇帝“戏子”（图22）。又有说“老郎神”系指楚庄王或道君妙庄王者，未详（图23）。福建的戏班供奉田公元帅雷海青（图24）。秧歌班艺人多系农民，靠天靠地靠水吃饭，因而供天、地、水三官神，传说即尧、舜、禹。道情源于道教艺术，故道情班多供吕洞宾。“老郎神”供在台后，配享者为赵公明（取保佑财源茂盛意）及关云长（取其江湖义气），归大衣箱掌管。每年农历四月二十三日为老郎神庆寿：神前供糕点酒肴，焚香三炷，小生、小旦装扮跪拜。另埋食物于供桌之前，吆猪前来拱找，找出，即算领牲，全班人一起叩拜，礼成，合班聚餐。另将尺许木偶人一具供于下场门内，是为“大师哥”，传为唐中宗之长子，武则天抱之观剧，不幸坠地身亡乃受封掌管戏班演出事务，艺人出台之前，均须拜揖，祈求保佑前台不出事故。但它又是娃娃道具，每逢戏中需要襁褓中婴儿，便将它抱出充任。或有将尺许木制童男女各一（亦称“大师哥”或“喜神童童”）供于“老郎神”两侧者，若需充任婴儿时，即由旦

图22：米喜子供奉的戏神

图23：甘肃戏班供奉的庄王画像

图24：福建戏班供奉的戏神田公元帅

脚拜揖抱出，用毕复置原处并拜谢之。[①]

打铳：开演前要打三铳。木柄一把，长约一米，木柄上端捆扎铁管三杆，长约三十公分，内装火药，俗称“土铳”。演出前所打三铳，则谓之“神铳”。第一铳为预备信号，观众准备到台下看戏，戏班做好演出准备工作；第二铳戏班做最后的检查工作，文场定好音，武场打击乐器到位，服装、道具、鞋盔摆在该放的地方；第三铳场面开始打“闹台”。第一场演出需“打闹台”，长则二十多分钟。

开笔：由花脸或生脚行当首先开笔。所谓“开笔”，到一个地方演出的第一天，即用水粉笔在内台壁上画个斜十字，小旦不能先化妆，也不能握朱笔，包括男旦在内。要化个美人痣或刀伤之类，都要请男角代化。妆毕，先戴帽盔，穿靴鞋，最后穿服装。

坐箱：戏装穿好后就不能乱坐，坐时必须将衣裙撩起。花脸行坐盔头箱；生脚坐二衣箱；旦脚坐大衣箱；龙套等坐把子箱或其他杂箱上。谁要乱坐，则被视为“钻草”。所谓“钻草”，即没受过师傅教导的。

① 《中国戏曲志·山西卷》，文化艺术出版社 1990 年版，第 566 页。

破台：亦称“开台”。新戏台落成，首场演出必须破台。戏台中间立一老郎菩萨像，前遮幔帐，两边挂刀、剑与弓箭，箭在弦，对着台下，由小花脸扮鲁班，点香三根插老郎神位前，卷纸燃烟，四门熏遍，曰“打火”。“鲁班”以尺量台，每量五下则用斧对空朝下劈三下，捉一事先备好之公鸡，捏破鸡冠，以血涂老郎神和喜神（演出的娃娃道具）。接着，花脸扮王灵官，小生扮韦陀，手执钢鞭跳跃作“开霸”状，站立台前摆好的八字形两排瓦上。观音缓步出台，口中念念有词。须臾，便有由老旦、正旦扮的红、黑二煞冲出，韦陀、王灵宫随后追赶，将二煞逐下戏台。继而“鲁班”杀鸡，血洒黄裱纸，再把鸡头扭翅下置台上，取鞭炮对准鸡身鸣放，鸡受惊狂飞乱跳，跳得越高越好，最后艺人们虔诚地拜过老郎菩萨，才各自扮戏，此谓之“大破台”。每年正月首场演出，也要破台，但较简单，除去扮王灵官、韦陀、观音以及赶红、黑二煞等内容，保留了“杀鸡”等活动，俗称“打剪神”，有的地方叫“打检生”。所以，只需“打剪神”而不赶煞，即谓“小破台”。

西河戏的“破台”则有五道程序：先由鲁班砍斧，滴鸡血，继由一演员扮作道士，在台下四处洒水、念咒，祈求清吉。接着“放五猖”，扮土地、判官各一、小鬼五。土地命判官，判官差小鬼，手提钢叉铁链到郊外去捉“地方鬼”。此“鬼”用纸扎成，意为外乡外村当年一死者。判官将捉来的“鬼魂”缚于台下一柱上，旁点一盏油灯。再由五猖登台表演抛叉打斗等各种惊险动作。然后“接天官”，众演员扮天官、魁星各一，功曹四，天将六，唱《天官赐福》。一切仪式完毕，始演正戏。至最后一夜正戏演完后，由判官从台下放出“鬼魂”，差五猖送于深山野林无人处偷偷埋葬。五猖潜回卸妆，判官烧纸钱、灭油灯，名叫“放五猖”。最后由主人给班头喜钱结束。

在河南等中原地区，过去人们视戏台为“虎”，戏楼是“城虎”，亮脚木台为“飞虎”，土台为“卧虎”，这三种戏台都要破。牛车搭的台子是“群虎”，因犀牛可以降虎，这种台子是不用破的。中原地区，破台一般都是地方大剧种戏班，地方小剧种的戏班没资格。破台时间多在午夜，基本作法是：跳鬼神，鸣锣鼓，放鞭炮，杀白公鸡，滴洒鸡血，将鸡头连同符咒钉于前台正中。然后一些脚色登场演出。有的剧种是花脸扮巨灵神、王灵官上场，有的剧种是张天师上场，有的剧种是姜太公上场。罗戏、卷戏破台，二郎神、玉皇大帝、四大天官、五方龙主上场，还要唱《五龙捧圣》。演唱破台戏的戏价比一般演出高得多，戏班有“一年破三台，元宝滚进来”之说。不仅新建新修戏台要破，面朝西的台为“白虎台”，也要破，有些地方此次演出与上次台口方向相反，称“对台口”，也要破。这几类破台仪式比较简单。有的戏台没唱破台戏，还可以用“符贴”，烧黄表等方法“借台”。①

打天官：有《文武天官》《对花天官》《九老天官》《财神天官》《遐龄天官》《赐福天官》《三星天官》《四喜天官》《八仙天官》等十多种，均唱昆腔。“打天官”是对地方上取个吉利之意，对戏班则是“亮箱底”，戏班全班子弟都要参加。“天官”由正生扮演，上台之时，先要向打鼓佬，上手佬（即主胡）等拱手示意，表示请多关照。“打天官”是为亮箱底，即显示其服饰、文戏演员及音乐场面等，而“打台”则是亮武功。其序先简后繁，先易后难，难度最大的放在后面，谓之“压轴”。

四跳：即《跳魁星》《跳加官》《跳财神》《跳麻姑》（即《女加官》），其意不外是祝贺升官发财、万事如意。跳“加官”的子弟，由生脚或花脸行之后辈艺徒扮演，红蟒、相貂，持牙笏，戴面具（图25）。在“加官”锣鼓经中出场，撩袍、抖袖、理发，

图25：马连良为北平新新戏院开幕演出《跳加官》

① 《中国戏曲志·河南卷》，文化艺术出版社1992年版，第533—534页。

走加官步，至台口两边看，作进门状，在桌上取下一叠“加官”条子，翻几张给观众看，条上写“一品当朝”“指日高升”“天官赐福”“连升三级”等字样。翻毕，交给检场人。检场人翻一张，加官子弟则作各种身段以示会意条上的内容。条子翻完，加官子弟动作毕下场。检场人念：“某某先生加官高升”，然后将条子贴在戏台前的柱子上。被祝贺者便把条子扯下来，同时给戏班赏钱，多少不等。《女加官》则由旦扮演，戴七星额子，持牙笏，不戴面具，一般是在官僚太太来看戏时用之。

封相：紧接“四跳”，便演“封相”。由正生扮苏秦，上“丹墀”，用“合纵”之说，游说列国。燕王从之，六国联合抗秦。苏秦得佩六国相印，下“丹墀”，表示富贵还乡，取此戏意而作祝贺。也有的戏班把“封相”放在一年的最后一场演出，则又是另一种意思。

扫台：最后一场演出结束后必要举行“扫台”仪式，由大花脸扮关公，手持大刀，配以打击乐，东南西北四方都扫到，念“天皇在，地皇在，玉帝命我扫花台，一扫风调雨顺，二扫国泰民安……”，意即扫除一切妖魔鬼怪，保障地方安宁。

祭台：凡是新台落成，抚州一带必请采茶戏班演开台戏，并举行祭台仪式。台中放“清源祖师之位”戏神牌，左书“清音童子”，右书“鼓板郎君”；牌位正上方书一“斩”字，置三升米斗于神位上，米斗内插香三根。准备四牲（公鸡一只，鲤鱼一条，猪肉、鸡蛋若干）和香纸蜡烛，爆竹。仪式开始，由一老生演员头扎红布，身穿短打衣，站在神牌面前，默念戏师，脚一顿在舞台上走一圆场，高声唱彩：“伏以，好啊！手提金鸡似凤凰；好啊！生来头高尾又长；好啊！头高能载万担米；好啊！尾长能载万担粮；好啊！昨日王母娘娘报晓鸡，今朝正好祭戏台；好啊！开鸡冠，取鸡血，一不祭天，二不祭地，首先祭我祖师爷。一祭台东，万代威风；二祭台西，万担粮米；三祭台南，喜气洋洋；四祭台北，万里江山一齐得；今日祭台后，四季保平安。”接着，天官赐福，放鞭炮，打八仙，传谕众仙走上，告之今日某乡某村新戏台开台演戏，八仙下凡赐福等等。

打闹台：任何戏班，其开演前必须“打闹台”，全部由打击乐器承担，气氛非常热烈。凡听到“闹台”一响，便知演出快要开始，农村的远近村民则从四面八方纷纷向演出地点赶来，其场面颇为壮观。丰城县戏班的“闹台”有其与众不同的地方，即通过“闹台”中的不同音响，便可向观众预告今晚即将演出什么样的剧目。通过大小锣“当叮当叮当”之类的音响，便可知演出剧目必将是青衣、花旦或生脚主演的戏；擂鼓三通或紧锣密鼓，则是武戏；小吹小打，必是拜寿、结婚一类的戏了。

摆台：1998年，由中国戏剧出版社出版的《徐兰沅操琴生活》第二集谈到过开戏前“旧戏班的一套成规”，他说：

> 当剧场还未进观众时，检场的先上台来，将舞台中央放上一个高台，上面挂一顶帐子，将印盒架放在旁边，台的两旁各放两张椅子，每一张椅子上插一面标旗。在舞台前面的栏杆上（老戏台前边有一排矮栏杆）插五面大纛旗，分红黄绿白黑五色，黄旗居中，左红右绿，左黑右白，分插两边，舞台上整整齐齐，这叫“大摆台”。等到观众都进了场，临开戏前，后台哨响声起，这叫“吹台”，唢呐完挑子便接着吹，检场的听到挑子声起，就将舞台上的旗、高台等都撤下，这叫“后台吹台，前台撤台”，然后换上第一出戏的彩头，最后卯头（过去剧场里前台管事人）站在台中间高喊一声，才响锣鼓开戏。[①]

徐兰沅先生所谓“旧戏班”，应当是指新中国成立之前的20世纪三四十年代，或者更早一些。他谈到的“旧戏班”开场之前的成规，有“摆台”和“吹台”两项。

2001 年 1 月，吴同宾主编的《京剧知识手册》中“京剧的演出习俗”部分，有“摆台”“打通”和“吹台”三条，释文如下：

---

① 徐兰沅口述、唐吉记录整理：《徐兰沅操琴生活》（第二集），中国戏剧出版社 1998 年版，第 72 页。

摆台　也叫大摆台。旧时京剧开演前舞台上规定的摆设。观众未进场前，先由检场布置就绪。舞台中央放置一个高台，上挂帐子，旁有印盒架，高台两侧各放两张椅子，椅子上各插一面标旗，舞台前沿的栏杆（旧时舞台前有一排栏杆）上，插五面大纛旗，分红黄绿白黑五色，黄旗居中，左红黑两面，右绿白两面，这种形式习称摆台。一俟“吹台”完毕，挑子音落，便将台上的高台、旗、椅等撤下，上第一出戏的砌末。

打通　也叫打闹台。旧时戏曲多在乡间野台演出，开演之前先用锣鼓和唢呐演奏，借以招徕观众。演奏分为三通，每通之间停息片刻。头通以小堂鼓领奏，大锣、铙钹配合，点子较单调。二通，又称“响通”，以单皮鼓领奏，全堂打击乐配合，点子复杂，由“急急风”“走马锣鼓”“冲头”“抽头”“九锤半”“马腿”“大水底鱼”“收头”等锣鼓经组成。三通，又称“吹通”或“吹台”，以唢呐奏【将军令】曲牌。后来京剧进入剧场演出，也沿袭打通旧规。

吹台　也叫“吹遍”。旧时京剧开演以前吹奏的幕前曲，用以号召观众。一般吹打三通，第一、第二通均用打击乐器，第三通改用唢呐吹奏混牌子，有【将军令】【哪吒令】【一支花】等。①

用《京剧知识手册》中的释文，补充徐兰沉的叙述，可以知道：“摆台”也叫大摆台，“摆台”重要的内容之一，是在舞台前沿插上五色纛旗。“打通”也叫打闹台，也叫三通，又称“吹通”或“吹台”，“打通”的主要内容是用锣鼓和唢呐演奏三通。

上演剧目程序：道光二十二年（1842）蕊珠旧史撰写的《梦华琐簿》中，有当时剧场剧目安排的记录：

---

① 吴同宾编：《京剧知识手册》，天津教育出版社2001年版，第369页。

今梨园登场，日例有“三轴子”：“早轴子”客皆未集，草草开场。继而三出散套，皆嘉伶也。“中轴子”后一出曰“压轴子”，以最佳者一人当之。后此则“大轴子”矣。大轴子皆全本新戏，分日接演，旬日乃毕。每日将开大轴子，则鬼门换帘，豪客多于此时起身径去。①

蕊珠旧史记载了道光二十二年（1842），每天演出剧目的安排方式：“早轴子”是开场戏；“中轴子”是重头戏，由名伶出演；“中轴子”的最后一出，叫“压轴子”，由当红名伶演出。“大轴子”是新排的大戏，有钱的“豪客”，都不屑看“大轴子”戏。这一记载与华青大夫在道光八年（1828）撰写的《金台残泪记》所说“京师乐部登场，先散演三、四出，始接演三、四出，曰‘中轴子’，又散演一、二出，复接演三、四出，曰‘大轴子’。而忽忽日暮矣。贵人于交‘中轴子’始来，豪客未交‘大轴子’已去”基本一致。由此可见，道光年间，每晚演出的折子戏，在十至十四出之间，分为“早轴子”“中轴子”“大轴子”三部分。

写于嘉庆年间的佚名作品《都门竹枝词》“观剧”一篇，记载：“园中官座列西东，坐褥平铺一片红。双表对时交未正，到来恰已过三通。”②讲的是戏园“未正”（下午两点）开戏，开戏的起始，是擂鼓“三通”。

包世臣在他写于嘉庆十四年（1828）的《都剧赋》并《序》中，对京师剧坛“徽、西分侪”的热烈景象，“茶园卖剧”的营业方式，演出剧目的丰富多彩，演员行头、道具的炫耀华丽，都有不厌其详的铺陈。其中对开场和剧目安排的描述如下：

① （清）蕊珠旧史：《梦华琐簿》，见《清代燕都梨园史料》（上册），中国戏剧出版社 1988 年版，第 354 页。

② （清）佚名：《都门竹枝词》，见《清代北京竹枝词》，北京出版社 1962 年版，第 42 页。

> 旗收五色，鼓发三通。乃开早出，遵栗声洪。间以小戏，梆子二簧。总出群美，炫耀金堂。中出又变，矛戟森鏦。承以么妙，双雌求雄。缀裘六出，全套两终。大出续开，官座遂空。①

这里说的是：演出之前，有“旗收五色，鼓发三通”的程序。也就是“摆台”和“打通”。演出剧目分为“早出、中出、大出”三部分。“早出”是开场戏，主要是音乐的展示、演员的亮相，间有梆子、二簧的小戏。“中出”有折子戏数出，是重点部分，包括武戏和文戏。最后是“大出”，也就是大戏。“大出”虽是大戏，但并非是名优登台，所以“大出”开演时，常常是“官座”中的观众已经退席。这三部分的安排，与“早轴子”“中轴子”“大轴子”，从比重、方式上看，都是一致的，只不过是说法不同而已。

单台戏：高安锣鼓戏每场演出，首先开锣，由一演员表演一段独角戏，叫“打单台”。旦脚演唱，出场即来一段“哑剧”，表现一妇女早上起床、小解、揉睡眼、扣衣服、拔鞋、出房门、察看厅堂、开大门等一整套生活系列动作，然后再起唱，演唱的小片断为《十劝嫂》《双劝夫》《祝英台》《闺女吵架》等等。如果小丑上场，一出台则要伴随锣鼓点踩出多种多样的矮桩，叫“踩点子”。演唱的小片断为《新表反》《老表反》《夫下图》《表古人》《表梁山》等。

花戏：亦称“零戏子”或“杂戏子”，是南昌采茶戏对小戏及折子戏的统称。花戏除了可组成专场演出外，一般习惯把它当作演大戏时的加演节目，即是对人情的补偿，有时也是讨价还价的条件。

封箱戏：即一年之内的最后一场演出。每年农历十二月二十四日，各戏班陆续停演，休息几天，准备过年。最后一天的演出，必以《六国封相》为压台戏，以取吉祥之义。“封相”之音谐“封箱”。戏完后鸣爆竹，并贴上“封箱大吉”封条于箱口。班主一般要赏给管箱人一个红包，以表示对他们辛勤劳动的鼓励。京剧界又略有不同，《六国封相》之后还要演

① 包世臣：《都剧赋》，转引自赵山林《安徽明清曲论选》，黄山书社 1987 年版，第 256 页。

《得胜还朝》，由净脚扮闻仲，全班人马不论大小角儿，全扮龙套。有的则是另一种形式，最后三天“大反串”，卖红票，也叫“红票戏”，票价比原来的要高若干倍，卖票所得除必要开支外，则按人头分钱。

台上死：艺人在外演出，一病不起，只能死在台上，不能死在把厦（即戏班居住之地）。否则，当地人士就要令戏班用烧酒清洗地皮。碰上这种情况，即使是著名艺人，也不得幸免。如高安锣鼓戏名小生刘金泰，当时曾誉为“三件纺绸长挂子”之一，可谓红极一时，某次在新建县万寿宫演出，暴病而亡，其子刘芳章只好连夜背尸体，步行五十余里归家。

五、民俗对戏曲艺术风格和审美特点的影响

戏曲艺术是在民俗活动的氛围中形成的，故其艺术风格及审美特点无不受民俗文化的影响。其一，在演出剧目上，适应观众的心态，形成不同时间、不同场合演出不同剧目的规制，使台上台下、场内场外形成一个和谐统一的氛围。如正月十五日为元宵节，演出《上元夫人》《元宵迷》等；三月三日为蟠桃节，演出《蟠桃会》《安天会》等；五月五日为端午节，演出《白蛇传》《五毒传》《混元盒》等；七月七日为七夕节，演出《天河配》《牛郎织女》《鹊桥密誓》等；七月十五日为中元节，演出《盂兰会》《洛阳桥》《目连救母》等；八月十五日为中秋节，演出《玉兔升天》《大香庆节》《嫦娥奔月》《斗牛宫》等；九月老君会，演《毛国贞打铁》；冬月桓侯会，演《虎牢关》《芦花荡》等；春祈秋报，迎神赛会，结合祭祖仪式，演出《封神》《西游》等神仙道化连台本戏；祭祀关羽的关帝庙会上，要演出《单刀会》《定军山》《战长沙》等三国戏，但禁演《走麦城》；婚嫁要演《少华山》《穆柯寨》《天仙配》《老少换》等；生日、庆寿，要演《麒麟送子》《双官诰》《打金枝》《全家福》《八仙庆寿》等；祈雨要演《渭水河》《斩旱魃》等；丧戏要演《孟姜女哭长城》《大祭桩》《六月雪》等；开台戏要演《天官赐福》《跳加官》《跳财神》等；收锣戏要演《卖油郎》《买胭脂》《小放牛》等；募捐戏要演《拾万金》《南天门》。演《南天门》时，剧中女主角曹玉

姐，按剧情跪在台口哭泣哀情，乞求施舍，台下观众将钱物抛在台上，名曰“扎彩”。此外，戏班每到一地演出，还要访问该地有什么忌讳，如本地姓萧的人多，就不能演《雁门关》《金沙滩》《清官册》等有萧太后的戏；姓陈的多，就不能演《秦香莲》；姓秦的多，就不能演《东窗记》；姓曹的多，就不能演《击鼓骂曹》，而要选择能使本地观众看着开心、听着感到荣耀的剧目。中国戏曲在民俗活动中的演出，忌讳上演那些与观众心态相抵触、与节日气氛不和谐的剧目。

其二，在表演技巧上适应各阶层、各种不同观众欣赏要求，形成不同地区、不同剧种，同一剧种不同脚色行当，异彩纷呈的表演体制。戏曲艺术的这种多样性、综合性特点，除了不同地域语音的影响外，亦与各地的广场艺术和庙会文化密不可分。广场和庙会是不分等级的全民性娱乐场所，各种技艺荟萃一起，各种不同欣赏口味的观众，均可在这里欣赏到自己喜爱的艺术。戏曲艺术是为了适应各种不同观众的欣赏要求而形成的一种综合艺术，为吸引各阶层观众，既要提高已有的技巧，又要不断吸取新的艺术手段，特别是当地观众喜闻乐见的民间艺术，如民歌、说唱、武术、杂技等等。故戏曲演员，必须学有所长，所谓“一招鲜，吃遍天”。优秀的戏曲演员讲究唱、做、念、打俱精，文武昆乱不挡。观众看戏，绝非单纯看故事，而有不少观众是为欣赏某一位演员的某一段唱念，某一段做工身段，某一段武打特技。所以，戏曲不仅有生、旦、净、末、丑表演行当，而且各行当均有自己的拿手好戏。戏曲艺术的这种广泛的适应能力，是其千百年来根深叶茂、长盛不衰的重要原因。

其三，在艺术风格上形成表演夸张，唱腔高亢，音乐热烈，化妆变形的特征。戏曲艺术是融合了各种民间表演艺术而形成的，在其形成之后又与民俗活动紧密结合在一起，从广场走上庙台。其艺术风格的形成，是与庙台的演出环境密不可分的。为招徕观众，形成演出前“打通”的习俗。通过演奏锣鼓曲牌，造成一个热闹沸腾的演出气氛，使几里之外的观众闻声而至。为了使喧嚷的戏场安静下来，演员一定要在锣鼓声中上场。表演动作不仅夸张，而且逐步程式化，通过台步、手势、身段，远处的观众亦可明白演员要表达的意思。通过夸张变形的脸谱、妆饰，观众便知出场的是好人还是坏人。戏曲艺术的这些特点，无一不与民俗活动背景下形成的广场和庙台演出环境有关。

戏曲艺术风格和特点的形成，也与民俗活动中人民群众的心态和审美意识有关。在节日之外的日常生活中，人们的生活比较单调、平淡，特别是劳苦大众，不仅要受地主阶级的经济剥削，而且还受到各种封建思想的禁锢。只有在过年过节时才可能得到体力上的休息，精神上的放松，情感上的宣泄。情感的宣泄，往往要借助艺术的契机，而能使人们的情感得到充分宣泄的艺术形式，在那个时候，只有戏曲。戏曲的大喜大悲，戏曲夸张的表演形式和强烈的艺术效果，正是群众借以宣泄情感的最佳艺术形式。而且在戏曲剧目中，有许多在平时生活中人们可望不可及，敢想不敢做，甚至想都不敢想的故事和人物，如草莽英雄对官府的反抗和斗争、青年男女对爱情的大胆追求等等。在这里，人们不仅在情感上得到宣泄，而且得到某些启示和鼓励。

戏曲艺术从19世纪末逐渐由广场庙台步入现代化的剧场。但是20世纪80年代以后，随着电视和互联网等现代传媒技术的发展，特别是进入21世纪后人们生产方式和生活方式的变化，戏曲又逐步退出城市现代舞台，回到茶园、酒楼和农村的庙台。戏曲高台教化的作用逐步淡化，而它的民俗功能，即渲染和制造节日气氛的作用则得到了充分发挥。戏曲的这种民俗功能是生来所具有的，是现代艺术不容易代替的。戏曲团体应紧紧抓住中国人民数千年形成的这种社会心态，将自己置身于民俗的海洋中，占据那块本属于自己的文化阵地。

西部大开发中戏曲文化资源的保护和利用

中国戏曲文化源于西部，先秦时期的俳优装扮表演、汉唐时期的歌舞百戏孕育了中国独特的戏曲文化。明末清初，以秦腔为代表的西部戏曲又一次崛起。在现存的二百多个剧种中，西北有三十多种，西北是我国戏曲文化最丰富的地区之一。20世纪80年代以后，西北戏曲像全国其它地方的民族民间戏曲一样，受到外来文化和现代影视艺术的极大冲击。进入21世纪，许多地方大戏衰落，民间小戏消亡，剧团陷入生存危机。西部大开发给西北戏曲文化带来更大的挑战，保护西部的戏曲文化资源成为西部大开发中亟待解决的课题。

一、中国戏曲文化源于西部

黄河流域是中华文化最先发展起来的区域之一，秦、汉、唐、宋是戏曲文化形成的重要时期。这一时期，中国的政治、经济、文化的中心是在以长安为中心的中西部地区。中原文化和西域文化在这里交汇、融合，促进了戏曲文化的成熟和发展。先秦歌舞、汉代百戏的发展孕育了唐代的参军戏和歌舞戏。从唐代就发展起来的说唱艺术在宋代有了很大的发展，产生了诸宫调这样一种具有很强叙事能力的说唱艺术，它与歌舞戏相结合，产生了完整的戏曲形式——宋金杂剧。

据《史记·秦始皇本纪》载，秦灭六国后在关中建宫室一百四十五处，将“所得诸侯美人、钟鼓，以充入之”，集中了女乐倡优万余人。从陕西临潼秦始皇陵附近出土的“秦乐府钟”可知，秦时就设立了专管乐舞的“乐府”机构。在上林苑宫殿，出现了“车行酒，骑行灵，千人唱，万人和”[①]的壮观场面。更值得注意的是秦时出现了装扮人物的俳优表演。《史记·滑稽列传》载：一次，秦始皇设宴庆寿，忽下大雨，大臣们皆居宫内，卫侍们站立栏外雨地。有一个名叫优旃的滑稽戏演员当着秦始皇面说：“你等比我个子高有何用处？我虽矮，但还可以在宫内避雨，你们虽高却站立雨中！”始皇听后，即令武士们站立栏内。秦二世要油漆长城，优旃佯装赞同这一荒唐的主意，然后又奏请秦二世考虑，城墙油漆后，供晾干油漆的荫室比长城还要大，怎么搭盖？秦二世闻之，只好笑而作罢。当时的滑稽戏演员，除了表演一些滑稽可笑的娱乐节目外，还利用说反话进行“诡谏”。可惜后来的史学家们，只从政治的需要出发，记录了他们“诡谏”的事迹，而没有记录他们演出滑稽戏的内容。

汉灭秦后，经过“休养生息”，到了汉武帝时期，政治稳定，经济发达，国力强盛，歌舞百戏进入了繁荣发展的鼎盛时期。汉代继承秦时设立的“乐府”体制，广泛搜集民歌。长安成为全国歌舞百戏演出的中心。据张衡《西京赋》记载，在长安演出的歌舞百戏达数十种之多，规模宏大，京师“三百里内皆来观”，盛况空前。在宫廷和京师歌舞百戏的影响下，陕西各地歌舞百戏也蓬勃兴起。新中国成立以后，陕北榆林地区各县出土了六百多块汉代画像石，其中反映出的歌舞百戏有：鞞鼓舞、七盘舞、相和歌、可采莲、巴渝舞、白纻舞、跳丸、投壶、六博、幻术、击剑等。绥德汉墓出土的一块“七盘舞”画像石，上有一鼓八盘，分三行排列，舞者着长袖罗衣，登盘表演；另一舞者头戴尖顶帽，为侏儒形象，似在插科打诨，做风趣表演。

汉代的歌舞百戏，形式多样，内容丰富。张衡《西京赋》中记载的《总

① 《三辅黄图》卷一，转引至《中国戏曲志·陕西卷》，中国 ISBN 中心 1995 年版，第 5 页。

会仙倡》，已经把音乐、歌唱和舞蹈融为一体的综合性节目。在一个仙山巍峨，冈峦起伏，奇花异草吐艳纳秀的艺术氛围中，扮演豹罴的演员戏豹舞罴，扮演白虎苍龙的演员吹打奏乐，扮演娥皇和女英的演员坐而长歌。一曲未终，演出场景便发生了突变：云起雪飞，复陆重阁，转石成雷。特别需要关注的是，在三辅地区还产生了有人物、有故事情节、有化妆表演的"角抵戏"——《东海黄公》。它的演出有人与虎斗的角力表演，塑造了黄公这样一个悲剧性人物。汉武帝将这出民间"百戏"搬进宫廷，经常在平乐观演出，并以此招待"四方来宾"。[①] 角抵戏《东海黄公》已经具备了戏曲的雏形。1954年西安白家口出土的西汉舞俑和比邻陕西的河南南阳出土的汉画像石鼓舞，角抵戏《黄帝战蚩尤》《东海黄公》等展现了汉代歌舞百戏的风采。

魏晋南北朝时期，西魏、北周等王朝在长安建都，歌舞百戏在前朝的基础上又有发展。据《周书· 宣帝纪》记载，西魏文帝大统五年（539），太庙初成，四时祭祀，都有俳优角抵演出。北周宣帝，广召杂技，增修百戏，并征集散乐在长安演出。除节日大型演出活动外，他平时还"鱼龙烂漫之伎，常陈目前"。《北史·周本纪》记载，静帝于文阐大象年间，曾"大陈杂戏"于长安，"令京城士庶纵观"。1953年西安出土的南北朝时期北魏女乐俑为我们了解这一时期陕西的乐舞提供了形象资料。

隋唐时期，首都长安是当时世界上最繁华的都市之一。中原和西域的各种技艺荟萃长安，歌舞百戏出现了新的高峰。唐王朝为了满足宫廷娱乐的需要，在长安设教坊、梨园，教习歌舞百戏。梨园分禁苑梨园、宫内梨园、太常梨园和梨园新部四部，拥有乐工二千余人，加上教坊中的艺人，当时聚集在长安的宫廷艺人达11409人。教坊内设"鼓架部"，具体管理"百戏"的教练和演出事宜。"高宗上元元年（674），御翔鸾阁观酺。时京城四县及太常音乐，分为东西两棚，帝令雍王贤为东棚，周王讳为

① 《西京杂记》，转引至《中国戏曲志·陕西卷》，中国ISBN中心1995年版，第6页。

西棚，务以角胜为乐”。[①]《资治通鉴》卷二百一十八载：“初，上皇每酺宴，先设太常雅乐坐部、立部；继以鼓吹，胡乐，教坊，府、县散乐，杂戏；又以山车、陆船载乐往来；又出宫人舞《霓裳羽衣》；又教舞马百匹，衔杯上寿；又引犀象入场，或拜，或舞。”陕西礼泉唐郑仁泰墓乐舞图、西安西郊唐墓出土的说唱俑、陕西礼泉唐郑仁泰墓出土的唐代彩绘女舞俑、陕西礼泉唐郑仁泰墓出土的唐代胡人乐舞俑、西安十里铺唐墓出土的戏弄俑、西安西枣园唐墓出土的戏弄俑、西安插秧村唐墓出土的戏弄俑、西安西郊唐鲜于庭诲墓出土的唐三彩载乐驼俑、西安中堡村唐墓出土的唐三彩载乐驼俑等反映了唐代艺术的辉煌成就。

除宫廷乐舞百戏外，长安还有许多民间戏场，如慈恩寺、青龙寺、荐福寺和永寿寺等，也经常演出歌舞百戏。据马端临《文献通考·散乐》载，在长安和关中各地经常演出带有戏剧情节的节目有踏摇娘、滑稽戏、傀儡戏等。

《踏摇娘》，原为南北朝的乐舞节目，叙“北齐有人姓苏，𪖙鼻，实不仕，而自号为郎中。嗜饮酗酒，每醉辄殴其妻，妻衔悲，诉于邻里，时人异之”。在长安演出是“丈夫着妇人衣，徐步入场行歌，每一叠，旁人齐声和之云，‘踏谣，和来！踏谣娘苦，和来！’以其且步且歌，故谓之‘踏摇’。以其称冤，故言苦。及其夫至，则作殴斗之状，以为笑乐”[②]。夫妻殴斗时，采用了角抵和杂技表演，并有“旁人齐声和之的”帮腔伴唱。新疆吐鲁番阿斯塔那336号古墓出土的踏摇娘泥塑反映了唐代的歌舞戏艺术通过丝绸之路在西域流传的历史遗存。

“滑稽戏”，又叫“弄参军”，渊源于秦汉的俳优，据《赵书》记载，后赵参军周延，为馆陶令，因贪污官绢数万匹下狱。后蒙宥免，有罪，每逢大会，辄令身着介帻，黄绢单衣，命俳优戏弄辱之。这种原来以俳优戏

① 《旧唐书》卷八四。

② （唐）崔令钦：《教坊记》，见《中国古典戏曲论著集成》（一），中国戏剧出版社1959年版，第18页。

谑取乐的表演，到唐代长安已发展成为一种有固定表演形式的代言体滑稽戏。主要脚色为参军、苍鹘两种，演出时由两人共同做滑稽的对话和表演动作，引人发笑。新疆吐鲁番阿斯塔那张雄夫妇墓出土的参军戏俑，为我们了解唐代的参军戏提供了宝贵的形象资料。

傀儡戏是从周代偃师之戏到汉时陈平解围的木刻美人沿袭下来的。唐代长安演出的傀儡戏有“尉迟恭、突厥斗将”和“项羽与汉高祖鸿门宴”等，[①] 开扮演人物、故事的先河。唐梁煌所写的《咏木老人》诗云：“刻木牵丝作老翁，鸡皮鹤发与真同。”反映了傀儡戏的艺术魅力。

在唐代的表演艺术中，对后世戏曲影响较大的还有“变文”等说唱艺术。变文最初是佛教僧众为宣讲教义，采用的一种有说有唱的通俗艺术形式，后来传播到民间。唐代长安和各地民间广泛流行着变文说唱。赵璘《因话录》载：“有文淑僧者，公为聚众谈说，假托论经，所言无非淫秽鄙亵之事。不逞之徒，转相鼓扇扶树，愚夫冶妇，乐闻其说，听者填咽寺舍，瞻礼崇拜，呼为和尚教坊，效其声调，以为歌曲。”一次，白居易与元稹在长安漫游，于新昌宅听《一枝花》说唱，竟长达几个时辰。[②] 据敦煌石窟发现的唐代文献资料证实，当时流行在长安等地的民间变文有《秋胡变文》《一枝花变文》《王昭君变文》《张义潮变文》等；佛教变文有《阿弥陀经变文》《大目乾连冥间救母变文》等。变文的结构有三种情况：一是先用散文讲故事，后用韵文歌唱；二是开头用散文作简单的说白，主要以韵文歌唱为主；三是散文说白与韵文歌唱交错进行。说话部分多用语体文、散文和四六句；韵文部分以七字或十字上下对偶句为基本单元。这种说唱艺术的发展，对后世板腔体戏曲的形成具有深远的影响。

现在最早的具有戏剧意义的剧本出现在敦煌石窟遗书中，这就是收入《中国戏曲志 · 甘肃卷》附录中晚唐进士王敷撰写的《茶酒论》。这个

---

① 《封氏见闻录》，转引至《中国戏曲志 · 陕西卷》，中国 ISBN 中心 1995 年版，第 9 页。

② 见唐代元稹《酬翰林白学士代书一百韵》自注，转引至《中国戏曲志 · 陕西卷》，中国 ISBN 中心 1995 年版，第 9 页。

剧本以拟人化的手法，通过“茶”“酒”“水”三个角色的争辩，表明茶、酒对人的利弊，已经具备了剧本的雏形，对研究唐代的参军戏有重要的参考价值。

茶乃出来言曰：诸人莫闹，听说些些。百草之首，万木之花，贵之取蕊，重之摘芽，呼之名草，号之作茶，贡五侯宅，奉帝王家。时新献入，一世荣华；自然尊贵，何用论夸！

酒乃出来：可笑词说！自古至今，茶贱酒贵。单醪投河，三军告醉；君王饮之，叫呼万岁；群臣饮之，赐卿无畏。和死定生，神明歆气。酒食向人，终无恶意。有酒有令，仁义礼智。自合称尊，何劳此类！

茶为酒曰：阿你不闻道：浮梁歙州，万国来求；蜀川蒙顶，其（登）山蓦岭；舒城太湖，买婢买奴；越郡余杭，金帛为囊。素紫天子，人间亦少。商客来示，船车塞绐。据此踪由，阿谁合少？

酒为茶曰：阿你不问（闻）道：剂（齐）酒干和，博锦博罗；蒲桃九酝，于身有润；王酒琼浆，仙人杯觞；菊花竹叶，君王交接；中山赵母，甘甜美苦。一醉三年，流传今古。礼让乡间，调和军府。阿你头恼（脑），不须干努！

茶为酒曰：我之茗草，万木之心。或白如玉，或似黄金。名僧大德，幽隐禅林，饮之语话，能去昏沉。供养弥勒，奉献观音，千劫万劫，诸佛相钦。酒能破家散宅，广作邪淫，打却三盏之后，令人只是罪深。

酒为茶曰：三文一缸，何年得富！酒通贵人，公卿所慕。曾道赵主弹琴，秦王击缶。不可把茶请歌，不可为茶交舞。茶吃只是腰疼，多吃令人患肚，一日打却十杯，腹胀又同衙鼓。若也服之三年，养虾嘛嘛得水病苦。

茶为酒曰：我三十成名，束带巾栉。蓦海骑江，来朝今（金）室。将到市厘，安排未毕，人来买之，钱财盈溢，言下便得富饶，不在明朝后日。阿你酒能昏乱，吃了多饶啾唧。街中罗织平人，脊上少须十七。

酒为茶曰：岂不见古今才子，吟诗尽道：渴来一盏，能生养命。又道：酒是消愁药。又道：酒能养贤。古人糟粕，今乃流传。茶贱三文五碗，酒贱盅半七文。致酒谢坐，礼让周捷，国家音乐，本为酒泉。终朝吃你茶水，敢动些些管弦！

茶为酒曰：阿你不见道：男儿十四五，莫与酒家亲。君不见生生（狌狌）鸟，为酒丧其身。阿你即道：吃茶发病，吃酒养贤。即见道有酒狂酒病，不见到有茶疯茶颠。阿暗世王为酒煞父害母，刘零（伶）为酒一死三年。吃了张眉竖眼，怒斗揎拳。状上只言呈豪酒醉，不曾有茶醉相言。不免求（囚）首杖子，本典索钱。大枷磕项，背上抛椽。便即烧香断酒，念佛求天，终身不吃，望免迍邅（两个政（正）争人我，不知水在旁边）

水为茶酒曰：阿你两个，何用忿忿？阿谁许你，各拟论功！言辞相毁，道西说东。人生四大，地水火风。茶不得水，作何相貌？酒不得水，作甚形容？米麦干吃，损人肠胃；茶片干吃，只破喉咙。万物须水，五谷之家，上应乾坤，下顺吉凶。江河淮济，有我即通。亦能飘荡天地，亦能涸煞鱼龙。尧时九年灾迹，只缘我在其中。感得天下钦奉，万姓依从，由（犹）自不能说圣，两个何用争功？从今已后，切须和同。酒店发富，茶坊不穷。长为兄弟，须得始终。若人读之一本，永世不害茶颠酒风。

在这个短剧中，有唱有白，并有简略的舞台提示。前面“酒”和“茶”争执部分为唱，唱词大部分是四言古诗形式。后面两节“茶”反驳“酒”的话和“水”调和茶酒争论的语言为唱白相间。只不过创作这个剧本的王敷，均用了“曰”这样既表示唱又表示白的书面用语。

以上丰富的文字记载和大量的出土文物表明，汉唐时期以长安为中心的广大地区，已经出现了大量“歌舞演故事”的戏曲表演，这些节目已经具备了戏曲的基本特征，为宋金杂剧这一成熟的戏曲形式的形成奠定了基础。

二、西部是我国戏曲文化积淀最深厚、遗产最丰富的地区

宋代以后，全国政治、经济、文化中心东移，但是西部各地的歌舞百戏和戏曲活动，仍比较兴旺。杂剧在中原地区形成后，很快就流传于陕西各地。汉中北宋墓出土的戏乐铜镜和砖雕，及大量的戏乐彩陶俑真实地反映了宋杂剧在陕南演出的情况。铜镜背面，上雕神楼和贡器，两侧八人：左侧四人，右侧四人，各自作说唱表演。中下一人头顶贡盘，祥和而立，他们共同作场祭神。杂剧雕砖有两块，一块为演剧图，一块为奏乐图，于同一墓中出土。戏乐彩陶俑现保存在汉中博物馆，多达数十件。除演奏各种乐器的陶俑外，还有扮演各种人物的陶俑，如文官、武将、书生、仕女、乡绅、地保等。元元贞元年（1295）长安城内修勾栏，出现行院，演出院本、杂剧。[①] 元无名氏杂剧《风雨象生货郎担》中提到的京兆张氏行院，就是当时西安的行院之一，行首为张玉娥。

现存宋、金、元时期的戏楼乐台和建造戏曲演出场所的记载，亦可佐证当时的戏曲活动。如北宋仁宗庆历元年（1041），大荔文庙修建的露台，政和八年（1118），大荔县建筑别致的东岳岱祠乐楼，元至元元年至十七年（1264—1280）修建的韩城县三圣庙戏楼和岐山县周公庙戏楼等。这些戏楼舞台都是与神庙南北相对建在一起的，从而使娱神与娱人结合在一起，将戏曲演出与报赛活动融为一体。

金、元时期，陕西还涌现出一批北杂剧的艺术人才。如陕西京兆人（今西安）红字李二，为元杂剧著名作家、演员。他是金元时期大都教坊色长刘耍和的女婿，大都“元贞书会”成员，以创作“绿林杂剧”见长，曾创作了《梁山泊壮士病杨雄》《板踏儿黑旋风》《窄袖儿武松》《全火儿张

---

① （元）李好问：《长安图》，转引至《中国戏曲志·陕西卷》，中国 ISBN 中心 1995 年版，第 10 页。

弘》和《折担儿武松打虎》等以水浒故事为题材的杂剧五种，还与李时中、马致远、花李郎合撰杂剧《黄粱梦》。陕西人卢纲、叶梧秦是北杂剧著名演员，《太和正音谱》把他二人排在“知音善歌者”条下，卢纲被列为首位，说“其音属宫而杂商，如神虎而啸风，雄而且壮，为当时之杰。又若腰鼓百面，以破苍蝇蟋蟀之鸣，万无一敌”。此外，还有当时的关中四杰王天棋、郭时中、李庭、郭镐等唱和演剧于蒲城。[①]

这时，锣鼓杂剧（亦称跳戏）、说唱道情、陕北秧歌也开始在民间萌生。清人安锡侯《壬辰春社》诗云:“舞蹈脐春台，溯源金大定。饶鼓传呵护，时和庆丰年。”据此可知，锣鼓杂剧可能产生于金代。陕西民间称它为跳戏，广泛流行于陕西东府韩城、合阳、朝邑一带。道情是在唐代道曲、道调的基础上演变而来的，宋、金、元时期，演变为说唱民间故事的艺术。据明郎瑛《七修类稿》载，宋时道情的伴奏乐器增添了渔鼓和简板，普遍流行于陕西关中和陕南各地。陕北秧歌舞，在宋代已经产生。1978年，延安地区甘泉县两岔河村宋墓中出土了两块规格、形制一样的秧歌舞砖雕。舞伎为男性青年，身着坎肩，下穿宽腿裤，头戴扎巾，身披彩绸，做跳跃状舞蹈，反映了早期秧歌的表演形态。

明王朝建立后，朱元璋实行“助强扶弱”“休养生息”政策，使元末明初“关中贫脊”“野多旷土”的破败景象得到了改观，永乐中期陕西出现了“诸府仓粟积一千九百余万石，足支十年”的富足繁荣景象。明代中叶，陕西的商业经济得到迅速发展，“民逐末于外者八、九”[②]，粮商、盐商遍布大江南北，与山西商人联盟，称山陕商人，形成全国最大的地方商人集团。入清以后，陕西的商品经济得到更大的发展，除粮食和盐业外，还出现了烟草、造纸、木材、冶金等新的行业，为陕西戏曲的繁荣和向外发展创造了条件。清中叶，对陕南山区的开发，吸引来了大量的川、楚、豫、皖、赣等省的贫民，为汉调二簧、花鼓等外来剧种在陕南的扎根和生

---

① 《蒲城文献征录·卷上》，转引至《中国戏曲志·陕西卷》，中国 ISBN 中心 1995 年版，第 11 页。

② 《康对山集》，转引至《中国戏曲志·陕西卷》，中国 ISBN 中心 1995 年版，第 11 页。

长打下了基础。

明朝建立以后，朱元璋非常重视民间信仰对巩固封建政权的作用，下令各地祭祀城隍。三秦各州府县和全国一样均建城隍庙，并把演戏作为祭祀城隍的一项重要内容。于是戏楼成为城隍庙的组成部分，故陕西有“城隍庙对戏楼”的谚语。明初至明中叶，杂剧仍然是城乡戏曲舞台上演出的主要剧种。明太祖洪武八年（1375），三原县建成城隍庙，碑云：“乃造歌楼，演唱杂剧。”官府和民间敬神祭祖、喜丧礼仪多用杂剧。明武宗正德年间，武功康海、户县王九思先后罢官归里。他们潜心于词曲、杂剧创作活动达数十年之久。康海撰有杂剧《东郭先生误救中山狼》和《王兰卿服信明贞烈》。王九思撰有《中山狼》院本一折、《杜子美沽酒游春》杂剧一本。他们各自蓄有家班，足迹东至华岳，西到凤翔。逢会必至，并主持过关中一些地方的大型庙会，演出杂剧。[①] 康海精通律吕，善弹琵琶；王九思也曾出重资延请名师，学弹琵琶、三弦。他们融和民间流行的小曲小调，制乐度曲，每成一词一曲，必令家班歌伎演唱，自己则以琵琶、三弦和之，引吭高歌。王九思《碧山续稿序》中载：“一日，客有过予者，善为秦声，乃取而歌之，酒酣，予亦从而和之，其乐洋洋，手舞足蹈，忘其身之贫而老且朽矣！”在他们的倡导参与下，使曲子演唱成为陕西关中民间的主要娱乐形式之一。陕西户县、武功、周至等地的民间还流传着“康状元演杂剧”“王学士唱曲子”的传说。明末陕西合阳出了三个传奇剧作家，他们是王元寿、王异和李灌。王元寿著有传奇23种，现存《梨花记》《异梦记》《景园记》三种。他的剧作，取材广泛，故事生动，传情写意，细腻入微，汤显祖、冯梦龙、祁彪佳、陈继儒等著名的戏剧家对他的作品有很高的评价。王异著有《弄珠记》《花亭记》《保主记》《灵犀佩》等七种，其中《花亭记》和《保主记》多次被昆曲、秦腔移植演出，至今常演不衰。李灌一生创作了《煤山泪》《黑山记》《七国齐》等三十余个剧本。他的剧作有浓厚的民族思想和不屈不挠的反抗精神，在清初遭

---

① 《康对山集》，转引至《中国戏曲志·陕西卷》，中国ISBN中心1995年版，第11页。

到禁演。清嘉庆年间，陕西渭南出现了一个著名的剧作家李芳桂。他19岁考中了秀才，39岁时才考中举人，后两次赴京应试，都没有考中进士，于是潜心戏曲创作，写出了本戏《春秋配》《白玉钿》《香莲珮》《紫霞宫》《如意簪》《玉燕钗》《万福莲》《火焰驹》和折戏《四岔捎书》《玄玄锄谷》。李芳桂的剧作内涵丰富，故事曲折，人物生动，语言活泼，生活气息浓郁，被许多剧种搬上舞台，具有广泛的影响，至今常演不衰。

西北是地方戏曲剧种最多的地区之一。根据《中国戏曲志》的记载，历史上西北地区流传过的剧种有秦腔、同州梆子、西府秦腔、汉调二簧、汉调桄桄、关中道情、陕北道情、线戏、老腔、碗碗腔、弦板腔、阿宫腔、弦子腔、眉户、大筒子、八岔、商洛花鼓、关中秧歌、陕北秧歌、二人台、端公戏、跳戏、赛戏、曲子戏、民勤曲子戏、半台戏、高山剧、玉垒花灯戏、南木特戏、陇剧、陇南影子腔、灵台灯盏头剧、青海平弦、青海黄南藏戏、青海眉户、花儿剧、隆德曲子、盐池曲子、银川曲子、固原曲子、银川道情、盐池道情、中卫道情、宁夏眉户、中卫秧歌、维吾尔剧、新疆曲子戏、锡伯族汗都春、昆弋、山西梆子、河北梆子、蒲剧、晋剧、京剧、豫剧、越剧、评剧、北京曲剧、淮剧等共59个剧种。其中前面的48种为土生土长的剧种，后面11种为外来剧种。根据近年来的调查，随着时代的发展和生产方式与生活方式的变化，许多流行地域小、观众少的剧种已经消亡，但在西北广袤土地上仍然有30个剧种顽强存活着。

（一）秦腔

秦腔不仅是陕西的地方戏，而且是甘肃、青海、新疆、宁夏的主要剧种，它不仅受到西部各族人民的普遍喜爱，而且对其他梆子剧种以及汉剧、徽剧、京剧、川剧等许多地方戏的形成产生过重要影响。秦腔最早见于文字记载的是明万历年间抄本《钵中莲》传奇中的一个曲调【西秦腔二犯】，清康熙年间流传到江南各省和山西、北京等地。乾隆中叶，发展为成熟的板腔体梆子戏。在陕西形成以大荔为中心的同州梆子，以西安为中心的西安乱弹；以凤翔为中心的西府秦腔，以洋县、南郑为中心的汉调桄桄。据严长明《秦云撷英小谱》记载，清乾隆时期仅西安的秦腔班社大小就有36家，其中最早的为保符班。乾隆四十一至四十五年（1776—1780），西安的秦腔班社在西安骡马市路西修建“梨园会馆”，作为秦腔艺人们祭祀戏神和集会的场所（现会馆虽毁，但梨园会馆石匾及修建会馆的石碑尚存）。陕西各州府县节庆、丧葬、春报秋赛庙会演戏成风，“于广阔之地搭台演唱，日唱不足，继之彻夜，男女奔赴，数十百里之内，人人若狂。一会之费，动以千计，一年之中，常至数会”。（《培远堂偶存稿·文檄》）

清乾隆、嘉庆年间，秦腔著名艺人魏长生上北京、下扬州，把秦腔演遍大江南北，轰动全国剧坛。他不仅扩大了秦腔在全国的影响，而且在表演上不拘成法，敢于突破旧的规范，创立了以形写神，以形传神，声容真切，尽情尽致，善于描摹人物的心理，做工细腻的表演风范。他在化妆上改戴网子为梳水头，用跷工表现小脚女子的动作身段，对后来戏曲的化妆和表演产生过很大影响。

民国元年创立的陕西易俗社是我国现代戏曲改良的一面旗帜。易俗社成立后培养出大量的艺术人才，编演了大量的新戏。如剧作家就有李桐轩、孙仁玉、范紫东、高培支等二十多个，形成了一个编演新戏、改良传统戏的作家群；表演人才，易俗社培养出的学员有六百余人，出名者百余名，如被誉为“秦腔须生泰斗”的刘毓中，被视为与“南欧”（欧阳予倩）、“北梅”（梅兰芳）齐名的“西刘”——刘箴俗，享誉西安、名噪江汉的小生沈和中，擅演小旦的刘迪俗，被誉为“陕西梅兰芳”的花旦王天民，擅长袍带戏的须生耿善民，名净李可易，名丑马平民、汤涤俗、苏牖民，等等。陕西易俗社的戏曲改良不仅推动了陕西全省戏曲现代化的进程，而且影响到省外。1921年3月，易俗社应邀赴汉口演出，并在汉口成立了易俗分社，驻汉演出长达两年。1932年5月，赴河南信阳演出；同年9月在郑州演出，并参加了郑州各界举行的“九·一八事变”纪念日大会；同年12月赴北平演出，受到了齐如山、尚小云等京剧名家的赏识。陕西易俗社的戏曲改良，引起了全国各界的重视和支持。1921年，陕西省教育厅转发教育部训令，发给了金色褒状，以资奖励。1924年，鲁迅莅临西安，观看了易俗社演出并题赠了“古调独弹”匾额。1932年9月，蒋介石命陈果夫拨给该社大洋一千元，令其刊印剧本，予以推广。在易俗社改良戏曲的影响下，西北各地也开展了秦腔改良活动，甘、青、宁、新四省区，出现了“平乐学社”等改良剧社。

抗日战争时期，陕甘宁边区的戏曲在宣传群众、发动群众、教育群众，满足广大军民文化娱乐等方面起到了巨大作用。1937年7月，在毛泽东倡导下，由柯仲平任团长并负责筹建工作，在延安成立了陕甘宁边区第一个职业化革命戏曲团体——民众剧团，以秦腔、眉户的形式演出了马健翎创作的反映抗日战争现实生活的剧目《一条路》《那台刘》《十二把镰刀》《大家喜欢》《血泪仇》《一家人》等，受到观众的欢迎。毛泽东在1944年10月发表的《文化工作中的统一战线》一文中，把民众剧团和马健翎的这些艺术创造亲切地称为“新秦腔”。马健翎因此在1944年11月召开的边区文教大会上获得了“人民群众的艺术家”的荣誉称号，民众剧团同时获“特等模范”的奖旗。解放战争期间，马健翎和民众剧团创作演出了新秦腔剧《穷人恨》和新编历史故事题材戏《顾大嫂》、新编历史剧《鱼腹山》，这些剧目受到群众的普遍欢迎，在民主革命中发挥了很大的作用。延安平剧研究院创作演出的京剧历史故事戏《逼上梁山》和《三打祝家庄》，促进了京剧的革新。1944年1月9日，毛泽东看了《逼上梁山》之后，写信给杨绍营和齐燕铭，高度评价此剧的演出“从此旧剧开了新生面”。后来，延安平剧研究院又演出了新改编的京剧《大名府》和石天新编的反映知识分子走向革命道路的历史剧《红娘子》，巩固和发展了延安戏曲改革的成果。

新中国成立后，秦腔得到进一步发展，成为西北地区的主要剧种。仅陕西省、地、县三级的秦腔专业院团就达74个，从业人员五千余人。其中刘箴俗、刘毓中、李正敏、苏哲民、王天明、任哲中、马蓝鱼、萧若兰、萧玉玲、李应贞、李爱琴、刘易平、刘如惠、郭明霞、余巧云等成为活跃在秦腔舞台上的著名演员，他们演出的传统剧目《火焰驹》《游西湖》《游龟山》《赵氏孤儿》《周仁回府》《藏舟》《赶坡》等成为家喻户晓的优秀剧目。现代戏《西安事变》、反映少数民族历史题材的《帝王珠》《西琳与帕尔哈特》等也有较大影响。

（二）同州梆子

又名“东路梆子”，民间俗称“桄桄”“乱弹”或“硬戏”。以同州（今大荔）、朝邑为中心，流行于关中东府十县，曾远传北京、山西、河北、河南、湖北。据20世纪50年代初同州梆子老艺人王谋儿等口述，明末崇祯年间，李自成的农民起义军在大荔和蒲城之间的孝同练兵时，就以同州梆子为军戏，并将其传至湖广、江浙和中原各地。乾隆、嘉庆年间，是同州梆子的发展时期，板腔体的音乐唱腔已经逐步成熟，在嘉庆年间出现了《画中人》等板腔体分场结构的剧本。光绪年间为同州梆子的繁盛时代，班社倍增，名伶辈出。民国年间，经过易俗社改革的中路秦腔得到迅速的发展，同州梆子相形见绌，日益衰落，至新中国成立前已经无专业班社。

1957年陕西省戏曲学校聘请老艺人王谋儿、何祥初、王麦才、王赖赖、朱林逢、张海娃、段瑞峰等担任教师，招收74名学员，成立了同州梆子班。1961年晋京演出了《破宁国》《石佛口》《辕门斩子》等剧，引起戏剧界的关注。1964年该班学生毕业分配至渭南，成立了渭南专区同州梆子剧团，1966年因“文化大革命”开始而解散。1979年又于西安恢复成立了陕西省同州梆子团，除恢复上演传统剧目外，还试验演出了一些新编历史剧和现代戏，再次使同州梆子获得了新生。

（三）西路秦腔

流行于陕西关中西府地区的称西府秦腔，流行于甘肃、青海等地的称西路秦腔、陇西腔、陇西梆子。据出生于清光绪八年（1882）的西府秦腔老艺人孙双钱口述，明末崇祯年间，周至亚柏镇谭家寨就建立有张家班，在附近各县演出，此班传至乾隆年间，在乾隆三十六至三十八年（1736—1733）曾随清军到四川的大、小金川，作为军戏演出。道光至光绪年间，为西路秦腔的繁盛期，仅西府十余县，就有一百多个戏班活动，曾有“四大班，八小班，七十二个馍馍班”之说。除职业班社外，各地都有大量的业余戏班，在农闲和过年过节演出。每逢大的庙会，都要举行赛演，参加的戏班多至四五个。

20世纪40年代，西府秦腔的老艺人不断谢世，中路秦腔的演员大量进入西路演出。西府秦腔受易俗社改良秦腔的影响，越来越向中路秦腔靠近，逐步被同化。到20世纪60年代，西北各地流行的秦腔，基本是陕西易俗社经过改革后的秦腔，西府秦腔已无专业剧团。

（四）汉调桄桄

又名“南路秦腔”，流行于陕南汉中地区。据汉调桄桄老艺人程海清口述，秦腔在明末就由周至、宝鸡传到了陕南，第一个戏班为洋县江坝的祁家班。清乾隆年间，本地的秦腔艺人采用本地语音演唱秦腔，形成以洋县为中心的东路戏；以郑南县为中心的西路戏。东路戏擅演以须生、正旦、大花脸为主角的剧目，西路戏擅演以小生、小旦、小丑为主角的“三小戏”。道光至宣统末年，汉调桄桄进入繁荣期，出现了大量的班社和著名演员。

新中国成立后，洋县成立了以程海清为首的洋县新民学社。1951年南郑县集同乐、聚乐、协和三个班社部分艺人，成立了南郑县新民剧社，从业艺员达二百余人，整理、改编演出了大量传统剧目。“文化大革命”中，洋县和南郑县两个专业剧团全部撤销，大部分人员转业，一时汉调桄桄濒临灭迹。1976年后，南郑县汉调桄桄剧团恢复，使汉调桄桄出现了生机。20世纪80年代以后，受影视艺术的影响和市场经济的冲击，汉调桄桄的生存又面临新的危机。

（五）汉调二簧

原名“山二黄”“土二簧”或“陕二簧”，流行于陕西安康、汉中、商洛一带，足迹远及四川、湖北等地。汉调二簧与湖北的汉剧属同源异流，唱腔分西皮调和二簧调两种。西皮是由梆子腔衍变成襄阳腔发展而成的，二簧亦来源于徽调，最早的发祥地在汉水上游的紫阳县蒿坪河。汉调二簧在流传过程中因受各地语音、民间歌舞和其他戏曲剧种的影响，形成了安康、汉中、关中、洛镇四个流派。20世纪50年代，陕西安康、商洛、汉中等地建立了一批专业剧团，除演出《春秋配》等优秀传统剧目外，还移植上演了《穷人恨》《红娘子》等新编历史故事戏。20世纪80年代以后，汉调二黄在电视等现代传媒冲击下，逐步衰落，目前仅有安康汉调剧团一个专业演出单位。

（六）商洛花鼓

商洛花鼓戏是清光绪三年（1877）湖北郧阳遭水灾后，由难民带来的。开始由移民演唱，后来被当地人喜爱，在流传过程中受当地语音和民歌小调的影响，形成地方特色。最早的职业戏班为光绪年间创立的丹凤竹林关冯善亮班，此班传了六代，第一代师傅为刘三女。该班常演的剧目为《送香茶》《回河南》《接干妹》《劝姑》《白扇记》《回妹》《王小拜年》《媳妇娃看家》《山里娃》《挑女婿》《老两口赶庙会》等，大部分为以小生、小旦、小丑为主的“三小戏”。商洛花鼓戏传统剧目《屠夫状元》、现代戏《六斤县长》等优秀剧目在观众中产生了很大的影响。

（七）跳戏

与河东的锣鼓杂戏同源。关于跳戏和锣鼓杂戏的源流，一说唐秦王李世民破刘武周于柏壁（今属新绛），作《破阵曲》命百余名披甲执戟的军士舞之，借以庆贺，是为锣鼓杂戏之雏形；后马燧于唐贞元中（785—805）在猗氏（今属临猗）平定李怀光叛乱，作《定难曲》，军士歌之，锣鼓杂剧由此而逐步形成。河西人不仅称这种戏曲形式为跳戏，也有称“杂戏”或“踏戏”的。据老艺人相传，合阳行家庄的跳戏活动可以上溯到明万历年间，这时出了一个名角叫党桂一。天启年间又出现了名角党一屏等。清乾隆、嘉庆年间（1736—1820），合阳一带不仅涌现出党九苞、党麟征等跳戏名家，还有一些文人士大夫也参加了跳戏的演出活动。道光至光绪年间，是跳戏的繁盛时期，仅合阳沿黄河各村，就有戏班三十多个。抗日战争开始后，沿河一带，军队驻满，人心惶惶，不但农村经济遭到严重破坏，跳戏也随着拉位支差、战事频繁而几近湮没，唯行家庄尚可勉强演出。1949年春，合阳东乡解放，行家庄在军民联欢大会上，演出神话剧《火焰山》慰问西进大军。1957年春节，跳戏有幸参加了“陕西省第三届民间音乐舞蹈会演大会”，由行家庄艺人联合演出神话剧《收红孩》。1963年春，南义庄演了两天三夜；1979年，行家庄恢复演出《老将得胜》《战马超》《战盘河》等传统剧目。1982年又演出了《收渔税》《燕青打擂》，并参加县上戏剧调演。为了把这一古老的戏剧艺术形式保存下来，1984年春节，中国艺术研究院和陕西电视台专门来合阳为跳戏录了像。2005年元宵节期间，经过精心的排练和充分的准备，陕西省合阳县行家庄的跳戏好家们将他们世代相传的开台仪式《春官开台》、哑跳《萧太后升帐》、上台跳《昊天塔》搬上舞台。中国艺术研究院戏曲研究所、文化部民族民间文化发展中心、陕西省艺术研究所、陕西省群众艺术馆、渭南市文化局等数十位专家学者观摩了演出，并与行家庄的跳戏好家们就跳戏的历史渊源、艺术形式、演出活动、艺人传承等问题进行了座谈。陕西省电视台、渭南市电视台进行了采访录像。

（八）关中道情

以长安为正宗，故又名“长安道情”。演出主要为坐唱和广场踏席形式。盛行于长安、临潼、蓝田、户县、咸阳、兴平等县，向西流行于西府宝鸡、歧山、眉县、长武、礼泉、扶风等县市，向东流传于东府大荔、蒲城等县，尤以西安市郊的灞桥、三桥为盛，号称道情的戏窝子。关中道情的声腔，由道教的诵经唱词发展而来。从宝鸡阳平镇姜马道情班现藏清乾隆六十年（1795）的道情抄本《五果争先》《石佛衣》等剧目考证，至迟在乾隆末年，关中西府地区，已有道情班社演出活动了。嘉庆以后，关中道情进入了兴盛时期，关中的西府、中府、东府各地，都有道情的演唱活动。民国年间，关中道情仍很兴旺，大荔的沙苑、宝鸡的姜马、眉县的王长官寨道情班，以及西安附近的新筑、长安的引镇等地道情会，活动频繁。新中国成立后，涌现出一批新的班社和艺人。1959年陕西省戏曲学校设立道情班，为关中道情培养新生力量。同年，长安县剧团通过试排《隔门贤》等剧目，将关中道情搬上戏曲舞台，并于1960年参加了陕西省新搬上舞台剧种会演。20世纪60年代到70年代，关中道情先后改编演出了历史题材戏《相爷搬兵》《槐荫媒》《小姑贤》《隔门贤》《墙头马上》；

创作演出了现代戏《嫁妆镰刀》《赶鸡蛋》《麻利嫂》等。

（九）商洛道情

盛行于洛南、商县县境，流行于丹凤、镇安、山阳、商南、柞水等县。多以坐唱、广场踏席和皮影演出为主要形式。1959年商洛地区剧团通过试排《隔门贤》等剧目，将道情搬上戏曲舞台，并于1960年参加了陕西省新搬上舞台剧种会演。20世纪60年代到70年代，商洛道情先后改编创作演出了《水泼大红袍》《一文钱》《山花姑娘》等。其中《一文钱》被西安电影制片厂拍成戏曲艺术片，发行全国各省市和香港、新加坡等地。

（十）陕南道情

多以皮影形式演出，盛行于安康、旬阳，流行于白河、平利、紫阳、汉阴、石泉、西乡、城固、洋县、南郑、汉中等县。乾隆年间安康商人赖世魁，因常往关中经商，把关中道情带至安康，组建了赖泉班。嘉庆以后，陕南道情进入了发展时期，每年安康县城的土地会，有十多个道情班竞赛演出，连唱半月，观众如潮。1956年，陕南道情皮影老艺人张子成，在安康恒口农业社成立了文艺俱乐部，首次试排了道情戏《三进士》。嗣后，安康汉剧团的专业文艺工作者向他们学习，把皮影道情搬上了戏曲舞台。

（十一）陕北道情

流行于清涧、子长、志丹、绥德、榆林、子州、保安、吴起、定边、靖边、神木、府谷等地。据清涧县东解家沟的玄武村道情艺人王儒伦口述，清道光年间（1821—1850），山西忻州一批道情艺人前来本村和附近的寨沟演出，始将山西道情传入清涧。后传入的山西道情与当地的民歌结合，并吸收了眉户、秧歌的艺术成分，形成了清涧道情。民国二十四年（1935）红军长征到达陕北，陕北道情进入新的发展阶段。道情艺人在传统道情的基础上，于横山等地创造出一种新道情，因多演出反映陕甘宁边区人民革命斗争生活的现代戏，故被群众称为“翻身道情”。新中国成立后，陕北道情有了进一步发展。各村堡的民间班社进一步壮大，一些班社还购置了新箱，培养出了一代新的演员，创作演出了《支农忙》

《朝阳人家》《挑女婿》《两家亲》《赛畜会》《意中人》《接婆姨》《沙海红·旗》《土地风波》《赞新婚》《小四德》等五十余出现代戏。

（十二）线戏

又名“合阳线戏”“线胡”“线猴”，原为提线木偶戏，1958年搬上舞台后定名为“线戏”。发祥并盛行于关中东府地区的合阳，流行于朝邑、大荔、澄城以及山西的芮城和河南的灵宝等地。清代初年，合阳南顺村明末举人李灌，因不满清朝统治，隐居乡里，常和艺人往来。他善唱线戏，并编有《黑山记》一剧，在当地演出，对线戏发展起了推动作用。同治、光绪年间（1862—1908），是线戏发展的兴盛年代，仅合阳县的线戏班就多达七十余家。光绪二十年后，线戏出现了两大竞争班社。南社以北黑池村王玉润班为首，承袭了杜进虎温文典雅的风格；北社以东清善村的颜喜牢班为代表，演唱热烈豪放。新中国成立后，线戏进入了舞台演出时期。1957年，合阳县剧团第一次将线腔搬上了大戏舞台。1959年10月，演出了新改编的传统剧《白汗衫》，轰动了西安剧坛。1960年，举办了线腔艺术训练班，壮大了线戏的演出力量。1963年，艺术训练班和县秦腔剧团合并，成立了渭南地区线腔剧团，排演了许多优秀的传统戏，如《钟鼓计》，并创作演出了《归队》《我想错了》和《银花怒放》等现代戏。

（十三）老腔

原名“拍板腔”，以拍板节音而得名。后来，为与清乾隆时期出现的碗碗腔（被称“时腔”）相区别，便称拍板腔为“老腔”。老腔早期仅流行于华阴和潼关两县境内。新中国成立后，逐渐扩大到华县、渭南、蒲城以至河南西峡、陕县和宁夏等地，长期为皮影形式演出。1958年，华阴孟源大队文工队司石头、吕自省，创作出老腔现代戏《深翻地》，并由该队首次于舞台演出，参加了渭南地区群众文艺会演大会，获得演出奖。1959年，华阴县专业剧团邀集老腔艺人张泉生、任浪鱼等，以老腔传统剧《借赵云》为蓝本，改革音乐唱腔，配备文武场面，分设须生、红生、净行脚色，进行舞台试排，一举成功。1960年，《借赵云》参加了陕西省新搬上舞台剧种会演，获得剧种奖。后又排演了老腔传统剧目《盘河战》，保留了影人的一些动作特征，并吸收其他剧种的一些表演程式，使艺术上更加完善。从此，老腔便有了皮影和人演两种演出形式，活动地域也扩大到邻近各县。

（十四）碗碗腔

又名“灯碗腔”，因击节乐器小铜碗和演皮影需用灯盏照亮子而得名。因主奏乐器阮咸（即月琴）而又有“阮儿腔”之称。原为皮影戏，1956年，朝邑县沙底业余剧团尝试以真人排演传统剧《献连环》；陕西省戏曲剧院三团（今改为陕西省戏曲研究院眉碗团），将传统剧《金碗钗》中的《借水赠钗》搬上舞台，以人扮演。不久，又将其全本《金碗钗》搬上舞台，脚色上突破了三小，生、旦、净、末、丑、杂各行俱全。伴奏乐器增加了二胡、大小提琴，并采用了变调、配器等新的作曲和伴奏技法，使碗碗腔艺术逐步完善和提高。碗碗腔搬上舞台演出后，涌现出李瑞芳、段林菊、温喜爱、王斌等优秀演员。

（十五）弦板腔

因主奏乐器为弦子和板子而得名，主要流行于乾县、礼泉、兴平、咸阳、永寿、扶风、武功、周至一带，长期为皮影表演形式。1958年冬，扶风县召公公社文工团创作的现代小剧《新婚之夜》，以真人扮演，首次将弦板腔搬上舞台。1960年，乾县剧团以改编传统剧《九连珠》、兴平县剧团以创作现代剧《十三姐妹闯三关》、礼泉县剧团以整理传统剧《郁轮袍》等，参加了陕西省新搬上舞台剧种会演大会演出，引起了省文化主管部门的重视，遂将乾县秦腔剧团改为弦板腔剧团，专门从事弦板腔的改革与演出工作。1960年至1979年乾县弦板腔剧团又先后招收六批学员共二百余人，培养出一批优秀演员

（十六）阿宫腔

因唱腔具有翻高遏低的艺术特点，故名“遏工”；又因退音落在宫调上而得名“遏宫”。中华人民共和国成立后被定名为“阿宫腔”。长期为皮影形式演出，流行于礼泉、富平、兴平、径阳、三原、高陵、耀县、铜川、临潼等地。

新中国成立后，富平县人民政府为抢救和发展阿宫腔，邀集幸存的老艺人，组织起阿宫腔民乐皮影社，在全县范围内进行演出活动。1958年，富平县秦腔三团改为富平县阿宫剧团，并将阿宫腔传统剧目《乔太守乱点鸳鸯谱》《玉瓶赠金》搬上舞台由人演出。阿宫腔的剧本特点是说繁唱简，通俗易解。唱词多为四六组句，偶有奇数句。

（十七）弦子戏

以弦胡伴唱而得名。又名“高腔”，以唱腔落尾有帮腔而得名。流行于陕南、鄂西、川北的交界地区。在陕西主要活跃于平利、镇坪、西乡、旬阳等地。

弦子戏的发展，大体经历了说唱、皮影与舞台演出等三个阶段。1958年平利县剧团邀请弦子影戏艺人随团传授弦子戏技艺，将《飞山堰》一剧以人扮演，搬上了戏曲舞台。伴奏乐器增添了二胡、笛子和小提琴；唱腔表演吸收了汉调二簧的艺术成分，初步具备了舞台戏的特点。1960年以《三石二两七》一剧，参加了陕西省新搬上舞台剧种会演，获演出一等奖。1962年，招收了一批学员，由延锁长老艺人传授，培养出第一批青年演员，先后整理改编演出了《紫金铜》《锁阳关》《赵匡民下河东》《蝴蝶杯》《送香茶》《要嫁妆》《劝姑》《九连珠》等传统戏，并创作演出了《春花拜寿》《追箱》《两相喜》等新编剧目，使弦子戏进入了一个新的发展时代。

（十八）眉户

原名“迷胡”，因曲调委婉动听，听之令人入迷而得名。曲调主要由民歌小曲组成，俗称“曲子戏”。20世纪40年代，更名为“眉户”。眉户盛行于关中地区，陕南、陕北也有流行，清代后期，流布到河南的西部，山西的南部，及甘肃、青海、新疆等地。

眉户戏兴起的时间约在清乾隆年间，系民间农闲、过节时的自娱形式，或艺人的坐摊卖唱。清嘉庆、道光年间（1796—1850），眉户由坐摊清唱发展为高台演唱的舞台戏。最初多与秦腔同台演出，名曰“风搅雪”。清末民国初年，为眉户的兴盛时期，仅凤翔县出现的眉户班社就达22个，东府眉户班亦有二十多家，涌现出许多有艺术造诣的艺人。20世纪40年代，陕甘宁边区民众剧团等表演团体，编演了表现陕甘宁边区人民生活的现代戏《十二把镰刀》《大家喜欢》《夫妻识字》等。1953年陕西省文艺工作团改为陕西省眉户团，创作演出了《梁秋燕》等现代戏。20世纪80年代又创作演出了《杏花村》《屠夫状元》等优秀剧目。

（十九）大筒子

因主奏乐器为大筒子胡琴而得名，又因其艺术形式和演出规模小于舞台演出的汉调二簧和汉调桄桄戏，又大于小棚子的皮影戏，故又叫“二棚子”。还有“拉胡戏”之称。大筒子戏，流行于汉阴、安康、旬阳、石泉、宁陕、西乡、岚皋、紫阳、镇安、山阳等地。清代嘉庆年间（1796—1820），从湖南、湖北、四川来的移民，将大筒子腔带到旬阳、安康、汉阴、镇安、山阳等山区。道光、咸丰年间（1821—1861），开始由自娱性地摊演唱发展为半职业性活动，演出的剧目主要有《蓝桥汲水》《桑园配》《卖羊肉》《保娃子打草鞋》等。民国初年，大筒子戏由于经常和二簧班对台赛戏，吸收了汉调二簧的不少表演程式和艺术成分，进一步丰富了表现力，活动范围扩大到西乡、镇巴以及川北万元等地。1953年汉阴县王家河、杨家坝成立起大筒子业余剧团，演出了新编现代剧《送子参军》等。1957年安康县汉剧团演出了移植剧目《两筐梨》。1960年安康县剧团排演出《赶会》，参加了陕西省新搬上舞台剧种会演大会演出。目前，大筒子没有专业剧团，但在汉阴、旬阳、安康等县经常有业余剧团进行群众性的娱乐演出。

（二十）八岔

有“阴八岔”和“阳八岔”之分。盛行于陕南安康、汉阴、旬阳等地，白河、平利、紫阳、西乡等地亦有流行。阳八岔系清乾隆年间（1736—1795）由湖北郧阳传入，原名“郧阳调”，也叫“花鼓戏”。后经在陕南地区的发展和演变，更名为“阳八岔”。阴八岔，是以当地的民间小调为基础，吸收郧阳花鼓成分而形成的。采用民间鼓乐曲调，表演动作亦为民间小场步。清咸丰至光绪年间（1851—1908），八岔戏发展较快，旬阳、安康、汉阴等地出现的民间班社达三十多个。民国三十年（1941）左右，因战乱和饥荒所迫，大部分班社解体，艺人星散。新中国成立后，安康、旬阳、汉阴、西乡等地，相继组建起二十多个民间班社，改编整理演出了《站花墙》《吴三保游春》等一批传统剧目，并传授培养了一批新演员。

（二十一）商洛花鼓戏

盛行于陕西省商洛地区，安康、汉中和关中东部地区亦有流行。据20世纪60年代花鼓戏老艺人刘全兴、赵老二等人口述，商洛花鼓戏是清光绪三年（1877）湖北郧阳灾民从丹凤竹林关和山阳漫川关进入商洛地区，将郧阳地区流行的花鼓戏带入商洛后形成的。最初由移民演唱，后来当地人也学唱起来，并采用了当地的方言和语音，吸收了许多商洛的民歌小调，逐渐形成了有商洛地方特色的花鼓戏。商洛地区剧团改编演出的民间故事戏《屠夫状元》和创作演出的现代戏《六斤县长》，受到观众的一致赞誉，引起全国戏剧界的关注。

（二十二）关中秧歌

盛行于关中的韩城、渭南、华县等地，西安及宝鸡一带也有流行。20世纪20年代至30年代，是关中秧歌名角层出不穷，争奇斗艳的繁荣时期。1937年以后，受战乱影响，关中秧歌活动日渐衰落。新中国成立后，民间演出活动又蓬勃发展起来。逢年过节演唱秧歌，成为关中群众自娱自乐的主要形式。1979年由张祯祥编导的《丰收乐》，参加了陕西省群众文艺会演，获剧本甲等奖。

（二十三）陕北秧歌

分传统秧歌和新秧歌两个阶段。传统秧歌主要流行于子长、延川、志丹、吴起、延安、安塞、绥德、米脂、佳县、清涧、子洲、吴堡等县；新秧歌主要流行于20世纪40年代的陕甘宁边区。解放战争时期发展到全国各个解放区。1953年以后主要活跃于延安、榆林等地。常演传统剧目有《织手帕》《十把扇》《搭戏台》等。

（二十四）陕北二人台

因男女二人演出而得名。起初盛行于陕北府谷、神木等县，清末逐渐向南流行，遍及整个榆林地区。早期为“打坐腔”形式，清末民国初年，增加了《走西口》《探病》《五哥放羊》等反映流离失所生活内容的剧目，表演和化妆也进一步戏曲化。新中国成立后，榆林地区、府谷县、神木县等专业剧团，先后把二人台搬上舞台，演出了《刘家庄》《打枣》《十对花》《探亲》等传统剧目，并创作演出了《卖猪》《养猪乐》等现代戏，增加了脚色，突破了二人演唱形式，使之成为人民群众喜闻乐见的戏曲形式。

（二十五）端公戏

源于古代设坛祭神仪式，因主祭者为端公佬，故称“端公戏”。盛行于汉中、安康地区。初为设坛祭祀形式，巫师装旦扮丑，跳吟表演，以歌舞祭神驱鬼，故有“跳端公”之说。清嘉庆年间（1796—1820），端公们为了丰富演出，吸引观众，邀集筒子艺人参与庆坛表演。一般是先跳坛，接着续演小戏。由地摊苇席上端公一人的踏跳表演，发展为用四张或八张方桌，并为桌台进行表演的戏曲形式。演出的剧目有《闹东京》《刘海砍柴》《害岳父》《赶年》《袁老八讨子》《催粮》等。清末民国初年（1871—1920），端公戏有了较大的发展，活动地域扩大到甘肃西河、天水，四川广元、南江、城江等地。舞台由桌台变为搭低台(不能超过大戏舞台)。一般的堂会、富户的红白喜事，均可承应演出。

新中国成立后，跳坛活动废止，以端公为主的半职业性班子解体。端公戏只在少数业余剧团和专业剧团尚有演出。

（二十六）赛戏

流行于陕北佳县、吴堡、清涧、子长、子洲、米脂、绥德等地。因主要在迎神赛会中演出，故称“赛戏”或“赛赛”。据佳县文人沈世昌（1895年生）口述，佳县县城清道光年间（1821—1850）已有赛戏演出。出名的戏班，为木长湾的王家班。光绪年间，赛戏进一步繁荣，仅佳县一地，除了王家班，还有李家班、赵家班、孙家班等。赛戏班子只有十余人，人人都能一专多能，会吹、会打、又会念做。一般演出，每个台口为两天。常演出的有历史故事戏《天水关》《伐东吴》《闯幽州》《长坂坡》，民间传说故事戏《斩旱魃》《驱鬼》《驱疫魔》，佛经故事戏《三世修身》《二仙传道》《大师降表》等。因演员少，多为折子戏或片断故事戏。辛亥革命后，赛戏日趋衰落，仅有佳县的王家班一家演出。民国三十四年（1945）后，佳县成为陕甘宁边区所属的革命根据地，开展了破除迷信活动，赛戏遂停止演出。

（二十七）黄南藏戏

康熙年间，青海黄南隆务寺的僧人到西藏拉萨哲蚌寺学习，受藏戏的熏陶，回来后排演了《诺桑法王》的开场戏。到光绪年间，黄南藏戏不仅能演出整本戏，而且还涌现出著名的戏师吉先甲，对音乐唱腔、服装表演等进一步规范，人们称这种藏戏为黄南藏戏。黄南藏戏在新中国成立后又有了较大的发展，20世纪80年代初创作上演的《意乐仙女》曾先后在西宁、北京、香港等地上演，以鲜明的人物形象、生动的剧情、恢宏的舞台气度受到各地观众的赞赏。

（二十八）南木特戏

南木特为藏语音译，意思为演故事、演人物传奇。南木特戏是1946年在甘肃夏河拉卜楞寺形成的，后流传于甘南藏族自治州以及四川阿坝、青海黄南等安多语系藏民聚居区。在此之前，甘南藏区流传着一种有歌、有舞、有白、有情节的歌舞表演《哈欠木》，在每年农历七月初八“米拉权法会”上演出。1946年拉卜楞寺五世活佛嘉木祥丹目坚赞出资，由该寺秘书长加木措编剧、喇嘛学院学员演出了《松赞干布》，后将此剧传到四川，奠定了南木特戏的基础。1955年拉卜楞寺又上演了完玛仁则编写的《智美更登》，使南木特戏的表演艺术进一步完善。1982年夏河县昂去乎藏戏队上演了《卓娃桑姆》《赤松德赞》，使南木特戏进入繁荣发展的阶段。

（二十九）维吾尔剧

简称“维剧”，流行地在新疆维吾尔族居住区，是在20世纪30年代维吾尔族民间说唱和歌舞艺术的基础上形成的。维剧音乐工作者以维吾尔族传统音乐“十二木卡姆”和各地民歌为基础，设计了许多既有民族特色，又适于各种人物表演，能较好地表达各种人物性格的唱腔，以此来演出了《热比亚 — 赛丁》《阿达尔古丽》《帕尔哈特 — 西琳》《艾里甫 — 赛乃姆》《红灯记》等深受新疆各族观众喜爱的剧目。

（三十）陇剧

是在陇东道情的基础上形成的戏曲剧种。陇东道情原以皮影形式演出，1958年在西北五省区戏剧观摩演出大会上，甘肃省代表团用戏曲形式演出了陇东道情传统剧目《二姐思春》《吵宫》和现代戏《六姑娘》《最后的钟声》。1959年成立了甘肃省陇东道情剧团，并创作了大型历史剧《枫洛池》。同年陇东道情被命名为陇剧，甘肃省陇东道情剧团改称甘肃省陇剧团。陇剧的基本唱腔是弹板和飞板，另有一些民间小调作为辅助唱腔。其表演生动细腻，人物动作保留了皮影造型的一些特点。

（三十一）青海平弦戏

流行于青海省西宁及东部农业区各县，由坐唱曲艺平弦发展而来。1954年青海省民族歌舞剧团试用平弦曲调排演了《秋江》《楼台会》。1958年西宁市戏校筹办了平弦班，1959年排演《游园惊梦》，1961年正式成立青海省平弦实验剧团。该团成立后移植、改编、创作演出了30多种剧目，其中《柜中缘》《春香闹学》《盗仙草》《琴挑》《马五歌与尕豆妹》等有较大影响。

三、西部戏曲资源的保护和利用

西部有丰富的戏曲文化资源，但西部戏曲的生存状况和前景不容乐观。与全国其他地区的戏曲一样，西部戏曲进入20世纪80年代以后，受到影视艺术和外来文化的冲击很大。秦腔是西北地区覆盖面最广的剧种，但在它的发展中心西安市，除了星期六和星期天，就看不到专业剧团的演出。川剧是西南地区覆盖面最广的剧种，在它的发展中心成都市和重庆市，在平时也很难看到川剧的演出。大剧种尚且如此，小剧种的命运就更岌岌可危了。

汉调二簧原是陕西的第二大剧种，在它最繁盛的清末民国初年曾有三十多个职业班社，演出遍及安康、汉中、关中、商洛广大地区。由于战争的破坏、剧种之间的竞争，汉调二簧在新中国成立前已经退出了关中地区，安康、汉中地区的班社也日益凋零。1949年11月和1950年7月，著名京剧表演艺术家程砚秋曾两度考察西北戏曲，经过观看演出和考察西安等地的戏曲文物，他在1950年12月25日《人民日报》和《新戏曲》1951年2卷6期上发表文章，认为清乾隆至嘉庆年间魏长生演出的所谓“秦腔”不是现在流行的秦腔，而是汉调二簧。汉调二簧不仅是一个历史悠久、遗产丰富的古老剧种，而且对京剧的形成产生过重要影响。程砚秋的文章发表后，引起了戏剧界的关注和陕西省人民政府的重视，将汉调二簧剧种和安康人民剧团作为政府重点扶植的剧种与剧团。除了经济上的支持外，还招收了75名学员在陕西省戏曲学校培养。20世纪60年代，汉调二簧的专业剧团发展到二十多个。“文化大革命”中，汉调二簧剧种又一次遭到挫折，但经过20世纪70年代末的拨乱反正，时至1982年陕西全省仍然有六个专业的汉剧团。改革开放以后，汉调二簧陷入更加严重的危机。由于观众的锐减和经济的困难，剧团纷纷解散。2002年4月我们到安康采访时，仅剩下一个安康汉剧团。而且就是这样一个唯一的汉调二簧剧团，现在仍然处于濒临解散的危机中。

汉调二簧衰落的原因是多方面的。除了艺术方面的原因以外，在生存环境方面存在以下四个方面的问题。

（一）在计划经济条件下形成的观演关系难以适应市场经济的需要。20世纪80年代以前，剧团下乡上山进行巡回演出，是作为政治任务来完成的。观众无偿看戏，剧团的工资和演出费用靠省、地、县每年的财政拨款。陕南农村很少有固定的剧场，剧团每到一地，群众自发地帮助剧团搭建临时舞台，搭建舞台需要的物资都是无偿向当地老乡借用的。周围群众带上干粮与灯笼火把，翻山越岭来观看演出。进入20世纪90年代，剧团还像当年一样，无偿地在农村演出，但群众的商品意识增强了，剧团搭舞台借用的木料、竹席，演出时借用的桌、椅等，均要向剧团收费。而政府给剧团的经费，不仅没有这部分开支，而且还要求剧团靠演出收入弥补演员工资的不足部分。这种没有收入却要赔钱的演出，使剧团陷入难以自拔的绝境，只好少演出或不演出。

（二）当地经济落后，农民收入低，没有花钱看戏的习惯。安康市是一个贫困山区，十个县（区），其中八个是国家级贫困县，两个是省级贫困县。虽然大部分群众基本解决温饱问题，但文化娱乐设施非常落后。全市有两个能演出戏曲的场地，即安康影剧院和江汉剧院，都是三十多年前的建设。安康影剧院不属于剧团管理，演出要场租，剧团承受不起。江汉剧院属剧团管理，但1983年遭洪水淹没后破烂不堪，剧团无力修缮，已经多年不能演出。其他各县县城虽有名义上的影剧院，但实际上是以放映电影为主，不具备演戏条件。地处经济落后、山大人稀的农村，经济更加困难。新中国成立以来，剧团一直是上山下乡为群众义务演出，群众没有花钱看戏的习惯。剧团领导曾与很多乡镇领导协商，希望能够解决农民看戏难的问题。但乡镇财政困难，既拿不出钱请剧团来为农民演戏，也不敢擅自向农民增收文化娱乐费。由此形成广大农民观众渴望剧团来演戏，而剧团又难以下乡演出的困境。县级剧团，大部分是在这种困境中解散的。

（三）与戏曲相关的民俗活动中断，没有形成庙会戏的演出市场。安康地处秦岭南麓和巴山深处，不仅经济落后，交通不便，群众居住也非常分散，很少有几百人以上的大村落。这里大部分是革命老区，经过土地革命、抗日战争、解放战争、“文化大革命”，民俗、民间宗教和与之相联系的民间艺术活动被当作封建迷信破除的比较彻底，农村早已中断演出庙会戏的传统，现在很难形成大的集市和演出市场。同样是经济比较落后的陕北，由于地势相对平整，居住相对集中，“文化大革命”以后农村传统的庙会戏恢复，形成了一个大的演出市场。2002年4月我们在陕北的洛川、安塞调查，当地的庙会戏连绵不绝，市场较大，除本地剧团外，关中和山西的一些剧团也来演庙会戏。安塞县郭塔村是离县城二十多公里的一个山村，全村有三百多口人。村民以种田为主，养羊、喂猪为副业，有个别人在县城打工，人均年收入不到五百元。经济虽然贫困，但每年农历三月二十八日前后要唱三天庙会戏。郭塔村村头有一座庙，庙内除供奉真武大帝、送子娘娘（碧霞元君）、二郎神等道教神仙外，还供奉一尊当地的神仙——红云真人。村里人得了病，常去庙里烧香磕头。庙会时，周围几十里的人都来赶庙会，烧香拜神，许愿还愿。每年庙里的香火钱收入1200多元，请剧团唱戏的钱靠香火钱开支。由于收入有限，请不起好的剧团，一般是县级剧团或民间职业剧团。庙的建筑为三孔石拱窑洞，窑洞里除泥塑神像外，还有壁画。庙的对面，有一座新盖的简陋戏台。原来庙里没有戏台，每年庙会演戏，临时搭台。这个戏台是村民集资建的，仅用了两千多元。郭塔村的戏我们没有机会看到，从场院的大小估计，能容纳两千多观众。三年前，笔者曾到陕北的宜川和与此比邻的山西看过庙会戏。十里八村的老乡，有坐农用卡车、拖拉机来的，有骑自行车、摩托车而来的，还有赶着毛驴车而来的，男女老少，扶老携幼，人山人海，热闹非凡。这一次在汉中圣水寺看到了南郑桄桄剧团演出《杀狗劝妻》，观众没有陕北和晋南多，但比起城里的剧场，还是热闹多了。老百姓看戏赶庙会，就像过盛大的节日。除了烧香拜神、看戏娱乐外，还为成年人串亲戚、青年人相亲会友提供了社交的机会。此外，商家利用庙会出售商品，农民利用庙会购买生产资料和生活用品。所以现在的庙会，是农村集宗教活动、看戏娱乐、商品贸易、社交活动为一体的集会。千百年来，我国的戏曲文化，除上层社会名目繁多的堂会演出外，主要是靠民间的庙会演出来传承和发展的。除了庙会，民间的婚礼丧仪、时令节日，亦有聚会演戏或清唱、吹奏戏曲的，笔者在山陕农村都遇到过这样的场面。没有了庙会，失去了与戏曲相关的民俗活动，就等于失去了戏曲生存和发展的土壤，安康地区汉调二簧之所以衰落的如此迅速，民俗传统的中断是一个重要的原因。

（四）领导部门重视不够。改革开放前，剧团被当作舆论工具、政治喉舌，各级领导都非常重视。要钱给钱，要物给物，要人有人。地方政府常常把剧团当作对外的形象，排演新戏，书记亲自把关，外出演出，书记带队。剧团也把演出作为政治任务来完成，养成了剧团依赖政府的习性。改革开放以后，以经济工作为中心，剧团的问题排不上政府工作的议事日程，加之广播电视的普及发展，代替了戏曲高台教化的宣传作用。在许多领导的眼里，剧团成了经济包袱。机构改革，先压缩剧团的编制。面向市场，首先把剧团推向市场。汉中南郑县桄桄剧团，是汉调桄桄这个剧种唯一的剧团，也是汉中市唯一的戏曲剧团。原来有七十多人的编制，但老演员退休后编制也跟着取消了，现在编的人员只有13人。1986年剧团招收了42名学员，经过多年培养，形成了新的演出整容。但因没有编制，学员只能拿临时工的工资，每月二百多元，难以维持生活。因这一问题长期得不到解决，有20名学员已经离开了剧团，其中不乏优秀者。现在，全团在编的和临时工加在一起，只有36人，排演不了大戏。汉中，一个有着悠久文化传统、上百万人口的城市，市委、市政府、政协、人大的办公大楼盖的富丽堂皇，但养不起一个五六十人的剧团。而且是汉中代表性剧种汉调桄桄唯一的剧团。这除了剧团本身存在的一些问题外，与领导的重视不够有直接关系。安康汉剧团的境况与汉中南郑县桄桄剧团有相似的问题。这个剧团曾是陕西省的重点剧团，被称赞为“人才济济，藏龙卧虎之地”，但这是20世纪五六十年代的佳话。目前，剧团的艺术骨干大部分已经退休，剧团急需补充人员。由于剧团实行60%的“差额工资”，本团20世纪80年代培养的27名青年演员和1997年从陕西省戏曲学校安康分校汉剧班毕业分配来剧团的13名学员中，有20名采取各种各样的手段或调动工作或远走他乡。现在的安康汉剧团，演员青黄不接，艺术骨干后继无人，现有的人员排演不了大戏，演出要把离退休的老演员请回来。差额工资对于经济发达、市场健全地区的剧团，会起到激励剧团多演出的积极作用，但对贫穷落后、演出市场还不成熟的边远山区的剧团来说，无疑是雪上加霜，结果是加速剧团的消亡，安康、汉中的剧团大部分是在这种情况下解散的。

中国戏曲，特别是各地、各民族的地方戏曲，凝积着本地区、本民族深厚的文化艺术传统，反映了本地区、本民族人民不同于别的地区、别的民族的审美意识。它既不是传统意义上的精英文化，又不是现代意义上的快餐文化。它是在民族文化和民间艺术的土壤中孕育与成长起来的，既与人民群众的生活有着千丝万缕的联系，又与现实生活存在着一定的距离。一个对当地的历史、文化、语言、民俗一无所知的人，很难领悟到当地民间戏曲的神韵和魅力。所以戏曲观众是从小培养出来的。在安塞曹庄，我们考察当地的婚俗，有鼓乐班在演奏民歌和民间戏曲。围观的群众男女老少都有，其中我发现有一个四五岁的小男孩特别投入。他不仅如痴如醉地听、看，而且拿起两根小木棍学着鼓师的样子在旁边敲打。在汉中圣水寺庙会看南郑桄桄剧团演出时，也发现台口有几个小孩在聚精会神地看戏。我想起了自己小时候看戏的经历，也是从小跟着大人在广场看戏。戏未开演，常常跑到后台偷偷看演员化妆。回到家里，与小伙伴们自制木头刀枪，将门框上的春联撕下来贴在脸上当脸谱，把炕头作舞台演戏玩。一个剧种，没有了演出团体，或剧团常年不演出，如何能培养出观众？如何不灭亡？民间戏曲演出常常和民俗活动结合在一起，观众常常是在参加民俗活动中欣赏戏曲演出，得到艺术上的享受和精神陶冶的。中国农村的戏曲演出，从来是由村社包场，观众从来就没有卖票看戏的习惯。如果取消了民俗活动，就等于割断了戏曲与民众的联系。在以政治变革和思想革命为中心的岁月里，由于我们没有深入研究戏曲和民俗的这种联动关系，把许多民俗作为封建迷信加以革除，结果戏曲的民俗功能被取消了，它赖以生存的民俗环境被破坏了，与民间的联系被削弱了，独立的生存能力降低了。政府不得不把所有的剧团包下来，成了一大经济负担。每一次机构改革，戏曲团体成为精简和取消的对象。汉调二簧和汉调桄桄剧团的迅速减少，有其历史的必然性，但与领导重视的不够和政策上的失误有关。现在的问题已经发展到不是剧团要不要减少的问题，而是作为与当地历史文化有密切关系的地方戏曲剧种要不要保护和让其生存下去的问题了。

随着现代物质文明和精神文化的发展，各地、各民族的生产方式、生活方式、价值观、审美趣味都在不知不觉中发生着变化。西部大开发步伐的加快，这种变化将会加速，包括地方戏曲在内的地域文化和民族文化的生存土壤也会迅速改变。汉调桄桄和汉调二簧的生态环境本来就比较脆弱，如果再不加以保护，用不了几年时间，这两个剧种就不复存在了。

西部的开发，决不仅仅是开发西部的自然资源、人力资源，还应包括开发西部的人文资源。自然资源是有形的、有限的，人文资源则是无形的、无限的。中华民族要独立于世界民族之林，西部地区要成为吸引资金和人才的一块磁石，靠什么？廉价的自然资源、廉价的人力资源固然有一定的吸引力，但最终要靠包括民族戏曲在内的独特的地域和民族文化。有人预言，21世纪世界经济一体化形成以后，国家和民族之间的竞争，是文化的较量。许多地方的领导，正是认识到了这一点，都先后提出了建设文化大省的战略决策。将开发包括民间戏曲在内的文化资源和开发旅游资源结合起来，将剧团和企业联姻，并取得了一些经验，但还很不够，并多局限于民间。国营剧团和集体所有制剧团与企业的结合，将演出和树立企业形象、演出和旅游文化相结合，还没有走上自觉的、健康的道路。这需要剧团和企业的努力，更需要政府在政策上的支持和牵线搭桥，还需要理论界的总结和舆论界的宣传推广。

戏曲的生存危机和应对措施

——全国戏曲剧种剧团现状调查综述

戏曲文化是我国各地、各民族人民共同创造的。由于民族和地域文化的差异，形成了千姿百态、各具特色的艺术风格。中国戏曲文化传统之深厚、品种之丰富，在世界戏剧文化中是非常罕见的。新中国成立以后，对我国的戏曲剧种，曾作过两次比较全面的调查。一次是编撰《中国大百科全书·戏曲卷》时，根据20世纪50年代末至60年代初的调查资料统计，全国共有三百六十多个戏曲剧种。第二次是20世纪80年代编纂《中国戏曲志》时的调查，有文字记载和演出活动的剧种共计394种。《中国戏曲志》下限至1982年，到现在又过了20个年头。在这20年里，我国人民的生活发生了天翻地覆的变化。随着改革开放的深入发展，人民群众在提高物质生活水平的同时，精神文化生活亦有了空前的丰富和变化。随着我国表演艺术出现多元化态势，戏曲居于城乡文化娱乐的盟主地位，但这一现象已经不复存在。传统戏曲艺术不仅逐步退出城市舞台，在农村的演出市场也日益缩小，一些剧种已经消失或正在消失。中国传统戏曲文化在全球经济一体化过程中出现了前所未有的危机。如何保存和发展包括戏曲在内的我国优秀传统文化，已成为摆在我国政府和人民面前的重要课题。特别是昆曲被列为联合国教科文组织通过的首批人类口头和非物质遗产代表作后，如何保护各地各民族的戏曲文化，已成为文化界、新闻界议论的热点。

中国艺术研究院戏曲研究所承担的艺术学科国家重点科研项目《全国戏曲剧种剧团现状调查》就是要通过实地的调查研究，为党和政府制定对民族民间戏曲文化遗存的保护发展政策提供依据。从2002年年初到2003年年初，我们先后到浙江、陕西、广西、福建、安徽的部分地区和山西全省进行了实地调查，并向十几个省市的戏曲剧团、研究单位发放了一百多份调查表，了解到进入新时期以来，各地戏曲剧种剧团存在以下一些亟待解决的问题：

一、戏曲面临的危机和剧团的困境

（一）国营剧团负担重，生存艰难

国营戏曲剧团大都是在20世纪50年代至60年代计划经济体制下建立起来的。几十年来一直作为党和政府的宣传工具和非营利性质的事业单位，人员的工资、福利大部分由政府财政拨款。改革开放以后，为适应市场经济的需要，国家出台了文艺演出团体差额拨款的政策。以闽南为例，政府给国营剧团的工资，梨园戏、木偶戏、歌舞团是80%，高甲戏、莆仙戏是60%。1998年以来，财政拨款主要用于离退休人员的工资、医疗费，在职职工的社会保险。在职人员的工资仅能发20%~40%，其余靠演出收入来支付。以仙游县鲤声剧团为例：一年的工资和各项费用需要开支140万元。财政拨款60万元，演出收入30万元，缺口50万元。如此拮据的经济状况，让剧团很难依靠自己的力量改善艺术生产和演职人员的生活条件，专心致志地从事艺术精品的生产。目前，闽南国营戏曲剧团的月平均工资约700元，远远低于当地的平均工资。因此，多数演员为生活所迫，从事第二职业，以此维持生活。最近，原莆田县莆仙戏一团和二团还陷入更大的困境，由于历史和现实的种种原因，一团的团部被退还给基督教使用，二团的团部也因道路扩建被拆除，两个剧团办公无地点，演职人员住房无着落，排练无场所，又正逢莆田市行政区域重新划分后，原来的莆田县改为荔城区，剧团的归属一时未定，更使得演职人员人心浮动。二团还勉强维持演出；一团的队伍已基本溃散，相当一部分艺术骨干为生计只好到民间职业剧团去演出了。由于经费方面的困难，剧团除演出人员外，已无力负担编剧、导演、舞美设计、音乐设计等艺术创作人员的工资。莆田县莆仙戏一团的编剧郑文金，是一个很有成就的老编剧。剧团无力排演他创作的新戏，他变成了剧团的“包袱”，三年没有领到工资，后在莆田市文化局的关怀下，调进市艺术研究所，从事莆仙戏研究，才解决了工资问题。该团的音乐设计陈承恩，已经五年没有领到工资了，靠给民营剧团排戏作曲为生，生活没有保障。南安县高甲戏剧团的原团长张芳颂，是一个很有成就的编剧和经营管理人才，他创作的《大汉魂》曾荣获文华奖、五个一工程奖，剧团被文化部授予全国先进艺术表演团体。不料，剧团被个人承包，他成为失业下岗人员，已经三年没有领到工资了。山西临猗眉户剧团是一个以现代戏见长，闻名全国的剧团，因是集体所有制，剧团的一切开支都要靠演出收入，无力排演新戏，该团的一级编剧已经数年领不到工资。山西晋城襄垣秧歌剧团是一个在抗日战争时期在党的领导下成立的剧团，也因是集体所有制，发不出工资。该团有三个在1946年参加工作的乐师，有三年时间领不到退休金，到农贸市场上以贩卖蔬菜为生，后几经向省、市反映，才领到一个月500元的退休金。山西、河南、陕西是戏曲大省，群众爱看戏，戏曲剧种多，但经济欠发达，地方财政给剧团的拨款非常少，如山西忻州市级剧团只有20%，县级剧团几乎是分文没有，剧团全靠演出收入维持。经营好的剧团还能勉强维持演员的基本生活，经营差的剧团已经解散。县级剧团有50%以上的剧团已经解散，能维持到现在的，也困难重重。如山西临县晋剧团在晋西是一个条件比较好的剧团，有自己的剧场和演员宿舍。近年由于演出市场不景气，县财政无力投入，剧团卖掉了剧场和房产来添置必要的演出设备，勉强维持演出。

（二）人才流失、断层现象严重

由于剧团经济状况的拮据，在职人员的基本工资都不能保证，常年下乡演出生活条件十分艰苦，使得不少演职员难安其业，有的出国去做劳工，有的下海经商或改行做其它工作，造成严重的人才流失。甚至连目前莆仙戏最优秀的旦角演员、第十七届戏剧梅花奖获得者、福建省仙游县鲤声剧团原团长王少媛都辞去团长职务，欲调离剧团工作。她在谈到她离团的原因时难过地说："做一个表演艺术家是我从小的理想，后来我抱着对莆仙戏的热爱到艺校学戏，毕业后在老师们的培养下，我成为莆仙戏第一个荣获全国戏剧'梅花奖'的演员。当团长这几年来，为了剧团的建设，我没黑没夜地干，不辞辛苦，绞尽脑汁，但还是不能将剧团带出困境。过去领导和老师教育我们，说演员是人类灵魂的工程师，做一个演员，特别是名角，是令人羡慕的。但我们现在和旧社会的戏子一样，为生存常年在草台演出，排演不了新戏，展现不了自己的艺术才华。现在我的年龄越来越大，身体状况越来越差，不能适应长年累月下乡演出，后半辈子生活没有保障，所以不得不离开剧团，另谋生路。"山西省晋城市上党梆子剧团副团长刘晋苗有同感，她说："现在剧团的生活很艰难。为了增加演出收入赶台口，从一个台口赶到另一个台口晚上10点钟也得演出，有时一天顾不上吃一顿饭，但还挣不出基本工资。呼吁上级重视艺术人才，关怀他们的生活。和我一起毕业到剧团工作的有四十多人，因为剧团生活太苦，现在只剩下我和吴国华、张宝平、李秀芸四个人了。我担心退休以后没有生活保障。"

莆田市艺校是培养莆仙戏后备力量的重要阵地，曾经为莆仙戏培养了一批演员和演奏员。过去招生，每年报名者有数千人。家长为了送自己的孩子到艺校学戏，千方百计找关系，走后门。艺校的学生，经常是百里挑一。但目前由于国营剧团要"断奶"的传闻影响和艺校实行每个学生每年四千多元的学费，严重影响了学校的生源。学戏历来是一个比较苦的行业，一是学的时间长，学员从娃娃学起，没有五六年时间，难以成才；二是艰苦，起早贪黑，夏练三伏，冬练数九；三是没有人身自由，常挨打受骂。过去学戏的多是穷人家的子弟，一是不用交学费，管吃、管穿、管住，出科后有一技之长、谋生的手段。解放后，演员的社会地位提高了，但受传统观念的影响，学戏者大部分仍然是家庭经济比较困难的农家子弟。艺校实行高额学费制度后，农家子女负担不起高昂的学费，来报名学戏者大大减少。今年招生，三天只有十几个报名的。厦门市艺校、安溪县艺校都面临同样的问题。艺校培养不出剧团需要的人才，加上老艺人有的离世，有的退休，已造成人才断层的危机，严重影响了闽南戏曲艺术的继承和发展。同样的问题也困扰着山西的戏曲教育，晋城市艺校已经连续几年招不到戏曲专业的学生。我们去调研时，正是招生时候，三天仅有几个报名的，成不了一个班，无法开课，只好让学生转其它专业。笔者2004年4月在常州参加现代戏年会时听上海的同志讲，上海戏曲学校也是连续三年招不到学生了。去年我们在太原调研时，恰好山西省戏校招生。山西戏剧研究所的副所长阎玉庭是研究表演的，他应邀参加戏校招生复试，我问他今年的学生质量如何，他说参加复试的学生没有一个是好演员的料。戏曲演员是一个特殊的行业，不仅身材、嗓音要好，还要有艺术的悟性。如果我们所招的学生，不具备这样的条件，如何能培养出优秀的演员呢？戏曲教育的不景气是戏曲危机最深层的爆发，这将会对我国的民族民间戏曲产生深远的、严重的不良后果。

（三）戏曲遗产有失传的危险

我国戏曲文化积淀深厚、遗产丰富。20世纪50年代末60年代初，仅福建一省发掘的传统剧目就有一万五千六百多种，曲牌一百多种，其中莆仙戏剧本达五千多种。这些剧目和曲牌，只有少数整理、编印出来，有一部分收藏在剧团，有相当部分或存放于老艺人的箱子里被虫蛀，或存留在老艺人的脑袋里，或流散在社会上。但因缺乏经费而无法征集、收购，进行妥善保护，一些老艺人掌握的传统剧目和表演技巧也未能复排与传承，随时有因老艺人去世而失传的危险。

还有一些剧种已经消亡或濒临灭绝。如戏曲大省山西，1983年编纂《中国戏曲志》时调查统计，有49个戏曲剧种，20年后中国艺术研究院戏曲研究所和山西戏剧研究所联合调查组经过调查统计，目前存活在戏曲舞台上的剧种仅存28个，有21个已经消亡。在消亡的21个剧种中，不乏历史悠久、有文化价值的剧种，如形成于宋金时期，流传于山西、河北、内蒙古、陕西的赛戏；形成于宋代，流传于山西上党地区的队戏、流传于晋南的锣鼓杂剧；形成于明末清初，流行于山西、河南、河北、山东的罗戏、卷戏，等等。陕西的第二大剧种汉调二簧不仅是一个历史悠久、遗产丰富的古老剧种，而且对京剧的形成产生过重要影响。20世纪60年代，汉调二簧的专业剧团还有二十多个。“文化大革命”中，汉调二簧剧种遭到挫折，但时至1982年仍然有六个专业团。改革开放以后，汉调二簧陷入更加严重的危机。由于观众的锐减和经济的困难，剧团纷纷解散。2002年4月我们到安康采访时，仅剩下一个安康汉剧团。而且就是这样唯一的汉调二簧剧团，现在仍然处于濒临解散的危机中。再如打城戏是闽南戏曲中很有艺术特色的一个剧种，目前处境非常困难。不仅没有专业剧团，而且有一个能传承打城戏传统艺术的民间职业剧团——泉州市打城戏剧团，也由于观众少，已经连续几年亏损，濒临解体。类似的情况还有汉中地区的汉调桄桄剧种。

（四）民间职业剧团过多和演出的随意性对国营剧团的演出市场造成了巨大的冲击，对传统艺术的保护和传承造成了伤害

泉州市有民间职业剧团168个，莆田县有民间职业剧团99个，每年演出80000多场，对于满足人民群众文化生活的需求起了一定的作用。但由于大多数民间职业剧团的演出是以追求经济效益为主要目的，从艺人员多数没有受过正规的艺术教育，缺少编剧、导演、音乐设计、舞美设计等创作人才，演出较粗糙，缺少规范。如皇帝出场，没有太监；元帅出场，没有中军；小姐出场，没有丫鬟。有的民营剧团甚至为取得某种剧场效果，很随意地把京剧、黄梅戏和流行歌舞的东西加进莆仙戏等古老剧种中，造成了对传统艺术的破坏。有的民营剧团，为了获得营业执照，抢占演出市场，打着这个剧种的旗号，唱别的剧种，甚至冒充别的剧团。如打城戏，除吴天乙为团长的泉州打城戏剧团坚持演出打城戏外，其他几个打城戏民间职业剧团都在演高甲戏。由于管理上的无序，一些民间职业剧团仗着自己人员少、投资小、成本低的优势，压低戏价，与专业剧团争夺演出市场；还有的以高薪为诱饵来“挖角”，把专业剧团的艺术骨干拉走；还有一些人，钻我们管理上的漏洞，利用社会上的恶势力，做“戏老虎”。他们通过行贿等非法手段，以高价将台口定下，然后以低价转让给剧团，从中牟取暴利，控制演出市场，对专业剧团和民间职业剧团盘剥。莆田有一个“戏老虎”，三年赚了几百万元，买了住房和铺面房。由于无法可依，文化管理部门无法对这类“戏老虎”实行有效的打击。经纪人通过贿赂基层干部控制戏曲演出市场已经成为一个普遍的现象。山西晋城市文化局艺术科科长魏广麟在座谈会上说：“为了高额回扣，经纪人引进演出质量很差的外地剧团和本地剧团竞争，造成了本地剧团经营困难，戏价走低。现在经营好的剧团，仅能糊口，谈不上发展。要打击不法戏曲经纪人，整顿戏曲演出市场。”

（五）戏曲创作与演出市场严重脱节，得奖剧目得不到普及推广

福建戏曲近年来在文化部“文华奖”、中宣部“五个一工程奖”、中国剧协“曹禺戏剧奖”以及中国艺术节、中国戏剧节等全国性会演中连连得奖，如莆仙戏《新亭泪》《秋风辞》《状元与乞丐》《鸭子丑小传》，梨园戏《节妇吟》，高甲戏《凤冠梦》《玉珠串》，歌仔戏《白鹭女神》等等，这些戏在北京等地演出，受到戏剧界专家的高度评价，为福建戏剧赢得声誉。但是，这些投资几十万元、上百万元的获奖剧目，却没有一出能在现在的演出市场上流行的。经我们调查，其原因有三点：一、乡镇戏曲观众的历史文化知识有限，喜欢看他们熟悉的故事、人物，如以“东周列国”“三国”“水浒”“西游记”等中国古典小说改编的传统戏，而这些得奖剧目的内容观众不熟悉，吸引不了人；二、乡镇演出往往与民俗结合在一起，如过年过节、为菩萨过生日、为老人祝寿等，观众喜欢看轻松愉快的喜剧，不爱看悲剧；爱看故事性强、场面热闹的连台本戏，不爱看没有完整故事情节、哲理性强的剧目。而这些得奖剧目以悲剧为多，以思辨哲理见长。三、现在的得奖剧目常常以华丽的布景和大的歌舞场面吸引观众，而乡镇的草台舞台设备简陋，根本无法上演这些剧目。

毛泽东主席早在延安时期就批评了文艺脱离广大人民群众的不良倾

向，这一问题在新的历史条件下又出现了。在一些地方，高投资、大制作有越演越烈的趋向。闽南戏曲还没有形成这样的风气，但应该警惕。内容脱离现实生活，形式脱离多数群众的审美意识和戏曲的艺术规律，这是元杂剧和昆曲衰落的一个重要原因，也是目前一些戏曲剧种产生危机的一个重要根源。

（六）剧场、排练场等设施破旧，剧团的生存环境恶劣

陕西安康地区经济基础差，安康市仅有的一个修建于20世纪50年代的剧场，因没有维修资金，已多年不能使用。而闽南是我国经济比较发达的地区，但除在厦门、泉州有少数综合性的文艺演出场所外，县城和乡镇、农村都没有像样的剧场。调查组在福建泉州街道、郊区，晋江农村、莆田市郊区；山西、河南、陕西等地乡镇所看到的演出，有少数固定的露天剧场也是20世纪70年代以前修建的，陈旧狭小，大部分是临时搭建的戏棚，非常简陋，只能上演传统戏、小戏，无法上演新编的大型剧目。新剧目难以在乡镇演出，除了内容上的问题外，舞台简陋也是其中的重要原因。除泉州高甲戏剧团、泉州木偶戏剧团、安溪高甲戏剧团等少数剧团有较好的排练场外，多数剧团没有排练场；或是20世纪70年代以前所建、现已破旧不堪、透风漏雨的排练场，很少有自己的剧场。厦门市金莲升高甲戏剧团、晋江市高甲戏剧团虽然地处繁华的市区，但排练场像一个简易的工棚。他们没有自己的剧场，在市区演出要租场，场租贵，得不偿失，只好退出城市演出市场，常年在乡镇演出。仙游县鲤声剧团在王少媛任团长时，多方呼吁奔走，争取来一些经费，建起了一个剧场。但因资金不足，剧场只建起了一个外壳，无钱装修内部、购置舞台设备，无法投入使用。

戏曲服装和灯光、音响设备是戏曲剧团演出必不可少的装备。剧团在露天舞台上演出，这些设备损耗非常大。

二、保护和发展戏曲文化遗存的建议和措施

（一）要把保护和发展戏曲文化遗产提升到新时期建设小康社会和建设社会主义精神文明的战略高度来认识，提高广大人民群众，特别是各级政府保护和发展戏曲文化的自觉性

江泽民同志在中共十六大报告中指出："全面建设小康社会，必须大力发展社会主义文化，建设社会主义精神文明。当今世界，文化与经济和政治相互交融，在综合国力竞争中的地位和作用越来越突出。文化的力量，深深融铸在民族的生命力、创造力和凝聚力之中。全党同志要深刻认识文化建设的战略意义，推动社会主义文化的发展繁荣。"为此，他要求全党和各级政府"扶持体现民族特色和国家水准的重大文化项目，扶持对重要文化遗产和优秀民间艺术的保护工作。"戏曲是中华文化的集大成者，民族精神的集中体现者。她综合熔铸了中华民族的歌舞、文学、音乐、历史，凝聚着中华民族独特的生活情感、道德情操、喜怒哀乐以及不同于西方的价值观；千百年来，她犹如一种血脉，融化和流淌在我们民族的肌体里，渗透在我们民族的灵魂中。但是，中国戏曲发展到现在却遇到了前所未有的冲击和挑战。保护并发展中国戏曲文化不仅是单纯地保护一种文化遗产的工作，而是保持中华民族文化的基因不受外来侵害的大事，是摆在全党和各级政府面前迫在眉睫的大事。各地各民族的戏曲剧种，既体现了中华文化的共性，又反映了本地、本民族文化的独特风貌。因此，保护戏曲文化遗产不仅要成为一个口号、一种共识，而且要落实在保护每一个具体的剧种上。

（二）根据各地、各个剧种的发展历史、艺术价值、文化价值，给予恰当的定位，制定出切合实际的政策，为包括戏曲在内的优秀文化遗产保护立法

根据我们的调查，现存戏曲剧种基本有三种情况，一是具有悠久历史、丰富艺术遗产，有很高文化价值和历史价值的剧种，比如梨园戏、莆仙戏、木偶戏，国家和各级政府应该作为重点剧种来保护，建立舞台演出、培养人才、搜集整理研究为一体的剧院，使之成为继承和发展本剧

种艺术的主要阵地。在经费上要实行全额拨款，所需经费主要由当地从财政上支出，国家和省里要予以重点资助。二是历史虽然悠久，有一定的艺术特点，但演出剧目不多，观众很少的剧种，如打城戏。这些剧种的内容和演出形式很难被现在的观众接受，被自然淘汰已在所难免。但其中有一些文化价值和研究价值的东西，国家和当地政府应尽快拨出专款，将这些剧种有特点的剧目、音乐、表演用现代化的手段记录下来。三是观众较多，演出比较繁荣，处于发展中或新兴的剧种，如高甲戏、歌仔戏等，国家和当地政府要鼓励和创造条件让他们走进演出市场，经费主要靠演出收入，政府给予适当的补贴，但要选择条件较好的院团作为艺术实验和示范单位。这些实验剧团的主要任务是创作上演精品剧目和进行艺术上探索实验，推广优秀的剧目，为民营剧团起示范作用，完成政府的宣传、慰问演出任务，其经费主要由当地政府拨款。保护祖国优秀的文化遗产是一项长期的工作，为了落到实处，中央和各级地方政府要在调查研究的基础上为保护我国各地、各民政的优秀文化遗产立法，使其在人力、财力上得到保障。

（三）为进一步激活艺术生产力，应建立新型的剧团管理机制

首先，原来的离退休人员工资由政府足额发放，对在成立新剧团时被分流下来的富余人员，政府要制定相应的政策，通过建立社会保障体系或一次性买断身份等办法给予分流解决，让分流人员走得放心和愉快，让剧团轻装上阵，没有后顾之忧。其次，改革剧团内部的分配方式。演员是一个特殊的群体，在一般情况下，一个演员在舞台上演出的黄金时期在20岁到40岁之间。但是，现在实行的职称工资，出现了在舞台上做主演的演员，拿低工资，演不了戏的演员拿高工资的现象，非常不利于调动演员的艺术生产积极性。打破目前以职称为标准领取报酬的分配制度，根据演职人员在具体剧（节）目创作、演出中所承担的任务轻重和所做贡献大小领取报酬，实行多劳多得，将创作和表演水平不同的演职人员的收入拉开档次，充分调动演职人员的积极性。在用人机制上，采取聘任制，竞争上岗，优胜劣汰，使剧团演职人员能进能出、能上能下，保障剧团健康发展。

（四）加大对剧场、排练场等文化设施的建设力度，改善剧团的工作环境和演出条件

现在省城以下城市和乡镇的剧场很少，而且大部分是20世纪70年代以前的建筑，多数已经成为危房，不能使用。剧团的办公条件、排练场所、舞台装置、居住环境都非常差，文化设施的陈旧落后与各地经济的发展和城市面貌极不相称。剧团没有在城市演出的基本设施，只好放弃城市的演出市场，到乡镇简陋的草台上流动演出。如厦门市金莲升高甲戏剧团，在厦门市无立锥之地，只好在晋江租了一栋楼，作为办公和演员宿舍，常年在晋江农村演出。一些城市，戏曲观众断代的重要原因，就是剧团没有自己的剧场，长期没有演出造成的。因此，各地政府要把剧场建设、解决剧团的办公和排演条件作为落实“三个代表”重要理想、弘扬优秀传统文化的大事来抓。要做到，每一个国营的剧团都有自己的办公、排练、演出场所，并努力改善演职人员的居住条件。

（五）加大戏曲艺术后备人才的培养，给戏校、艺校招生优惠政策，减免学生的学杂费

为了使戏曲艺术得到可持续性发展，应重视戏曲专业人才的培养工作。目前，戏曲后备人才的培养主要通过戏校和艺术学校来承担。因此，加强戏校、艺校建设是戏曲艺术继承和发展的关键。建议各级政府要增加投入，加强学校教学设施和教师队伍的建设。戏曲是一个投入大，成才率低的特殊行业。在旧社会，戏曲演员主要靠科班培养，艺徒不仅不收学费，而且吃、穿、住等生活费用都是由科班担负的。现在我们虽然不能做到像旧的科班一样，但招生应参照体校培养体育人才的方式，以低收费甚至不收费的方式，吸引生源，择优培养，提高生源的数量和质量，以达到发展和提高戏曲艺术质量的目的。

（六）加强对民间职业剧团的管理，对演出市场进行宏观调控，满足人民群众对戏曲的欣赏需求

改革开放以后，各地都出现了不少民间职业剧团。如2001年，在莆田市登记的民间职业剧团就达114个，演职人员3500人，演出35000场，观众3000万人次。这些民间职业剧团，一方面满足了群众欣赏戏曲的需要，同时也出现了个别剧团无照经营，演员素质不高，一些剧团长期拖欠演员工资，非法戏霸和“穴头”肆意坑害剧团，侵占并扰乱演出市场等不法行为，加剧了国营剧团的困境，从整体上降低了戏曲艺术的品位。为防止民间职业剧团的盲目发展，推动剧团整体演艺水平的提高，各地人民政府应根据国务院《营业性演出管理条例》（229号令）和文化部《营业性演出管理条例实施细则》（14号令）的精神，制定出对民营剧团管理监督的具体规章制度来，引导和规范民间职业剧团的演出活动，真正使戏曲艺术沿着先进文化的方向前进，满足人民群众的生活需求。

（七）利用现代科技手段，尽快抢救和保护戏曲艺术遗产，加大对戏曲理论研究的投入

恩格斯认为，人类社会现实的一切文化和文明，包括现代资本主义文明，都是建立在古代文明的基础上的。优秀的民间戏曲艺术是发展现代戏剧事业的基石，而我们目前所掌握的有关戏曲的资料，特别是民间戏曲的资料是十分不够的。许多珍贵的资料在民间，在老艺人的身上。如不及时抢救保护，就会造成不可挽救的损失。因此，建议中央和省、市各级政府在政策、资金上给予支持和帮助，利用现代的科学技术手段尽快抢救和保护现有的戏曲遗产。要广泛发动群众，向剧团、演职人员和老艺人征集、收购演出抄本和音乐资料，或请老艺人口述记录传统剧目和音乐曲牌，或把老艺人的表演通过录像制作成光盘保存下来，并按照档案资料的管理办法，妥善保管，专人负责。要尽快筹建国家戏曲博物馆，搜集有关戏曲的文物资料。责成中国艺术研究院编辑出版昆曲、京剧等全国性大剧种的文字音像资料，各省的艺术研究所编辑出版有关地方剧种的文字音像资料。在搜集整理戏曲文化遗产的过程中，加强戏曲理论研究队伍的建设。

（八）加强戏曲文化的宣传教育，培养戏曲观众，各级文化、宣传、教育、新闻媒体都应把宣传我国的民族戏曲文化作为己任

戏曲文化在我国人民的文化生活中占有非常重要的地位，但在国民教育中却没有应有的地位。从小学、中学到大学的课程中没有有关戏曲的基本知识，只有大学中文系的文学史中才有元杂剧和明清传奇的一点常识。学校没有开设戏曲课程的要求，学生没有走进剧场的机会，青年一代民族文化的意识越来越淡薄。我们在调查中了解到，学校提倡说普通话，现在厦门市的小学生，包括相当数量的中学生和中小学老师不仅不会说闽南话，甚至连听都听不懂。而地方戏是以方言作为唱词和道白的，不用方言，就等于取消了地方戏。连自己的方言都抛弃了，又怎么能欣赏地方戏呢。现在厦门教育界的有识之士已经意识到了这一问题的严重性，开始编写乡土教材，教学生学闽南方言和闽南的民间文艺。这个问题应引起各地的关注，国家和地方要立法，把包括戏曲文化在内的民间艺术内容纳入国民的基础教育中，以提高国民的民族文化意识。这样才能从根本上解决戏曲观众的断代和戏曲文化的危机。

（九）建立保护包括戏曲在内的民族、民间文化的管理体制

昆曲被联合国列入人类口头和非物质文化遗产代表作以后，对各界影响很大，特别是戏曲界深受鼓舞。现在有许多省市想把本地区的民族、民间艺术申报为人类口头和非物质文化遗产代表作，但是联合国每两年申报一次，每个国家只能申报一项。所以，能列入联合国的人类口头和非物质文化遗产代表作只能是极少数。国家是否可以参照文物保护条例，将全国现有的口头和非物质文化遗产按世界级、国家级、省市级、县级分别管理，并制定相应的保护措施，使戏曲剧种的保护有法可依，并成为公民自觉的行动。

中国的戏曲不仅是中华民族优秀传统文化的重要组成部分，而且在世界戏剧文化中也占有独特的、非常重要的地位。当世界经济进入一体化的新时期，作为中华文明中独特的戏曲文化，不仅不应该削弱，而且应该大力扶植。只有发达的经济加独特的精神文明，才能保持一个国家、一个地区持久的生机和引力，持久的繁荣和发展。

（此文原载《中国戏剧》，2006年第1期）

从山西戏曲的现状看戏曲遗产的保护和发展

山西是戏曲艺术的摇篮，也是戏曲文化的大省，戏曲文物之丰富，戏曲剧种之多，在全国首屈一指。中国艺术研究院戏曲研究所接受了国家重点科研项目《全国戏曲剧种剧团现状调查》后，把山西作为重点调查研究的对象。

2003年4月初至4月底，由中国艺术研究院戏曲研究所与山西省戏剧研究所联合组成调查组，先后到孝义、祁县、运城、临猗、芮城、临汾、曲沃、翼城、晋城、长治、左权、阳泉等地，对当地的剧种剧团进行调查了解。调查中由于受到"非典"影响，工作被迫中途停止;"非典"过后，调查组又于2003年8月3日赴大同、朔州等地进行考察。我们作为调查组的负责人，全程参加了这次考察活动。通过比较全面详细的调查，不仅对山西省的剧种及其各级各类剧团有了一个较全面的了解，而且对我国现阶段民族民间文化遗产如何保护发展、特别是戏曲文化遗产的保护和发展有了一个比较准确的认识。

2004年10月26日，联合国科教文组织非物质文物遗产处处长斯密特先生在中国艺术研究院听取了昆曲和古琴的保护工作报告以后，就非物质文化遗产保护发表了意见。听了他的讲话后我们对这个问题的认识更为清晰了。现将这次调查的详细情况以及自己对保护和发展民族民间戏曲文化遗产的思考向大家作如下报告：

一、山西戏曲的发展历史及其生存现状

1984年出版的《山西剧种概说》记述了山西现存的52个地方剧种，加上京、评、豫、曲4个外来剧种，山西省彼时拥有56个剧种。1990年出版的《中国戏曲志·山西卷》共收录了49个剧种。1982年至今，二十多年的时间，根据各地市文化局给我们填写的《剧种生存现状调查表》显示，截至2003年年底，山西有21个剧种已经消亡。这些消亡的剧种是：汾孝秧歌、翼城秧歌、太原秧歌、介休干板秧歌、平陆花鼓戏、凤台小戏、河东道情、浮山乐乐腔、夏县弦儿戏、夏县蛤蟆嗡、芮城拉呼戏、晋中弦腔、雁北弦子腔、平陆高调、曲沃碗碗腔、孝义皮腔、万荣清戏、翼城目连戏、锣鼓杂戏、赛戏、队戏。现存28个地方剧种：蒲州梆子、中路梆子、北路梆子、上党梆子、广灵秧歌、泽州秧歌、繁峙秧歌、朔州大秧歌、祁太秧歌、襄武秧歌、壶关秧歌、沁源秧歌、神池道情、临县道情、洪洞道情、右玉道情、孝义碗碗腔、芮城线腔、上党落子、眉户、大同耍孩儿、河曲二人台、罗罗腔、左权小花戏、翼城琴剧、京剧、豫剧、曲剧。其中京剧、豫剧、曲剧为外来剧种，其他25个为本地剧种。根据调查统计，山西各地区剧团数量如下：临汾地区16个，吕梁地区15个，忻州市14个，运城市13个，晋中市13个，大同市10个，晋城市8个，太原市6个，朔州市5个，阳泉市2个，共计117个。其中晋剧团有50个，约占剧团总数的43%，蒲剧团有25个，上党梆子团有11个，剩下的31个团都是各地方小剧种剧团。现以几个典型剧种的生存状况作为例子进行阐述。

（一）中路梆子

“中路梆子”，亦称“山西梆子”，简称晋剧。形成于晋中一带，是山西主要剧种之一。中路梆子的形成受蒲州梆子的影响很深，在其发展过程中，为了适应当地人民的审美要求，除吸收兄弟剧种的成分以外，还从地方秧歌，说唱艺术中，吸收大量营养，突出其地方特色。中路梆子形成之初，是以蒲籍演员为主，约在清末民初，陆续出现了晋中籍的著名

艺人。现有史料记载的有：五月鲜（商文武）、老狮子黑（张玉玺）、三儿生（孟珍卿）、玉石娃娃（赵双林）等艺人。及至20世纪20年代，著名表演艺术家丁果仙声震三晋，接着是著名的刀马旦张宝奎、韩芝兰，著名花旦冀美莲、筱金枝，青衣牛桂英，小生郭凤英等，相继在舞台上享有盛名。抗日战争时期，在晋察冀、晋绥太行等革命根据地演出新编剧目，宣传抗日，鼓舞人民的斗志。新中国成立以后，中路梆子剧团逐渐增多，尤其在晋中、吕梁、太原、阳泉等地区差不多县县有专业剧团，许多村镇有业余剧团。陕北、内蒙古也有不少专业剧团。中路梆子常演的传统剧目有五百多种，代表性剧目有《打金枝》《下河东》《秦香莲》《游西湖》《宝莲灯》《双蝴蝶》《孟姜女》《情探》《杨八姐游春》《十二寡妇征西》等。

目前，从晋剧表演艺术团体阵容的规模看，省级院团有1个，即山西省晋剧院，现有演职人员287人，这个剧院曾经汇集了省内晋剧老艺人丁果仙、牛桂英、郭凤英等人，他们形成了自己特有的表演风格、唱腔，在群众中留有很深的印象和很高的威信，现在剧院中较有名的演员有王爱爱、田桂兰、冀平、马玉楼、刘汉银、王宝钗等，保留的传统剧目有《打金枝》《含嫣》《小宴》《杀宫》《算粮》等。

另外，各地市区县级晋剧团共设57个，由此看出，晋剧在山西众多戏曲剧种群中所处的重要地位。但是，在中国戏曲不景气的大气候下，晋剧亦徘徊在低谷中。以省级剧团山西省晋剧院为例，剧团由以前全额拨款改为差额。1995年剧院分为三个团，但戏价逐年降低，到2002年戏价已降到每场收入两千多元，已经连续三年亏损，2002年亏损二十多万元。演出市场缺乏宏观控制，竞争激烈。去年全省有220个民间职业晋剧团，今年会超过三百个，为了应付这种局面，晋剧院将三个团合并为一个团。以明星阵容提高戏价，初步收到了效果。2003年正月、二月演出旺季演出收入40万元，戏价提高到每场戏8000元。这样，到了演出淡季，剧院可以发工资排新戏。另外，后继无人，不仅是主要演员的艺术素质在下降，而且学员的素质也没有保证。2002年剧院招了20名学员，作为特长班，不收学费。剧院还准备招一个特长班，培养乐队学员。

太原市有一院一团两个戏曲团体，一院即太原市实验晋剧院，包括两个剧团，一为实验团一为青年团；一团即太原市豫剧团，都享受80%的财政补贴。由于工资总额的增加，逐渐难以达到80%的补贴，现在演出市场越来越萎缩，市场景气越来越低迷，各个剧团为了生存下去，都疲于奔命，艺术再生产能力很差，很难排演新戏。2003年，是太原建城2510年，通过各方面的努力才排出了新戏《玉带传奇》。

（二）蒲剧

“蒲剧”又名“蒲州梆子”，亦称“乱弹”，因兴起于山西晋南的古蒲州（今永济）一带而得名。主要流行于山西、陕西、河南、甘肃、青海等省的部分地区，它是山西“四大梆子”剧种之一。蒲州梆子在各地曾有过不同的名称，如在本省的晋中、晋北被称为“南路戏”；在上党地区称“西府戏”；在河南称为“西戏”；西安、兰州称“山西梆子”。早年它在北京时，曾称“西调”“西曲”；又称“勾腔”“山西梆子”“山陕梆子”，也曾泛称“秦腔”。

据《腔调考源》称“清初梨园，除京腔外，旧有西部，唱梆子腔”。《燕兰小谱》记有：“山西勾腔似昆曲而音宏亮，介乎京腔之间。”这说明山陕梆子在明末清初已陆续在京演唱。清嘉庆年间，蒲州一带的蒲州梆子班社风行一时，临汾的“得胜班”“豫升班”，蒲州的“永乐班”，曾演过许多优秀剧目，如《火焰驹》《绣襦记》等，有的还成为至今蒲剧的保留剧目。光绪年间，是山陕梆子的兴盛时代，出现了许多名角。如：郭宝臣，艺名元元红，曾多次入宫演出，他与叫天儿谭鑫培齐名，有梆子“叫天儿”之称。他戏路宽，唱腔宏厚，演出剧目在300本以上。

新中国成立后，在“百花齐放，推陈出新”文艺方针指导下，蒲剧艺术有了飞跃发展，呈现出崭新的面貌。

1952年，蒲剧参加了全国第一届戏曲会演，蒲剧后起之秀王秀兰演出了《藏舟》，荣获演员二等奖。1956年，全省第二届戏曲会演，晋南蒲剧一团演出了《归宗图》；晋南蒲剧二团演出了《意中缘》《龙凤旗》《赠绨袍》等，省大众蒲剧团演出了《墙头马上》。此次会演，中国戏曲研究院副院长张庚给予了很高评价。1957年，以王秀兰、阎逢春、张庆奎、杨虎山、筱月来五大名演员为代表组成“蒲剧赴京演出团”先后到北京、天津、张家口、石家庄、大同等地演出，演出剧目有《归宗图》《三家店》《出棠邑》《杀驿》《下河东》《小宴》等，演出受到了京剧名家马连良、李少春、郝寿臣以及昆曲名家白云生的赞许。1959年，由王秀兰主演的《窦娥冤》被搬上银幕，影片放映后，全国各地观众来信称颂蒲剧的表现力，甚至新加坡等东南亚的华侨也来信赞叹，称许王秀兰的动人表演。1960年，晋南蒲剧院正式建立，这为很好地研究蒲剧艺术、发展蒲剧事业创造了有利条件。蒲剧团两次赴京巡回演出，演出剧目除了传统折子戏《挂画》《小宴》《杀宫》等以外，还有两个新编历史剧目《港口驿》《白沟河》。周总理观看了《港口驿》并和演员一起合影留念。郭沫若、田汉、翦伯赞看了演出以后，都为蒲剧的后继有人写下了热情洋溢的赞诗。

这一时期，蒲剧在现代戏的创作演出上，也取得了可喜的成绩。先后编排了《蛟河浪》《招亲记》《骨肉之亲》《在红旗面前》等四十多个剧目，参加了全省两次会演，获得好评。

20世纪80年代，蒲剧进入一个新的繁盛时期。临汾蒲剧院培养出任跟心、郭泽民、崔彩彩等一批艺术新秀。运城出现了武俊英、景雪变、王艺华等一批优秀演员，同时期还出现一批新的优秀剧目，这些新人才和新剧目在全国戏曲界引起了很大的反响。

现在，晋南的蒲剧艺术，生存现状也不容乐观，每况愈下。临汾市蒲剧院原有的两个剧团，现在只剩下一个了。剧团工资待遇低，财政只给60%，演出市场不景气，演出收入很难补足40%的工资，许多主要演员被迫离开了剧团，另谋出路。而专业的编剧、导演、作曲、舞美几乎是空缺。剧团要创收，就无法解决艺术的提高问题，剧团没有能力排新戏，演员没有精力研究艺术，只能是“老戏老演，老演老戏”，造成剧团演出水平整体低下，观众逐年减少的恶性循环。2002年，临汾市蒲剧团财政拨款67万元，演出收入三十多万元，而实际需要是237万元，因此，演员不能按档案工资全发，一级演员雷俊生每月工资只有800元，二级演员

600元，三级演员400元，另演出一场补贴10—17元。剧团的服装、音响、灯光、戏箱已经破烂不堪，但没有资金更新维修。剧团没有能力解决养老保险、医疗保险，造成了艺术人才外流，演员队伍不稳定。

造成剧团的生存环境越来越差，演唱质量也越来越差的一个重要原因是私营剧团和正规剧团争演出市场。许多私营剧团，压低戏价，恶意竞争，不拘形式，惟利是图，参加各种红白喜事，而且演出形式多样化，如兼唱流行歌曲，这就直接影响了正规县级剧团的演出。剧团的境况用一名县文化局局长的话说，那就是："地区剧团不死不活，县级剧团在垂死挣扎"。

（三）上党落子

"上党落子"作为一个不同于"四大梆子"，也不同于一般的地方小剧种，而且在当地较有影响的剧种来看，它的生存状况也极具代表性。

上党落子，原名"黎城落子"，俗称"闹戏"（落戏），它于1821—1850年从河北武安落子衍变而来，是除上党梆子外，在长治地区流传最广泛的一个小剧种，主要分布在长治地区。其音乐属宫调式，唱腔由板式变化体和曲牌联套体两大音乐体制共同组成。由此可见，其优点在于易吸收外来剧种的长处。老一辈演员有：王三和、王渺荣、郭江域、郝聘之等。

1952年，长治专区人民剧团第二分团，代表全区参加了全省第一届戏曲会演。落子戏剧目《茶瓶计》《两兄弟》轰动省城。会演完毕后，黎城落子正式定名为上党落子。

上党落子剧目，计有二百余出，除一部分现代剧目外，传统剧目大都是移植于武安落子、河北梆子、河北平调、蒲剧、京剧等兄弟剧种的剧目。

20世纪80年代和90年代中叶，是上党落子较繁荣的时期。1980年由长治市落子剧团排演的新编历史剧《杨七娘》，在全省产生了较为广泛的影响，并拍摄成电影《佘赛花》，为新时期我国戏曲电影增添了新的财富。目前，剧团保留上演的剧目有：《杨七娘》《薛刚反唐》《火烧庆功》《穆桂英挂帅》《三关明月》《回荆州》《白罗衫》等。主要演员有：郭明娥、傅永亮、申德芳、张国平、石群英等。

目前，上党地区的国营落子剧团共有九个：长治市落子剧团、黎城县黎明剧团、屯留县绛河剧团、长子县上党落子剧团、潞城市红旗剧团、壶关县人民剧团、长治县红旗剧团、平顺县落子剧团、长治市郊区落子剧团，占全区剧团的70%。

从20世纪50年代起到80年代初，落子剧团演出市场很好。主动上门请戏者络绎不绝。20世纪80年代，每场戏价能达到两千多元。从1983年至今，随着我国改革开放步伐的加快，人们的审美观发生了变化，多种娱乐形式雨后春笋般地涌现，使得落子剧团同全国其它的剧种一样，逐渐走向低谷。市级剧团在地方财政支持下，尚能维持生存，县级剧团由于财政紧缺，生存面临着危机。

首先，表现在演出市场萧条。目前，剧团无论承揽政治性演出还是营业性演出，社会对上党落子演出的需求逐年下降，演出市场萧条冷落。尽管剧团的演出范围从长治地区扩展到了晋中以及河北、河南等地，但演出场所仅限于农村的庙会赛社活动。加之剧团之间竞争激烈，演出市场中，“戏霸”称雄，控制戏价；“穴头”层层盘剥，剧团收入严重受损，使得国营剧团常常不得不以低戏价进入演出市场。

其次，经济收入少，演员待遇低下。长治市落子剧团是全额工资的国营剧团，现有正式职工五十多个，临时职工三十多个，正式职工的基本工资靠地方财政拨款。剧团平均每年要演出300场左右，但由于竞争激烈，目前，每场戏价旺季为两千元左右，淡季只有一千多元。全年演出收入四十五万元左右，用于支付临时工工资、办公经费、添置演出设备、修缮职工房屋等。剧团每年约有十五万元左右的亏空。县级剧团则完全靠自收自支，演出收入连演员的工资都不能支付。因此许多演员被迫到八音会、婚丧嫁娶、生日宴会等场所演出，以维持生活。

第三，演出水平下降。近十多年来，由于演出市场不好，经济收入减少，不少演职人员离团而去，集体资产和艺术人才严重流失。许多剧目因此而不能上演，剧团演出水平也随之下降。目前，国营剧目除了应付省、地、市的调演而排演新戏外，很少有财力排演新剧目。自收自支的县级剧团则更无力排演新剧目。

还有一点，就是后备人才不足。上党落子剧团面临着断代的危机。城市的孩子大多不愿学戏，贫困山区家庭或条件较好的孩子也不愿学唱戏。报考戏曲学校的多数是贫困山区家庭条件较差的学生。高额学费，令他们中的许多人望而却步。学校招生的选择性小，能进入学校学戏的学生基本条件相对较差。如此下去，上党落子难免进入一个恶性循环。

从上党落子的现状来看，作为一个地方剧种，国营剧团在困境中维持到今天，已实属不易，但是它的前景实在令人担忧，应引起有关方面的注意，针对问题采取良策。

（四）左权小花戏

左权县旧称辽县，现隶属晋中市管辖，地处太行山腹地，是抗日战争时期八路军的总部所在地，因八路军副总参谋长左权将军牺牲在此地而改名。“左权小花戏”源于“辽州社火”。“辽州社火”是左辽州境内流行的民间艺术形式的统称。其中包括文社火、武社火以及小秧歌、喊大腔、耍龙灯、舞狮子、跑竹马等。在这些民间艺术形式当中最为群众所喜欢的是独具特色的“文社火”，即小花戏的前身。

据记载，文社火于明代已在辽州境内盛行，所用曲调大都是当时民间很流行的小曲、山歌，人物也基本定型，仍属于说唱歌舞形式。清末到辛亥革命前后，随着时代的发展，群众的审美要求不断提高，促使社火由说唱歌舞形式向更能表达人们意愿的一些形式发展，因此在表演上有了很大的发展。人物由第三人称发展到分行当（生、旦、丑）的第一人称，节目也有了简单的故事情节，音乐由一剧一曲的民歌体发展到一剧多曲的联曲体。特别是到辛亥革命和五四运动前后，从内容到形式更完整的一些小剧目相继出现，如《卖扁食》《卖菜》《放风筝》等，受到了当时广大群众的喜爱。这时的文社火已是完整的戏曲形式。

1937年抗日战争爆发后，左权县作为太行山根据地的心腹地区，全国各地大批的宣传抗日的新文艺工作者不断到来，左权小花戏也相应做出了一些改革，除形式上保留了小花戏原有的特色以外，还大量吸收了外地的一些秧歌、民歌。民歌曲调和舞蹈技艺借以通过这一艺术形式宣传抗日。改革后的这一小剧种深受群众欢迎，因而这一剧种在左权县很快普及，从此正式定名为左权小花戏。全国解放后，小花戏遍及全县并流传于晋中一带。

20世纪80年代，小花戏又进行了一些改革，有几种做法。一、是对旧曲进行新的改造，填上新词；二、利用旧曲的旋律，编成有小花戏味道的新曲；三、编成以唱故事为主的小花戏；四、编演以舞蹈为主的小花戏；五、没有故事情节，利用小花戏的歌舞形式，宣传党的方针政策。这种形式被称为串场花戏。

新时期，小花戏也取得了不错的成绩。1992年《开花调》在文化部举办的全国民间音乐、舞蹈比赛中获一等奖。同时获全国民间艺术最高奖——“群星奖”金奖；1996年，《筑路哥哥》获全国第六届群星奖金奖。同年左权县获文化部授予的“中国民间艺术之乡”称号；2000年《洗衣裳》获第十届群星奖优秀节目奖；此外，百人小花戏《百花迎春》《春潮》获山西省的表演金奖。

1996年，左权县成立了小花戏艺术团，当时属于县文化馆的下属单位。2002年，剧团从县文化馆分离出来。成立之初，县财政拨款十二万元，省里给五万元，地区给了五万元，广东东莞的企业家赞助十五万元，且以购置没有的设备，艺术团由30人组成，属于自收自支性质单位，县里一年给两万元补贴，但这些费用对于剧团的需求只是杯水车薪，剧团经费来源绝大部分要靠营业演出收入。剧团主要演出市场在农村，而左权是贫困县，收入低，戏价普遍低，小花戏是小剧种，戏价更低。以2002年为例，全年演出130场，平均二至三天一场，收入一万元，也就是本年收入与工资支出基本持平，其余有关演职人员的医疗社会保险及其他福利根本无法实现，还有演出服装、道具、舞台设备的损耗更新，设备维护更没有资金解决，创编新剧目的资金根本无以谈起。所以仅凭剧团的演出收入很难填补一些资金缺口。剧团为了维持职工的低工资水平，一年需下乡演出八个多月，根本没时间和精力创排新剧。据统计，现在剧团演出剧目有17个，远不能满足广大观众对小花戏艺术的多种需求。时间一久，没有新剧目，也就没有台口，戏价也上不去，直接影响演出收入。小花戏演出也就会萎缩，甚至面临难以传承下去的危机。

左权小花戏作为一种较有特色的地方小戏，它的歌舞和戏能分能合，反映了戏曲史上的一种特殊现象，这一特点决定了小花戏的艺术价值，是值得重视的文化资源。

（五）临县道情

“临县道情”在全国的剧种中是一个形成较早，艺术比较成熟，且影响较大的剧种。

临县道情同各地道情剧种一样，都源于道教说唱音乐，由古代道歌发展而成，有“天下道情是一家”之说。道情原是道家用以传播道教思想的一种说唱形式。因此临县道情的传统剧目，反映道教思想的占了很大比例。如《湘子传》《杭州买药》《盘道》等。

相传，临县道情形成剧种搬上戏剧舞台，约在清朝初年，至今已有二百余年的历史。清道光年间，由说唱道情正式发展成为一种民间戏曲。清末抗日战争之前，是临县道情的繁盛时期。仅临县就有一百多个村庄有民间职业和业余戏班演出，并流传到陕北一带。临县民间演唱道情非常普遍，至今还流传有：“炒鸡蛋、烙烙饼、弹起坛子唱道情”“宁看道情小姑贤，不去方山做巡检”的顺口溜。

20世纪50年代，临县道情以班社形式在临县广大农村空前活跃。1960年，属于地方国营性质的临县道情剧团正式成立，团长郭丕承。剧团成立后，在本县以及离石、方山、柳林、兴县、榆次、太原、阳泉甚至到陕北榆林、延安、内蒙古等地区活动，扩大了临县道情的影响。此间，先后上演的剧目有：《小二黑结婚》《朝阳沟》《李双双》《新羊工》《社长的女儿》等。较有影响的演员有：晋爱英、武奴玲、刘继连、李乃锁、康云祥等。

1967年，临县道情剧团与当时的临县晋剧一、二团合并为临县晋剧团。临县道情也随着剧团的合并而遭受厄运。1980年，在时任县委书记刘泽民同志的大力支持下，重新恢复和组建了集体性质的临县道情剧团，并拨款为剧团购置了部分乐器、服装、道具等。剧团成立以来，培养出不少优秀的演员。1997年，在剧团经济非常拮据的情况下，自编自演了现代临县道情剧《圪杈湾》，荣获了吕梁地区现代戏调演一等奖。但是，临县道情毕竟是一个小剧种，流布地域狭窄，演出市场有限，生存十分艰难。为寻求活路，剧团领导进行了大胆改革，提出并实现了以道情为主，兼演晋剧、民间舞蹈、小品等多种艺术。这一改革，取得了较为显著的成绩，每年平均演出三百余场。由于改革后的临县道情剧团成绩突出，吕梁地委于1998年将临县道情剧团扩充为“吕梁地区民间艺术团”。目前，该团共有演职员一百七十余人。全团分为戏曲团和舞蹈团两支队伍。近年来，戏曲团在演出戏曲的同时，还创作演出了广场节目，并取得了突出的成绩，创作演出的《中华龙鼓》和《秋川腰鼓》曾参加了由市文化部和北京市文化局主办的“龙潭杯”民间花会邀请赛，并荣获优胜奖。2002年，自编自演的现代临县道情戏《保姆》荣获山西省“小戏、小品、小剧种调演”一等奖，同时获得乐队伴奏等八个单项奖，并荣获山西省委宣传部“五个一工程奖”。

舞蹈团虽为新创团体，但发展迅速，引人注目。团员平均年龄13岁，都来自贫困山区农民家庭的孩子。1999年10月1日，由他们演出的舞蹈《好日子》参加了“山西省庆祝建国五十周年”电视直播文艺晚会，得到了省领导和省城文艺界人士的高度评价。2000年8月，舞蹈团代表山西省参加了中国第二届“小荷风采”优秀少儿舞蹈比赛展演，取得了优异成绩。目前，这支由“山里娃”组成的舞蹈团已初步具备了参加国家级大型文艺演出的实力。

尽管临县道情剧团在改革后的短短几年间，成绩突出，变化显著，为戏曲剧团在社会主义市场经济条件下如何求生存，谋发展，探索出了一些很有价值的经验，但是，改革的吕梁民间艺术团，它的主要演出对象是歌舞，而不是戏曲。虽然《保姆》上演成功，也为剧团增添了许多荣誉，但在该团众多炫目的成绩面前，却显得微乎其微。为了生存，为了市场，为了适应现代观众的审美要求，舞蹈、声乐等已占据了剧团的主导地位。临县道情只是附属附庸。为之扼腕，为之浩叹，目前存在的客观困难，更令我们对临县道情的前景担忧。

（六）耍孩儿

“耍孩儿”是流行于晋北大同、怀仁、应县、山阴一带的地方剧种，又称“咳咳腔”。它以其独特的演唱发生方法，欢快热烈的打击音乐，取材广泛的演出剧目，形成了自己独特的艺术风格。历来为专家学者所瞩目，受到了广大观众的喜爱。

从20世纪70年代开始，就有不少戏曲理论家对这一剧种进行深入的调查与探讨，从剧种的名称、唱腔等方面对它进行追本溯源。有的学者认为耍孩儿作为套曲曲牌，最早见于金代散曲作家杜仁杰的《庄家不识句栏》套曲里，一连用了七个《耍孩儿》和一个尾声。还有的学者提出“耍孩儿”剧种是以佛教中“魔合罗”而得名，受我国唐宋时期佛教音乐的影响和孕育，进而不断吸收山西雁北一带民歌以及说唱杂剧等民间艺术的营养，沿袭了大同一带民间七夕、乞巧的风俗习惯而诞生的。这些说法虽说无准确的文字记载可以知其形成的年代，但从他们的研究中足见耍孩儿的年代久远。

根据现有文物应县北楼口村关王庙东楼题壁考察，耍孩儿在清嘉庆道光年间已在晋北广泛流行，所题剧目《对联珠》《金木鱼》《狮子洞》等至今仍在演出。可见当时，耍孩儿剧种的班社就已遍布四乡，尤其在广大农村和山区备受青睐。清光绪年间以后，活动荡然无存逐渐扩展，繁峙、代县宁武、神池、灵丘、广灵、内蒙古河套一带，城镇乡村都有其足迹，并涌现出一批有影响力的艺人，须生薄海鱼，须生兼花脸赵真，小旦“飞罗面”辛致极，青衣“三娃旦”高宪，丑角玉秀、海山等。1937年，日军进犯雁北，耍孩儿急遽衰落，几乎绝迹于舞台。

1954年，怀仁县成立第一个专业剧团——工农剧团（后改称大同市民间戏剧团），耍孩儿得以重现舞台，并开始培养了耍孩儿历史上第一批女演员。要孩儿在发展过程中，不断吸收和融化各种民间艺术形式，如口头文学，民歌和广场舞蹈等，同时还吸收和借鉴其它姐妹剧种的艺术精华，使其逐步形成了一套较为完整的戏曲程式。

要孩儿是一个非常有特色的地方小剧种，要孩儿的唱腔音乐结构属曲牌体的主曲插曲体。它是以主曲【平曲子】为骨架，嵌入各种【拨子】和【串儿】等剧曲，组成一整套唱腔。其还有一个最突出的艺术特点就是演唱时用后嗓子发声，声音从喉咙后部发出，这种后嗓发声是独一无二的。1954年，女演员登台后，她们采用民歌发声方法，以真声演唱，使唱腔增加了清脆悦耳的色彩，尤其是在男女声对唱时，两种声音交替出现，有了特殊的表现力。

要孩儿的传统演出剧目有四十余个，其内容多属社会生活戏，如《狮子洞》《翠屏山》《三孝牌》《七人贤》等。

1954年，建立的要孩儿剧团，原名怀仁县工农剧团，为民间职业剧团。1957年以《千里送京娘》和《金木鱼》参加了山西省第二届戏曲观摩演出，获集体表演奖及演奏员奖、青年学习奖。1959年改称为大同市郊区工农剧团。1960年归大同市文化局，更名为大同市民间戏剧团。1961年由中国唱片社灌制《狮子洞·扇坟》和《千里送京娘》唱片，发行全国。1962年秋，曾为赴大同视察的邓小平、彭真等中央领导人汇报演出，《扇坟》受到好评。1966年5月，以《货场新风》参加山西省现代戏调演。1969年，“文化大革命”期间，剧团被迫解散，要孩儿的演出活动再次中断，演职员全部改行。1982年10月，重新组建大同市要孩儿剧团，由大同市艺术学校要孩儿班的40名毕业生和部分教师组成。剧团的建立使这个稀有剧种获得新生，使要孩儿艺术得到继承和发展。

剧团重建至今二十多年的时间里，全团人员共同努力，创作和排演了许多优秀剧目，成长起来一批深受广大观众喜爱的优秀演员。剧团常年下乡巡回演出，还多次参加了全国、省、市文艺调演，并获得多项大奖。1982年，以《访白袍》《扇坟》《对联珠》参加山西优秀中青年评比演出，有五名演员分别获最佳青年演员奖和优秀青年演员奖。1992年5月演出的现代戏《在法律面前》获山西省戏曲现代戏调演综合治理金杯奖。同年7月参加由国家文化部举办的全国“天下第一团”优秀剧目展演，荣获12项大奖。著名耍孩儿表演艺术家薛国治（男旦）获最高荣誉奖——“特别奖”，著名青年演员薛瑞红获“优秀表演奖”；同时，大同市耍孩儿剧团被国家文化部授予“天下第一团”称号。1997年《扇坟》被中国戏剧家协会和青岛电视台联合录制成《中国戏曲短剧集锦》《耍孩儿折子专辑》。2001年在湖北参加了第五届全国“民间艺术节”展演，获七项大奖。同年，参加“第八届山西省戏曲杏花奖调演”获四项“杏花奖”。2002年参加山西省举办的“小戏、小品、小剧种”调演又获八项奖，并被山西省文化厅列为全省剧种保护、扶持之首。2003年剧团又参加了由中国戏剧家协会举办的中国滨州“首届博兴国际小戏艺术节”调演，获九项大奖（包括稀有剧种奖）。

大同市耍孩儿剧团是全国唯一的地市级专业耍孩儿剧团，担负着传承和发展这一珍贵剧种的重任。但客观上，剧团仍存在着一系列的问题。首先跟大多数剧种的剧团一样，耍孩儿剧团经费紧张。剧团现在的经费来源主要有两部分：财政拨款和演出收入。政府给剧团的拨款是85%，不足部分靠演出收入来补。但演出收入往往补不足这部分。2003年剧团在乡下演出一百六十多场。一个台口五天九场戏的戏价是一万元左右。包括演职人员的演出补助，伙食费，人员和演出设备的运输费，还有一些其他杂费，扣除这些费用，演出盈余所剩无几。其次，演员老龄化，人才出现断层，耍孩儿艺术无法得到继承和发展。

（七）翼城琴剧

琴剧是新中国成立后形成的一个年轻的地方小剧种。它是在翼城琴书的基础上演变而来的。翼城琴书原是本县土生土长的说唱艺术。俗称“本地书”，流行于翼城县和邻近县份。1958年县文工团曾尝试用翼城琴书排演现代戏《袁天成革命》。从1973年起，县曲艺宣传队由过去的分角色演唱琴书改为由角色扮演人物，使琴书一跃而成为“以歌舞演故事”的戏曲形式，翼城琴剧初步形成。以后，音乐工作者在音乐唱腔上又进行了大胆改革，增加了板式，加进了马锣、板鼓等打击乐器，逐渐形成了一个新的剧种。经研究定名为琴剧。1982年，翼城县在曲艺宣传队的基础上正式成立了翼城县琴剧团。从此，翼城琴剧团正式成为一个县级专业文艺团体。

在琴剧形成之初，演出剧目大多是根据翼城琴书传统曲目改编而成。如《张古董借妻》《墙头记》《杀狗记》《三子争文》等。在发展过程中，又移植和改编了许多传统剧目。如《桃花女》《贤良传》《赵五娘吃糠》等。1984年琴剧团创作排演的现代戏《家风》参加了临汾地区文化局主办的现代戏展演，获得了创作一等奖和演出二等奖。1990年琴剧团应邀参加中国戏曲学会在长春召开的小剧种研讨会。1999年又创作排演了现代戏《慈情》，后改编为《红指甲媳妇黑指甲婆》，在庆祝新中国成立五十周年献礼演出后，引起了一定的社会反响。在翼城琴剧团成立的二十多年时间里，除坚持在临汾、运城地区演出外，还扩展到了陕西、河南等地。

翼城琴剧团属于自负盈亏性质，现有演职人员48名，随团学员12名。每年演出在400至500场之间，每场戏价在五百元左右。作为县级剧团，演员行当齐全，阵容可观。目前演出剧目有二十多个，在目前演出市场疲软。剧团生存艰难的情况下，琴剧团能够得以生存并取得较好的成绩，它的宝贵经验值得我们借鉴，但是，在大环境的影响之下，演出市场也开始萎缩，戏价逐年下跌，无力排演新剧目等。而且迫以生计，大多数是以演蒲剧、歌舞为主，琴剧间以清唱夹杂其间，发展前景也十分令人担忧。

二、山西戏曲存在的困难和面临的危机

通过以上所列举的典型个案，我们能够清晰地看到，山西几乎每一种剧种都面临着危机，它们存在问题有共性也有自己特有的原因。总体分析起来有以下几点：

(一)经费紧张,负担重,生存艰难

在20世纪50年代到60年代，在计划经济占主体地位的情况下，山西的戏剧剧团也成立了国营戏剧团体。几十年来，一直作为党和政府宣传工具和非营利性质的事业单位，从事戏曲行业人员的工资、福利大部分由政府拨款支付。随着改革开放的到来，为适应市场经济，大部分剧团的收入变为国家拨款加自创收入，拨款的数额根据实际情况而定，有补80%的，也有60%的不等，或者干脆不补，剧团转为自负盈亏的也有。但无论哪种资金紧缺，都难以维持生存。

如山西省晋剧院，过去是全额拨款，现在是工资的60%。1995年剧院分为两个演出团，但戏价逐年走低，2002年已经降到每场戏两千多元，连续三年亏损，2002年亏损二十多万元。太原市实验晋剧院有两个剧团，即实验团和青年团，还有一个豫剧团，都享受80%的财政补贴。晋剧院2002年财政拨款136万元，豫剧团的财政拨款51.31万元。2003年给剧团的财政拨款是230万元，由于工资总额的增加，2003年的还达不到80%。临汾市蒲剧团是60%的差额工资，40%的工资和其它一切开支要靠演出收入解决。去年财政拨款67万元，演出收入三十多万元，而实际需要237万元。因此，演职员不能按档案工资全额发，一级演员每月工资仅有800元，二级演员600元，三级演员400元，另演出一场补贴10—17元。剧团的服装、音响、灯光、戏箱已经破烂不堪，但没有资金更新维修。剧团也没有能力解决养老保险、医疗保险等。再如，大同市级要孩儿五天九场戏，戏价为1.2万元。除去演出费用和给演员的一点可怜的演出补贴所剩无几。加上财政给的补贴，只能发工资的80%，其他经费一点也没有。剧团在调演、汇演时，政府给点钱，添置一点服装、设备。社保、医保都无法解决。剧团从业人员的生活待遇远不如其他行业，政府对剧团的扶持连基本的生活都无法维持，因此，多数演员为生活所迫，从事第二职业。

经费的紧张，导致了演员，尤其是一些优秀演员的流失。以山西省晋城市上党梆子剧团为例，与该团副团长刘晋苗同时分配到剧团的戏校优秀学生原有40人，由于剧团基本工资不能保障，目前只剩下4人。剧团的演出收入无力担负编剧、导演、舞美设计、音乐设计艺术创作人员的工资，所以大部分剧团没有专职编导和音乐、舞美设计人员。没有起码的创作人员，也就没有能力排演新戏。不能够推陈出新，何谈发展？资金的有限，也无法更新演出排练设备，剧团设备陈旧，服装破烂，戏价无法提升，写戏就很困难，演出市场就会更加缩小，等等，形成恶性循环。

（二）演出时条件艰苦，演员的社会地位一落千丈

新中国成立以后，演员的社会地位有了很大的提高。20世纪50年代至70年代，一个地方请剧团来演戏是非常隆重的事情。老乡对剧团很热情，把自己的屋子腾出来让给演员住，有的甚至是新婚夫妻的洞房。但是现在，情况有了改变，旧的习惯，人们的那种传统的封建意识又死灰复燃，一些地方请剧团来演戏，主要是敬神，把演员看成了下九流。住的地方是没人住的库房，寺庙不管饭，剧团不得不自己起灶。更有甚者，有的地方连村子都不让演员进。今天戏曲演员的社会地位与新中国成立初期相比如此一落千丈，难怪剧团留不住人，戏校招不到学生，而这个问题不仅仅是个经济问题，更应该引起我们的深思，不仅去关注演员，还应呼吁社会各界从根本上改变对从事戏曲这一行业人员的看法，从精神上给他们支持，来改变他们的境地。

（三）戏曲创作与演出市场严重脱节，得奖剧目得不到普及推广

山西作为戏曲大省，近年来都积极地参加了文化部、中宣部、中国剧协所举办的演出活动以及中国艺术节、中国戏剧节等全国性的演出活动，并在这些活动中连连得奖，如：要孩儿《在法律面前》，忻州市北路梆子青年团的新编现代戏《香火》《山妹子》、左权小花戏《筑路哥哥》《洗衣裳》；眉户《山凹人家》，等等。这些戏为适应比赛，思想较严肃，艺术水平较高，在北京等地演出，受到戏剧界专家的高度评价，赢得了很高的声誉。但是，这些投资了很多财力、物力、人力的获奖剧目，它们目前的演出市场却是很有限的。其原因是，无论是艺术上还是形式上与广大观众的审美眼光是脱节的。目的单一，为了比赛而比赛，重赛场轻市场，跟形势、追风头、图解政策、讨好专家，忽视群众的爱好，创作出的新剧目脱离现实生活，这是违背艺术生存的规律的。结果是叫好不叫座，赛场叫好而市场不叫好，专家首肯而观众不首肯。甚至有些剧团大投入的参赛行为，还往往导致剧团陷入“赛场风光无限，赛后几年还债”的窘境。这也是当今一些戏曲剧种产生危机的一个重要原因。

（四）一些珍贵的小剧种有失传的危险

山西戏曲源渊流长，戏曲形式丰富多样，它们积淀并代表着我国戏曲艺术的历史文化价值，同时也反映出流传区域的民风民俗。

随着岁月的流失，一些具有重大价值的戏曲艺术形式已经不复存在，如晋北的赛戏、晋南的锣鼓杂戏、晋东南的队戏等。一些流传下来的珍贵特色小剧种，在戏曲艺术普遍走下坡路的今天，更是面临着危机。

耍孩儿，具有“戏剧史上的活化石”之称，具有悠久的历史生命和独特的艺术价值，更可贵的是，至今它仍然活跃在戏曲舞台上，但面对戏曲生存的大环境，它的情况也不容乐观。大同市耍孩儿剧团是山西乃至全国唯一的耍孩儿专业剧团，被文化部授予“天下第一团”的称号。他承担着传播发展该剧种的重任，但是剧团办公排练地方是一个只有二三十平方米的房间，条件很差。而且活跃在耍孩儿舞台上的一批演员都已四十多岁，他们是剧团的中坚力量，到目前为止，他们身后没有接班人，人才断层很严重。

线腔也是山西省的稀有剧种，陕西的西路线腔仅有木偶表演。用演员表演的线腔已经没有团体，而芮城线腔也没有专业剧团，只有艺校正在培养的一批学生演出，他们是现在唯一用演员表演故事的线腔团体。从芮城目前的情况来看，线腔老艺人都已年迈古稀，且所剩无几，已不能传授技艺。1978年培养的一批线腔学员，多数都已改行。再不抢救，线腔有失传的危险，类似的情况还有孝义碗碗腔。

（五）民间职业剧团过多，对演出市场造成了巨大的冲击

在市场经济的影响下，有些管理部门不管这个团具不具备办剧团资格，只要给钱，就给办证，就同意演出。晋中地区就办了三十多个剧团。

正月是演出的旺季，仅阳泉市一下就冒出了30个剧团。晋南也有二十多个私人剧团，不具备办剧团条件的剧团，搞乱了正常的演出市场，加深了专业剧团的困境。

（六）“穴头”的参与，也搅乱了演出市场的正常供求关系

阳泉市豫剧团常年在外地演出，走庙台吃神饭。定台口要依靠经纪人，村干部和经纪人都要吃回扣，有的地方，经纪人拿的回扣比剧团的演出费还多。穴头有两种，一种是带团的，穴头和剧团签订合同，一场戏多少钱，剧团和村里不发生经济关系；另一种是按台口算，由穴头联系台口，剧团和村里搞定戏价。穴头和村干部拿50%的回扣，穴头给村干部20%，这很明显剧团的收入减少了许多。

三、对保护和发展戏曲文化遗产的思考

中国戏曲文化涵盖了中华民族五千年的歌舞、音乐、说唱文学、美术、杂技等艺术因子，经过长期的孕育发展而成。在形成唱、做、念、打为一体的、成熟的戏曲形式后，又因受不同民族、不同地区语言、风俗、民间艺术的影响而形成千姿百态的剧种。在戏曲艺术发展的长河中，内容上陈旧、艺术上凝固的剧种不断被新兴的剧种所淘汰，戏曲的艺术形式经过了一次又一次的更新。戏曲的多样性和不断的推陈出新是戏曲的发展规律，也是中华民族戏曲文化的活力所在。

保护民族民间文化艺术遗产的目的是为了促进民族民间文化艺术的发展，克服民族民间文化艺术发展中的障碍，进一步解放艺术生产力，繁荣文化事业，而不是保护那些与群众文化生活无关、没有历史价值和欣赏价值、已经被时代淘汰的落后文化。

联合国科教文组织非物质文化遗产处的斯密特处长2004年10月26日在中国艺术研究院听取了昆曲和古琴保护工作的汇报后在讲话中说：“保护人类非物质文化遗产要保护现存的、不断发展的、不断更新的文化遗产，而不是要保护那些凝固的、一成不变的东西。”他认为非物质文化

遗产的认定有四点：1.是某个社区有特点的，而不是世界性的；2.对社区的存在起了关键作用；3.对社区的持续发展有重要意义；4.对社区的认定起关键作用。他认为非物质文化遗产发生变化是一种正常的、很自然的现象，那种把非物质文化看作是凝固的、一成不变的观点是对非物质文化遗产的误解。斯密特先生的这个讲话，澄清了我们近几年在非物质文化遗产保护中注重对濒危的、凝固不变的文化遗产的保护，而轻视对活的和还处于发展中的非物质文化遗产的保护，以及在非物质文化遗产的保护中要求原封不动地继承的观点。斯密特先生的讲话，是与我国在新中国成立以后在保护文化遗产中提出的"推陈出新"方针是一致的。

由此，从联合国科教文组织对保护非物质文化遗产的要求和我国政府对民族民间文化采取的"推陈出新"方针出发，对现阶段民族民间戏曲的保护工作提出以下建议：

（一）进一步解放艺术生产力，建立适合中国国情和市场经济的剧团管理机制

历史的经验表明，特定的历史条件和历史阶段决定了改革的政策与目标，即任何改革政策与措施超越了客观的历史条件或历史阶段，改革就不可能实现预期目标；反之，当改革的措施与政策落后于现实发展的需要，改革也不可能取得成功。改革开放以来，随着我国政治、经济、文化的发展，我国的综合国力不断增强，人民群众的物质文化生活得到了极大改善。社会主义市场经济的逐步繁荣，建立社会主义民主政治和精神文明建设取得明显成效，中国特色的社会主义文化在现代化建设中的战略地位日益显现，为文化体制的改革奠定了坚实的基础。当我们回首新中国文化艺术事业走过的五十多年的风雨历程，特别是改革开放二十多年来的发展，我们可以看到，艺术表演院团的改革都与每个不同历史阶段的经济政治体制改革与发展休戚相关，这些实践与探索都是宝贵的财富，为今天的艺术表演院团深化改革提供了有益的借鉴。

邓小平同志在谈到判断改革开放的标准时指出：判断的标准应该看是否有利于发展社会主义社会的生产力，是否有利于增加社会主义国家的综合国力，是否有利于提高人民的生活水平；因此，衡量文化体制改革是否成功的关键是看它是否有利于促进文化艺术生产力的发展，是否有利于增强文化事业单位的活力和竞争力，是否有利于先进文化的建设，是否有利于维护保障广大人民群众日益增长的精神文化需要。改革成果的检验要以人民群众满意不满意、喜欢不喜欢、高兴不高兴为标准。这是新的历史时期坚持“二为”方向的重要体现。

在当前就是：第一，要把保护和发展戏曲文化遗产作为新时期建设小康社会和建设社会主义精神文明的战略高度来认识，提高广大人民群众，特别是各级政府保护和发展戏曲文化的自觉性。江泽民同志在中共十六大报告中指出：“扶持体现民族特色和国家水准的重大文化项目，扶持对重要文化遗产和优秀民间艺术的保护工作。”中华戏曲熔铸了中华民族的歌舞、文学、音乐、美术等艺术方面，是中华文化的集大成者，民族精神的集中体现。但是，中国戏曲发展到现在却遇到了前所未有的冲击和挑战。保护并发展中国戏曲文化是摆在中国人民、各个阶层、尤其是党和政府面前迫在眉睫的大事。第二，我们也要根据不同地域的不同剧种，根据它们自身的艺术特点，对其自身进行改革，使其适应当前人们不断变化着的审美眼光，以求得自身的发展。

（二）根据剧种的艺术价值、文化价值，给予恰当定位，分级管理

中国不仅是一个戏剧文化悠久的国家，而且是一个戏剧文化多元化的国家。在大江南北、长城内外，除了汉族众多的戏曲剧种外，许多少数民族也都有自己的戏曲剧种，有些少数民族像汉族一样，在不同的方言区形成了不同的剧种。为了全面、系统、有效地抢救和保护我国各地、各民族的戏曲文化遗产，将民族、民间戏曲遗产的保护法制化，并纳入各级政府的职责范畴，除纳入联合国的非物质文化遗产名录外，还应制定国家级、省级、地市级非物质文化遗产的名录，斯密特先生在中国艺术研究院的讲话中也强调除了纳入联合国保护的非物质文化遗产名录外，联合国科教文组织各个成员国要建立自己国家的名录，而且可以有一个或几个名录，通过世界各国的努力，达到保护世界文化多样性的目的。按照我对全国戏曲剧种的了解，对纳入国家级、省级、地市级的名录提出以下标准作为参考。

1. 国家级戏曲保护名录标准

具有悠久的历史：形成于清中叶之前。

具有独特的文化价值：反映了某一个历史时期戏曲的形态、独特的审美观念；形成浓郁地方特色或民族特色的演出风俗。

具有丰富的艺术遗产：形成了成套的音乐、唱腔体系；行当齐全，唱、念、做、打技艺全面，表演身段、特技丰富；现存的传统剧目在500种以上。

具有广泛的影响：至少在两个以上省、市、自治区流传。

凡具备以上三个标准的剧种可列入国家级保护名录。

2. 省、自治区、直辖市戏曲保护名录标准

具有比较悠久的历史：形成于清末民国初年之前。

具有较高的文化价值：能够反映本地群众审美情趣，形成当地特色和民族风格的演出习俗。

具有较丰富的艺术遗产：形成较完整的音乐唱腔，行当齐全，技艺全面，能够表现各种题材的剧目；现存传统剧目在300种以上。

具有比较广泛的影响，在两个地市以上的地区流行。

凡具备以上三个标准的剧种可列入省级保护名录。

3. 地市级戏曲保护名录标准

①形成的历史较长，在20世纪60年代以前搬上戏曲舞台。

②具有一定的文化价值，成为当地群众主要的观赏戏曲剧种。

③具有一定的艺术积累，形成比较完整的音乐唱腔和表演体制，现存的传统剧目在50种以上。

地市两个以上县流传。

具备以上三条的剧种可列入地市级保护名录。

国家级、省级、地市级保护名录之外的戏曲剧种，可纳入县级保护名录。

十六大报告指出，对体现民族特色和国家水准的艺术表演团体要加

强扶持，这实际体现了国家对艺术表演团体进行分类指导的原则。

山西作为一个戏曲大省也一样，应根据不同情况，不仅对不同的剧种要纳入不同的保护名录，而且要对所属的剧团制定相应的政策。根据调查，将剧团情况分为三类，第一，代表较大区域的文化特色，还具有较强艺术生命力和市场活力的剧种及其团体，如“四大梆子”，地方政府应给予大力支持，原来补贴可适应提高，用于专业人员的培训，以提高其艺术生产力，并鼓励其面向市场，实行企业化管理或通过试点，探索转制为企业。转制为企业的剧团，允许演职人员自愿投资入股，在公平、公正的条件下，对院团有突出贡献的演员，鼓励他们持有较大比重股份，国家通过制定优惠经济政策对其进行扶持，使其享受不同于一般物质产品生产企业的优惠政策。第二，流传区域小，具有悠久历史和重要艺术价值的艺术品种，如耍孩儿、皮影、线腔等剧种，应建立起集舞台表演艺术、培养人才、搜集整理研究为一体的院团，使之成为继承发展本剧种艺术的重要阵地，并利用现代科技手段，收集相关资料，进行录像、录音、拍照，对它的历史和生存现状进行详实的调查，作为研究戏曲艺术乃至文化价值的重要研究史科。第三，对其它的一般艺术表演团体，则应通过撤销、合并、重组的方式，实行资源优化组合，以提高其竞争力。有的小剧种，虽然是当地群众喜爱的，也有一定的保存价值，但艺术积累少，很难独立组团演出，可以在小剧种多的地区，组建民间戏曲剧团，演出几个剧种的戏，既满足群众的欣赏需要，又达到保护这些小剧种的目的。政府要在财力上加大对这些民间戏剧团的扶持力度，这些民间戏剧团也要担负起传承小剧种艺术发展的重任。

（三）加强剧场、排练场等文化设施的建设，改善剧团的工作环境和演出条件

很多剧团的团址陈旧狭小，年久失修，设施简陋。大部分剧团没有自己的剧场，在市区演出要租场，到乡村演出，舞台很破旧，有的已是危房，或是临时搭建的戏棚，只能演一些传统剧目。而那些新编的大型剧目，对舞台设备要求严格，无法在如此简陋的舞台上演。要改变这种情况依靠剧团自己的力量是不行的，因此，政府相关部门要把剧场建设，解决剧团的办公和排演条件作为落实“三个代表”重要思想，弘扬优秀传统文化的大事来抓。要做到，每一个国营的剧团都有自己的办公、排练、演出场所，并努力改善演职人员的居住条件。

（四）重视戏曲艺术后备人才的培养，给戏校、艺校招生优惠政策，减免学生学杂费

为了戏曲艺术得到可持续性发展，应该重视戏曲专业人才的培养工作。戏校和艺术学校是培养戏曲人才的重要基地，因此，加强戏校、艺校建设是戏曲艺术不断发展的关键，建议各级政府要增加投入，加强学校教学设施和教师的师资队伍建设，并考虑到大部分是来自农村甚至是贫困山区的孩子，所以学校应采取低收费或免费的方式，吸引生源。但同时也要择优录取，提高生源的数量和质量，以达到发展和提高戏曲艺术的目的。

（五）对演出市场进行宏观调控，加强对民间职业剧团的管理

在市场经济的影响下，各地都纷纷涌现出许多民间职业剧团。在演出旺季，阳泉市一下就冒出30个表演团体，晋南地区也有二十多个私人剧团。这些演出团体艺术水平差，压低戏价，严重扰乱了正常的演出市场，有关部门应加强对它们的管理，确保专业剧团的演出市场，另外在给民间职业团体发放演出证时，应严格把关，而不以金钱为重。规范演出市场，减少“穴头”或“经纪人”对剧团的盘剥。同时，艺术院校要根据市场经济条件下艺术表演团体市场运作的需要，为剧团培养出自己的“经纪人”。

（六）加强戏曲文化宣传，培养戏曲观众，提高戏曲行业人员的社会地位

戏曲在我国人民文化生活中占有非常重要的地位，但是大多数剧种的流传区域极小，不能够登上大雅之堂，引不起社会的重视；在文化艺术形式多元化的今天，青年一代更是远离戏曲艺术，追求时尚，因此，戏曲观众出现了严重的断层。任何一种艺术失去观众，它将没有市场，也就无法存活下去。当前，应加大对戏曲文化的宣传力度，培养出新一批的戏曲观众。另外，自戏曲形成以来，承载着娱乐的功能，从事戏曲的人员也为人所看不起，后来又成为迎神赛社的工具，从业人员的地位也没有提高。抗战时期和新中国成立之后，鉴于戏曲的宣传作用，戏曲及其演职员的地位得到了应有的提高。但是在改革开放以后，随着电视的普及，戏曲的宣传作用越来越小，戏曲从剧场又回到了庙台广场，戏曲演员的地位也一落千丈。针对这种现象，我们呼吁广大媒体、宣传部门，加大宣传力度，让人们了解戏曲的文化价值。国家要立法，将民族民间文化艺术纳入国民基础教育中去，以提高国民的民族文化意识，从根本上解决戏曲观众的断代和戏曲文化的危机，使我国的民族民间文化能得到持续发展。

山西戏曲剧种剧团现状调查日记

2003年4月3日晚八点乘北京六里桥长途汽车站到离石市的长途汽车，4月4日早六点到离石。下午与大弟文栋一起回到临县老家。

4月5日是清明节，吃过早饭，和父母及弟弟、妹妹一起回任家沟老家扫墓。任家沟离县城原来有五公里，现在县城扩建，村里的人搬到川面上居住，县城和任家沟村已经连在了一起。我家的祖坟在塬上，到村前要爬一个大坡才能到达。我已经多年没有到祖坟扫墓了。这次到山西调查戏曲剧种剧团现状，恰巧遇到清明节。这几年老家的生活富裕起来了，老家的人不仅为祖宗竖起了碑，而且在祖坟里栽了松柏。据说我们的老祖宗是明代由四川到陕北辗转到晋南，最后定居临县的，但祖坟几次改变，宗谱也失传，现在的祖坟只有父辈的曾祖刘长泽的墓。我们到了墓地，已经有同宗的许多人来扫墓。多年没有回村里，长辈和同辈人都已经面貌不像当年，下一代的人更是一个都不认识。父亲一一介绍，大家寒暄过后，一起为祖宗烧香、烧纸，还有用纸扎成的楼房、电视机、汽车、手机等。在老家人的观念中，阴界人的生活也要与时俱进，享受阳界现代科学技术带来的物质成果。大弟的长子晓芸，一年多前因患骨瘤医治无效而亡。按照习俗，没有结婚生子的人是不能葬在祖坟的，故葬在离祖坟不远的地方。大弟媳来扫墓，难免又在坟前大哭一场。母亲、妹妹陪她来扫墓，也哭成一团，经大家相劝，才停止。弟媳带来了晓芸生前爱吃的水果、饮料、点心等，都摆放在墓桌上。所谓墓桌，是用三块石板作支撑，一块石板作桌面搭成的。讲究的是用一块整石雕刻而成，上面摆放供品，下面掏一个半圆的洞烧纸。

4月6日七点吃过早饭，大弟开车送我到孝义。我们调查组的王安葵先生及王娜女士和省戏剧研究所的六位同志已经先期到达，正和孝义市文化部门的同志开座谈会。孝义碗碗腔是由陕西传入的皮影戏衍变而成的一种民间戏曲。清光绪初年，陕西朝邑一带连年大旱，碗碗腔皮影戏艺人逃荒来到山西谋生，其中有一伙艺人来到孝义演出，受到当地观众的欢迎。陕西碗碗腔在孝义流传过程中，为进一步吸引观众，吸取了中路梆子和汾孝秧歌的艺术营养，逐步形成了具有当地艺术特色的孝义碗碗腔。清光绪末期至民国初年，为孝义碗碗腔的鼎盛时期，出现了六七十个民间班社，演出足迹遍及全省，远及宁夏、辽宁等地，深受群众喜爱，在观众中曾流传着："过节听不上碗碗腔，再好的酒肉也不香""开年看几眼纱窗戏，一年和老婆不生气""听声咦咦咦，美如过生日"等谚语。碗碗腔传入孝义后，一直以皮影的形式在流传。1959年在太原演出的碗碗腔和在孝义演出的碗碗腔先后由演员登台演出，逐步形成了既有戏曲基本特征，又有皮影表演特点的艺术风格。孝义碗碗腔剧团从1959年成立以来，不仅整理改编了许多传统剧目，而且还创作演出了不少现代戏。如20世纪60年代上演的《柳树坪》，70年代上演的《三上桃峰》，90年代的"风流三部曲"（《风流父子》《风流婆媳》《风流姐妹》）。该团青年演员、团长张建琴赴京演出《风流父子》，夺得戏剧"梅花奖"，这在县级剧团中是不多的，在小剧种中也是难得的。剧团为地方赢得了荣誉，市政府在经济上给予剧团较大的支持，每年给剧团工资额的60%财政补贴，离退休人员的工资和医疗也得到较好的解决。中午吃过饭，我们来到剧团的院子参观，两栋宿舍楼，一栋办公楼，还有排练场，生活和工作环境良好，这在县级剧团中是少见的。

下午，驱车一个多小时到了介休县东段村观看孝义碗碗腔剧团演出的庙会戏。剧场在村东头东岳庙的对面，据庙中的碑记载，此庙清乾隆年间就有，“文革”时期庙被拆除，近年才复建，舞台也是近年修建的钢筋水泥建筑。4月5日是庙会的正日子，6日烧香拜佛的人已经很少。下午的演出剧目是传统戏《绣楼联姻》、现代戏《风流父子》，剧场中的观众有四五百人，以老年观众居多。剧团为了减低演出成本，白天演出不用舞台灯光，舞台的光线较暗，加上露天剧场的嘈杂声，观赏效果很差。因我们还要赶回太原，戏还没有看完，就退场了。

晚上在太原梨园文化中心观看临县道情剧团演出的道情现代戏《保姆》。临县道情是清道光年间由说唱道情发展而成的一种民间戏曲。清末至抗日战争之前，是临县道情的繁盛时期。仅临县就有一百多个村庄有民间职业和业余戏班演出，并流传到陕北一带。临县民间演唱道情戏非常普遍，至今还流传着：“炒鸡蛋、烙烙饼、弹起弦子唱道情”“宁看道情小姑贤，不去方山做巡检”的顺口溜。传统戏以宣扬道教思想和道家的故事为主，如《高老庄》《经堂会》《度林英》等。因曲调委婉缠绵，很适合表现人物的内心感情和民间生活，新中国成立以后曾移植编演过许多反映现代生活的剧目，如《李双双》《夺印》《柳树坪》《游乡》等。小时候每逢过年过节，经常能看到道情戏演出。春节期间村里闹秧歌，上午秧歌队挨家串户给村民拜年，然后在村中的广场或大的院落表演歌舞，称为“大会则”；下午演唱道情戏，称为“小会则”。因此，能在太原听到家乡的临县道情，非常亲切。《保姆》由王辉、马兆禄、田伟泓编剧。王辉为省创作中心主任，1979年在临县“扶贫”期间，曾创作了现代戏《圪杈湾》，由临县道情剧团排演，获吕梁地区现代戏调演一等奖。马兆禄是太原实验晋剧院的老导演，《保姆》亦由他执导。田伟泓是阳泉市文化局戏剧研究室的二级编剧，是王辉的同学。

《保姆》写贫困山区的小伙子全宝，大专毕业后留城工作，因家庭贫困，年近三十岁，还找不到对象。城市姑娘玉莲，对全宝十分满意，但她的母亲要求男家没有公婆。全宝的母亲徐婶，年轻时就守寡，好容易把儿子抚养成人。因家庭贫困，正为儿子娶不到媳妇着急，得知此情，让全宝隐瞒实情，答应下这门亲事。一年后，玉莲生下一子，让全宝在乡下找一个看孩子的保姆。徐婶看孙子心切，以保姆的身份来到城里，帮玉莲照看孩子。因丢戒指玉莲误会了徐婶，但徐婶对儿子、儿媳、孙子的亲情感动了心直口快的玉莲。玉莲得知徐婶的身份，非常高兴地认下了婆婆。此剧以情见长，以情感人，将人物内心情感的抒发与道情曲折委婉的腔调较好地结合起来，收到了很好的艺术效果。缺点是，剧本在一些情节的处理上还不够周密，如造成戏剧冲突的矛盾焦点不够明确，丈母娘是矛盾的主要方面，但其结局在剧中没有交待。另道情的音乐特色还有待加强，演员的演唱韵味不够浓烈。演出结束后，与剧团的编创人员开了一个座谈会，大家畅所欲言，对《保姆》的成功和不足谈了自己的看法。座谈会开完已经十一点多了，晚上就住在梨园文化中心的宾馆。梨园文化中心是一民营企业家开办的，坐落在太原市河西区，是集宾馆、餐饮、娱乐为一体的综合文化设施。其中有一个能容纳七八百人的剧场，类似北京的长安大戏院。老板喜欢文艺，舍得在文化上投资，有与临县道情剧团长期合作的意向。

4月7日上午在梨园文化中心三楼会议室召开临县道情剧种剧团现状座谈会。出席会议的除调查组成员外，有吕梁地区文联原副主席刘维颖、临县文联原主席郭丕汉、临县文化局原副局长郭清厚、临县道情剧团团长渠全明、临县道情剧团乐师郝如喜等。

郭丕汉对临县道情作过深入的调查研究，他介绍了临县道情的源流和声腔上的特点以及剧目来源等。他认为临县道情起源于道教说唱音乐，和其它道情一脉相承，临县道情的【终南调】和晋北的【耍孩儿】基本相同，不同的是调式的差别。临县道情现存三百多个曲调，都是五声音阶，没有3、6。这些曲调来源于三个方面，一是道教音乐，二是民歌，三是其它戏曲剧种的音乐，如中路梆子、眉户。演出剧目也来源于三个方面，一是反映道教思想的剧目有11个；二是移植其它剧种的民间小戏；三是创作的现代戏。临县道情最兴盛的时期是清中叶到民国年间，逢年过节，村村都唱道情戏。除在本地活动外，还有11个戏班在陕北活动，班主是陕北人，但演员都是临县去的。郭兰英唱红的《翻身道情》，就是临县道情传到陕北后的道情曲调。过去每年农历的4月是临县城演戏的旺季，4月3日城内外有8个班戏，4月15日有50个班戏，其中有不少是唱道情的班子。

郭清厚曾在20世纪80年代初担任临县道情剧团团长，他介绍了临县道情剧团的情况。他说临县道情剧团是1960年建立起来的，当时是地方国营性质，第一任团长叫郭丕承。1967年，临县道情剧团和临县晋剧一团、二团合并为临县晋剧团。“文革”期间，临县道情剧团虽然被取消，但群众性演唱临县道情的活动没有断绝。1974年，在时任临县晋剧团团长郭清厚的主持下，在临县插队的老戏剧家王易风的指导下，自编自演的现代戏《喜事新办》荣获吕梁地区现代戏调演一等奖。1980年，在广大群众的呼吁和领导的支持下，重新恢复和重建了临县道情剧团。剧团恢复后，通过以团带班的形式，培养出一批艺术骨干，如现任团长渠全明，省晋剧院的优秀青年演员金小毅、刘建平，全省著名歌手陈友平、马海峰等都出自该团。

刘维颖曾多年担任吕梁地区文化局的副局长，对临县道情剧团的情况亦做过调查研究。他说，临县碛口李家山剧团是一个有久远历史的民间剧团。据当地艺人讲，在清道光年间，李家山剧团既唱道情，又唱中路梆子。当时缺少剧目，永宁州的两个进士崔相和崔炳文将傅山的杂剧《红罗镜》改编为道情演出。李家山的剧团经常在碛口的黑龙庙和财神庙演出。他认为临县道情在剧目上比较突出了仁、义、爱的主体，在艺术上表现出和平静穆的风格。

渠全明是1980年临县道情剧团重建时培训班的学员，原是唱老生的。他担任团长以后，拓宽办团思路，为满足不同观众的需要，既演唱道情，也演出晋剧，还能演出歌舞。1998年，他们招收了第二批学员，除学道情和晋剧外，还请省歌舞剧院的老师教舞蹈、声乐、器乐。为教学方便，他们将培训班搬在太原来办。现在剧团分两个演出队，一个队以演出戏曲为主，在临县活动，一年走50个台口，演350场戏。一个队就是即将毕业的学员班，以演出歌舞为主，在太原活动。据说，他们曾五次随省歌舞剧院到西安等地演出，学员的基本功比较好，艺术潜力大。渠全明认为，目前剧团最大的压力是生存问题，如果国家对稀有剧种不采取经济上的扶持政策，剧团只能是观众需要什么，就演什么，千方百计生存下去，根本没有办法解决剧种的发展和艺术的传承。他说，为了能让学员毕业后有碗饭吃，只能减少一些学戏的时间，学习歌舞。对此，家长有意见，我们也感到是个问题，但现在戏曲的市场越来越小，只靠演道情戏肯定没有饭吃。

临县道情在全国的道情剧种中是一个形成较早，艺术上比较成熟，艺术遗产比较丰富，影响比较大的剧种。而临县道情剧团是这个剧种唯一的剧团，如果临县道情剧团不能担负剧种的传承和发展，具有悠久历史的临县道情，岂不会自生自灭？在座谈会上，大家呼吁，临县作为山西的一个大县，要把临县道情作为自己的一个文化品牌来重视，加以一定的资助；同时要把它作为吕梁地区的重点剧种和省里的稀有剧种加以扶持。

4月7日下午，在省文化厅三楼会议室召开有省直属院团和太原市戏曲院团参加的座谈会。出席会议的有省文化厅厅长成葆德，省戏剧研究所所长李运启，省戏剧创作室主任王辉，省晋剧院院长孙志勇，省京剧院院长黄来喜，省宣传部文艺处领导胡丽耘，太原市戏剧研究所书记王万生，太原市晋剧实验剧院院长秦树斌等。会议由李运启主持，课题组负责人王安葵介绍了戏曲剧种剧团现状调查的由来和重要意义；刘文峰介绍了课题组在福建、陕西、安徽等地调查的情况。成厅长介绍了山西戏曲近年来的情况。他说山西戏曲的演出场次2002年位居全国第三，其中煤矿演出占较大的比例，上党梆子剧院张爱珍的团，一年收入一百多万元。因安全问题，乡镇煤矿停产关闭，演出市场受到一定影响，加之竞争激烈，演员之间的矛盾突出，剧团的日子不太好过。山西流行一句口头语，叫“县县都有老大难，中学、医院和剧团”。戏曲教育是山西的强项，省里有职业戏曲学院，各地市有艺术学校，但招生遇到了问题。培养戏曲人才要在穷孩子上下功夫，要招那些急于就业、又要获得中等学历的戏曲人才。省歌舞剧院、省京剧院人才流失严重，地方戏好一些。条件差、工资低，留不住人才。省京剧院的优秀演员都被北京拉走了，许多戏演不了。

省京剧院院长黄来喜介绍，去年该院共演出了156场，其中有70场是在阳城演的，那里有个大发电厂，外地人多，能接受京剧。剧院比较注意排一些观众爱看的戏，去年到浙江温州演出三个月，大部分是在农村庙会演出。京剧院五年排了两出新戏，《大脚皇后》演出189场，《三关明月》演出六十多场，在五台山演出观众较多。今年想打进晋南，排了《华容道》《古城会》《斩颜良》三出关公戏，以此吸引观众。

省晋剧院院长孙志勇介绍了该院的情况。他说，晋剧院编制为300人，现有287人。目前剧院存在的问题，一是经费不足。过去是全额拨款，现在是工资的60%。1995年剧院分为三个演出团，但戏价逐年走低，2002年已经降到每场戏二千多元，已经连续三年亏损，2002年亏损二十多万元。第二个问题是后继乏人，不仅是主要演员的艺术素质在下降，而且学员的素质也没有保证。去年剧院招了20名学员，作为特长班，不收学费。今年再招一个特长班，培养乐队学员。第三个问题是演出市场缺乏宏观控制，竞争激烈。去年全省有220个民间职业晋剧团，今年会超过300个。为了应付这种局面，晋剧院将三个团合并为两个团。以明星阵容提高戏价，初步收到了效果。今年正月、二月演出旺季，演出收入40万元，戏价提高到每场戏8000元。这样，到了演出淡季，剧院可以发工资排新戏。孙志勇还谈到，现在有钱的企业家为父母做寿演戏的越来越多，逐步改变演出旺季和淡季的区别。

太原市文化局艺术处处长王剑介绍，太原市实验晋剧院有两个剧团，即实验团和青年团，还有一个豫剧团，都享受80%的财政补贴。晋剧院去年财政拨款136万元，豫剧团去年财政拨款51.31万元。今年给剧团的财政拨款是230万元，由于工资总额的增加，今年还达不到80%。现在演出市场越来越萎缩，各个剧团为了生存下去，都疲于奔命，艺术再生产的能力很差。现在梅花奖演员的艺术功底根本无法和老一代艺术家比，缺乏提高的能力和机会，排演不出新戏。由于资金的匮乏，导致了一系列的问题。今年是太原建城2510年，准备排演新戏《玉带传奇》。

省委宣传部文艺处领导胡丽耘发言，肯定了山西举办小剧种调演对小剧种发展的促进作用。她认为，评奖不能太烂，但一定要搞。现在戏曲吸引不了观众，主要是缺乏好的剧本和好的演员。

4月7日晚观看临县道情剧团为剑锋摩托销售公司开业演出的歌舞晚会。演员队伍整齐，基本功较好，但缺乏独舞、独唱的尖子人才。剧场里的观众大部分是卖摩托车的老板，他们的兴趣在抽奖上，缺乏演员与观众的互动和交流，故演出效果不佳。

4月8日，早上七点半从太原出发，九点到祁县宾馆，召开祁县秧歌座谈会。出席会议的有中国艺术研究院戏曲研究所"全国剧种剧团现状调查组"刘文峰、王娜；山西戏剧研究所的谢玉辉、张翎、张芬、张小笛、张强、丁小芹。晋中市委宣传部陈部长、祁县县委宣传部荣贵部长，县文体旅游局局长胡育先，县文化馆的专业干部王继红、高荫宾、李谦光，祁太秧歌老艺人史海刚等。首先由胡育先介绍祁太秧歌的基本情况。他说，祁太秧歌是和中路梆子同步发展起来的民间戏曲。最初没有伴奏干唱，后来加上了伴奏，并在同一段唱腔中使用几个曲调，但还处于下里巴人阶段。演出剧目都是三小戏，没有净脚。一般婚丧嫁娶，都要请秧歌班来演唱，经常出现灵棚里嚎天哭地，灵棚外鼓乐喧天的景象。语言通俗，曲调朴实，像拉家常话，群众很容易接受。祁太秧歌一直在民间活动，演员都是当地的农民，农闲演出，农忙种地，这是祁太秧歌长盛不衰的重要原因。高荫宾说，祁太秧歌有三百多个传统剧目，都是反映农民身边的事，语言是当地的语言，用老百姓熟悉的腔调，所以在当地无论婚丧嫁娶、节庆升平都要演祁太秧歌，并不断有人创作出新的剧目，解放初期就编演了不少新剧目。祁太秧歌和中路梆子有密切关系，中路梆子曾吸取了祁太秧歌的伴奏乐器，祁太秧歌也吸取了中路梆子的唱腔。现在的祁太秧歌就和老的唱腔不一样，老唱腔比较单调，新唱腔比较好听。祁太秧歌没有专业剧团，民间戏班有两种，一种是常年演出的班子，专业演员有四五十人；还有一种是临时的票友班，这种票友班几乎村村都有。现在唱一场最少需要700元，演员的报酬，主演100元，次要演员依次为80元、60元、40元不等。一个正规的班子有三十多人。2001年12月，我们搞了一次秧歌大赛，有一百多人参赛，评出了一、二、三等奖，县教育电视台转播，费用由企业赞助。在谈到存在的问题时高荫宾说，改革开放以后，没有创作出新剧目，老戏老演，不仅吸引不了新观众，而且也会降低老观众看戏的热情。王继红称，他跑了一百三十多个村子，搜集到二百八十多个祁太秧歌的剧本。农民非常喜爱秧歌戏，人人会唱。赵镇有21个村，18个村有秧歌班。过去演员都是男性，现在80%的演员都是女性。流传范围，从祁县、太谷发展到了交城、文水、汾阳等地。

李谦光说，祁县和省戏剧研究所合作编印的《祁太秧歌传统剧目汇编》共收进60个剧目，有十几个没有曲谱。祁太秧歌现有传统剧目269个，曲子两百多个，发掘整理遗产的工作还很重。现在最老的艺人已经八十多岁了，他们身上还有珍贵的艺术遗产，急需要记录整理。如何创新，是个老问题。有一个村子演祁太秧歌，五个戏有四个拥抱的。过去祁太秧歌的伴奏主要是武场，现在不仅增加了文场，甚至连电子琴都用上了。演传统戏，用大戏的服装，内容和形式不统一。蒋云先认为，祁太秧歌的提高是一个应该重视和关注的问题。现在一是缺乏编剧，二是缺乏宣传。有人插话说，祁太秧歌的创新要注意它的原始性，尊重它的自然性，不要把民间的东西变成官方的东西。民间艺术如何包装？自己的东西不要低看，不能把油蛋蛋包装成巧克力。

主管祁县文教工作的刘明星书记说，祁太秧歌群众基础好，年老的、年轻的都喜好，很有发展前景。祁太秧歌的发展，一靠艺人和专家做工作，提高它的艺术品味，与时俱进；二是政府要扶植，培养一个良好的市场，让祁太秧歌在其中自由发展；三是上级单位大力扶持，多指导。宣传部长荣贵说，祁太秧歌的发展要在“有”和“缺”中找突破口。有，就是有历史传统和群众欣赏艺术的需要；缺，就是缺乏经纪人和缺乏利用与引导。太谷有六个祁太秧歌的班子，其中有三个在祁县长期演出，说明有演出市场。我们还有研究人员和研究成果，更有广泛的爱好者。祁县县委和县政府已经把建设文化强县作为战略来抓，晋商文化、民俗文化、武术文化、建筑文化、戏曲文化都是祁县的强项。县政府每年出钱演两台戏，一台是晋剧，一台是祁太秧歌。现在祁县的各级领导，把文化工作放在了农业、工业之后的第三位。

4月8日下午，到祁县县城渠家大院聚利园旧址舞台看祁太秧歌演出。聚利园旧址位于渠家大院西南部的一个院落，南面是一个舞台，两侧是看楼，是渠家出资创建的中路梆子字号班聚利园排戏演出的地方。下午演出的均为业余演员，演出的剧目有《偷南瓜》《卖绒花》《算账》，前两出为民间小戏，唱腔表演特点比较突出，具有浓郁的民间风格。《算账》吸收的中路梆子的成分较多，服装也是大戏的，特色不明显。有几个老艺人登台清唱了他们的拿手戏片段。演出结束后，参观了渠家大院的建筑和晋商史料展览。

4月9日上午吃过早饭后乘车从祁县赶到运城市，下午又赶到临猗县，召开眉户座谈会。出席会议的当地人员有：曾任临猗眉户剧团导演、县文化馆馆长的王灿，曾任剧团支部书记、一级编剧郭启农，商机厂工会主席、业余编剧畅旭常，文化稽查队长、二胡演奏员李小红，剧团会计暂克功，文化局副局长秦淑贞。郭启农首先发言，他说这几年戏曲普遍不景气，但在临猗一花独放，一个好戏能演四五年。这几年换了一个女团长，是省人大代表，有号召力。一场戏的戏价1500至2000元。临猗眉户剧团有演现代戏的传统，所演现代戏很受观众欢迎，观众常把演员接到家里做客。现在排新戏投资很大，《十里花香》排了第一稿就花了20万元，主要花在外请的编剧、导演、舞美设计、布景和灯光、音响上。《酸枣树、甜枣树》，宣传山西手机第一村山东庄，山西移动通讯投资12万元;《热土忠魂》宣传张小庄好村民主任，演了三四十场，剧团投资10万元，还不算工资。县里给了两万元，地委给了五万元，收支基本平衡。剧团面临演员流失、后继乏人的严重局面。在职的演员工资没有保障，有两个好演员调到文工团去了。两个一级演员、一个一级编剧退休以后只能拿到

50%的工资。这种现状严重影响到后继人才的培养。今年打出广告，招收学员，没有人来报名。王灿说，临猗眉户剧团是1952年群众自筹资金建立起来的。过去剧团为什么好带，就是因为配合中心任务，为政治服务。现在戏曲的这种功能削弱了，政府对剧团的重视程度下降了。剧团的团长每日为剧团的生存发愁，演员不安心在剧团工作。剧团在艺术创作上要遵循“现代戏必须戏曲化，戏曲必须现代化”的思路，不能走大制作的路。在谈到剧团演员队伍不稳定，退休人员的工资没有保障时，秦淑贞局长说，县里准备拿出十个指标解决对剧团做出贡献人员的工资待遇问题。暂克功说，临猗县眉户剧团有演职员46人，实行聘任制，县文化局长聘任团长，团长聘任演员。工资实行浮动制。最高的是团长，每月900元；最低的是学员，每月50元。剧团和企业联姻，聘纺织厂的厂长担任剧团名誉团长，厂里为剧团解决了计算机字幕机和一些灯光设备。有些地方欺负剧团，演了戏不给钱。现在的团长是省人大代表，享受副县级待遇，地方上不敢再欺负剧团了，戏价也提高了。现在一年排一到两个新戏，每年演出二百多场。保留剧目有九个：《迟开的玫瑰》《小官、小贩、小教师》《酸枣树、甜枣树》《家庭公案》《留下真情》《吵闹亲家》《张小敏》《好年好运》《山风》，其中《酸枣树、甜枣树》获“第六届映山红民间艺术节”一等奖。一个台口四天七场戏，五天九场戏，轮换演出。临猗眉户剧团除在晋南演出外，还到过陕西、河南演出，并到过北京。秦淑贞说，临猗现有两个农民业余眉户剧团办得较好，坚持自编自导自演50年。有一个青年农民业余编剧，三年编了三个大戏。群众爱看家长里短的戏，贴近生活的戏。县剧团要在剧目创作和编演新戏上下功夫。郭京龙说，编演新戏成功率低，投资大，县级剧团经济实力弱，赔不起，还是以移植剧目为主保险。现在文艺界有一种说法，叫聪明人写小说，笨蛋写戏剧，双料笨蛋写现代戏。秦淑贞局长表示，临猗眉户剧团是全国演现代戏的一面旗帜，今年是剧团建团50周年，要搞一次建团50年庆典，希望大家来参加。

4月10日上午，由运城市到芮城，路经解州，到大关帝庙参观。从运城到芮城要翻过一座大山，十点多才到达。在芮城县艺术学校召开座谈会，出席会议的除北京和太原来的调查组成员外，本地人员有：职业学校校长杜勇健，原运城市文化局副局长刘英，音乐老师原百忍，线腔演员任金茂，芮城县艺术学校校长张红平，副校长姚逸民、刘少侠、李自红。首先由刘文峰代表调查组介绍了全国剧种剧团现状调查的意义和要求。接着由艺校校长张红平介绍线腔的流传情况和芮城县线腔剧团的经营情况。张红平说，线腔流行于秦晋豫黄河交界处的金三角地区，是由木偶戏发展而成的民间戏曲剧种。流行于山西的称河东线腔，流行于陕西的称河西线腔。现在河西已经没有剧团了，只有河东的芮城还保留了一个剧团。芮城线腔剧团是1959年创办的，“文化大革命”中线腔剧团与芮城黄河蒲剧团合并。1978年招收了一批学员，1984年由这批学员成立了芮城县线腔剧团。但在1991年又因经营困难，与黄河蒲剧团合并。为了抢救这个稀有剧种，在县委、县政府的支持下，于1999年办起了艺校。现在校生有两个班，共六十多人；教师十人，组成了一个团校结合的实验剧团。其中有编剧、导演、音乐设计、舞台美术设计，有演员，形成了一个集艺术教育和艺术表演为一体的机制。根据昆曲一出戏救活一个剧种的经验，我们着重抓了剧目创作，《七斤三两》七易其稿，已经演出了二百多场，深受广大观众的喜爱，有时一个台口要演两场，才能满足观众的要求。2002年参加省小剧种调演，获7项大奖，11块奖牌。今年准备参加在山东举行的国际小戏节演出。原百忍介绍道，线腔不是完全的曲牌体，而是正在走向板腔体的戏曲，旋律缠绵婉转，唱时没有伴奏。传统剧目有四百多本，常演的四十多种。1978年曾组织老艺人口述记录了近一百种，现存运城市博物馆。芮城线腔这一稀有剧种能存活的经验，一是有一批热爱艺术的人才，他们坚忍不拔，几经波折，抢救这一剧种；二是地方政府的重视，从政策上、人力、物力上给予大力支持。座谈会结束后，我们观看了艺校学生演出的《七斤三两》。这是一个惩恶劝善的剧目，演一个寡妇，将儿子抚养成人，娶了媳妇。儿子和媳妇开始还孝顺，但后来却要把老母赶出家门。饥寒交迫、晕倒在雪地里的老母幸遇考察民情的县太爷相救。县太爷要治儿子和媳妇不孝之罪，儿子把责任推到媳妇身上。媳妇说，婆婆养活了儿子17年，我们也养活了她17年，现在谁也不欠谁，因此要把婆婆赶出家门，让她自谋生路。县太爷得知老母生下儿子时重七斤三两，便心生一计，让儿子和媳妇还给老母七斤三两肉。儿子和媳妇无言以对，承认了虐待老人的错误，领回了老母。此剧情通理顺，唱腔通俗易懂，颇为感人。有一个小学生，看着看着，泪如雨下，场上的观众也都深受感动。演员的表演都很到位，特别是演老母的演员，唱、做都有较好的功底。下午吃过饭，在返回运城途中，参观了道教圣地永乐宫，其中的壁画令人流连忘返。参观完永乐宫，赶往临汾市，晚上住临汾市财政局培训中心招待所。

4月11日上午休息，下午在临汾市文化局会议室召开座谈会。参加会议的当地人员有临汾市文化新闻出版管理局局长陈续臻、纪检书记赵志慧、戏研室主任王建武、科员帝随川、曹鹏、乔燕，临汾市眉户剧团顾问郭乘云，副团长潘国良、陈奇志，临汾市蒲剧院副院长李安华、白麦浪，临汾市蒲剧团副团长王建虎、武晓朝，临汾市艺校教师党中萍、石文林、教务处主任李泽，襄汾文体局局长李光录，襄汾剧团团长秦才旺，霍州文体局局长张黎明，霍州蒲剧团团长成张明，尧都区文体局局长贾红跃、蒲剧团团长陈禄兵，洪洞县文体局局长阎邯玉、蒲剧团团长尉洪生，侯马市文体局副局长吉张俊。刘文峰代表调查组说明了剧种剧团现状调查的目的。

陈续臻首先介绍情况。她说，临汾是中国戏剧的摇篮，临汾蒲剧院为临汾赢得了荣誉，临汾眉户剧团是以演出现代戏闻名的剧团，他们最近编演的《村官》受到观众的好评。在戏曲普遍不景气的困难情况下，他们还坚守在这块乐土上。市级的两个剧团还勉强能维持现状，县级剧团的处境就更困难了。有的已经无法生存下去，解散了；有的牌子还在挂着，但不能坚持正常演出。老百姓还要看戏，戏曲也要发展，中央关注民族民间戏曲的生存问题，是给我们搞文化工作的撑腰。

临汾市戏研室主任王建武说，现在市直有三个剧团，蒲剧团、眉户团、文工团。蒲剧院原有两个团，现在只剩下一个团了。蒲剧团和眉户团还能正常演出，文工团大部分人员调到了群众艺术馆。剧团的工资待遇低，财政只给60%，演出市场不景气，演出收入很难补足那40%，许多主要演员离开了剧团，另谋生路。专业的编剧、导演、作曲、舞美几乎是空当。眉户团一直没有自己的演出剧场，蒲剧院的梨园剧场已经破烂不堪，但没有资金维修。在临汾市，已经没有戏曲的演出场所了。没有剧场，如何培养观众？有六个县级剧团，政府每年给3至5万元，还能正常演出；有七个剧团，牌子还有，但演出只是断断续续的；有四个县已经没有剧团了。有一个县的剧团几年不见了，后来听说流浪在陕北的一个地方，没有路费回来。后来文化局派人带了5000元钱，把剧团找回来。

临汾市蒲剧团副团长王建虎说，现在搞音乐、搞美术、搞编导的接不上班，主要因为剧团待遇差。剧团要创收，就解决不了艺术的提高问题，剧团没有能力排新戏，演员没有时间研究艺术。只能是老戏老演，老演老戏，造成剧团演出水平的整体下降，观众逐年减少的恶性循环。市蒲剧团实行60%的差额工资，40%的工资和其它一切开支要靠演出收入解决。去年财政拨款67万元，演出收入30多万元，而实际需要是237万元。因此，演职员不能按档案工资全额发，一级演员雷俊生每月的工资只有800元，二级演员600元，三级演员400元，另演出一场补贴10至17元。剧团的服装、音响、灯光、戏箱已经破烂不堪，但没有资金更新维修。剧团没有能力解决养老保险、医疗保险，这也是造成艺术人才外流，演员队伍不稳定的一个重要原因。

临汾市眉户剧团副团长陈奇志接着说，眉户剧团的一级演员的档案工资是1800元，现在只能领到800元。我们团两个二级演员王建龙、高爱爱都已经走了，他们在外面唱一首歌能挣一百多元。由于剧团演出收入少，养不起编导、音乐、舞美。老一代的编导、音乐、舞美都退休了，年轻的没有培养出来。为了生存，剧团一年要演出二百多场，服装、音响、灯光消耗很大，有的已经用了12年，但没有资金更换。年轻演员工资低，每月只有280元，男演员吃饭都不够，根本谈不上购房，现在剧团职工有二十多户在外面租房住。陈局长插话，市直属剧团离休人员能领到全额工资，退休人员能达到80%的档案工资。市眉户剧团顾问郭乘云认为，国家只给60%的工资，剧团根本办不下去。

霍州蒲剧团团长成张明说，霍州蒲剧团财政每年给5万元，退休人员的工资需要3万元，剩2万元，发给在职人员，连1%都没有。剧团每年演出四百多场，但还是解决不了演职员的工资，大家都参加红白喜事演唱赚钱去了。县剧团办不好，与私人剧团有关系。晋南有二十多个私人剧团，他们压低了戏价，县级剧团的生存越来越困难。现在县里给剧团解决了三个指标，团长和两个主要演员的工资有了保障，吸引了人才，稳定了演员队伍。

尧都区蒲剧团团长陈禄兵说，剧团的生存环境越来越差，演唱质量也越来越差，其中一个重要的原因是私营剧团和正规剧团争演出市场。我们一年演出350场以上，收入才15万元，连续三年政府没有给补贴，现在办不下去了。单纯讲经济，根本不能办剧团。县里的剧团要创作精品，没有条件。剧团常年在乡下演出，没有时间更新剧目。

尧都区文体局局长贾红跃说，有的地方办剧团是出于领导的爱好，要先定县级剧团要不要办，如果需要办，就得有投入。现在用于文化投入的很少。1999年，我们排演了《江姐》，在市里得了17个奖项，领导说给奖，结果一分钱也没有给。

襄汾县文体局局长李光录说，现在地区团不死不活，县里的剧团垂死挣扎，问题的关键是把办剧团和办企业等同起来。

临汾市艺校教务处主任李泽说，戏校毕业的学生，有门路的到了公安政法，在剧团的只有百分之二三十。学费每年2500元，返500元助学金。2001年招了11个，走了3个。去年招了50个，没有一个学打击乐的。过去招生最好的一年，10000个挑48个，现在是只要来就要。生源素质没有保障，培养不出好苗子。

洪洞县蒲剧团团长尉洪生说，不知国家现在还需要不需要剧团？老演员退休后一分钱都拿不到，演出收入只够维持跟团演员的生活。演出市场必须严格，取缔非法剧团，演出市场优先保障国营剧团。

临汾市文化新闻出版管理局纪检书记赵志慧最后说，临汾没有蒲剧和眉户，就不成文化，要让戏曲在精神文明建设中发挥重要作用，现在有两个问题，一是缺钱，二是缺领导的重视。

4月12日，上午去曲沃县，在县政府招待所召开曲沃碗碗腔座谈会。出席会议的当地人员有：县宣传部长邱建屏，副县长张建山，文体局局长阎靖宝，文体局副局长纪贵宝，文体局办公室主任杨锡茂、副主任贾小燕，碗碗腔剧团团长刘宝平，副团长杨建华，演员王梅、郭柏华。刘文峰介绍过剧种剧团调查目的后，刘宝平团长说，曲沃碗碗腔是一个很受当地群众喜爱的剧种。剧团是1960年创建的，1962年、1963年就排出了一批优秀剧目。1979年创作的《五花马》曾创造了在临汾连演45场的辉煌业绩，1981年到太原演出15天。近几年戏曲不景气，小剧种的处境更艰难。现在剧团有32人，县里每年给团里4万元补贴，不演出没有饭吃，演出也是吃不饱。小剧种戏价低，一场戏300－500元。因工资低，演员流失严重，有理发的，有外出打工的。文体局局长阎靖宝说，曲沃是一个有丰富文化资源的县，县委、县政府提出文化立县的构想，对剧团提出的口号是既要输血，又要造血，千方百计给剧团找饭吃。演出旺季，号召各乡镇优先安排碗碗腔剧团的台口，县里有大的活动，安排剧团演出。1998年排出宣传先进人物的《东边太阳西边雨》，通过省委宣传部拿红头文件到全省巡回演出。现在正在排练一台文艺晚会，准备在5月18日为全省文物工作会议演出。文体局副局长纪贵宝说，碗碗腔最兴旺的时期是20世纪70年代末80年代初，当时一年能演出三百多场，演出剧目有二十多个，现在能演的剧目仅有五个，两个现代戏，三个古装戏，一台歌舞晚会。我们给剧团的基本方针是政府保饭吃，剧团求发展，但要做到很困难。希望上面有政策，对小剧种的投入有法可依。以法律的形式扶持地方戏的发展，不要以个人的爱好来支持。老演员郭柏华发言，他说他1955年参加剧团，学的是须生，演出了三十多个剧目，一直是团里的台柱子。1986年退休，领不到退休金。从1987年10月到1989年10

月靠卖菜为生。县文体局局长说，碗碗腔剧团属自收自付单位，演员的工资没有纳入县里的财政，剧团没有能力支付退休人员的工资。经努力，县里给剧团退休人员解决了每年500元的补贴。剧团演员侯宝成插话说，因为剧团的演出收入达不到事业单位的档案工资，分配到剧团的戏校毕业生都离开了剧团。副县长张建山说，曲沃是晋文化的发源地，碗碗腔是晋文化的组成部分，必须保住这个剧种。发展晋文化，需要打碗碗腔这个品牌。曲沃要建成工业强县、文化强县，对碗碗腔这个剧种应该是非常重视的，希望中央和省里也给予支持。同时需要剧团的努力，在演出形式上要革新，多种多样。内容上也要革新，既要演传统戏，又要演现代戏，同时要能演小品、清唱，要满足群众的多方面需要。另外，在宣传营销方面也要改进，这方面是我们的弱项。座谈会结束后，我们又立即赶往翼城县。

中午在翼城吃饭，下午在县政府招待所召开了座谈会。出席座谈会的当地人员有县委宣传部部长乔葆声，副县长杨忠华，文体局局长李景，副局长厦卫民、孙玉德，图书馆馆长王永泉、副馆长薛庚，琴剧团团长王泽，文体局办公室主任郑朝峰。刘文峰介绍了调查的宗旨，然后首先由图书馆馆长王永泉介绍翼城琴剧形成发展的情况。王永泉说，翼城琴剧原来是一种曲艺形式，很受当地群众的喜爱。1958年曾到北京演唱，县里和地区的曲艺队经常有演出。1972年开始分角演唱，在音乐上有了板式，并增加了伴奏乐器。1980年，排演了第一个剧目《张古董借妻》，在临汾连演20场，不久就成立了琴剧团，以演古装戏为主。1984年编演了第一个现代戏《家风》，在地区会演中获二等奖，到1985年春节就演了100场，获省文化厅奖励1万元。后来演唱范围扩大到河南临宝等地。现任琴剧团团长王泽说，我1996年接了这个团。当时演出剧目有《张古董借妻》《家风》《哀情》等，一场戏500元，一年能演八九个月，到过河南、陕西，靠别人定台口。《家风》最受观众欢迎，在一个台口演出过三次。一般一个台口4天7场戏，排戏在演出空隙，没有专门时间。现在有53个演员，一年要演400至450场。曲牌很多，板式有慢板、紧慢板、飞板。

音乐很动听，适应演才子佳人故事，演古装戏，没有靠子戏。剧本大部分是自编自演的。演员大部分是跟团培养的，剧团自收自付，演员工资最高800元，最少500元。为了多赚钱，经常晚上演完后立即赶到下一个台口去。文体局副局长孙玉德说，琴剧在翼城的发展有三个特点，一是领导重视，把琴剧作为翼城的文化品牌；二是音乐比较好听，群众喜欢，经常以蒲剧带琴剧，先唱蒲剧折子戏，再唱琴剧；三是剧本比较过硬，改编的本子不如创作的效果好。翼城的演出市场有限，能演一个月，大部分时间在外地演出。现在经常演出的剧目有《张古董借妻》《家风》《三子争父》《善士亭》《桃花女》《连三本》《老换少》《贤良传》《红指甲媳妇黑指甲婆》《赵五娘吃糠》等。副县长杨忠华接着说，县里原来给的补贴给团里退休人员工资都不够，现在退休人员的工资全部由县财政解决，另给剧团补贴，但仅能维持剧团的生存。县里的财政还没有使这个剧团发展的能力。为了剧团的生存，县里曾下文件命令乡镇定琴剧团的戏，但这不是长远的办法。给文化工作者什么样的待遇，怎样稳定戏曲队伍，文化部要制定具体的政策。宣传部部长乔葆声说，翼城琴剧是翼城特有的文化，它与翼城人民的生活、情感密切相关，和翼城老百姓有亲近感。翼城的各种文化活动都有翼城琴剧参与，翼城县委、县政府一直把翼城琴剧作为自己的品牌文化来发扬光大。市场经济条件下如何发展戏曲事业？应该在文化方面出台一些政策。剧团的生存空间有多大，要出台一些有利于剧团发展的政策、措施。各行各业都有法可依，只有文化无法可依。如何发展我们的民族民间艺术，需要具体的政策，仅靠政府给一点补贴、安排一些台口是远远不够的。作为翼城县委、县政府，我们有责任保护和发展翼城特有的文化——琴剧。准备今年搞一次琴剧大奖赛和艺术研讨会，并做成电视片宣传，另在财政上加大投资。

座谈会结束后，到翼城琴剧团参观。翼城琴剧团在县城中的一座二层小楼上，下面是办公室，上面是排练厅。排练厅很简陋，水泥地面，露着预制板的房顶，仅有几个照明的电灯，没有任何装修和灯光、音响设备可言。演员们为我们清唱了几段琴剧，表演了一段表现年轻的丈夫到岳母家接妻子回家的舞蹈。唱腔悠扬入耳，舞蹈生活气息很浓，表演非常细腻。演出结束，驱车返回临汾。中途路经丁村文化遗址，我提议参观丁村明清建造群。因时间已经快下午六点钟了，来不及详细参观，仅看了其中所珍藏的清代戏曲年画和一号院中的戏曲木雕。

4月13日，上午从临汾出发，中午到达晋城市。吃过中午饭，文化局同志安排我们参观晋城市博物馆。这个博物馆是新建的，我们参观了当地美术工作者的根雕展、摄影展、书画展，海洋生物展以及晋城市出土的历史文物。博物馆有相当规模，但装修比较粗糙，不知是施工的质量还是缺乏资金所致。

4月14日，上午到阳城参观皇城相府。这是清朝康熙皇帝的老师、大学士陈敬亭的故居。陈敬亭曾做过康熙朝的户部尚书、吏部尚书、工部尚书、刑部尚书，62岁为大学士，主持编纂《康熙字典》，对清代的政治、文化作出了贡献。陈家靠经营煤矿致富，在明代就是当地的大富商。清代，陈家四代为官，宅院逐步扩建，成为一处规模宏大的古堡式民居。改革开放以后，陈家后代将宅院腾出修缮，成为一处文化旅游的景点，许多人慕名来参观。

下午，在晋城宾馆召开座谈会。出席会议的当地领导和专家学者有：晋城市文化新闻出版局局长张秋旺，上党戏剧院编剧、理论家栗守田，上党梆子剧团书记、鼓师孙有根，上党梆子剧团副团长刘晋苗，文化局市场办主任成锁池，文化局市场稽查队队长张敦善，晋城市文化局艺术科科长魏广麟。山西省戏剧研究所所长李运启曾在上党地区工作多年，他特地从太原赶到晋城来参加座谈会。刘文峰代表调查组讲述了剧种剧团现状调查的意义和目的。栗守田首先发言，他说，最近看了一本书叫《戏史变》，是几位研究戏曲史的老专家自费出版的，很受感动。现在从中央到地方都开始重视民族民间文化了，晋城是上党梆子的窝窝，在历史上出现过许多著名的班社和名演员。但《上党梆子剧种志》1993年就编出来了，至今还没有印出来。《上党梆子剧种志》100万字，数据非常丰富，仅舞台题壁就有一千多条，为今人和后人了解上党梆子的历史提供了确切的依据。此外，高平市王报村二郎庙有一座金代戏台，已经破烂不堪，但至今没有维修。这座戏台始建于金大定二十五年（公元1185年），现存于八百多年前的戏台，不仅在山西，在国内外都是罕见的，如果在日本、在美国，那是无价之宝，但我们不知道珍惜。相反，我们在不惜重金，搞一些人造景观、假文物。这应该引起有关部门的重视，亟待维修保护。

原上党梆子剧团书记、鼓师孙有根发言。他说，我是个打鼓的，家传。1957年12岁就进了剧团。“文革”中，上党梆子和上党落子合并，上党落子人多，上党梆子有所削弱。1982年把戏校的那批毕业学生接过来，上党梆子逐步复兴起来。1986年，为参加全省中青年演员会演，请北昆的四位老师为青年演员排了一批戏。当时上党地区有一个好的地委书记叫崔光祖，每排一个戏，书记要带四套班子看戏、审查剧目。由于领导的重视，结果许多青年演员得了奖，地区还获得“综合治理第一名”。一些上党梆子的折子戏扩展为大戏，丰富了演出剧目。1989年振兴上党梆子调演是上党梆子复兴的一个高潮。1990年，上党戏剧院梆子剧团分成两个团演出。这些年，上党梆子的演出市场主要在农村和煤矿。上党地区有将近2000个庙会，每个庙会一年至少要演一台戏，吸引了许多剧团。在上党地区演出的剧团分四等：第一等是市级团，戏价在3000元以上；第二等是各县的优秀团，戏价在2000元左右；第三等是县级较差的剧团，戏价在1000元左右；第四等是民营剧团，戏价在1000元以下。上党地区有戏曲经纪人20名，剧团写戏，都要通过他们。在1989年之前，市团的戏价没有现在高。当年吴国华夺得梅花奖以后，戏价由1000元涨到了2000元。现在一个台口4天7场戏，戏价28000元，这在全省是比较高的。1996年，接近六十岁的演员退休，市财政给剧团20万元包干。现在剧团一年的工资要一百多万元，剧团入不敷出，退休人员的工资发不出来。我去年退休以后，一年没有领到工资，今年补了7000元。尽管如此，我还是让儿子学艺，继承家传，现在是剧团的鼓师。由于剧团的工资没有保障，演员流散严重。2002年4月，两个团合为一个团。

市上党梆子剧团副团长刘晋苗接着说，现在剧团的生活很艰难。为了增加演出收入赶台口，从一个台口赶到另一个台口晚上10点钟也得演出，有时一天顾不上吃一顿饭，但还挣不出基本工资。呼吁上级重视艺术人才，关怀他们的生活。和我一起毕业到剧团工作的有四十多人，因为剧团生活太苦，现在只剩下我和吴国华、张宝平、李秀芸四个人了。我担心退休以后没有生活保障。晋城艺校并到了职业学院，戏曲班招不到学生，市团的后继人才成了问题。

陈秋旺局长接着说，1995年艺校招收了一班学生，准备毕业后成立一个青年团，结果艺校归了职业学院。毕业后教育部门不管分配，文化部门无权分配。他说，政府部门对剧团就是出点子、给票子。其它行业给一千万元、两千万元无所谓，文化部门给几万元就鼓掌。晋城是全省的经济强市，全省排第二，全国排百强市之列。全市共8个剧团，现在能正常演出的有6个，沁水两个团已经瘫痪。

艺术科科长魏广麟说，为了高额回扣，经纪人引进演出品质很差的外地剧团和本地剧团竞争，造成了本地剧团经营困难，戏价走低。现在经营好的剧团，仅能糊口，谈不上发展。要打击不法戏曲经纪人，整顿戏曲演出市场。戏校和剧团是唇齿关系，不能割断艺校和剧团的联系。去年艺校招生，只招到一个学戏曲专业的，无法开课，后劝其改学歌舞。

在问及晋城的其它剧种时，栗守田说，晋城还有一个剧种泽州秧歌。泽州秧歌过去很有实力，民国年间和上党梆子名家赵清海打擂台，把赵清海打败了。赵清海买了烧饼挂在秧歌演员的脖子上，这是当时打擂台的规矩。现在阳城、高平还有一两个民间业余剧团能唱。在谈到上党昆曲时，栗守田说，过去上党梆子中有昆曲戏《赤壁游》《踢球》《别母乱箭》《打代州》《扈家庄》《挡马》《埋玉》《惊变》，后来吴国华还移植演出过《钗头凤》，现在已经没有人演了。

最后由陈局长做总结。他说，座谈会上大家谈的问题是我们早就意识到和正在解决的问题。到文化部门工作一年多，感到困难很大。文化部门连生存问题还没有解决，更谈不上发展。今天下午市政府有了一个明确的回答，要解决演员的工资问题。文化局想把艺校毕业班的优秀学生吸引到剧团，由于工资问题解决不了，没有办成。随着工资问题的解决，这个问题也可以解决。这几年政府对文化的投入，主要是艺校。现在把艺校划归职业学院，学生的专业教育、分配成了问题。艺术院校是个特殊的行业，由文化部门管理比较顺畅。市团的问题解决起来这样困难，县团的问题就更困难了。一年只给2万元钱，这对发展保护民族民间文化遗存很不利。第一步要解决工资，下一步要实行下基层演出奖励制度。离退休人员的工资上一届政府已经有了一个解决的意见，现在需要落实。如何发展上党梆子，要排演新剧目，引起各级政府的重视。其它部门的经费都能打入预算，文化部门的经费列不到预算，干一件事都要打报告。文化要立法，文化事业才能得到应有的经费，保护民族民间文化遗产才能落到实处。

4月15日，上午由晋城市到长治市，途中路经高平市，找到高平市文物管理所的同志，由他带路到王报村，考察二郎庙金代戏台。此庙位于村北的一个小山上。庙和戏台年久失修，已破烂不堪。以前是村里的小学，因属危房，小学已经搬走多年了。庙内外杂草丛生，一派荒凉景象。此戏台不仅木结构具有金代建筑棱形藻井的明显特征，而且在戏台的台基上有一块金代大定二十五年（1185）建庙的碑刻，故为金代戏台无疑。与别处金元戏台不同的是，戏台前的两根木柱下的石础非常粗壮，木柱也比较粗，我想这是戏台经历了818年风吹雨淋日晒，躲过无数雷击火灾，保存至今的重要原因。可惜的是，此戏台早在前几年已经引起了当地戏曲专家的注意，山西戏剧研究所和山西师大戏曲文物研究所的专家都曾先后考察过，但至今没有得到修缮。询问该市文物管理所的同志，据说当地比此戏台历史更早的建筑还很多，现在高平刚由县改市，市政建设需要花钱的地方太多，根本拿不出钱来维修。像二郎庙戏台这样的文物，也许站在一般文物的角度和建筑学的角度看，价值不大，可是站在戏曲文物的角度看，其意义非同寻常。中国现存宋金时期的戏台，仅在山西可见，而山西也仅有沁水县郭壁崔府君庙戏台（始建于宋元丰八年［1085］），阳城县屯城东岳庙戏台（始建于金承安四年［1199］），晋城县冶底村东岳庙戏台（始建于金正隆二年［1157］)，翼城县武池村乔泽庙戏台（始建于金大定四年［1164］)和高平市王报村二郎庙的这座戏台共五座，其中有四座在上党地区的晋城市。对于一个地级市，能有四座宋金时期的戏台，实在是一笔不小的财富，也可以从一个侧面证明上党地区戏曲历史之久远，遗产之丰富。作为一个上党人，应该引以为自豪，但并不能因为自己的东西多，而不珍惜它们。将它们放在全国、放在全世界来看待，不仅不多，而实在是太少太少了。可叹在我们中国，能明了它们价值的人太少而穷，不知道它们存在和价值的人太多太多了。那些富有的人，情愿将自己的金钱随意挥霍，甚至在已经拥挤不堪的景点再建造一些假文物，而不愿意拿出一点不多的钱来保护真正的有价值的文物。这不能不是我们“过渡时期”“经济欠发达地区”的悲哀。但当我们度过了这一时期，有了钱觉着应关注我们的民族民间文化遗产的时候，那些摇摇欲坠的文物还能存在吗？上党地区其它几座戏台，有的我曾参观过，有的没有参观，但看过照片，那也是十几年前编纂《中国戏曲志》时的事了，它们是否也是同样的命运呢？

带着惋惜，我们离开了高平王报村，中午12点多才到达长治市，住在太行宾馆。三年前，我和张刚到上党地区考察民间戏曲，曾住在此处。长治市文化局的同志等候多时，吃过饭稍微休息了一会，就开座谈会。出席会议的当地同志有：文化新闻出版局局长陈秀英（女），副局长王云尔，文化局艺术科主任科员尹耕夫，文化局财务科副科长赵长俊，长治市戏剧艺术研究院创作室主任李洛刚，襄垣县文化局局长唐连硕，原襄垣县文化馆馆员王德昌，襄武秧歌老演员李小焕（女，原赵树理《小二黑结婚》中小芹的原型，襄武秧歌《小二黑结婚》中三仙姑的扮演者，退休前为襄垣县文化馆馆员），长治市落子剧团书记傅永亮，副团长申德芬，一级作曲、鼓师张唐刚。由尹耕夫介绍长治市戏曲的现状，他说，长治市现在戏曲从业人员有1000余人，剧种7个，剧团16个，上党梆子和上党落子是主要剧种。襄武秧歌在抗日战争和解放战争中发挥了宣传群众、组织群众、鼓舞群众、打击敌人的作用，为革命做出了重要贡献。上党梆子在省内外都有很大影响，在河北的永年有上党梆子衍变成的西调，山东菏泽地区的枣梆也是由上党梆子衍变而成的。1995年上党落子演员郭明娥夺得梅花奖，扩大了上党落子的影响。现在上党落子剧团每年都要到河北、河南演出。市级剧团，如长治市上党梆子剧团、长治市落子剧团的工资由财政包干，生存问题得到了解决。县级剧团的工资靠演出收入，生存遇到了困难，有的剧团无法维持，已经解散。解散的上党梆子剧团有三个：屯留县麟山剧团、沁水县漳河剧团、武乡县上党梆子剧团；解散的落子剧团有一个：屯留县绛河剧团；解散的秧歌剧团有三个：沁源县绿茵剧团、武乡县秧歌剧团、壶关县秧歌剧团。其中屯留县麟山剧团、屯留县绛河剧团解散后重组为屯留县麟绛剧团。现存的问题主要有两个：一是剧团普遍的不景气，特别是落子、秧歌等小剧种，不能敬神，戏价上不去。导致从业人员大量的流失，县级剧团的演员都走了，加入八音会，参加婚丧嫁娶演出，每月能收入2000元。1983年以后搞承包，老戏老演，老演老戏，不要创作人员，剧团没有编剧、导演、音乐、舞美设计，演出质量下降。二是县级剧团没有妥善安置老艺人，影响了在职人员的积极性。老艺人鼓师张唐刚插话，我干这一行已经57年，1945年参加剧团。过去被人看不起，后来成为文艺工作者。上党落子有一百八十多年的历史，从1983年承包以后走下坡。现在的演员不练功，连跟斗都不会翻。“文革”中演员上午都要练功，如果不练，下午就要受批评。有一些是抗日战争时期参加剧团的老艺人，退休后领不到应有的退休金。如襄垣县秧歌剧团有五个老艺人都是1946年以前参加工作的，退休后，1996年以前每年只给500元，1997年每年给1000元，生活没有保障。后来找领导反映，开始涨到每月200元，又找领导反映，增加到每月400元。现在这五个老艺人，已经有两个逝世，还有崔有江、王生杰、樊茂虎三人，都是琴师。襄垣县秧歌剧团是1938年成立的，这些老艺人为党的文艺事业做出了贡献，应该是剧团的功臣，但因为襄垣县秧歌剧团在解放以后定为自负盈亏的事业单位，退休后生活没有保障。市落子剧团1983年以后走下坡路，后来在领导的重视下，几次进京演出，取得了成绩。市落子剧团政府给工资，演员能干下去。推出一个梅花奖演员，从排戏到北京演出，花130万元。没有得奖前，戏价是一个台口四天七场戏9000至10000元；得奖后一个台口增加到14000元。县级剧团没有这个条件。为什么剧团过去好过，因为那时候演出市场好。过去是明年的戏，今年腊月拿支票写戏。现在的演出市场，剧团找人写戏。一场戏2500元，剧团得1500元，中介得1000元。

我问长治市戏曲教育的情况怎么样？陈局长说，市艺校1998年招了一批学员，今年毕业。今年应该招生，戏曲专业学费1500元，但没有一个报名的。长子县有一个演员培训班，有个别学戏的。戏曲教育是一个特殊的行业，应免费招生。

市上党落子剧团在外地，我们看不到他们的演出，由老演员李小焕为我们清唱了《小二黑结婚》中三仙姑的一段唱腔，老艺人傅永量演唱了《二进宫》中的一段【清流水】。

陈局长最后作总结。他说，中央和省里的戏曲研究单位到地市调研在近年是第一次。希望把我们基层的意见反映上去，在制定文化政策时考虑到我们基层，上党梆子和上党落子都是有代表性的剧种，在观众中有较大的影响，希望能得到保护和发展。

4月16日上午，由长治市到达左权县。左权县旧称辽县，现隶属晋中市管辖，地处太行山腹地，是抗日战争时期八路军的总部所在地，因八路军的副总参谋长左权将军牺牲在此地而改名。左权县有一个小剧种小花戏，故我们把左权县作为调查的一个重点。中午吃过饭稍事休息召开座谈会。参加会议的当地人员有：县文化局局长石湘涛，县委宣传部副部长张峰，县文化局原局长王保中，县文化局副局长傅怀忠，县文管所原所长王献伟，县文化馆管员李名芳，小花戏艺术团团长李梅景，县文化局办公室主任王彬，民歌手冀爱芳，小花戏艺术团演员杜东伟。按惯例先由刘文峰介绍剧种剧团调查的意图，接着由石湘涛局长介绍左权县小花戏的情况。石局长说，左权县有16万人口，10个乡镇。有两个特点，一是革命根据地，二是全国有名的民间艺术之乡。左权小花戏是由宋元时期的民歌成为社火中的一种演唱形式，在清代发展成民间小戏。抗日战争时期，小花戏成为当地军民的宣传武器，演出了许多反映根据地生活的节目。新中国成立后，左权县推荐的民歌手在北京演出，引起轰动。存在的问题是，小花戏作为一种民间艺术，已经传承了一千多年。它边说边唱边舞，一把扇子三点步的形式在"文革"十年没有发展，20世纪80年代以来取得了一些成绩，但要将其进一步发扬光大有一定压力。县文化局原局长王保中说，左权县离河北、河南、山东都不远，这些地方的民间艺术对左权都有一定影响，所有形成了左权艺术品种比较多，人们欣赏品味多样化的特点。戏曲剧种以晋剧为主。20世纪80年代以后，县晋剧团几起几伏，时断时续。1994年，县晋剧团解散。其原因：一是市场缩小，观众减少，50岁以下的人很少进剧场。左权的庙会比较普遍，演出市场就是庙会。二是演员走穴，县级剧团好的演员都到好的剧团去了。三是经费不足。县里的剧团自负盈亏，很低的工资都发不出，演出设备很破烂。但左权是经济贫困县，政府拿不出钱来为剧团更新设备。四是唱了戏收不起费，收不起费，没有钱给演员发工资，发不了工资，留不住人。省里要求出精品，打特色。1989年，在太原举办的"两会一节"上，左权县文化馆编排的百人花戏《百花迎春》曾轰动省城，赢得中外来宾的一致赞誉；1992年11月，在北京举行的第二届全国民间音乐舞蹈比赛中，由左权县文化馆根据传统小花戏《四季歌》改编的舞蹈《开花调》，曾夺得金奖。审时夺势，县里确定放弃晋剧团，在民歌、小花戏上做文章。1996年11月由左权县文化馆编演的《筑路哥哥》在浙江宁波举行的全国第三届"群星奖"舞蹈决赛中又一次夺得金奖，实现了"打响省城，走进首都，迈向世界"三步走中的前两步。左权民歌和小花戏在省级和国家级的文艺比赛中获奖后，中央电视台、《人民日报》等新闻媒体作了大量的报导，在国内外产生了广泛的影响，更坚定了我们打好左权民歌小花戏这个左权的文化品牌。2002年，县委县政府决定正式成立小花戏艺术团。县财政拨款12万元，省里给了5万元，地区给了5万元，广东东莞的一个企业家赞助15万元，购置了一些灯光音响设备，成立了由30人组成，自收自支的股级事业单位的左权小花戏艺术团。我们抓左权民歌小花戏的体会是：1.紧紧抓住民间特色不放。2.依靠专家老师辅导。3.民间赞助、各厂矿出钱。4.全县普及，从儿童学起。5.各级领导重视，对艺术团在政策上支持，在生活上关怀。6.从业的人员要有奉献精神。

小花戏艺术团团长李梅景接着说，小花戏开始是生旦“二小戏”，后来增加了丑，成了“三小戏”。其艺术特点是“做什么，编什么，编什么，唱什么”，贴近现实，生活气息浓郁。抗日战争时期，根据地的文艺工作者利于旧曲，填上新词，宣传抗日爱国思想，很受群众欢迎。这种形式一直延续到20世纪80年代初。20世纪80年代以后，对小花戏进行改革，有几种做法。一是对旧曲进行小的改造，填上新词；二是利用旧曲的旋律，编成有花戏味道的新曲；三是编演以唱故事为主的小花戏；四是编演以舞蹈为主的小花戏；五是没有故事情节，利用小花戏的歌舞形式，宣传党的方针政策，这种形式被称为串场花戏。左权在发掘和整理民间艺术方面取得了一些成绩，省里命名为“民歌艺术之乡”；文化部命名为“民间艺术之乡”，希望省里、中央在财力和人力上继续支持帮助。左权县有一个出了名的歌手叫石占名，原来是个放羊工，过去爱唱流行歌曲，没有唱出名堂。后来改唱民歌，打响了。在左权这样的人才很多，占名父亲的嗓子比他还好，缺乏指导提高。唱民歌赚不了钱，石占名出去唱一次，要卖几只羊作路费。

当我问到左权有没有民间剧团时，李梅景说，现在有办晋剧团的。2002年3月张跃中，2003年1月王彦斌先后办起了民间职业剧团。张跃中原来是县晋剧团的副团长，王彦斌是花脸。他们一个台口演出，最高的10000元，最低2000元。演员不仅有原县剧团的，也有新聘任的。王彦斌还想以团带班，培养人才。我们小花戏艺术团，以演小花戏为主，兼演民歌、舞蹈。以在本县演出为主，逐步扩大到周边市县，2002年还到过北京。现在存在的舞台还是生存发展问题。县里每年给我们补贴2万元，所有的费用要靠我们自己走市场赚。我们这个县是贫困县，收入低，戏价普遍低；小花戏是小剧种，戏价更低；2002年演出一百多场，收入12万元。2003年正月是演出旺季，收入6万元，全年预计比去年好。全团30个人，每月工资平均不到四百元钱。吃不饱饭，没有办法发展，吸引不了人才。现在团里的演员大部分是考不上高中的人，知识层次上不去，来的目的是混一碗饭吃。长此下去，艺术水平会逐年下降。我们是县里唯一的专业艺术团体，剧种唯一的剧团，既要传承民族和剧种的艺术，又要满足群众欣赏现代歌舞的要求，适应青年观众的需要，压力很大。县里的领导带我们参观学习过河北大厂评剧团的经验，要求我们不仅要做到经费自足，而且要创收上交县财政。

我问：你觉着经过努力能做到吗？

李梅景回答：很难。

问：你们现在主要的演出市场在农村还是城市？

答：农村。

问：下乡演出哪些剧目？

答：《打樱桃》《卖菜》《开花调》《筑路哥哥》。

问：有没有想到城市演出？

答：到城市演出花费太大，2002年到北京演出花了四万多元。

问：除了经费，最大的困难是什么？

答：演员素质低，不能一专多能。

问：你当团长之前是干什么的？

答：是唱晋剧老生的。

我说，大厂评剧团的经验是根据大厂的情况创造的，不是任何地方可以照搬的，要根据本地的情况谋求剧种的发展和剧团的经营管理。

石湘涛局长说，成立小花戏艺术团是有风险和争议的，当时县里开会，六个正副县长，三个反对。民歌和小花戏是我们左权的文化品牌，我们要想方设法办好小花戏艺术团。我认为，经费方面的困难是问题，经济实力确实限制了我们的发展，但是可以逐步解决的。而人才的培养是一个比经济更难解决的问题。我们县委县政府已经意识到了这个问题，现准备着手编印教材，让民歌、小花戏进校园、上课堂，从娃娃抓起，培养艺术人才；每年举办一次民歌手比赛，一次小花戏比赛，形成惯例，在此基础上选派好的苗子外出进修，培养高层次的人才；投入560万元修建宣传文化中心，作为全县民歌小花戏培训基地；对10个乡镇的文化站的基础设施进行大力度改善，奠定好民歌小花戏发展的物质基础。

文化馆编导李名芳发言，她说，民间艺术要提高，建立专业剧团是一个好的途径。民间艺术要成为我们当地文化的品牌，必须做大、做强、做精。要做大、做强、做精，需要经费的投入。要搞好小花戏艺术团，队伍的素质问题是关键。培养人周期长，需要长期投入。创造好的作品要有名人效应，我们的得奖节目，都是请省里的老师加工提高的。这些作品有两种模式，一种是原汁原味的，一种是有时代气息的。民间的东西怎样才有时代气息，没有广阔的艺术视野和修养是搞不出来的。我们现在缺乏这样的人才。

小花戏艺术团演员杜东伟说，我们家三代都是演小花戏的。现在的一些节目，是戏是舞蹈，争论很多。小花戏解放以前是小剧种，演的节目《打樱桃》《卖馄饨》《卖菜》，有故事，是古装。1958年以后编演了舞蹈性的节目《红旗》，也编演了一些带故事情节的剧目，还演出过《战鼓催春》这样的大戏。近几年来，侧重向舞蹈方面发展。没有了乐队，用录音带伴奏，效果很受影响。过去从晚上7点到第二天早上7点，能演一晚上。现在在北京得了金奖，但观众不承认是戏。小花戏必须有地方音乐，不能搞成纯粹的舞蹈。

山西省戏剧研究所所长李运启发言说，今天的座谈会收获非常大，想谈一点个人的想法。“我认为，小花戏是一种歌舞和戏能分能合的艺术品种，演出的节目可以各有侧重，丰富多彩。小花戏不仅是左权县的文化资源，也是省里的文化资源；不仅县里要保护，市里、省里都要作为重点保护对象”。

大家发言很踊跃，但已经到吃晚饭的时间。在饭桌上，文化馆的李名芳和小花戏艺术团的团长李梅景为大家演唱了左权的民歌与小花戏。

4月17日上午，由左权到阳泉市。中午吃过饭，市文化局安排我们到藏山祠参观。藏山，原名盂山，位于阳泉市盂县北，传说是春秋战国时期晋国忠臣程婴藏赵氏孤儿的地方。藏山寺为辽金时期的建造，三面环山，古木葱葱。寺内有赵氏孤儿故事壁画，可惜天阴下雨，寺内没有电灯照明，光线很暗，画面看不清楚。大家冒雨上下攀登108级台阶，参观了藏孤洞、滴水洞等名胜古迹。藏孤洞有程婴等八位义士的塑像。滴水洞很大，泉水从洞顶滴下，冬天地面结成的冰还没有化，有一口大锅接着泉水，晶莹见底，喝上一口，清凉甘甜，沁人肺腑，顿感神清气爽。滴水洞上面是一座大山，据寺内管理人员说，山上生长着一百多种药材，雨水由地表渗入草药的根部，再经过岩石的过滤形成泉水，故滴水洞中的泉水有治病和美容的功效。下山后已经天黑，路经平定县城，吃过晚饭后回到阳泉市。晚上住在阳泉市政府旁的军区招待所。

4月18日早上看中央电视台的早新闻，闻知北京和太原“非典”疫情严重。我想此时到未感染地区调查，有诸多不便。因为我们调查组的成员都来自“非典”重灾区，怕给地方接待带来麻烦，于是决定暂停调查工作，由阳泉直接回北京，但上午阳泉市的座谈会还照常进行。省戏剧研究所的所长李运启和谢玉辉赞同我的意见，吃早饭时通知了大家，并请阳泉市的同志定返回北京的火车票。

上午九点，阳泉市剧种剧团现状调查座谈会在市政府五楼文化局会议室召开。参加会议的当地人员有：市文化局副局长周亚鹏，市文化局社会文化科科长胡忠义，市艺术研究室主任赵润长，市艺术研究室原主任文匡民，市艺术研究室二级编剧田伟泓，市艺术室三级编剧赵晓丽，市晋剧团副团长、二级演员王世坚，市豫剧团副团长、二级演员黄爱梅，市郊区文体局副局长、郊区歌舞团团长荆自宝，市小百花晋剧团团长张瑞生。周亚鹏副局长主持会议，刘文峰介绍了剧种剧团调查的意图。文匡民介绍阳泉市剧种剧团的情况。他说，阳泉市流行的剧种主要是晋剧、豫剧。市区已经很少演出，主要在农村的庙会上演出，而且演出的剧种主要是中路梆子。阳泉民间演戏在清代光绪年间才有记载，是记述乾隆至光绪年间情况的。阳泉市的范围，原是平定州东四县的一部分，连同河北的泾井县，都是唱中路梆子。当地河北人很多，但河北梆子从来没有在这里演出过。河南人很少，但有豫剧。豫剧团的演出市场原来主要在晋东南，近年来经常在河南、河北活动。豫剧演员杨华，在河南获了一等奖。当地有一种民间艺术叫迓鼓，宋代称迓鼓戏。现有两种演出形式，北乡为说唱形式，南乡为群舞形式。

市晋剧团副团长王世坚发言说，市晋剧团现有115人，工资60%由财政拨款，其它靠演出收入。阳泉市内已经没有演戏场所，演出市场主要是庙会。从正月到九月，农村的庙会不断，但演戏的村子很少。20世纪80年代戏曲兴旺时，有人拿两吨煤换一张戏票，现在我们在阳泉宾馆演出，不卖票，都没有人来看。有一次演出，卖出五张票，而且卖票的都是演员的家属。过去在农村演出，农民把最好的房子腾出来让演员住，管饭，送油送肉慰劳剧团；现在是没人住的库房、寺庙让演员住；不管饭，让剧团自己起灶，生活条件很艰苦。

市豫剧团副团长黄爱梅接着说，豫剧团常年在外地演出，走庙台，吃神饭。定台口要依靠经纪人，村干部和经纪人都要吃回扣，有的地方，经纪人拿的回扣比剧团的演出费还多。穴头有两种情况：一种是带团的，穴头和剧团签订合同，一场戏多少钱，剧团和村里不发生经济关系；另一种是按台口算，由穴头联系台口，剧团和村里搞定戏价，穴头和村干部拿50%的回扣，穴头给村干部20%。

周亚鹏副局长说，评奖剧目在农村都演不了，创作为奖，领导为政绩夺奖，应引起中央的重视。浮夸作风越演越烈，为了一个梅花奖，花七八十万元，如果把这七八十万元放在剧团建设上、培养人才上，戏曲可能不会衰落的这样快。1997年的《荒沟纪事》，花了40多万元，演了七八场；去年的《盂山情》，花了18.9万元，也没有演出几场。现在是赚钱的戏不花钱，花钱的戏不赚钱。领导和创作人员要顾及日常的演出市场，为广大的群众创作他们喜爱的剧目。文匡民插话，评奖不能一个标准，对不同的剧团采取不同的标准。各地的传统剧目都很丰富，但能上演的很少，要加强传统剧目的改编，奖励这方面的创作人员。周兴鹏接着说，演名人编的戏，请名人导演、名家设计音乐和美术成为获奖的途径，外请创作人员导致了本地、本团创作人员的弱化。

市艺术研究室主任赵润长发言，他说，歌舞团用的灯光是二战时期的，一个计算机灯都没有。住的房子是借租的，全市的国庆文艺晚会才给六七千元钱。进入21世纪了，歌舞团的排练场还没有暖气，生一个铁炉子取暖。搞文艺没有发展文艺的经费。剧团不是把精力放在艺术上，而是放在糊口上。这样下去，只能是自生自灭。各地的文化经费掌握在宣传部，宣传部把钱用在了评奖上，到不了文化局，更到不了剧团。三个代表，先进文化是其中之一，口头上重视民族民间文化，政策不到位。中央对艺术表演团体有具体的政策，只给工资只能养人，发展不了艺术。对表演艺术团体不能用对待企业的政策。

市郊区文体局副局长荆自宝发言说，我管文化市场多年，20世纪80年代最好。那时观众爱戏，演员艺术水平也高。现在演出市场不好，不能只怪观众，演员的艺术水平不高也是重要原因。演员只能演文戏，演不了武戏。此外，政府的管理部门也有责任。不具备办剧团的，只要给钱，就给办证。晋中地区就办了三十多个剧团。正月是演出的旺季，仅阳泉市一下就冒出了30个剧团。不具备办剧团条件的办剧团，搞乱了正常的演出市场，加深了专业剧团的困境。要对进入演出市场的民营剧团整顿，不具备办团条件的，扰乱演出市场的要坚决取缔。

座谈会一直开到中午12时。会议结束后，阳泉市参加座谈会的同志和我们一起就餐。吃过饭，我们拿到了下午2点40分的火车票。省戏剧研究所的同志和周副局长把我们送进车站。这趟火车是由太原开往北京的，两地都是“非典”的重灾区，车上的旅客很少。晚上八点半到了西客站，车站上戴口罩的人很多，我们这时才感到北京“非典”的严重性。我盼望着，尽快战胜“非典”，完成未尽的剧种剧团调查任务。

8月3日，下午3点15分乘K715次列车，晚八点半到大同，继续因“非典”中断在山西的剧种剧团现状调查。同行的有中国艺术研究院戏曲研究所原所长王安葵，戏曲研究所研究人员王娜。山西省戏剧研究所的李运启所长、谢玉辉副所长及于小军、张玲等已先期到大同。大家见面，感慨万分，互致问候，晚上住雁北宾馆。

8月4日，上午参观云岗石窟。云岗石窟是北魏早期的佛教石刻艺术，虽然经过一千多年的风雨侵蚀已经有不少损毁，但依然显露出它昔日的辉煌。我已经是数次来这里参观了，主要欣赏了其中与戏曲有关的音乐舞蹈方面的造型和绘画，并录了一些图像资料。参观过云岗石窟以后又到下华严寺参观。下华严寺也是北魏时期的建筑，大殿非常雄伟气派，其中的木雕群像个个栩栩如生，有一个露齿微笑的菩萨非常罕见。大同的博物馆也在这里，其中展览的有刚刚出土的北魏时期乐舞泥塑和石刻引起我的兴趣，将其录像。

下午乘车到平鲁县，在下泉观村观摩了大同市耍孩儿剧团演出的《龙凤缘》。演出在村头一个废弃的庙前广场的露天舞台上，观众很多，男女老幼都有，还有一辆从内蒙古开来的小汽车停在广场的后面，有两个小伙子在车里看演出。《龙凤镯》为移植剧目，唱腔吸收梆子和道情的唱腔较多，耍孩儿的剧种特色不够鲜明。演出结束后，剧团的领导邀请我们和他们共进晚餐，于是我们来到剧团的住地。这是村里一所废弃的学校，男女演员分别住在窗户破损的教室里，床是用课桌拼的。由于北方秋天蚊子多，演员们都挂着蚊帐。剧团自己起灶做饭，可能是市文化局预先做了安排，剧团早有准备，要招待客人，饭菜做得很丰盛。由于人多，没有饭堂，演员们大部分盛了饭菜蹲在院子里吃，剧团的领导和主要演员陪我们在一间演员住的宿舍(临时将铺盖拿去)，用课桌拼成的一个大餐桌吃饭。我看到剧团演员们的生活条件很艰苦，问剧团的领导，为什么不到老乡家里去住。因为在我的印象中，新中国成立以后，演员的社会地位有了很大的提高。我小时候20世纪50年代至70年代，一个地方请剧团来演戏是非常隆重的事。老乡对剧团的演员很热情，把自己的房子腾出来给演员住，有的甚至是新婚夫妻的洞房。剧团的同志叹道："现在和那些年不一样了，旧的习惯和封建迷信又死灰复燃了。一些地方让剧团来演戏，主要是为了敬神，把演员看成是下九流。别说是住老乡家，有的地方连村子都不让进。”我听了很不是滋味，现在依然是共产党领导，依然是社会主义，但我们的戏曲演员的社会地位却与新中国成立初期相比，一落千丈。这样一种生存状态，难怪剧团留不住人才，难怪戏校招不到学生。造成这样一种局面，难道仅仅是一个经济的原因吗？这顿饭尽管是很对我口味的家乡菜，但我吃得很不是滋味，我是第一个离开饭桌的。吃过饭，演员们要准备晚上的演出，我们按预定的计划乘车赶到离此地不到一百公里的山阴县北固庄村看大同市雁剧青年团的演出。雁剧是今人为北路梆子起的雅称，当地群众还是习惯称北路梆子。赶到演出现场时，广场已经站满了观众，快要开演了。剧团的领导在台下等着，我们下车后在剧团领导的陪同下，匆匆赶到后台，向化妆的演员表示慰问，然后到台下看演出。这天晚上演出的是传统戏《汾河湾》，主演是梅花奖获得者张彩萍。一年前，我曾经在大同看过她的演出，是个扮相好、唱功非常出色的演员。名角、名剧，又有不少远道来的客人来看戏，演员演得都非常认真，剧场的观众也比较多。张彩萍为评梅花奖，请人改剧本、请名导演排戏、请专家看戏，到北京演出，付出很大的经济代价，不仅花光了多年的积累，还欠了十万元的外债。休息时，我问她评上梅花奖后戏价有没有增加，她说有所增加，但要挣回为评奖付出的开支，实在不是一件容易的事。由于我们还要赶回大同，戏没有看完，就离开了剧场。

8月5日上午，在大同市文化局会议室召开剧种剧团现状座谈会。出席会议的除调查组的同志外，大同市的有：市文化局副局长刘涌洲，市文化局艺术科科长杨志明，市晋剧院院长高礼谦，市雁剧团副团长董鹤礼，市要孩儿剧团副团长李玉文，市歌舞剧院书记韩瑞生，市艺研所剧作家王颂，市艺研所剧作者杨成万、李斌，市艺研所书记孙大军，市艺研所副所长张世龙、段雅清。课题负责人王安葵介绍了全国剧种剧团现状调查的目的意义，刘涌洲副局长首先发言。他说，党的十六大以后，文化事业机会和危机并存。作为民族文化的戏曲，出现生存危机已非一日。剧种、剧团目前存在的问题很多，希望上级能把调查的重点作为扶植的重点。大同市政府对戏曲工作还是比较重视的，全市有七个剧团，其中耍孩儿剧团为本剧种唯一的剧团。经费问题是一直是困扰剧团发展的问题。现在要求剧团靠演出收入自己养活自己，这简直是天方夜谭。现在的演出市场主要在农村，农民收入提高缓慢，再加之对民间职业剧团缺乏有效的管理，加剧了剧团之间的恶性竞争，戏价很低。大同市级剧团演五天九场戏，戏价为1.2万元，除去演出费用和给演员的一点可怜的演出补贴所剩无几，加上财政给的补贴，只能发工资的80%，其它经费一点没有。剧团靠调演、汇演时政府给点钱，添置一点服装、设备。社保、医保都解决不了，演员生老病死，一点解决的办法都没有。再加上体制的问题，剧团人员的进出不由剧团做主。前几年，企业好时，剧团人员的分流还好一点。现在企业普遍不景气，演员不演戏就等于失业。戏曲退出城市的重要原因是城市文化基础设施差，大同市的专业剧团没有一个有自己的营业性剧场，少数能演戏的场所租金太贵，剧团付不起。

市歌舞剧院书记韩瑞生接着说，将剧团完全推向市场肯定行不通，演出收入只能补贴生活，解决不了生存问题。现在剧团从业人员的生活待遇远远不如其它行业。医疗保险、失业保险是个大问题，目前政府对剧团的扶持连生活都维持不了，还谈得上什么发展！有关系、有本事的都走了，剧团留不住优秀的人才。在人员进出不通畅，市场不健全的情况下，剧团养活不了自己。

一级编剧王颂说，现在剧团的生存条件和20世纪50年代以前没有什么两样。经济困难，为了生存，一年四季在乡下演出，哪有时间排练新戏，提高艺术。旧社会歧视戏曲演员的观念又抬头了。除了经济上的压力外，演员还有精神上的压力，演员的社会地位又回到了过去。在这样一种情况下，民族艺术的丢失，戏曲文化的衰落就不足为奇了。既然戏曲是我们国家宝贵的无形文化遗产，国家能不能出台像文物保护法一样的法规，对全国的戏曲剧种采取不同的办法分级保护。耍孩儿虽然是一个小剧种，但历史很悠久。它的唱腔曲牌是金元时期流传下来的俗曲，唱腔结构和发声都很独特，代表剧目《扇坟》《送京娘》的表演也别具一格。耍孩儿的艺术价值和文化价值是其它剧种取代不了的，但现在演员青黄不接，如果培养不出人才就有失传的危险。耍孩儿应作为大同市的重点剧种加以保护。北路梆子也是一个濒临消亡的剧种，现在只有两个剧团。一个在忻州，一个在大同。北路梆子在20世纪30年代以前，演出活动范围在方圆数千里，曾经有大、小北路之分。现在大北路已经失传了，小北路也岌岌可危。北路梆子是山西四大梆子之一，演出范围在忻州和大同两个市，内蒙古也有很大影响，应该作为省里的重点保护剧种。此外，大同的晋剧也是自成一派的。

二级编剧杨成万接着说，大同市有两个“天下第一团”，除前面介绍的耍孩儿外，还有灵丘的罗罗腔。这个剧种虽然是从河北传来的，但在河北已经没有专业剧团了。它的唱腔曲牌也是元明俗曲，主体唱腔是数词，上下句结构，但唱起来很活泼，两句唱腔中间有四个过门，唱腔结尾有“煞尾”。它的唱腔别的剧种很难吸收，别的剧种的剧目也很难移植。越是有特点的东西，保护越困难。耍孩儿和罗罗腔这两个剧团的日子最不好过。灵丘罗罗腔剧团不仅唱罗罗腔，而且唱晋剧，演歌舞。

听到这里，我插话说，小剧种单独成立一个专业剧团很难生存，市里能不能成立一个民间戏曲剧团，既演耍孩儿，又演罗罗腔。不以营利为目的，经费由政府从财政开支，剧团担负起耍孩儿和罗罗腔的艺术传承与保护发展的责任。大同市的同志说，这个建议很好，但实行起来涉及很多问题，要市委和市政府出面才行，非文化局所能。

大同市晋剧院院长高礼谦说，在山西，大同市对剧团的扶持力度是比较大的，但还是难以生存，这有个大的社会环境改善的问题。过去在电视没有普及前，剧团在群众和政府中的地位是比较高的。党和政府的政策经常是通过剧团向群众宣传，剧团不仅把艺术献给群众，而且成为党和政府联系群众的纽带。而现在这种作用已经被电视取代，群众也不把看戏作为文化娱乐的最佳选择。特别是传统的庙会恢复后，封建迷信的思想，对戏曲演员的歧视又有所抬头。有的地方让剧团去唱戏，不让演员进房，只准演员住在庙里或学校教室里。演员不仅要面对艰苦的生活环境，而且要忍受人格的侮辱。经济压力、精神压力像一把双刃剑，悬在每一个演员的心头。年龄大的演员拿不到基本的工资，医疗费没有办法报销。年轻演员觉着前途渺茫，人心涣散，没有凝聚力。现在剧团的灯光道具等设备都是20世纪50年代的，靠剧团自己的力量根本无法更新，演出质量每况愈下。市晋剧院一台戏1500元，开销后就剩1000多元。城市没有演出市场，农村的台口都被经纪人把持着，剧团写戏难，名义上一台戏是两万元，实际只有一万元，另外一万元被当地的村干部和经纪人拿去了。还有一些民间职业剧团打着市剧团的牌子演出，演出质量低劣，坏了市剧团的名誉。市剧团常年在乡下演出，条件非常艰苦，提高不了演员的艺术水平，没有时间和经费排演新戏。老戏老演，老演老戏，不仅是观众不愿看的，其实也是剧团的无奈。

我问，你们团的演员，月平均工资是多少？

高回答说：650元左右。一级演员按国家的工资标准是1700元，我们团的一级演员只能拿1100元。

要孩儿剧团副团长李玉文说：要孩儿剧团说起来是市级剧团，但条件非常差。办公、排戏只有一间20世纪50年代初盖的三十多平方米的老房子。我们继承了老一辈艺术家艰苦奋斗的精神，借艺校的地方排戏。

市雁剧团副团长董鹤礼接着说：剧团改革的目的是要改好，而不是要改的让大家没饭吃。剧种的改革不能一刀切，不能再犯“文革”的错误。剧团的改革关键是人事制度的改革。不能一方面要把剧团推向市场，一方面还是计划经济下的运转机制。

上午的座谈会结束后，我们特意看了市要孩儿剧团的办公地点，确如他们介绍的，房子又旧又小，除两张办公桌和几把椅子外，没有什么家当了。据说，剧团没有演出时，这里还要存放戏箱。很难想象，进入21世纪，一个市级剧团的办公条件竟是这个样子。

中午，市文化局在离要孩儿剧团不远的一个饭馆请我们吃饭。饭后稍事休息，离开大同，乘车赶往朔州。

到朔州时已经是下午五点多了。朔州是山西的一个新兴城市，因为朔州露天煤矿而兴，城市建设蒸蒸日上，到处可以看到新盖的高楼大厦。街道整齐，花木鲜艳。我们都是第一次来朔州，第一印象不错。市政府接待处的同志安排我们住在朔州宾馆，从外部看，富丽堂皇。但到了客房一看，卫生间没有打扫，床上的卧具也没有替换，而且没有热水，服务员对我们不理不睬，我们觉着很奇怪。晚饭时，市文化局的同志来说，这个宾馆的餐厅没有饭，要到城区宾馆吃晚饭。吃饭时，我们才了解到，市宾馆的工作人员已经三个月没有领到工资了，大家有情绪，所以出现了这样的情况。因我们是市政府招待的客人，只能住在市宾馆，文化局不好安排别的地方。晚上没有热水，大家只好委屈一下了。

8月6日，王安葵要到上海，提前离开朔州，准备经太原乘飞机到上海。上午，我们先参观了位于老城区的崇福寺，这是当地唯一保存完好的古迹，来烧香拜佛的善男信女来来往往。寺院建筑和别处没有什么区别，我们进去看了看很快就出来了。文化局的同志带我们到朔县大秧歌剧团参观。朔县大秧歌剧团成立于1953年，团址在老城区一个小山坡上。三栋平房是建团时盖的，虽然陈旧些，但很宽敞，有办公室、排练室、演员宿舍、伙房等。在办公室的墙上贴着剧团各种各样的管理规章以及演出的指标等，看起来这个团是比较正规的，管理严格的。剧团在他们的排练场为我们演出了小戏《泥窑》和大戏《金水桥》片断。《泥窑》是朔县大秧歌的经典剧目，通过兄妹二人载歌载舞的泥窑动作和独唱、对唱等，表现了哥哥勤劳、爽朗，妹妹天真活泼和他们对未来美好生活的向往。二人配合默契，音乐唱腔清新明快，表演身段细腻传神。《金水桥》是移植北路梆子的剧目，所演“金殿”一场是唱功戏，唱腔北路梆子的韵味较浓，缺乏朔县大秧歌的味道。演出结束后，我们又要求演员清唱了《打路》《困雪山》片断。

下午，在城区招待所召开了剧种剧团现状座谈会。出席会议的除调查组全体同志外，朔州市的人员有：朔州市文化局局长孟怀德、副局长许丽丽、副局长赵爱华、办公室主任王新民、艺术科干事张建国，应县晋剧团团长郭有焕、演员胡让，怀仁县晋剧团团长沈有、演员武汉凤，右玉县文体局副局长兼道情剧团团长张丁，演员曹淑芳，平鲁县文体局副局长董祺文，晋剧团团长赵斌，朔城区大秧歌剧团团长许平福、业务团长卢尚卿、演员侯启、导演赵亮。

我向大家介绍了这次来朔州进行剧种剧团现状调查的意图，请大家踊跃发言。平鲁文体局副局长董祺文首先发言。他说：平鲁县晋剧团成立于1949年，原来称长风剧团，1963年改称平鲁县晋剧团。人员掺杂不齐，最多时八十多人。20世纪80年代以前营业不差，1984年编演的新戏《李白》曾在省里汇演时获奖。这几年日子越过越艰难，写戏竞争不过外地民营剧团。县里的领导对剧团很支持，政府曾下令让各乡一年请县晋剧团演一台戏。结果，我们戏演了，但钱收不上来，亏损的还是剧团。现状是里每年给我们4万元补贴，仅能解决退休人员的工资。剧团的设备都是20世纪80年代以前购置的，在职的正式演员都是中年以上，上不了台，能演戏的演员都是聘请的临时工，解决不了招工指标，医疗保险、失业保险解决不了，人心不稳。

我问：你们剧团正式的职工有多少人?

平鲁县晋剧团团长赵斌回答说：正式职工有36人，但上岗的只有五六人。面临的首要问题是吃饭问题，县里给的4万元，剧团一分都得不到。大部分演员都是临时招聘的，流动性很大。剧团一年演出九个半月，除了数九寒天，每天都在乡下演出，但勉强能把演员微薄的工资发了。在乡下演出，舞台条件差，服装损耗很大。剧团依靠自己的力量更新服装和演出设备根本不可能，所以只能是对付。现在剧团写台口，灯光、服装好坏很重要。因剧团设备陈旧，服装破烂，写戏很困难，戏价上不去。希望政府能扶持一下，解决服装和演出设备的更新问题。

我问：像你们剧团目前的情况，一年需要多少补贴?

赵斌回答：如果能给10万元就能过。

我问：你这几年当团长是怎样解决剧团经费不足的?

赵答：我当团长时贷款12万元，但钱花完了，贷款还不了。

我问：你们县一年财政收入多少元?

赵答：两亿多元。

我又问：农民一年平均收入多少元?

赵答：2600元左右。

我想：一个县能有两个亿的财政收入，这在山西是比较好的。但竟拿不出10万元养活一个剧团，还是领导没有把剧团建设放在应有的地位。现在之所以还有人学戏、演戏，就是经济收入与农民收入相比，略高或持平。如果演员的收入低于当地的平均收入，就没有人再学戏和演戏了。这是我在各地调查后得出的一个体会。

这时，右玉县文化局副局长兼道情剧团团长张丁发言，他说：道情是晋北群众比较喜爱的地方戏，右玉道情剧团是1956年建立的，成立的时间虽然比较早，但几起几落。去年县里开人大会，代表呼吁恢复道情剧团。县里给了10万元钱，企业赞助了20万元，添置了服装设备，将能上台的老演员请回来，又招收了一批学员，现在有40人。最近正在排练新戏《金珠玉杯记》，还没有正式演出。道情是小剧种，与大剧种相比，家底薄，演出市场有限，生存更困难。如果没有政府的支持，很难存活。

我说：晋北道情是最早发展为戏曲剧种的，可惜因为时间的关系，我们来不及到你们那里看戏了。

张丁说：我们还来了一位演员叫曹淑芳，可以请她给大家唱一段。

坐在他身边的一位中年妇女不好意思地站起来，大家鼓掌，欢迎她演唱。她唱了传统戏《杭州卖药》中的一段。我听和临县道情、洪洞道情完全不同。

曹淑芳演唱后，由怀仁县晋剧团团长沈有接着发言。他说：怀仁县晋剧团现有演员25人。去年演出150场，今年已经演出了80多场，估计和去年差不多。县里财政每年给10万元，除去给退休人员的工资，还能剩一些。现在的演出市场不是看好，而是一年不如一年。我们的戏价已经下降到一场戏1000元，有时500元也演，你不演有人演，竞争非常激烈。戏价太低，有时不够演出成本，剧团的日子太艰难了。对于我们团来说，急需要解决医疗保险和失业保险。希望今后剧团改革要配套，不要像后妈的孩子，摔出去就不管了。

应县晋剧团团长郭有焕接着发言。他说：“我们县原来每年给剧团的补贴是5万元，去年增加到8万元。去年演出了200多场，戏价和其它县差不多，演一个月戏，毛收入才24000元。同年参加工作的，人家的工资已经达到1200元了，我们平均月工资才200多元。收入少，好演员留不住，乐队人员到民间鼓乐班谋生。冬天是演出淡季，想排新戏，但连买煤取暖的钱都没有。剧团已经到了崩溃的边沿，剧团改革，希望国家能在政策方面有新东西。

朔城区大秧歌剧团团长许平福说：我们团从1953年就建立了。现在上岗的正式人员有11人，其它都是临时工。演员有演出才发工资，排新戏剧团发不出工资。因此，女演员保留难，好的学员留不住。剧团一年演出二百多场，收入11万元。农村经济困难，请不起正规的剧团，请民间职业剧团，对演出市场冲击很大。区县一级的剧团，固定人员不能多，但也不能太少。一般有四十来人才能形成一个行当齐全的演出团体。作为我们要孩儿剧团，存在的问题很多，但最严重的问题是后继无人，传统戏保留不下来，剧目和表演艺术已经失传了不少。如何保留优秀的传统文化艺术，要有具体的政策、措施。小剧种如果政府不养，根本保留不下来。养老保险、医疗保险如果不解决，解决不了吸引人才、保留人才、培养人才的问题。

朔城区大秧歌剧团的导演赵亮接着说：我对朔州大秧歌这个剧种有感情，对剧团面临的问题也有深切的体会，希望领导能少吃一顿好饭，少买一部好车，就能养活一个剧团。培养不出人才，搞不了艺术。从朔州大秧歌的表演艺术来看，节奏太慢，观众不爱看。但要搞革新，没有人才。朔州秧歌在清雍正年间就有了文字记载，没有“大”字。20世纪50年代到内蒙古演出，为了和二人台相区别，在秧歌前加了个“大”。它的音乐唱腔、表演都很有特点，每次在省里调演，都不低于二等奖。

朔州市文化局局长孟怀德最后发言。他说：剧团演员下乡演出艰苦，剧团经费困难这是大家都知道的问题。希望剧团团长回去以后根据区、县的实际，克服困难，搞好工作。一方水土养一方人，一个地方有一个地方的艺术。希望上级能有针对性地提出一些保护民族民间艺术的政策，特别要把文化工作的指标纳入地方官员的考核中。其它行业都有法可依，只有文化工作无法可依。文化工作在各级政府中摆不在应有的地位，文化部门的干部就像要饭吃的。文化工作要搞好，文化部要争地位，要有法律保障。

山西戏剧研究所所长李运启总结发言，他感谢大家在百忙中来参加这个座谈会，说一定把大家对戏曲工作的意见反映给上级。

下午，与朔州市文化局的同志告别，离开朔州，乘车到忻州。走高速公路，错过了出口，折回来时已经多走了60公里，晚上7点才到忻州。忻州市文化局的一位副局长已在宾馆等候。他带我们在一家小吃店里吃过饭，要领我们到市群众艺术馆的歌厅唱歌。我们推辞再三，但主人很热情，只好去了。不料这天歌厅没有开门，局长打电话叫来了管理员，开了歌厅的门。我们调查组里有两位原在剧团工作过的演员，但这几天日程安排得紧，很疲劳，大家都兴趣不大。那位张局长似乎兴致很高，唱了一首又一首，并邀请我们调查组中的女同志跳舞。玩了不到一个钟头，就回宾馆休息了。

8月7日上午，在忻州市文化局会议室召开剧种剧团现状座谈会。出席会议的忻州方面的人员有：市文化局副局长兼艺校校长苏臣田，市文化局副处级调研员邓九高，市戏剧研究所原所长张学照，市文化局党委书记田雷，市戏剧研究所一级编剧马彬、二级编剧刘引娣，市戏剧研究所副研究员余立华，市文工团书记贺叶、副团长张吉良、梁美琴。

按惯例由我介绍召开座谈会的意图，接着首先由苏臣田副局长介绍忻州市剧种剧团的概括。他说：忻州市有三个市级剧团，两个北路梆子，一个歌舞团，还有14个县级剧团。剧种除北路梆子外，还有中路梆子、二人台、神池道情、繁峙秧歌，共五个剧种。市团在1995年以前财政补贴工资的23%，1995年以后，除离休人员外，其它人员补贴50%的工资，不足部分靠剧团演出收入。县级剧团都是自收自支，个别人员归财政。县里财政给剧团补贴从几千元到几万元不等。市属的两个北路梆子剧团还能正常演出，文工团人员老化，已经不能正常演出了。县级剧团，除定襄、原平两个剧团能正常演出外，其它团承包给个人，都先后垮了。二人台的民营剧团较多，仅河曲县就有25个，演出范围远至内蒙古和张家口。北路梆子的演出市场越来越小，每年演出180—250场，今年闹“非典”，演出更少了。演出剧目大部分是北路梆子的传统剧目，新编剧目和移植剧目很少。文工团以演二人台为主，编制是49人，现有二十多人，年龄最小的已经三十多岁了。剧团设备陈旧，工资待遇低，留不住人才。文工团演出一场收入15000元至20000元才能维持，否则演得越多赔得越多。忻州市所属各县都比较穷，戏价很低。定襄县剧团一年演出四百多场，仅能维持基本的生活，根本谈不上排演新戏、更新设备。

市文化局调研员邓九高说：大剧种的情况相对好一些，小剧种的日子很不好过。神池道情剧团和繁峙秧歌剧团基本上是“风搅雪”，既演本剧种的传统戏，又演歌舞。如果政府不在经济上扶持，让他们完全走市场，很难存活。市级的剧团，没有排练场，忻州市内唯一可以演戏的场所——忻州剧院不归文化部门管理。现状由私人承包，演戏收场租，剧团出不起。所以在忻州市里，观众很难看到戏曲演出。演出市场如何管理，戏曲艺术如何发展，剧团能不能生存，关键是要有一个良好的社会环境。

我问：戏校招生的情况如何？

苏副局长答：为了扩大生源，适应社会的需要，戏校都改艺校了。忻州市艺校在校生现有480人，好的苗子很少，品质比以前差远了。

市戏剧研究所一级编剧马彬接着说：忻州市的河曲是二人台的发祥地，我谈一点二人台的情况。二人台是河曲的地方戏，忻州市对二人台是比较重视的。为了更好地发展二人台艺术，1964年将河曲二人台剧团端过来，成立了忻州文工团。但是现在文工团的境况并不乐观，其重要的原因是对二人台的特点发挥不够。作为市里的艺术研究机构，要研究二人台的艺术特点和规律。市戏剧研究所的前身是北路梆子剧院，现有三十多人，但和业务沾边的只有十来人，有研究能力的只有五六人。

市戏剧研究所原所长张学照发言说：我同意马彬的意见，二人台50年来的进步不大，但群众喜欢。繁峙秧歌和神池道情的私人班子没有听说过，但二人台的私人班子有二十多个，河曲人离不开二人台。二人台不仅是一种民间艺术，而且是一种文化。它有研究价值、对外交流的价值、文化遗产保存的价值。文化市场需要它，老百姓的生活需要它。应该把二人台作为省级保护的剧种。不仅要保护，而且要组织一批热爱的人进行研究提高，提高它的艺术品味。繁峙秧歌剧团只有牌子，没有活动，前几年培养的学员都改行了，季节性演出的班子还有两家。神池道情也是类似的情况。道情和秧歌进不了庙会，演出市场小，限制了演员的发展。1996年、1997年，市艺校分别为繁峙秧歌剧团和神池道情剧团培养过一批学员，但都没有留住。小剧种要传承下去，人才培养是个大问题。

张学照发言后，已经快12点了。省戏剧研究所的李运启所长作了总结，他感谢大家对调查工作的支持。

中午吃饭时，我们得知忻州市北路梆子青年团在五台县演出，便决定到他们演出的现场去看一看。听说离五台山不远，一些没有去过五台山的同志提出到五台山一游。苏局长说正好五台山文管所的所长在忻州开会，就请他给我们安排。下午我们乘车到了五台山脚下的一个村庄，还未进村就听见了鼓乐声。苏局长已经打电话给剧团，团长杨仲义已经在剧场前迎接。杨仲义是当今北路梆子著名生脚演员，曾荣获“梅花奖”。今天白天没有他的戏，他陪我们在台下看了一会儿戏，便邀请我们到他住的地方喝水去。他领我们到了村中一家比较宽大的院落，他住的房子是里外间，干净明亮。他说这是村支书的房子，村支书喜欢他的戏，每年都来这里演出，每次都住他家。我问：其它演员也住老乡家里吗？他说：其它人大部分住在学校，有部分演员就住在后台。支书和他的老伴都在家，他们打开了两个大西瓜，招呼我们吃。大家边吃边聊，不觉天色已晚。因要在天黑前赶到山上，便与主人告辞，乘车直上五台山。到了五台山的怀台镇，天已经黑了。文管所安排我们住在五台山第一招待所，并为我们准备好了晚饭。吃过饭，下起了雨。第一次来五台山的同志感到很扫兴，招待所的工作人员说，雨天游五台山别有一番情趣，保证不会让你们失望，建议我们每人买一把伞。

8月8日，早上起来，雨还在下着。我们每人拿着一把伞，分乘两辆车。因有文管所所长带队，一路畅通无阻。五台山的寺院，正门是给游人进出的，还有后门或偏门是给工作人员或僧人进出的。我们的车从后门进，从后门出，一天参观了许多寺院。我已经是第三次来五台山了，对看庙已经失去了兴趣，但在寺中得到了意想不到的收获。原来庙里正举行盂兰盆会，善男信女们络绎不绝地出入大殿烧香拜佛，和尚们在念经超度亡灵，不时传出柔和悦耳的佛教音乐。在大殿对面的舞台上，吕梁地区晋剧院在演出酬神还愿戏。一出戏演完，有一个报幕员出来大声说："某某老板或某某董事长献愿戏一出，感谢佛主保佑，财源滚滚！"等等。北京中关村的一家房地产公司的老板也打出横幅，唱愿戏一出。因下着雨，看戏的人不多。我问庙里管理人员，愿戏怎么演。他说，许愿的人将钱交给庙里，由庙里邀请剧团演出。每年农历七月十五前后要演半个月的愿戏。因我们已经定好了晚上回北京的火车票，必须晚上赶回忻州，就没有再看了。

2003年8月10日，我们完成了在山西的剧种剧团现状调查，回到了北京。

2003年9月8日，应炎黄文化研究会的邀请，去太原参加"三晋文化论坛学术研讨会"。

9月10日上午，与山西省戏剧研究所所长李运启、副所长谢玉辉向山西省文化厅厅长成葆德汇报了山西剧种剧团现状调查的情况。我谈了以下几点：1.山西戏曲演出市场与其它省相比，还算好的，但戏价比较低，剧团演出的场次比较多，但收入较低。演员的生存环境很艰苦，剧团经营困难，县级剧团已经大部分瘫痪。2.全省的文化设施落后，城市中的剧场大部分是20世纪70年代以前的建筑，或已经成为危房，或已经改为他用。剧团没有自己的排练场，更没有自己的固定演出场所，戏曲已经基本上退出城市的演出市场。3.大部分剧种处于自生自灭的状态，全省在20世纪80年代以前有54个剧种（戏曲志合并为49个剧种），现有专业剧团和业余演出，在舞台上存活的只有28个，将近半数的剧种已经消亡。在现存剧种中，还有一半以上的剧种仅有一个剧团，处境岌岌可危。如不采取保护措施，再过几年作为戏曲大省的山西，剧种所剩无几。4.各地艺校戏曲专业招生困难，一是与戏曲行业不景气有关，二是报考戏曲的大部分是农家孩子，交不起学费。学生的素质普遍下降。5.按照分级保护的原则，确定省、市、县重点保护的对象，在政策上、经济上给予扶持。小剧种很难独立组团，可由剧种较多的市组建多剧种的民间戏曲剧团，负责小剧种的传承。

（此文原载《中国戏剧》，2006年第2、3、4期连载）

晋北赛戏的历史文化价值

——以1985年仿古演出剧目为例

20世纪80年代初编纂《中国戏曲志·山西卷》在调查民间戏曲时，山西五台县发现了久已不演的古老剧种赛戏。因我担任《中国戏曲志·山西卷》责任编辑，就与山西卷编辑部的同行一起于1985年中秋到五台县西天和村进行了考察，先在西天和村的古戏台看了彩排，因该村戏台电的负荷不足，第二天晚上到台怀镇五爷庙古戏台观看了仿古演出及录像。此次考察的结果在《中国戏曲志·山西卷》有关赛戏的条目中得以记述，但录像一直没有公开。直至2011年，我和山西省文化厅艺术处处长夏平联系，中国艺术研究院开公函给山西省文化厅，才得以复制了一份DVD光盘，收入《中国戏曲剧种音像数据数据库》。下面就以当时演出的《调鬼》《戏柳翠》《出幽州》三个剧目，谈谈赛戏的历史文化价值。

一、晋北赛戏与乐户

赛戏是流布于我国太行山地区的古老剧种。在山西省北部的大同、朔州、忻州，河北省的北部，内蒙古的西南部都曾经流行过。为什么称赛戏？民间有三种说法：

（一）民国前赛戏演出时看戏的妇女们都要露出三寸金莲，比赛谁的脚小，谁的鞋花样绣得精巧，所以叫“赛赛”。

（二）赛戏开演前，女演员要浓妆艳抹“坐台子”，比赛俊美，所以把这一剧种叫“赛”。

（三）古代民间称祭祀活动为迎神赛会，所以把专为迎神赛会演出的剧种叫“赛赛”，或“赛戏”。

以上三种说法，后者较为可信。在古代，祭祀活动称“赛”，意在酬报神福。汉书《郊祀志》作“塞”，六朝俗制从贝作赛。该剧种是酬神戏，所以叫“赛戏”。晋北过去民间的传统赛祀活动形式很多，而以祈求风调雨顺，驱鬼逐疫，追斩旱魃的祭仪最为繁盛。历史上的晋北常常是十年九旱，这一地区的人们把一年的风调雨顺、驱赶旱魔视为头等大事，所以求雨、驱旱、驱鬼、逐疫这种祭仪在民间既普遍，又隆重，被视为祭祀正宗，称之为“赛”。而赛戏是在赛祀仪式基础上发展起来的戏剧形式，是整个祭祀活动的重要组成部分，所以人们把这种戏剧演出与祭祀仪式联系在一起，称为“赛戏”。

梆子戏、弦子腔、罗罗腔等也酬神演出，但他们与祭祀仪式没有必然的联系，戏是戏，仪式是仪式，两者互不搭界。赛戏则不然，它的特有剧目《调鬼》《斩旱魃》本身就是一种祭祀仪式，就是“赛”。这两个祭祀仪式剧目是其它剧种所没有的，赛戏把它作为主打的固定剧目，每到一处，必须演出。

明初，赛戏在晋北盛行，这与赛戏是由地方乐户专业演出有关。“乐户”最初见于南北朝的《魏书·刑罚志》：“孝昌以后，天下淆乱，法令不恒，或宽或猛。及尔朱擅权，轻重肆意，在官者多以深酷为能。至迁邺，京畿群盗颇起，有司奏立严制诸强盗。杀人者首从皆斩，妻子同籍配为乐户。其不杀人及赃不满百匹，魁首斩，从者死，妻子亦为乐户。”乐户是中国历史上以音乐、歌舞、戏剧专业活动为业的贱民。他们来源于罪犯的家属，也有部分原为良人。乐户制度作为历代统治者惩罚罪犯和政敌的一项手段，从北魏一直延续至清，直至雍正皇帝即位后才将乐户的贱籍制度加以削除。但是乐户在乐户制度废除后并没有立即享有良民的权利和地位。因为在中国这样一个礼乐社会中，乐户制度的废除仅仅停留在法律层面，没有相应的措施，所以相当一部分乐户并没有立即改变原来的“贱业”，他们在没有学会新的生存技能之前，还只能操旧业，除了官差、祭祀之外，百姓婚丧嫁娶，逢年过节，老人庆寿，小孩满月，乐户都要去应酬，既娱神又娱人。太行山地区是离京都最近的贫困地区，历来是乐户集中的地区。特别是明初，元朝的皇亲国戚，明初的罪犯都被打入另册，发配到这一带成为乐户。据五台县志记载：“……明洪武年间，五台有乐户十五家，建文末年，又有京城官绅，被贬为乐户，还于五台……”这些乐户，以家庭为单位，组成赛戏班社，搬演赛戏，并承揽民间婚丧鼓乐事。五台县松台村的诸家班、应县的侯家班、大同的赵家班，其先祖皆系明初官绅，因获罪被发配于晋北，各自组成家庭班社唱赛戏。晋北至今流传着这样的说法：元末，八家大臣获罪，被皇帝发配到边塞，为乐户，在祭祀中，他们吟诗作诵以表心中的不平，其后代因袭，遂成赛戏。建文末年，明成祖又把不附其夺位的朝臣悉编为乐籍，发配于“九边”[①]习贱业。于是晋北一带乐户大增，赛戏的家庭班社数量也增多，从而带来了赛戏的一度繁荣。清代初年，各种地方戏纷纷崛起，对赛戏形成极大的冲击，随着时光的流逝，人们对神灵的虔诚逐渐淡漠，而艺术欣赏水平却在不断提高，艺术性较原始粗糙的赛戏在清末陷入极大的危机，趋于衰落。清末到民国年间，赛戏班社大部分解体，赛戏演员纷纷改换门庭。据有关数据记载，光绪年间，晋剧北路梆子有个“连外班”，其班主侯攀龙，原系赛戏艺人，他的祖上是江南官宦之家，明朝时获罪，被发于“九边”唱赛。侯的祖上被发配于“九边”之一的大同一带。清末赛戏衰落了，侯攀龙弃赛业而领梆子戏班。其时，北路梆子名伶“十三红”（孙佩亭）曾在该班演出，致使侯攀龙的“连外班”一时名震归化（今呼和浩特市）至张家口一线。民国年间，在赛戏流布地区，很多地方在赛日不

① 所谓九边是明代设立的九个边防军事重镇，即辽东、宣化、大同、延绥、太原、宁夏、甘肃、蓟州、固原。

演赛戏，而是改唱北路梆子或其它的地方戏。这一时期的赛戏班社，据老艺人们回忆，仅存大同赵科的赵家班、应县侯三成的侯家班、宁武彭三海的彭家班、可岚蔡愣子的蔡家班、五寨吕子山的吕家班、五台松台村的诸家班。此外，还有些业余性质的子弟班，如五台县西和村的子弟班、大同市阳高县鳌石村的和合班、朔县的元顺旦班等。新中国成立后，晋北个别村镇，把赛戏作为春节文娱活动的一种形式，偶有演出。1960年，阳高县鳌石村以赛戏传统剧目《孟良盗骨》一剧参加了在大同市举行的晋北文艺会演。1985年，为编纂《中国戏曲志·山西卷》，五台县西天和村赛戏子弟班上演了《调鬼》《戏柳翠》《出幽州》。从此赛戏便再没有演出过。

二、《调鬼》等三个赛戏剧目介绍

《调鬼》，赛戏早期剧目。演农历七月中旬，城隍奉玉皇大帝圣旨降临凡间，先后调来真武、白面鬼、判官、牛头、马面等众鬼神，逐一吩咐，要他们保佑一方地方风调雨顺、国泰民安。过去传统演法，“先是赛班艺人扮就‘七鬼’（一真武、二白鬼、二棒鬼、二判鬼）、‘八仙’、‘四值神’（春、夏、秋、冬）和城隍，由吹打开路。‘引荐人’用竹扫帚扫几下，意为把一切灾难扫掉。然后请龙王到赛场神厅，接着开演《调鬼》。在街上行走时，面具都顶在头上，髯口倒捋上去，似鬼怪的披头散发”[①]。因当时怕担当宣传封建迷信的帽子，前面的仪式省略了，演员化好妆就直接在戏台上演《调鬼》。城隍先上场，吟诗，下场后又上场，表示由天庭到了人间，坐定在下场门前台。众鬼神上场，真武站在舞台中间的高座上，其它鬼神分坐两边。城隍手持竹扫帚，用吟诵的形式逐一嘱咐众鬼神。众鬼神上场只有舞蹈和哑剧表演，没有吟诵。仪式性很强，表演非常单调。这个剧目显然是由祭祀仪式发展而来，与另一个仪式性剧目《斩旱

① 《中国戏曲志·山西卷》，文化艺术出版社1990年版，第407页。

魃》同类，为赛戏的早期剧目之一。

《戏柳翠》，又名《大头和尚背侍女》，是由民间故事编演为民间舞蹈继而搬上戏曲舞台的。传说很早以前，深山里有座古寺，寺庙内长着一棵郁郁葱葱的大柳树。这柳树经一千多年的修炼，变成了一个俊俏的大姑娘，取名柳翠。她偷偷地爱上了庙里的一个大头小和尚。一天，庙里只有小和尚一人看家，柳翠便装作前来进香，挑逗小和尚，使他忘了佛门戒律，与柳翠尽情地玩耍，戏闹起来。这里，有个樵夫打柴正好路过此地，所见庙内有女子笑声，感到奇怪。扒在墙头上一看，原来小和尚竟和大姑娘在一起打情骂俏，忍不住大笑，双手一松，掉下墙头。他回家之后，当作笑话讲给众人听。有个能歌善舞的社火头儿听了此事，觉得有戏，过春节时，编成以舞蹈为主的滑稽哑剧演出，观众看得前仰后伏。从此，《大头和尚戏柳翠》就作为一个在社火中演出的节目在民间流传开了。《旧唐书·音乐志》中记载："上元佳节，百戏之雅驯者，莫如南十番，其余装演大头和尚。"宋代《东京梦华录》和《古今小说》、明代《西湖游览志》和《帝京景物略》等书中都有跳大头和尚的记载。清代《百戏竹枝词》中记："大头和尚即明月僧度柳翠事，人带(戴)大面具扮演之。"《大头和尚戏柳翠》由广场艺术搬上戏曲舞台很早，金院本有《月明法曲》，元代有李寿卿的杂剧《月明和尚度柳翠》，明徐文长《四声猿》中有《翠乡梦》。大头和尚戏柳翠的故事和人物形象深入民心，成为民间美术创作的素材，山西襄汾县丁村清代民居木雕图中，有《大头和尚戏柳翠》，所雕和尚为充满童稚的大头，胸挂极为夸张的大念珠与柳翠共舞。赛戏《戏柳翠》亦为舞蹈哑剧，上场角色有月明和尚、柳翠、判官三个。月明和尚在笙管合奏的曲谱【千声佛】中持拂尘迈八字步缓慢舞蹈上场，做洗脸、洒水、扫地、上香拜佛、登高击鼓、摔下爬起、再登高敲锣、又摔地爬起、坐在一旁念经等舞蹈动作。柳翠亦在【千声佛】音乐中浓妆艳抹持纸扇、手绢，端供盘舞蹈上场，上供品、拜佛，起身后看到月明和尚，顿生爱慕之情，蹑手蹑脚走在月明背后，用扇子敲了一下他的后脑勺，急忙躲在佛龛后面。一心念经的月明吓了一跳，站起来没有发现什么，将椅子挪了一下继续念经。柳翠不肯罢休，又悄悄走在月明跟前，拔下发簪捅了一下月明的鼻孔，又急忙躲在佛龛后面。月明不被打动，站起来挪了下椅子接着念经。柳翠还不死心，走出来用扇子狠狠地敲了一下月明的前额。月明这才注意到面前如花似玉的柳翠，不禁凡心骚动。掌管人间婚姻簿的判官上场，查看二人的姻缘，见其红尘未断，不再阻拦。月明和尚背起柳翠急忙逃离寺院。故事情节并不复杂，表演动作也比较简单，但生活气息浓郁，情趣盎然。

《出幽州》，叙宋王赵光义，因母兄许愿，欲到五台山文殊菩萨殿前还愿，潘仁美推荐杨家父子保驾前往。辽国大将韩延寿、韩延广闻知，潜入五台山打探。宋王人马到达五台山，主持为宋王和杨家将一一相面，预测金沙滩之战的结果及每个人的命运，陪大家观景。潘仁美唆使宋王到幽州玩景，结果被辽兵包围。杨家父子奋力保驾，损兵折将，痛失众子，与六郎保宋王还朝。故事见《杨家将演义》第十六回。此次只演出了“相面”“观景”两折。出场的人物有宋王、杨继业、杨继业的八个儿子、主持、潘仁美、韩延寿、韩延广、检场人。人物的扮相、服装与梆子戏无异，就连人物出场的台步也如梆子戏，疑为赛戏的晚期剧目，是从梆子戏中移植过来的，但仍保留了赛戏念白、吟诵的特点。其中相面的情节明显在炫耀五台山和尚算命的灵验和佛教因果报应的理念。

三、从赛戏演出形式看早期戏曲的遗存

五台县西天和子弟班演出的这三个赛戏，《调鬼》《戏柳翠》显然是早期剧目，保留了较多宋金杂剧的演出形态。

（一）赛戏演出时，不设龙套，没有把子，剧中的一些附属人物如太监、丫环、兵卒常由检场人代替问答，这些都是早期戏曲形态的反映。据民间传说，赛戏不设龙套把子是因为赛戏演员多系被编贬乐户的原官宦之家，为了表示对皇帝与权贵们的不满，所以在戏中不设守候他们的角色，皇帝不在戏中出现，即使是下旨，也要他自己在幕后宣读，晋北民

间歇后语云：赛戏的皇帝——没人侍候，即此意思。这种说法反映了受迫害的部分乐户艺人对皇权的憎恶，但并非是赛戏不设龙套把子的主要和唯一原因。其主要原因应该从中国戏曲形成发展史找答案。

中国戏曲经过漫长的孕育时期，在宋金时期才具雏形。这之前的唐参军戏，演出时只有两个脚色，一名参军，一名苍鹘，他们在相互问答之间，作些即兴滑稽表演，类似现在的相声小品，这种参军戏当然没有龙套把子。宋金杂剧的表演艺术有了很大的发展，脚色有末泥、引戏、副净、副末、装孤五种，但从一些记载看，演出规模仍然比较简单，出场脚色看不出有龙套把子的配置。南宋周密《武林旧事》中记述了当时几个有名的杂剧班社的组织情况，"刘景长一甲八人：戏头李泉现，引戏吴兴佑，次净茆山重、侯谅、周泰，副末王喜，装旦孙子贵。……潘浪贤一甲五人：戏头孙子贵，引戏郭名显，次净周泰，副末成贵"。从这些记载中，我们可以看到，当时杂剧班子称"甲"，一般只有五至八人，演员除了扮演剧中角色外，还要伴奏，演出时就不可能有龙套把子。赛戏的家庭班社，人员一般也不过五六人，因此演出时往往是有主帅没兵丁，有官员没衙役。这种班社组织和演出形式，保留了宋金时期戏曲的初级形态。

（二）赛戏中的"引事"与宋金杂剧"竹竿子"相似。赛戏中的"引事"这一脚色，在开戏之前是"解说员"，一出戏由他介绍背景而开场，引出全剧故事，赛戏开演后，他时而进入戏中充当脚色，时而跳出戏外担任解说。"引事"与晋南古老剧种锣鼓杂戏中的"跑报子"都与宋金杂剧中的"竹竿子"一样，是中国戏曲初级形态时出现的一种脚色。赛戏《调鬼》中的城隍，既是剧中的角色，又是"引戏"，他把剧中的鬼神一个一个引出来，而且他手中拿的道具竹扫帚，与宋金杂剧中"竹竿子"拿的道具非常相似。

（三）赛戏演出前，女演员要"坐台子"（俗名压板凳），这与宋金杂剧演出的习俗非常相同。金末元初散曲家杜善夫在他的《庄稼不识勾栏》中写道："……见几个妇女向台儿上坐，又不是迎神赛会，不住的擂鼓筛锣……"这里说的是勾栏演戏的情况，与赛戏女演员"坐台子"的演出习俗一样，一方面有显示戏班演出阵容的意思，另一方面也反映了封建时代戏曲艺人社会地位地下，特别是乐户出身的女艺人，不仅要以技艺赢得观众外，还要靠色相招徕顾客。在演出《戏柳翠》时，为了反映历史的真实情况，亦有两位女演员坐在舞台两侧。

（四）赛戏演出为广场艺术与舞台艺术的结合，保留了戏曲从原始的广场艺术向舞台艺术过渡的痕迹。赛戏的早期剧目《调鬼》是在舞台下的广场上进行演出，《斩旱魃》则是从台上演到台下，再从广场演到台上，这种台上台下相结合的演出形式，使演员与观众形成了互动，部分观众参与到演出中，加强了演出气氛，使场面更加热烈。

（五）根据大同市艺术研究所孙大军、杨成万调查统计[①]，晋北各赛班演出的剧目有59个。这些剧目没有剧本保留下来，但从各班演出“总纲”看，没有反映南宋、元、明清各代的戏，反映时代最晚的戏是北宋的故事。

（六）赛戏演出规则有三个固定：即固定台口，固定的赛日，演固定的剧目。固定台口，一般是指赛台，是专演赛戏的台，也叫赛坛。五台上城内曾有明代所建的赛台一座，比一般戏台高，台口两侧无山墙，三面皆可站立而观，现已毁；大同市城西、广灵县社台，原各有赛台一座，现在也无存了。这些赛台是专供赛戏演出的，一般剧种不去演出。没有专用赛台的地方，赛戏则演出于龙王庙、关帝庙等当地认为神灵威显的庙前，这些庙前的舞台“弦、罗、赛、梆”均可演出，但通常以赛戏开台。固定的赛日，即各地举赛的日期不尽相同，大致在四月到七月之间。这个时段各地先后举赛祭神，祈求风调雨顺，五谷丰登，赛戏班在各地巡回演出，赛日从不更改。固定的剧目，是赛戏每一台口必演《调鬼》《斩旱魃》祭祀仪式剧，这些固定剧目不能缺少，不可更换，这是赛戏与其它剧种酬神演出时的最大区别。

根据以上信息推断，赛戏的形成应在宋金时期。由此可见，这一剧种的历史价值和文化价值是非常珍贵的，是需要我们很好保存和研究的。

---

① 孙大军、杨成万主编：《塞北梨园·赛戏》，中国戏剧出版社2006年版，第8—20页。

合阳跳戏：宋金杂剧的遗响

我国戏曲文化经历了先秦时期的歌舞、汉唐时期的百戏、宋元时期的杂剧、明清时期的传奇、近代的地方戏几个不同的历史发展阶段。唐以前，中国戏曲还处于孕育期，无完整意义上的戏曲形式。宋元杂剧是中国戏曲逐步走向成熟的时期，其发展也分为宋金时期和元代两个不同阶段。宋金杂剧继承了唐参军戏、歌舞戏的传统，以舞蹈和滑稽调笑为主，歌唱成分较少；元杂剧在宋金杂剧基础上，吸收了说唱诸宫调的成套唱腔，成为以唱为主的戏曲形式。我们今天可以看到大量的元杂剧的文学剧本，也可以从昆曲等古老剧种中听到元杂剧音乐曲调的遗响，但宋金杂剧的演出形态却鲜为人知。20 世纪 80 年代以后，随着编纂《中国戏曲志》等大规模的戏曲文化遗产的挖掘整理和保护工作的开展，在山西、陕西、河北等地宋金杂剧的遗响相继被发现。继山西的赛戏、对戏被发掘重新上演后，陕西合阳的跳戏也搬上久别的舞台。2005 年 2 月 25 日，农历正月十七日，经过精心的排练和充分的准备，陕西省合阳县行家庄的跳戏好家们将他们世代相传的开台仪式《春官开台》、哑跳《 萧太后升帐》、上台跳《昊天塔》搬上舞台。中国艺术研究院戏曲研究所、文化部民族民间文化发展中心、陕西省艺术研究所、陕西省群众艺术馆、渭南市文化局等数十位专家学者观摩了演出，并与行家庄的跳戏好家们就跳戏的历史渊源、艺术形式、演出活动、艺人传承等问题进行了座谈。陕西省电视台、渭南市电视台采访录像。

一、关于跳戏的历史渊源

跳戏是流行于陕西省合阳县沿黄河一带的古老剧种。当地群众则称此剧为“跳调”“调戏”“调杂戏”“调调戏”。[①] 其表演以吟诵、拳术舞蹈动作、锣鼓伴奏为特征，与河东山西临猗、新绛等地流行的“锣鼓杂戏”同源异流，与山西、陕西、河北、内蒙古流行的赛戏和晋东南流行的队戏同属宋金时期流传的吟诵类戏剧形态。

关于跳戏的历史渊源，缺乏文字记载，据行家庄人、已故的戏剧家、陕西省剧目工作室原副主任李静慈先生在《跳戏简介》中的研究和现任合阳县文化馆副馆长史耀增先生主编的《合阳文史资料》第八辑戏曲专辑的记述，以及当地群众累代因袭的说法，有以下四种：

（一）古代民族蹈歌之遗形

据《吴越春秋》《诗 · 大雅 · 大明》等古籍记载，古代的合阳为有莘氏部落集居地。夏、商、周三代为“莘国”的领地，成汤佐相伊尹的故里。先民以狩猎捕鱼为生，生活非常辛苦，于是一面劳作，一面唱歌以自娱，形成了善于吟诵的传统。《尚书 · 夏书》中记载，这一带的先民在庆祝丰收和祭祀祖先与神灵时，经常举行歌舞狂欢大会，在鼓乐的伴奏下，装扮成各种鸟兽，吟诵、跳跃、舞蹈。跳戏的吟诵、乐器、表演动作的古朴等，都和古人的记载相符，因此认为跳戏很可能是居住在黄河沿岸的先民蹈歌留传的遗形。

（二）古代民间“傩仪”的演变

随着社会的发展，出现了宗教巫术，图腾崇拜。在黄河两岸，每逢新春伊始，民间都要举行一年一度的攘疫祈福，预祝丰年的祀神仪式，即孔子在《论语》中记载的“乡人鼓而傩”。这种民俗，相沿至近代，只

① 调，音 tiáo。

不过祭祀仪式的内容随着时代的发展有了变化，当唐宋时期杂剧形成后，演戏成为祭祀祖先和神灵、攘疫祈福、预祝丰年的重要内容，由娱神为主的宗教仪式，逐步变为以娱人为主的艺术活动了。新中国成立前，跳戏舞台两侧沿角，各插丈余彩绣大旌一面，分别书以“出疫于郊，以禳春气”八个斗方大字，旌旗绣以“青乌”“金龙”，当是古代图腾衍变的图案。所以跳戏是由民间傩仪发展而成的说法亦有一定道理。

（三）唐、宋宫歌舞戏的演化

唐代出现了歌舞戏，据唐代著名史学家杜佑在《通典》中的记载，当时比较流行的剧目有《大面》《拨头》《踏摇娘》《窟儡子》等。其中《踏摇娘》中踏歌表演的形式与跳戏的舞蹈动作非常相似。这些歌舞戏，来源于民间，后被宫廷吸收，在艺术上加以提高，又回到了民间，流传到各地。如《踏摇娘》，不仅在晋、陕、豫、冀、鲁广泛流传，还通过丝绸之路流传到新疆。在跳戏盛行的北吴仁、行家庄、南义庄，过去群众中都流传，在宋仁宗时，跳戏曾赴汴京为宫廷演出的传说。

（四）金、元锣鼓杂戏的遗响

元统一中国后，竭力推行民族压迫政策，严禁民间私藏铁器，数家共享一把菜刀。但上层人物宴客酬友，时常演出锣鼓杂戏，侑酒取乐，监视稍懈。人民也借此在新春迎神祝丰时，文人农人聚台共演。清代翰林、宋家庄人安锡侯（字秉致）在一首诗中写道：“舞蹈跻春台，溯源金大定。铙鼓传呵护，时合庆年丰。”后人以此为依据，认为跳戏属锣鼓杂戏的遗响。

合阳跳戏发展到明成化（1465—1487）年间，某知县征集民间文艺，举废续演，但因遭禁过久，遗失本调，只能以动作示之，遂有河西哑跳之重兴。后经数代，久行少衰，又渐出现演文武戏。清代乾隆年间，合阳东王宰里村许莲塘（秉简）兄弟，曾以翰林、贡生身份寄身戏场，装生抹旦与农民同台演跳。道光、咸丰年间，班社林立，跳踏蓬勃，沿河各村戏班多达三十余处，为跳戏发展鼎盛时期。往往一村有几个社就有几个班子，主要流行于马家庄乡的南、北吴仁，东、西城里，新池乡的行、宋家庄，南、北顺村，坊镇乡的坊镇、岳庄，伏六乡的坤龙，平政乡的百场，知堡乡的临皋，东王乡的南义、莘里等十几个村庄，共有三十几个班社，以莘里、南义、北吴仁、行家庄、宋家庄为最有名。清代末期，以至辛亥革命，军阀混战，村社不安，戏班自散，跳戏日趋减少，仅东乡几个村庄尚能勉强凑合演出。

抗日战争开始后，沿河一带，军队驻满，人心惶惶，不但农村经济遭到严重破坏，跳戏也随着拉位支差、战事频繁而几近湮没，唯行家庄尚可勉强演出。1949年春，合阳东乡解放，行家庄在军民联欢大会上，演出神话剧《火焰山》慰问西进大军。1957年春节，跳戏有幸参加了“陕西省第三届民间音乐舞蹈会演大会”，由行家庄艺人联合演出神话剧《收红孩》。1963年春，南义庄演了两天三夜。1979年，行家庄恢复演出《老将得胜》《战马超》《战盘河》等传统剧目。1982年又演出了《收渔税》《燕青打擂》，并参加县上戏剧调演。为了把这一古老的戏剧艺术形式保存下来，1984年春节，中国艺术研究院和陕西电视台专门为跳戏录了像。

在陕西合阳县黄河对岸的山西，将跳戏这种戏剧形式称锣鼓杂戏。关于锣鼓杂戏的源流，山西已故的戏曲史家墨遗萍先生考证后认为：唐秦王李世民破刘武周于柏壁（今属新绛），作《破阵曲》命百余名披甲执戟的军士舞之，藉以庆贺，是为锣鼓杂戏之雏形；后马燧于唐贞元中（785—805）在猗氏（今属临猗）平定李怀光叛乱，作《定难曲》，军士歌之，锣鼓杂剧由此而逐步形成。清道光十二年（1832）所立猗氏马明王（燧）庙《海会碑》记载：马燧“平大寇（李怀光），福庇郇邑，故每岁重阳，黄酒、花糕、献戏，以答神庥。…… 社中子弟复演杂剧以悦。”这一由唐宋遗传下来的民间戏曲曾经在河东广泛流行。锣鼓杂戏的演出，以寺庙为中心，由周围各村子弟轮流担任。演员扮演的脚色为世袭制，子承父业，代代相传，口传心授，恪守规范。每年秋收入冬后，由社首、里正组织排练，至翌年上元节前后到庙台演出。演出当日，演员装扮齐备后，由锣鼓唢呐前导，骑马列对“转村”驱邪，当地群众称为“跑神马”“迎杂戏”。入庙后“引戏人”头戴礼帽，身穿长袍马褂，台前巡视并致词，全体演员跪拜神圣，然后开台演出。演出时，“引戏人”登场介绍剧情，然后进入正戏。演出中，无人扮演群众脚色，龙套、差役、家院、丫鬟、书童等均由“打报者”临时担任。演出剧目以历史故事戏和神怪戏为主，剧中角色大多数是男性，极少有女性。演出组织向无职业班社，均为农村自乐班。较为著名的有康熙年间临猗县上李村班、乾隆年间运城县三路里班等。著名艺人有“活张飞”高仰星、“满堂红”姚宝琦、“全包袱”张奠吉等。

河西的跳戏，河东的锣鼓杂戏，虽然在其源流说法上有差异，但他们的剧本结构、舞台演出形式基本相同，可见两地剧种同根同源，而且在近代还有艺术上的交流。如合阳行家庄跳戏的戏箱，就是由跳戏好家、行家庄原党支部书记党建华的父亲党福光从山西新绛买回来的。在《昊天塔》一剧中孟良用的砌末宝葫芦也是特意到河东买来的。河东的锣鼓杂戏已经多年没有演出活动，所以这次河西跳戏的演出十分珍贵难得。

二、跳戏的组织形式和著名好家

无论是河西的跳戏，还是河东的锣鼓杂戏，均无专业班社组织，均以社戏形式组织演出。大的村庄或社社有戏班，或两社一班，或一村一班。这种班社组织，每逢应邀到外地演出，合班同台。演员的培养，艺术的传承，均为子承父业，世代相传。跳戏还有一点不同于其它剧种的地方，演职员不论出身贵贱，班辈高低，地位悬殊，族规均不以“戏子”论称而歧视，演员均称“好家”。因而上至举、监、库、生员、翰林学士，下至农民、工匠，只要爱好，便可同台。凡出戏出好家的村庄，称“戏窝子”。凡称“戏窝子”的村庄，社有戏箱，村有舞台，每逢演出，好戏迭出，争强斗胜，各有千秋。从古至今，优伶辈出，可惜过去只作娱乐而无文字记载。就今所知，行家庄跳戏艺人，明万历年间有党桂一，天启年间有党一屏，清乾隆年间有党九苞，嘉庆年间有党徽征，道光年间有李有才，咸丰年间的党作兴，同治年间的党万寿，光绪年间的党铁狗，民国年间的党正志、李光禄、党让之。新中国成立以后有党国壁、党炎林、党云龙等，均为群众所赞誉的名艺人。

行家庄是跳戏著名的戏窝子，跳戏活动的历史悠久，清以前缺乏文字记载。在乾隆、嘉庆年间，是跳戏活动的鼎盛时期，全村分东、西、南、腰四社，演出的剧目有近百出。西社以文戏见长，东社以武戏称著。各社演出的剧目不同，技艺有别，风格各异。清宣统年间，四社并为三社，抗日战争时期又并为两社，解放后合为一社。随着一些名艺人的相继去世，许多颇具特色的节目先后辍演。正如名“拨师”（导演）在1946年自编的“春官词”中说：“上年殁了锅儿旦，以后难跳《白水滩》；今岁润初把命断，有谁能跳《宁武关》……”此后，该村跳戏艺术虽有所传，逐渐因时代变更，艺人去世，剧本丢失，演技渐差，难与昔比。这一次参加演出的好家，年龄均在40岁以上，年龄最大的已经83岁。40岁以下的只有一个扮彩女的姑娘，今年22岁。

三、跳戏的演出形式和舞台艺术

跳戏表演为一年一度的春节期间。腊月农闲之际，村民便推选头领组织排练。推选出的头领称“计谋”，并配有助手数人。助手称“计谋腿子”，负责筹集演出费用和排演的杂务。演出费用除好家自出外，不足部分由村民自愿捐献。捐献的物品除现钱外，大部分是粮、油和其它生活用品与演出用的物资。担任导演的人叫“拨师”，也有叫“跳母子”的，他们必须是精通所排演的剧目，熟悉各角色的表演动作，并且是艺术全面、演技超群的老好家。

出跳之前的大年初一下午，各社便敲打锣鼓，俗称“打旦子”，制造气氛，鼓舞人心，以促“社家”出面商议出演组织、开支等事。到正月初五，不等黎明，“好家”把鼓抬在本社“好家”、群众院落内“打旦子”，名曰“镇穷鬼”，亦称“破除五邪”。所至之家，户主必以一壶酒、一个“凉碟子”（下酒菜）答谢。“好家”把谢礼收集起来，待“镇穷鬼”结束后，一起吃“谢礼”聚商出跳事。当天便进入“牛锣鼓”阶段，即各社把锣鼓集于村庄中心，对赛敲打，互相激励。次日各社便开始广场跳（即哑跳），上午下午出跳两次，每次在全村不同地方落几个场子。这种哑跳是群众性的，有时出现一百多人的演跳场面，上场是演员，下场是观众。演出多系武打节目，如《三战吕布》《武松打店》《穆柯寨》《临潼山》等。下场演员在周围呐喊助威，起配合作用。元宵节前进入高潮，正月十三四便进行上台跳。据村里的老好家介绍，跳戏在辛亥革命前尚保留有广场哑跳的形式。民国年间，军阀混战，水旱灾害不断，民不聊生，群众娱乐的兴致大减，哑跳的传统中断了。"打旦子"的形式依然保留着。这次演出，"打旦子"是在村中央的戏台前进行的。所谓"打旦子"，就是锣鼓合奏，演奏若干锣鼓曲牌，用以招徕观众，渲染节日气氛。

上台跳，先打开场锣鼓（演奏的锣鼓牌子与"打旦子"相同），然后是"春官"登场。这次上台跳，在村委会院子里的会堂中进行。会堂有一个能演戏的舞台，台下能容纳三百来人。"春官"这一角色多由"好家""老家""计谋"担任，这次扮演春官的是原村党支部书记党建华，他不仅是好家，而且是这次演出活动的组织者。只见他身穿绯红官衣，头戴圆翅纱帽，勾以豆腐块丑角脸谱，手舞花扇上场，类似明杂剧中的"副末"开场。所说内容即兴自编，句无定例，或是表述本地风光，或是诉说官吏压迫，甚至指名叫骂，肆意嘲谑，扮演者常常借机抒怀，以泄积忿而为之大快。例如行家庄在民国初年，跳戏艺人党万寿扮演"春官"时，上场引子说了两句："清朝民国都一般，哪个当官不爱钱？"台下观众为之捏了一把冷汗，有人在台下小声说："你寻的招祸呀！"本来他已说完引子刚准备落座，一听此言，转身又加了两句："当面敢骂袁世凯，何况知事贾象山。"贾象山乃当时的合阳县长，声名很坏，由此可见关中群众刚正不阿的性格。党建华扮演的春官，所说词句，由于我们对合阳土语听不清楚，大致是：欢迎中央和省、市戏曲专家学者来行家庄看跳戏，提出批评意见。接着引出哑跳《萧太后升帐》和正戏《昊天塔》。

哑跳《萧太后升帐》，演宋辽故事戏中萧太后作为军中主帅，升帐的仪式。出场的角色有5个，除萧太后外，还有四个女兵。萧太后由54岁的女好家李爱茹扮演，四个女兵分别由56岁的李润菊、42岁的李汉芳、42岁的雷金菊、22岁的党小燕四名妇女扮演。首先由4个女兵舞蹈上场，变化不同的队形至舞台前场的四角，然后萧太后舞蹈上场自舞台后场的中央。

《昊天塔》，演北宋杨家将孟良等往辽邦境内的昊天塔盗取杨令公遗骨的故事。出场的人物：宋朝方面有杨延景、孟良、杨五郎，和尚清明、清慧；辽邦方面有韩昌、沙里雁、泥里豹、水中蛇、山洞蛟、寺儒续迁。杨延景由59岁的党忠信扮演，孟良由73岁的党正杰扮演，杨五郎由68岁的李兴德扮演，韩昌由62岁的党进胜扮演，寺儒续迁由76岁的党永常扮演。这几个演员都是村里的老好家，从七八岁时就从父辈那里学跳戏，有较好的基本功，一招一式都体现出一种朴实、凝重、洪厚的美。这种美是必须将自己置身于此时此地那种浓郁的传统节日的民俗气氛中，并对中国传统文化有较深的体验以后才能感受得到的。

据村里老好家介绍，过去演出跳戏，《春官开台》之后先要演出《天官赐福》《灵宫打台》《五鬼闹判》《鸡仙咬鸡》《奎星点斗》等鬼怪、神话节目，说这是迎吉祥、送瘟神、生贵子、兆丰年、祛除不祥，然后才开演折子戏或本戏。现在除了以武打节目代替了迷信节目外，其它形式，继续沿用。由于过去极左思潮的影响，这一类节目已经基本失传了。

跳戏表演程序极严，每个角色，先必须学会"上势"，这是跳戏最基本的舞蹈动作。随着唢呐伴奏，锣鼓击节，一步一踏，每踏按拍，移行路线，如出一辙。上一个势要踏够十四个（古说十五个）鼓点，踩满四角踏够五十六个鼓点后才行升帐或落座。男角上势，以"上路架"为动作根本，立势、开弓、大展翅诸样皆若此。女角上势以"小红拳""太极拳"动作为基础，节奏稍快，步态轻盈。孙悟空上场，全用"猴拳"。群众把上势视为"见面礼"，势上不好，便会减弱艺术效果，人们呼之谓"生扒搂""才出门""荒唐鬼"。所以凡是跳戏好家，都有祖传三四代的自教历史，孩子从七八岁便开始在家长的教导下学习"上势"。

上势分男上势、女上势、双上势、代把子上势四大类，一个势又分

“平势”“凹势”两项内容，为了表现不同角色的身份、性格，概括了18种上势名称，即：单人势、二士争功势、三义势、四路诸侯势（亦称四马投唐势）、五点梅花势、乾坤势、罗汉势、拉马势、低走势、猴王势、花枪并舞势、搜船势、扁担势、判官势、刑犯势（亦称戴枷势）、下四角势、虎叉势、登云势。在这次演出的《萧太后升帐》和《昊天塔》中，就运用了男上势、女上势、四路诸侯势、罗汉势、拉马势、花枪并舞势等舞蹈动作。76岁的党永常，扮演的寺儒续迁是个丑角形象，吟诵、念白、舞蹈都透着喜剧色彩，引起大家的赞扬，正戏演完后，应大家的要求，又表演了一段彩婆子的身段。83岁的好家党欣普虽然双目已经失明，仍然为大家表演了《昊天塔》中杨五郎的片段。

除上势外，表演程序中还有跑场、踩场。跑场又分跑半场、回全场和跑花场。踩场只限文角、帝王等角用。此外，武打叫“杀战”，且有“特杆子”“盘刀”“盘鞭”“开四门”等程序。杀战时锣鼓伴奏。据村里的老好家说，清时艺人讲究功底扎实，拳不出格，真枪真刀，实打实杀；不管对打、群打，不许走乱阵角，必须打响打准，不摆空架，以见真功。若有失误，损伤对手，只许赔偿，不许诉官。使用把杖，必循严规，虽不注意式样美观，但绝不许任意乱舞。真打实杀，虽然古代武术旧规，亦为该剧发展设置了障碍。民国至今，逐渐更改，才用起了舞台道具，但仍沿用古老的原始杀战程序。个别角色仍用真刀真枪，如杨五郎用的铁铲就是真的。

跳戏的舞台设置与大戏基本相似，不同之处是不管临时搭的舞台或是戏楼，都在上沿或檐下两台角各插刺绣彩旗一面，旗呈三角形，长约丈余，上绣青鸟、龙凤、火焰图案边，谓之“大旌”。乐队位置是文左武右，在舞台两侧支上木板高出舞台数尺，木板上一面摆一张条桌，两把椅子。桌前系上红缎围裙，桌上摆置茶壶茶碗。唢呐席居左侧，二人各执唢呐坐在椅子上。武场乐队在右侧，板上支起大鼓、小鼓，击小鼓的座位稍高，以便指挥全场。这种乐队设置，为其它剧种罕见。

离开了节日和民俗的氛围，单独来欣赏跳戏的演出，你也许会觉着单调和乏味，但是当你走进到处是贴着红对联、挂着红灯笼的乡村街道，听着惊天动地的锣鼓声和噼里啪啦的鞭炮声，看着欢呼跳跃的孩子、喜笑颜开的青年男女、拄着拐杖的老人走到剧场的时候，再看跳戏的演出就不同了。特别是当你知道舞台上的扮演者是常年脸朝黄土背朝天的农民时，你就觉着他们的表演中的一举一动都透着自然的美、雕塑般的美，这种美是在商业演出中感受不到的。中国戏曲来自民间，是在民俗的氛围中发展成熟的。离开了民间，离开了民俗活动的土壤，她的生命力就会衰弱。特别是像跳戏这样的民间戏曲，其生存更离不开传统节日、民俗活动。今天，我们要保护我们的民间戏曲，让她能继续生存下去，关键在于保护她生存的土壤。

（此文原载《艺术百家》，2005年4期）

三访易俗社

易俗社是中国近代史上第一个不同于旧的戏曲科班，集戏曲人才培养、戏曲创作、戏曲演出、戏曲研究为一体的新型艺术团体，从1912年建立到现在已经有一百多年的历史了。百年来，易俗社培养和造就了六百多名优秀演员、二十多名剧作家，创作和上演了五百多部新戏，影响遍及西北，驰名国内外。在大学读书时，因为读鲁迅的文章，我就记住了在中国近代史上有这样一个著名的戏剧团体。1982年8月28日，庆祝易俗社成立70周年，西安举行了隆重的纪念演出。我作为中国艺术研究院戏曲研究所的研究人员，随余从先生和周育德先生参加了纪念活动。余从先生与当时在易俗社任职的鱼闻诗是小学同学，在西安住过好几年，周育德先生也在西安工作过多年，自然看过不少易俗社的戏，对易俗社的名演员很熟悉。我是第一次到西安，也是第一次看易俗社的戏，充满了神秘、期待的情绪。上午开纪念大会，中央、省、市和各地戏剧团体代表讲话、发言，易俗社领导介绍易俗社70年的奋斗发展历史，使我对易俗社有了进一步了解。下午开始纪念演出，在西安的4天里，看了6场演出。当时易俗社的名角刘毓中、孟遏云、萧若兰、宋上华、樊新民、陈妙华、杨天易、全巧民等演出的《三滴血》《柜中缘》《周仁回府》《卖画劈门》《火焰驹》《游龟山》《双锦衣》等经典剧目和新创剧目《西安事变》使我大饱眼福。特别是当我第一次走进易俗社那古朴的剧场看到舞台上悬挂着鲁迅手书的“古调独弹”的大匾时，心情格外激动。鲁迅先生对传统戏曲一向是持批判态度的，特别是对昆曲和京剧从来不看，但对秦腔却情有独钟。1924年夏天，鲁迅先生应邀赴西安讲学，他兴致勃勃，连续观看了《双锦衣》(上、下本)、《大孝传》《人月圆》等剧目，陪他看戏的孙伏园先生说:“他每次看完演出后，总是给予好评，他感到西安地处偏远，交通不便，而能有这样一个立意提倡社会教育为宗旨的剧社，起移风易俗的作用，实属难能可贵。”他得知易俗社的经费有一定困难，就从讲学报酬中拿出50元赠给易俗社，并为易俗社题写了“古调独弹”四字匾、高度赞扬了易俗社的改革精神。这次纪念演出，名角齐聚，好戏连台，观众踊跃，剧场爆满，场内看戏，场外说戏，大家兴奋的表情难以言表，隆重热闹的场面让我终身难忘！特别是小戏《柜中缘》、大戏《三滴血》给我留下深刻的印象。《柜中缘》是易俗社作家孙仁玉的代表作，他一生创作了一百多部戏，但影响最大的非《柜中缘》莫属了。剧中演绎农家少女翠莲与落魄少年岳雷偶遇相恋，被翠莲之兄淘气误会，后被翠莲之母成全的故事。剧情妙趣横生，人物形象鲜明。翠莲的天真活泼、岳雷的真诚大方、淘气的憨厚认真、母亲的慈祥善良通过演员精彩的唱、念、做、舞淋漓尽致地表现出来，给观众美的享受。这个戏不仅成为易俗社、秦腔的经典剧目，还被全国众多的剧种移植改编上演，成为戏曲舞台上唱演不衰的优秀剧目。《三滴血》是易俗社的另一位重要作家范紫东先生的代表作。范紫东先生一生创作了六十多部戏，他的剧作以主题鲜明、思想深刻、切中社会弊端著称，体现了易俗社“移风易俗”的创作宗旨。《三滴血》通过愚昧的县官晋信书迷信滴血认亲，第一次滴血把亲生父子拆散，第二次滴血把一对要结婚的异姓姐弟拆散，第三次滴血把分明是亲生的儿子说成不是亲生的，并误指他的母亲有外遇，使在陕西经商的周仁瑞一家受尽磨难的故事，揭露和讽刺了封建官僚制度，批判了教条主义、主观主义的危害，使观众在笑声中得到了教育。戏剧家田汉先生看了，说此戏“剧情离奇曲折，妙趣横生，与兄弟的爱人互相误会处，可以追步莎翁”。戏剧家马少波先生也认为，此剧可以和《十五贯》相媲美，在讽刺教条主义、主观主义方面有异曲同工之妙。看易俗社的演出，我不仅深刻体会到秦腔作为一种文化，它内涵的丰富；作为一种艺术，它唱念做打的精致；作为一种高台教化的形象教育，它思想的深刻！而且明白了鲁迅先生为什么对秦腔情有独钟。这次西安之行，引起我对易俗社的极大兴趣，回京后我在图书馆查阅有关秦腔和易俗社的资料，撰写了《提倡移风易俗的生活画卷——孙仁玉的生活喜剧探析》《一张珍贵的戏单——易俗社第二次赴京演出实录》《秦腔史料新得——清代秦腔刻本三十种简介》等文章，发表在《西安戏剧》《陕西戏剧》上，受到大家关注和好评。1986年参加在西安举行的“振兴梆子声腔剧种学术讨论会”，后来编纂《中国戏曲志·陕西卷》，承担“西部人文资源数据库·民间戏剧”，曾多次到过西安，但均没有机会看易俗社的演出。

2011年9月，我承担了《非物质文化遗产数据库传统戏剧试点项目·秦腔》的编纂工作，带领课题组成员吴民、肖宜悦、王微、智联忠、王萍到西安采集秦腔资料，我们在西安住了一个星期，想看一场易俗社的秦腔演出，结果看到的是一台折子戏片断加秦腔曲牌联奏的晚会。剧场里的观众共十个人，除我们课题组的六个人外，还有曲江管委会的四个客人。与30年前相比，还是在易俗社剧场看戏，剧场似乎比那时装修的漂亮了许多，鲁迅题写的“古调独弹”那块匾还挂在舞台的上面，但舞台上演出的已经不是30年前那批意气风发、技艺高超的表演艺术家了。台下十个观众，尽管在每一个节目结束之后，我们使劲鼓掌，但仍然难以调动演员表演的激情。几个折子戏片段，演的很平淡，秦腔传统曲牌演奏的倒还热闹。我百思不得其解，第二天在陕西省文化厅非遗处召开的秦腔国家级非遗传承人座谈会上才找到了答案。

原来此时的易俗社，经过文化体制改革，与三意社、尚友社、五一剧团等几个秦腔剧团合并成立西安秦腔艺术剧院，由曲江管委会领导。易俗社失去了独立的法人资质，中老年艺术家都退休或提前退休，仅留下二十多个青年演员，能演出的剧目寥寥无几。剧团要排演新戏，从编剧、导演、音乐设计、舞美设计到主要演员均在社会上招聘，演出任务结束，剧组就解散。当时有一个口号，叫“不为所有，只为所用”。在这种管理思想指导下，年龄大的演员自然让你马上退休，中年演员也因为你青春不再，让你提前退休。易俗社的一大批表演艺术家，包括国家级传承人、“梅花奖”获得者均扫地出门。在座谈会上，秦腔国家级传承人李爱琴说:“我从事秦腔舞台艺术已经几十年了，解放后经过党和政府的苦心培养，走到今天。过去，党和政府对秦腔很重视。现在有人觉着秦腔没用了，成了包袱。陕西文艺界对这次体制改革意见很大。现在是狂风暴雨，‘为一个还没有死的老人打了安乐死’。我六岁就开始学秦腔，什么都不会，就对秦腔有感情，结果现在一下子就下来了，不光是我。体制改革应该是往好里改，秦腔艺术好像是成了一种累赘，非要给她拿掉。李淑芳和张虹才多大啊，就让她们退休了，她们正是应该站在舞台上的时候啊，我听了一晚上没睡着觉。易俗社是百年老社啊，中国的文化这么悠久。虽然现在易俗社存在，但是没有扛大梁的演员，光留了‘易俗社’三个字，就要进博物馆了。咱们这么伟大的国家，为什么就不能让这样一个百年历史的剧社存在下去呢，况且他没有到衰竭的边缘啊！秦腔一出戏一晚上就可以介绍一个朝代，什么是真善美？什么是假丑恶？这么好的宣传形式为什么就走成这样？精神食粮怎么能用钱代替？…… 易俗社、三易社、尚友社都是在观众中有很高声誉的剧团，现在什么都没了，就剩三个剧场了。演一场贵得很，易俗大剧院场租要六万元，小剧场一个包厢八千八！票价贵，群众渴望而不可看。所以我今天希望领导能反映上去。我从小就从事秦腔艺术，也经历了几个朝代，也住过庙台子，受了不少苦。我对党有一种感恩之心，但是现在就是狂风暴雨，我希望再来个春天。全世界的人都在看中国，中国的历史这么厚重，但是咱们自己就在拿刀砍啊！咱们就在世界人民面前把脸丢了！西安市文化局取消了，把剧团交给房地产商管。他们不懂艺术规律，不懂艺术人才培养的规律，不懂艺术生产的规律，就要把我们一铲子铲掉。但是我们有群众基础，形式上铲掉了，心理上铲不掉，秦腔给了我们生命力。我的意见就是希望中央要真正重视传统文化的传承，老百姓喜欢的东西不能随便砍，不要得罪一大片，我可以说西北五省对这个意见特别大！现在的戏越弄越不像话了，只要形式，不要内容，不讲艺术的完整性，四不像，老观众不看，年轻人不爱。”易俗社小剧场新装修后最便宜的戏票398元，最贵的包厢8800元，引起观众的热议。《人民日报》的记者采访了陕西戏曲研究院一级演员、秦腔国家级传承人马友仙。她表示这种做法脱离实际，不符合陕西观众的购买力，遭到曲江管委会的威胁。马友仙也参加了座谈会，她气愤地说：“秦腔是西北地区最具有代表性的地域文化，深受广大群众的喜爱。一些人不仅自己不喜欢秦腔，而且想通过快速休克让秦腔消亡。将易俗社等秦腔代表性表演团体解体，将年富力强的秦腔表演艺术家赶下舞台，就是给秦腔打快速死亡的针。我们作为国家级非物质文化遗产传承人，在积极进行传承，但是我们现在目前的状况，就不可能继续传承下去。现在大家都不愿意在小剧场演戏，票价太高，没有观众，演员演戏没有心情，大家宁愿在乡下演戏，因为有观众。给我们分配500元的票房收入，但是省戏曲研究院演出最好的时候一年才100万元。他们就是故意把指标定高，你如果完不成，他们就让你辞职。当时说的年薪是十几万元，但实际是每月1200元，理由就是你们没完成任务。现在都没地方练功。三易社以前演职员用工资买的剧场，都被曲江收去了。这怎么叫发展艺术，难道中央对这些都不了解么？把国家的艺术团体，就这么交给了一个企业，竟然还说：你们挣不来钱，你们会不会抢银行！这不是流氓说的话吗？我们国家为什么允许人为的制造这些动乱！”西安三意社国家一级演员肖玉玲曾在秦腔第一部彩色电影《火焰驹》中扮演主角黄桂英，受到毛泽东主席接见，她也作为秦腔国家级传承人参加了座谈会。她气愤地说：“我在西安干了五六十年了，我说秦腔没娘了，真是叫天天不应，叫地地不灵。我都很寒心了，我别的什么都不会，就会唱戏。现在在职的不想演也不会演，四十多岁想演的都叫人家退休，把人家的艺术生命就断送了。肖（若兰）大姐在世的时候，在病床上给她（李淑芳）排戏，现在就让人家退休了！”易俗社国家一级演员、秦腔国家级传承人全巧民伤心地说：“李淑芳退休的时候，我们这几个老婆儿都哭了。”李淑芳接着说：“我得感谢文化厅，我当时是一边退休，一边文化厅通知让我领传承人的证书。曲江不让我演，但是下基层演出都热情的很。一千元的工资让你说两千，还威胁：你敢胡说，保安就在外面站着，110就在外面直接给你带走了。易俗社现在成啥了，下午五六点吃饭，领导就带着几个女娃娃出去了。年轻的可以陪领导，所以就让我们退休了。现在在职的比我们还恐惧，你不跟着领导走，平白无故就把你的工资扣了。”听了这些老艺术家们义愤填膺的发言，我们还有什么不明白的呢？作为一个戏曲理论工作者和国家非物质文化遗产专家委员会委员，我心里很难过！难道我们文化体制改革的目的是把最具有中国特色的传统文化、基层老百姓最喜爱的艺术形式传统戏曲改掉吗？从西安回京后，我把西安座谈会纪要送给文化部相关领导。2013年非物质文化遗产日前夕，《人民日报》约我写一篇有关传统戏剧传承保护的文章，我把这些年在基层调查研究的情况和自己的体会写成一篇不到三千字的短文《传统戏剧在市场经济条件下传承发展的困惑》发给了编辑。编辑看了给我打电话说：“刘老师，你的文章写得很深刻，但目前发表不合时宜。一是等以后适当的机会再发表，二是投给其他报刊。你文章反映的问题，我们会以内参的形式反映给中央领导。”过了几天，《中国文化报》约我写同样的文章，我把那篇文章发给编辑。编辑看了说很好，明天见报，但最后还是被主编撤下来了。那篇文章主要的观点在我的其他文章中表示了，但原文至今未发表。

第三次访问易俗社是2014年12月，陕西省振兴秦腔办公室和中国艺术研究院在西安召开了振兴梆子声腔剧种学术讨论会。会议期间我们听说易俗社有演出，就通过曾经在西安工作的同事、研究员何玉人联系，到易俗社看了他们的两场戏，演出的剧目为全本《法门寺》和《周仁回府》《别窑》等。在开演前，现任易俗社的副社长张保卫向我们介绍了易俗社在党的十八大以后变化发展的情况。他握着我的手说，今天的易俗社和你们三年前来时的情况大不相同了。文化部、省里、市里对易俗社的发展很重视。文化部副部长王文章、陕西省委宣传部部长先后来易俗社考察、调研，解决易俗社存在的问题。现在演职人员增加到八十多人，许多提前退休的艺术家都被请回来了。易俗社有广泛影响的经典剧目《双锦衣》《游龟山》《三滴血》《火焰驹》《夺锦楼》《翰墨缘》《软玉屏》《看女》《柜中缘》等得到恢复上演。除了正常的营业演出外，每年还承担了文化惠民工程、戏曲下基层、戏曲进校园的演出。演出水平逐步提高，有的中青年演员达到或接近老一辈艺术家的水平，得到新老观众的认可和好评。当天晚上演出《周仁回府》，担任主演的是中年演员王宏义，他先后在《三滴血》中饰周仁瑞，《游龟山》中饰田云山，《法门寺》中饰赵廉，《大报仇》中饰刘备，《回荆州》中饰刘备，《出棠邑》中饰伍员，《破宁国》中饰诸亮祖，《玉虎坠》中饰冯彦，《赵氏孤儿》中饰程婴，《四进士》中饰宋士杰，《杀驿》中饰吴承恩，《柳河湾的新娘》中饰石头等，是易俗社的后起之秀，得到观众和专家的一致认可与好评。他在《周仁回府》中扮演的周仁，表演细腻、唱腔韵味醇厚，把周仁回府时复杂的内心世界表现得淋漓尽致。看了他的演出，仿佛回到三十多年前看秦腔名家刘毓中先生的演出，使我对易俗社的发展前景充满信心和期待！

易俗社与莫斯科大剧院、英国皇家剧院并称“世界艺坛三大古老剧院”。易俗社不仅在秦腔舞台上活态传承了一大批秦腔的经典剧目，而且现存剧本一千余卷、社史资料三百余卷，以及照片数千张。这些珍贵的文献资料不仅记载了易俗社的历史，而且更是中国近代戏曲历史的剪影。无论从戏曲艺术的角度，还是从传统文化的角度，易俗社均是我们中华民族的骄傲，我们有什么理由不尽心尽职地珍惜、保护、发展她呢！

晋西年俗漫谈

“风雨送春归，飞雪迎春到”。一年一度的春节又要到来了，望着窗外银装素裹的花木楼宇、欢蹦乱跳的儿童，不由自主地想起故乡过年的习俗与情景。我的故乡在晋西的临县，地处黄河中游、黄土高原腹地，这里的年俗自然与此地的自然、地理、历史、文化密不可分。我的童年和少年是在故乡度过的。那个时候，这里交通不便、经济落后。三年困难时期，我家由吃商品粮的非农户变成了农户。农民靠天吃饭，一年的收成有时不够每人平均260斤的粗粮，平常经常是半粮半糠，给孩子过生日，吃一碗高粱面饸饹就算改善生活。即便如此，过年也不能含糊。平时省吃俭用，过年时吃饺子、油糕、豆面是少不了的。家庭主妇们养鸡喂猪积攒下的钱要给孩子们缝一身新衣服。此外，年三十晚上睡觉前，父母要给孩子枕头下放压岁钱和核桃、红枣；给长辈拜年，大人也还要给孩子压岁钱。那时压岁钱多则二角，少的一角。过一次年，一个孩子能攒到三元压岁钱也就很不差了。就这点钱也不敢乱花，常用来买一支自己喜欢的钢笔。穿新衣，吃平时吃不到的美食，还有压岁钱，再加上看红火热闹的秧歌，这种生活和平时贫困单调的生活反差太大了！所以生活在那个时代的孩子一到腊月，就天天掐着手指算离过年还有多少天，期盼过年的心情真是急不可待！1970年春节前我应征入伍离开故乡，后来大学毕业后在北京工作，在家乡过春节很少。近年研究非物质文化遗产与传统戏剧传承保护，晋西成为我每年春节期间田野考察的重点地区，年迈的父母以及村里的长辈均成为我采访的对象。

一、晋西年俗概观

（一）居住环境习俗

晋西传统的居室为窑洞，睡土炕。通常一个大家庭为一个独立的院落，有窑洞若干孔。春节前要从内到外打扫卫生，清理垃圾。换窗户纸、贴炕围子、刷墙，要给人气象一新的感觉。我家住在离县城不到五公里的任家沟，院落由三孔大窑洞、两孔小窑洞组成。大窑洞是住人的，小窑洞是用来储存杂物的。平时打扫院子里的卫生由爷爷承担，大年三十，由孙子辈们进行，把院子的每一个角落都打扫的干干净净。爷爷小时读过几年私塾，重视对后代的文化教育，父辈们兄弟姐妹六个均读书考入中专以上的学校，毕业后有的是学校老师，有的在政府机关上班，在我们村算“书香门第”了。每年春节，大家回来过年，各显其能，有写对联、横幅的，有剪窗花的，有扎灯笼的，有贴年画的，总要把屋里院内装设一新，文化气息很浓，村里人很羡慕。那时人们特别珍惜耕地，平地种植，居住在山坡的窑洞里。现在搞城镇化，平地盖起高楼大厦，村庄和县城连在一起，村民搬进楼房居住，原来的窑洞都废弃了。

（二）饮食穿戴习俗

我国各地均有地方风味的美食，晋西也不例外。平时人们省吃俭用，但过年时则毫不吝惜，变着花样以饱口福。腊月初八早上要吃“软米子”。将软黄米（软糜子碾去壳）用温水泡一夜，放红枣，熬成用筷子可以挑起来的稠粥。平时，爷爷奶奶生活很节俭，小米稀饭不允许熬稠了，免得沾在锅底上浪费。所以腊八的“软米子”自然吃得非常香甜可口。

除夕晚上要吃浑酒凉菜。浑酒用黄软米酿造，喝前用石磨碾成粥状，过滤后煮开，香甜微酸。凉菜以土豆丝、油面丝、粉条、烧豆腐丝、粉肠为原料在开水中焯熟，拌上盐、香油、酱油、醋、蒜泥、葱、香菜等调料。

大年初一早上吃豆面。豆面用豇豆、豌豆、小豆等磨成粉，加一种叫擀单的草籽面，起黏合作用，擀成很薄的手擀面。中午吃饺子，一般以羊肉白萝卜馅、豆腐黄萝卜馅为多。

初二早上吃糕、熬菜。糕分油糕或枣糕。油糕用黄软米蒸熟，包红糖，油炸而成；枣糕用一层黄软米面一层红枣蒸熟，切成片状。

初三早上吃黄米馍馍、熬菜。

穿的方面过去晋西人民很简朴，有新三年、旧三年、缝缝补补又三年之说。但过年一般人家一定穿戴一新。初一早上要换上新衣、新帽、新鞋、新袜。正月出门的穿戴，成为家庭主妇显示针线手艺的机会。谁家的孩子穿戴漂亮，人们总会说，你妈手真巧！

以上吃的、穿的、用的东西都要在腊月准备好。所以一到腊月就开始准备过年了，随着节日的临近，过年的气氛越来越浓，孩子们期盼的心情也越来越迫切。

（三）祭祀礼仪习俗

腊月二十三送灶神，除夕晚上祭祖先、土地神、门神、灶神。

初一给祖辈、父辈拜年，初二、初三给家族长辈拜年；从初四起到外公家和其他亲戚家拜年；新婚夫妇到亲戚家拜年。子女晚辈要在正月择时上坟祭祖。

除夕晚上父母要给子女在枕头下放压岁钱、核桃、红枣，晚辈给长辈拜年后长辈要给晚辈压岁钱、红枣、核桃、瓜子、油果子等零吃。秧歌队要从初二开始转村，给每家每户上门拜年。

（四）文化娱乐习俗

贴对子（春联）、年画、门神、剪纸；

挂灯笼，从除夕一直挂到过了元宵节；

放炮竹、烟火，除夕晚上、初一早上、初五晚上、十五元宵节是重点；

闹会子（即社火），有大会子、小会子之分。大会子是伞头领秧歌队在广场进行歌舞表演，小会子是在舞台上演出民间戏曲，有梆子戏、道情戏、二人台等。会子从入冬后就开始排练，初二出场表演。一般上午转村，给每家每户拜年，下午在广场或大的院落表演歌舞或戏曲。晋西民间歌舞和戏曲非常丰富，伞头秧歌、三弦书、临县道情是当地独特的表演艺术。

（五）禁忌习俗

除夕日落后、大年初一日升前忌讳倒垃圾，怕把财富和福气倒掉；

大年初一忌讳摔破饭碗、茶具、酒具；

大年初一忌讳说不吉利的话；

正月忌讳剃头、理发；

正月忌讳做针线活。

二、临县年俗的变化

年俗文化是农耕时代的产物，人们辛苦劳作了一年，到快要过年了，要感谢神灵和祖先的恩赐、要庆贺新的一年的开始，男女老少都要忙碌，为过年做准备。比如妇女要给一家老少缝新衣、做新鞋，准备过年的各种食物，男人要置办过年用的各种物资，年轻人要排练春节期间演出的文艺节目，群众参与性很强，体现了自然经济自给自足的特点。我小的时候，每临春节，常听奶奶念叨这样一首关于过年的民谣：

到了腊月二十三，神神鬼鬼乱折翻。
到了腊月二十四，割下对子写下字①。
到了腊月二十五，担回两担黄萝卜，片片馅馅都灶出②。
到了腊月二十六，提着篓篓倒下醋。
到了腊月二十七，大人孩子都洗脚③。

---

① 买红纸割成条幅，写春联。

② 当地习惯用黄萝卜和羊肉做饺子馅，每到过年要做一大盆，团成若干球状，冻在寒冷处，到时取出化开，包饺子招待客人。

③ 包括洗脚在内，清洗个人卫生。

到了腊月二十八，蒸下几屉米疙瘩①。

到了腊月二十九，提上袜子倒烧酒，人家嫌我的袜子臭，提上袜子撵八路②。

到了腊月月尽，营生堆在这日：前晌担水腾茅子③，后晌扫院贴对子，晚上还有浑酒凉盘子④。

在我上小学时，听过民间艺术家樊如林先生的快板书《过年》，通过一个儿童的口气，描绘出过春节的繁忙景象和喜庆气氛：

奶奶做饭蒸糕糕，
爷爷切肉磨刀刀，
妈妈拿起面抄抄，
我去上炭寻锹锹。
我叔叔、我爸爸，
贴起对联贴画画。
电灯照得明拉拉，
鞭炮响得咯叭叭。
爷爷的胡子圪乍乍，
奶奶笑得啊呵呵。
新碗碗、新筷筷，
圆桌桌上摆菜菜，
金针木耳海带带，
烧鸡烧鱼一对对，
烧酒往开揭盖盖。

① 当地过年要蒸一大盆黄米馍馍，冻起来，预备正月吃。
② 反映抗日战争时期穷人过年的情形，形容穷人买不起酒，过不起年，投奔八路军。
③ 指清理厕所。
④ 浑酒指用黄软米做的米酒，凉盘子指下酒的各种凉菜。

随着工业化、信息化的发展，人们的居住环境变了，由窑洞搬进了现代化的楼房，经济来源也由单一的农业变成以工为主的多种经营。人们吃的、穿的、用的大部分从市场购买，妇女们很少再为全家人的吃、穿忙碌发愁了。

贴对子（春联）是年俗文化很重要的形式，毛笔字写得好的文化人，不仅要给自己家写对子，而且要给周围不识字或毛笔字写的不好的邻居写对子。我小的时候，我叔叔写，后来是我大弟写。腊月二十九、三十要写两天。现在大家都用电脑打字，会写毛笔字的越来越少，过春节在市场上买印刷好的对联，很少自己写。有的甚至都不用买，入保险的，由保险公司赠送。贴印刷品，美观了、方便了，但参与的人少了，个性化小了，机趣少了，文化内涵也少了。

晋西是民间传统艺术非常丰富的地区，春节至元宵节期间各种民间艺术竞相展演。清康熙五十七年（1719）《临县县志 · 风俗篇》载："元宵，张灯结彩献戏，赛毕，各坊社聚金合酺，谓之破盘。"其中所谓"演戏""破盘"，是临县一带农村正月演戏的风俗之一。正月初二过后，排练了一冬的"会子"（临县称社火为"会子"，在广场或场院表演各种集体舞蹈、演唱各种民歌称"大会子"；扮演故事、演出道情小戏，曰"小会子"），出场演出，先在本村本社演，然后到邻村演，最后在元宵节那天到县城竞演。演出开销，由全体村民按户摊派。平时演出，仅有烟、茶水供应，晚饭演员到各家做客吃派饭，元宵节那天全村聚餐。这种习俗一直延续到现代，只是因为现在的村落人口增加，大者一两千人，小者也有数百人，全村人一起聚餐不便，但凑钱演戏的风俗依然如故。从上述记述看，临县道情在清初就与秧歌结合起来，演出小戏了。在临县群众中长期流传着"炒鸡蛋，烙烙饼，弹起弦子唱道情。宁看道情《小姑贤》，不去方山做巡监"的民谣。由此可见，临县道情在清中叶已经相当繁盛了。清末，是临县道情最繁盛的时期，大的村镇都有道情班社，其中作为临县第二大镇的三交，一镇就有三个道情班社，仅临县就有道情班社一百多个。比较著名的农村季节班为前小峪班、后小峪班、前刘家庄班、后刘家庄班、大峪沟班、后大峪班、佛堂峪班、曹家山班、车赶班、下樊家山班、姚家山班、下树家山班、三交班、杜家圪凹班等。在业余戏班的基础上出现了职业班社，如三交镇的李春喜班。李春喜是一位著名的小旦演员，他以嗓音清亮，表演生动细腻，情感真切著称，极受观众的欢迎。有一个名叫“栓栓”的青年迷上了他的戏，有人编了一首顺口溜：“猴（小的意思）春喜，满家喜，羡得栓栓打早起，一天不看道情戏，急得栓栓要断气”，从中我们可以领略到观众对道情戏迷恋的程度。临县道情的活动范围，从临县发展到与之交界的方山、离石、柳林、中阳，以及陕北的榆林、延安一带。郭兰英唱的翻身道情的曲调就是来源于临县道情。新中国成立以后，晋西各县都有专业剧团，临县除有晋剧团外，还有道情剧团。现在各县的晋剧团都解散了，临县道情剧团也常年在外地，以演歌舞为主。本地人都很少有人看过临县道情戏了。20世纪80年代之前，还有不少业余剧团，现在年轻人过了正月初五就到大城市打工，腊月二十几才回来过年，村里的秧歌队、业余剧团很难组织起来，戏曲、曲艺、民间歌舞、民间美术等与年俗相关的民间艺术形式在逐年凋零。

大年三十收看中央电视台的春节文艺晚会已经代替了守岁的习俗，成为华人社会的一道文化大餐，但是人们似乎对这道大餐吃腻了。原因在哪里？我认为关键是缺失过年的特定文化内涵，缺乏民族性、地域性特色，群众参与性差，满足不了各地、各民族、各阶层人士过年娱乐需求。其实，各地、各民族过年的习俗是千差万别的，要求一台晚会满足所有人过年的欣赏要求是不可能的。与其搞一台不能满足所有人的晚会，不如发挥各地电视台的作用，让他们自己搞一台当地群众喜欢，有民族特色和地域特色的春节文艺晚会。现在各省的电视台通过卫星转播，各地都能收看，还有互联网，大家各尽所需，自由收看。中央电视台发挥各个频道的作用，举办专业性更强、艺术水平更高的节目，以满足海内外各个不同层次观众欣赏的需要。

三、晋西年俗的传承

在我国各种节日中，过年无疑是最隆重的了，人们之所以把过年看得如此重要，是因为它凝聚着华夏民族几千年生产实践和生活经验，体现了人们尊重自然、向往美好生活、尊老爱幼、社会和谐的美好愿望。过年的习俗在历史的传承中，不断地被本地的、外来的多种文化因素渗透滋养，同时又不断地被过滤和筛选，不断丰富和发展，在民众心目中凝聚成一种独特的文化形态。在过年的时候，人们通过衣、食、住、行和各种娱乐的参与，寻求一种对人生的美好体验。在这种体验中，有所乐，有所思，有所悟，使亲情、友情、乡情得到亲近和升华。

文化是一条历史的长河，不停向前流动，在流动过程中虽会有所流失，同时也会有新的注入。年俗文化也是这样，一些文化形态在消失，同时一些新的文化形态也在产生。在一些相对闭塞的地区，由于生活环境的变化较小，传统年俗的变化相对较少。而在城市和相对开放的地区，由于现代文明的熏陶，年俗的变迁比较明显。晋西相对于大都市和沿海地区，经济的发展滞后，生活的变化较小，传统的年俗文化保留较多。作为当地文化主管部门和我们文化工作者，文化的自信和自觉非常重要。具有鲜明的地域年俗文化既是一种宝贵的精神财富，又可转化为促进物质生产的强大动力。我们要吸取发达地区的经验教训，对包括年俗在内的传统文化不能采取自生自灭的态度，而要采取积极主动的态度，发掘年俗中的文化内涵，使之成为建设有吕梁特色的社会主义新文化的深厚基础、推动当地经济发展和建设和谐社会的强大动力。

年俗文化深厚的文化内涵是通过一定的形式表现出来的，而且与其他文化相比，它的仪式性、参与性更为鲜明和突出。所以，过年的礼仪和形式，只要能体现真、善、美的应尽量保持。

比如祭祀祖先、小辈给长辈拜年、长辈给未成年人压岁钱、村庄组织秧歌队给村民拜年，体现了中华民族尊老爱幼的传统美德，应该坚守。

过去祭祀祖先、小辈给长辈拜年要三叩首，平辈拜年要作揖。“文化大革命”中，认为叩首、作揖是封建形式，改为鞠躬和握手。现在农村恢复了过去的叩首和作揖的形式，但在城市大都还是鞠躬和握手。我认为，叩首与作揖，鞠躬与握手是一个形式问题，可按个人的习惯和当地的习俗进行，不必强求，但无论哪种形式，不能取消。

中国古人认为，天地万物都是有灵魂的，人生活在世界上，应该和万物和谐相处。如果人做了恶，就要受神灵的惩罚。所以过年时，除了祭祀祖宗外，也要祭祀管理万物的各种鬼神，特别是灶神、土地神，每家必祭，其他神灵则采取集体祭祀的方式。有一年我到临县考察民俗与戏曲，在佛堂峪村看临县晋剧团演出，在戏场的后面，即舞台的对面，看到了一个用红布临时搭起来的神棚，里面有龙王、关圣、二郎神、观音菩萨、达摩、天地神、风神、虫蛾神、文昌、魁星、河神、财神、土地神、山神共14个牌位。牌位前供有果品、香烛。有一个记账先生经管捐资的账目。半天见有一老者走来，在供桌前磕了个头，但并未捐钱物。听记账人说，村民不用现交钱，记个数，年终结算。我们就此问村里干部的看法，村干部无奈地说，不搞这个形式，村里一但有个天灾人祸不好交待。再问看戏的村民信不信神圣？大家笑笑，没有一个人肯回答。由此看来，酬神演戏是农村数千年延续下来的一种习俗，里面供奉的都是与村民生产、生育、生活密切相关的神灵，体现了我们的祖先在自然经济条件下所产生的万物有灵，天人合一的思想观念。今天，科学技术有了很大的发展，许多自然现象有了科学的解释，但人类为了自身享受，利用高科技无限度地掠取自然资源，破坏生态环境，剥夺其它动植物生存的权利，最终是要受到宇宙惩罚的。所以，我们应对自然万物有一种敬畏之心，充分尊重村民的这种原始信仰，不能简单以封建迷信加以否定。

贴春联、贴年画、放鞭炮也是过年的重要形式，要保留。春联要提倡自编、自写，不要以印刷品代替。否则，千篇一律，失去个性，也不利于弘扬祖国的书法艺术。年画的形式和内容应该百花齐放，既有传统的样式和反映传统故事与美德的内容，又有利用现代印刷技术反映现代生活内容的年画乃至营造过年气氛的装饰品。放鞭炮本来是营造节日气氛的一个重要形式，但现在的炮仗越做越大，越做越响，效果适得其反，污染环境，影响老人和小孩子的休息健康，国家要制定严格的标准，处罚那些不合格产品的厂家，大家应自觉抵制那些污染环境、影响群众健康的违禁产品。

春节至元宵节是全面展示民间文艺的一个重要平台，就晋西而言，戏曲有中路梆子、道情、二人台，歌舞有伞头秧歌，曲艺有说书等。过去春节期间，大一点的村庄，都有秧歌队，但20世纪80年代以来，演出逐渐在减少，不少民间艺术已经消亡。这固然有生活环境的变化和受电视、互联网等现代传媒影响的原因，但也有政府文化主管部门的责任。过去每个县都有政府财政支持的职业剧团，一方面满足基层群众看戏的需求，另一方面为农村业余剧团起示范辅导作用，现在经过文艺团体改革，大部分县级剧团解散了，农村业余剧团一方面失去了生存的土壤，即使有生存下来的，亦得不到示范辅导，演出质量得不到提高。省市级艺术馆、县级文化馆、乡文化站是组织、辅导群众文艺活动的，因政府没有提供应有的业务经费，大家都在办各种班赚钱，没有起到辅导基层文艺活动的作用。

传统文化、民间艺术不是时尚文化艺术，不仅需要政府的资助，而且需要社会的支持。一方面我们要创造有利于传统文化和民间艺术生存发展的土壤，另一方面要利用群众喜闻乐见的艺术形式创作反映现实生活和时代精神的艺术作品。临县道情剧团前几年创作演出过一个现代戏《保姆》，很有时代特点，也获了省级大奖，但在基层演的不多，群众看过这个戏的很少。其实临县道情比较适应反映基层老百姓生活，我们小时看过《柳树坪》《朝阳沟》《李双双》《夺印》等许多道情演的现代戏。现在临县人看过道情戏的能有百分之多少？除了道情戏艺术本身的局限性外，政府和文化主管部门以及我们文艺工作者有没有责任？传统戏有一个节目叫《二妻争夫》，道情、二人台都有这个戏。1966年之前看过我们村秧歌队演出的，1983年在调查临县古戏台时，又看过前刘家庄秧歌队演出的。“文革”前演的是反映封建社会一夫二妻争风吃醋的喜剧故事，两个夫人向丈夫争着要新衣服和首饰；“文革”后再看这个戏，内容不是争衣服和首饰了，而是争摩托、电视、手表。去年在网上看了一个临县人演的二人台节目《两个媳妇争公爹》，情节结构类似《二妻争夫》，但反映的是现代人的生活，很有时代气息。所以，不是传统的艺术形式不好、过时，而是政府支持不够，大家关注不够，对传统文化和民间艺术缺乏自信和自觉。我国著名的文化学者费孝通先生早在本世纪初就提出文化自觉的思想，党中央也把这一观点提到繁荣发展我国文化事业指导思想的高度。文化主管部门的领导和文化工作者要深刻领悟，才能真正做到对包括年俗文化在内的我国优秀传统文化、民间艺术的自信、自觉传承和发展。

春节是华夏民族在农耕时代形成的一个重要的节日。围绕着过年而形成的一系列习俗，既集中体现了中华民族丰富的物质文明，又突出反映了我国各地各民族绚丽多彩的精神文明，为物质生产和非物质文化遗产的展示提供了强大的动力与平台。改革开放以来，随着生产方式和生活方式的变化，过年作为一个传统节日虽然被保留下来了，但其中的一些传统文化内涵却在淡化或消失。然而，也有一些围绕过年的新的习俗在形成。年俗文化像所有的传统文化习俗一样，既有相对的稳定性，但又不是一成不变的。无论其形式或内容，都会随着时代的发展而有所变化。那么，在年俗文化中，哪些是相对稳定的？哪些是容易变化的？哪些是需要传承的？哪些是无法保留的？哪些是需要更新的？它们和社会的发展有什么关系？政府需要做什么？学者需要做什么？都需要我们的文化学者好好研究。

（此文发表于《中国艺术时空》，2015年第5期）

后 记

非物质文化遗产是由日语的“无形文化财”译成英文，然后由英文翻译成汉语的。起初大家对这个词很陌生，经过多年的宣传和实际工作，现在不仅成为文化工作者所掌握的一种理念，而且也成为普通百姓熟知的一个名词了。

2000年我工作的单位中国艺术研究院戏曲研究所承担了昆曲申报联合国首批人类口头和非物质文化遗产代表作的工作，我开始了解、认识、参与非物质文化遗产传统戏剧的传承保护研究，后被文化部聘为国家非物质文化遗产专家委员会委员和中国推荐联合国非物质文化遗产名录专家委员会委员，从事非物质文化遗产国家名录与国家级非物质文化遗产传承人的评选工作和推荐联合国非物质文化遗产名录的工作。通过学习联合国教科文组织的《非物质文化遗产保护公约》、我国的《非物质文化遗产法》等相关文件，参与与非物质文化遗产传承保护工作相关的大量活动，我对非物质文化遗产的概念及其传承保护的意义，特别是最具有民族特色的中国传统戏剧的非物质文化遗产性质、传承特点等逐渐有了一定的理解。

在非物质文化遗产理念的指导下，我先后承担了《西部人文资源数据库·民间戏剧》《非物质文化遗产数据库·传统戏剧·秦腔》《中国戏曲音像资料数字化工程》等课题的采集和编纂工作、中国非物质文化遗产数字化保护中心主持组织制定“非物质文化遗产数据库·传统戏剧”行业标准的工作，以及文化部非物质文化遗产司、中国非物质文化遗产保护中心组织的各种培训班授课和各地考察等工作。收入这本文集中的文章，有的是我为中国艺术研究院研究生院戏曲戏剧学系硕士、博士开设的相关课程和学术讲座上的讲稿，有的是到各地参加相关学术研讨会上提交的论文，均为我在工作实践中对非物质文化遗产理念的认识和体会，多数在报刊上公开发表过。希望这些文章对后学者有所借鉴和启示，不妥的地方请同行批评指正。

刘文峰

2015年6月26日